KB268354

영혼

Soul 결혼식
Wedding

영혼결혼식

초판 1쇄 찍은 날 § 2007년 6월 26일
초판 1쇄 펴낸 날 § 2007년 7월 6일

지은이 § 강지애
펴낸이 § 서경석

편집장 § 문혜영
편집책임 § 이종민
편집 § 한지윤

펴낸곳 § 도서출판 청어람
등록번호 § 제1081-1-89호
등록일자 § 1999. 5. 31
어람번호 § 제5-0149호

주소 § 경기도 부천시 원미구 심곡1동 350-1 남성B/D 3F (우) 420-011
전화 § 032-656-4452 팩스 § 032-656-4453
http://www.chungeoram.com
E-mail § eoram99@chollian.net

ⓒ 강지애, 2007

ISBN 978-89-251-0773-8 03810

영혼 결혼식

Soul Wedding

강지애 지음

도서출판
청어람

제1장

여긴 지금 어디일까? 란 질문은 굳이 안 해도 될 정도로 지극히도 평범한 집. 그게 다래의 집이었다. 언제나 그렇듯 아침은 된장찌개가 구수한 냄새를 풍기며 온 집을 어슬렁어슬렁거렸다. 저녁엔 요즘 여느 가족이 그렇듯 거실에 모여 도란도란 이야기를 나누며 보내고 있었다.

하지만 그날, 그 일이 있은 이후로 다래의 집엔 더 이상 행복이란 걸 찾기 힘들 것 같았다.

"이 자식, 어디 있어? 윤상태, 어서 나오라고 해!"

"지금 딸이 자고 있어요. 좀 조용조용히 못해요?"

"이 아줌마가 지금 장난하나! 지금 내가 조용히 하게 생겼어?"

낯선 남자의 소리침에 다래는 곤히 자고 있던 잠에서 깨어났다.

다래가 거실로 나왔을 땐 이미 거실은 온갖 살림살이가 널브러져 모두 제자리를 잃어버리고 있었다. 문밖에서 들렸던 소리로는 눈물범벅을 할 만도 했지만 역시 우리나라 엄마. 다래의 엄마는 씩씩했다. 아니, 씩씩해 보이려고 노력했다는 게 맞겠지.

"엄마! 이게 무슨 난리야? 아저씨들 지금 뭐 하는 거예요?"

아직 잠기운이 서려 발음이 조금은 엉켜 나오는 다래의 소리 높은 말들을 그들은 참 가볍게도 비웃고 있었다.

"기가 막혀서 말도 안 나온다. 예전부터 노름 때문에 말썽을 부리긴 했어도 이렇게 집까지 날릴 줄이야. 네 아버지가 그곳엔 다신 발걸음도 않는다더니. 이걸 어떡하면 좋으니."

당당한 척을 하고 있는 엄마였지만, 아마도 조금의 겁이 스며들었는지 엄마의 말속에서 조금의 떨림이 느껴지고 있었다.

"그게 얼마인데? 나 시집가려고 모아둔 적금 있잖아. 그거 깨면 해결 못해?"

"일억이야. 자그마치 일억! 사채업자들도 무섭지. 왜 일억을 순순히 빌려줬나 했더니, 처음부터 우리 집을 계산하고 그런 거였어. 우리 집을……."

엄마가 눈에서 눈물을 떨어뜨려 냈다. 남편에 대한 원망이 아닌 자신이 보험외판원에, 신문배달에, 딸을 들쳐 업고 온갖 고생을 하며 돈을 모아 드디어 일 년 전에 발을 디딘 이 집 때문에 엄마가 울었다. 그리고 자신이 더 이상 이 가족을 포용할 수 없다는 걸 안 듯 이 집도 하늘에서 오는 비를 자신의 눈물 삼아 기왓장 하나하나에 빗방울들을 흘려보냈다.

사채업자들이 내일 다시 찾아오겠다며 두 손을 탁탁 털고 가버린 뒤, 엄마는 밤새 남들에게 들킬까 봐 목 놓아 울지 못하고 넘어갈 것 같은 숨을 참아가며 손으로 입을 막고 울었다.

"엄마."

다래는 그런 엄마를 보면서 할 수 있는 건 아무것도 없었다. 결국 다래도 그 말을 입 밖으로 뱉고 나서는 엄마 옆에 주저앉아 같이 울 수밖에 없었다.

다음날, 이젠 더 이상 구수한 된장찌개 냄새는 찾을 수 없었다. 숨조차 쉬지 못하는 한증막보다 더 갑갑하고 힘겹게 변해 버린 이 공간. 이곳에 한 사람이 찾아왔다. 어제 왔다 간 사람들과는 인상조차 너무나도 대조되는 선한 인상을 가진 그 사람.

"윤상태 씨 댁입니까?"

말조차도 예의를 깍듯이 차린 편한 목소리. 하지만 이상한 기운이 감도는 건 왜일까.

"그런데 누구시죠?"

"전 예전에 윤상태 씨가 운전기사로 있었던 구로건설 회장님 댁에서 왔습니다."

엄마는 밤새 눕지도 못하고 벽에 기대어 앉아 울기만 한 터라 목은 잠겨 버렸고, 일어나는 것조차도 힘겨워하고 있었다. 다래가 간신히 엄마를 부축하고 일어났다. 아버지가 육 개월 전에 그만두었던 곳에서 왜 갑자기, 그것도 타이밍을 어찌 이리도 절묘하게 맞추어 나타났는지.

“무슨 일로.”

“지금 무척이나 곤란한 상황이라고 들었습니다.”

“그걸, 어떻게 아시는 거죠? 남편은 이미 그만둔 지 오래인데.”

“윤상태 씨가 저희에게 찾아왔습니다.”

이야기는 참으로 간단했다. 한마디로 아버지는 다래를 두고 거래를 했다는 것. 그 제안은 실로 다래와 엄마의 귀를 의심할 정도로 너무도 좋은 조건이었다. 구로건설의 둘째 아들과 다래가 결혼을 하면 그 대가로 일억을 주겠다고 했다는 것이다. 오히려 이쪽에서 일억, 아니, 그 이상을 준다 해도 이루어질 수 없을 거래. 바보에게도 납득시킬 수 없는 상황이었다. 다래는 뭔가 석연치 않은 느낌에 그 남자를 조금은 더 뚫어져라 쳐다봤다. 그렇지만 아무리 봐도 그에게서 악의의 그 어떤 것조차도 느껴지질 않았다. 오히려 가만히 다물고 있는 입은 무척이나 온화해 보였다.

“둘째 아드님과 결혼을 하는 조건으로, 이미 사채이자와 원금은 갚고 오는 길입니다.”

재벌과의 결혼? 구로건설은 중견건설업체로 탄탄한 자본과 우수한 영업상태를 보이고 있는 재벌가였다. 열쇠를 몇 개 해가고, 돈을 산더미로 안겨준다 한들 구로건설 둘째 아들과 결혼한다는 것은 다래의 집에선 감히 불가능한 일이었다. 그런데 일억이나 되는 빚을 갚아주면서까지 결혼을 원하는 그들의 심중을 알 수 없었다.

‘혹시, 몸이 불편한 것? 아니면, 정신병자? 아니면?’

다래는 머리가 복잡했다. 이 어려운 문제의 답은 당최 나올 생각을 않았다.

"결혼이라니요. 아니, 잠시만요. 둘째 아들이라고 하셨나요? 둘째 아들이요?"

엄마가 갑자기 '둘째 아들'이라는 단어에 민감해져서는 다시 되물었다.

"그렇습니다. 결코 이쪽에서 손해 볼 일은 아니라고 봅니다. 안 그렇습니까?"

갑자기 엄마는 뭔가를 알았다는 듯한 얼굴로 사색이 되어가지고서는 찾아온 사람에게 같은 말을 계속 되물었다. 그러더니 엄마는 아무것이나 손에 잡히는 것을 가지고 그 남자를 향해 던졌지만 참으로 다행스럽게도 모두 빗나갔다. 그게 빗나갔기에 망정이지 명중이었으면 완전히 골로 갔겠지. 하지만 그 남자는 애써 그런 것들을 피하지 않았다. 차라리 자신을 맞추어주길 바라는 초연한 모습이었다.

하지만 그의 모습과는 너무도 대조되는 엄마의 모습. 그건 어제 사채업자들이 다녀갔을 때와는 다른 모습이었다. 그때는 흥분했을 뿐 침착했었다. 하지만 지금은 거의 이성을 잃고 있었다. 이젠 집을 달라는 것도 모자라 자신의 딸을 달라는 요구였으니. 엄마의 모습은 화를 내는 얼굴이 달아오른 모습이 아니었다. 그런 요구를 하는 사람들에게 질려 버려 얼굴엔 핏기가 점점 사라지고 있었고, 더 이상 소리를 지를 힘도 없었지만 그녀는 자신의 몸 속 저 끝의 어딘가에서 끌어낸 걸로 힘껏 소리쳤다.

"썩 못 나가! 우리가 아무리 돈이 급해도 그렇지. 이거 완전히 미친 사람들 아니야? 나가!"

엄마가 그 남자를 밀어붙였다. 남자는 엄마의 힘에도 끄떡하지 않고 한마디를 던졌다.

"이미 계산은 끝났습니다. 이쪽도 그다지 손해 보는 것은 없죠. 이 거래가 끝나게 되면 저희는 별도의 사례를 드릴 생각도 있습니다."

"당장 썩 나가! 이 미친 자식들!"

남자는 못 이기는 척, 엄마에게 등을 떠밀리며 쫓겨났다. 다래는 엄마의 행동에 대해 궁금할 뿐이었다. 오히려 다래는 자신이 이 문제를 해결할 수 있다는 생각이 들어 좋았다. 그 제안을 받아들이면 이 집을 뺏기지 않아도 된다. 단지, 자신이 나중에 이혼녀라는 이름을 가지게 되겠지. 이 조건이 계산적으로 따져 보자면 그리 나쁜 것도 아니었다. 그래, 나쁜 건 아무것도 없었다. 단지 그것 얽매여 사람을 끌려 다니게 하는 돈이란 게 나쁘다면 나쁜 것이었다.

"엄마, 딸이 재벌가 며느리 되는데 왜 그래? 만약에 내가 온갖 괄시당하고 헌신짝 버리듯이 버려질까 봐 걱정돼서? 내가 어디 그런 사람이유?"

다래는 우렁차게 자신의 포부를 내보이며 말했다. 그런 모습이 엄마의 눈에 고이 보일 리가 없었다. 엄마는 눈이 붉게 충혈되어서는 다래를 노려봤다. 마치, 자신이 지금 정말 해서는 안 될 말을 한 것처럼 참으로 떨리는 눈을 하고선 말이다.

"다래야, 너 재벌가 며느리가 그렇게 되고 싶니?"

"에이, 그래도 빈털터리 남자보다는 돈 많은 남자가 좋잖아! 요즘은 성격? 뭐 내가 맞고 살 것 같아? 그리고 외모? 그게 밥 먹여줘? 밥 먹여주는 건 돈이야, 돈!"

갑자기 엄마의 눈에서 굵은 눈물들이 떨어졌다. 예고도 없이 거칠게 내리는 소나기처럼 엄마의 눈물은 메말라 있던 붉은 눈에서 쉼없이 떨어져 내렸다.

"다래야, 그 구로건설 둘째 아들. 그 아들은 죽.었.어."

"뭐, 뭐?"

다래는 엄마의 입에서 나온 말을 믿을 수가 없었다. 정신병자도, 몸이 불편한 사람도 그녀의 머릿속에서 이미 계산되었던 경우의 수였지만, 그중에 그것은 존재하지 않았다. 아니, 생각조차도 할 수 없는 것이었다.

"그 아들은 비행기 사고로 죽었어. 그 집안사람들 무슨 생각으로 널 그 아들과 결혼시키려고……."

엄마는 가뜩이나 어젯밤 일로 인해 모든 기력을 소진해 버렸는데, 지금 이런 말을 듣고 나니 그나마 남아 있던 모든 것들이 사라져 쓰러질 것 같았다. 그 모습에 다래가 간신히 엄마를 데려다 안방에 누였다. 지금 자신이 처한 상황이 어이없고 황당했다. 이게 꿈일 리는 없었다. 지금 이렇게 자신을 위해 고개를 돌리며 눈물을 흘리는 엄마의 모습이 생생하기에.

"엄마, 그럼 더 좋은 거잖아! 어차피 형식적으로만 하는 거니까! 아까 전에 못 들었어? 이 일이 잘되면 따로 사례도 해준다잖아. 엄마랑 나랑 재미나게 살면 되잖아. 안 그래?"

“…….”

엄마는 다래의 말에 아무 말도 하지 않았다. 아니, 해줄 수가 없었다.

“엄마, 내가 이혼녀 되는 것 때문에 그래? 아, 그 호적에 빨간 줄? 그까짓 거 빨주노초파남보 무지개 색 줄 그어준다!”

다래의 너무도 명랑한 그런 말들이 엄마의 마음을 달래주기는커녕 더욱 아프게 만들었다.

“다래야, 엄마 절대 그 결혼 못 시킨다.”

“에이, 그런 게 어디 있어. 엄마, 우리 그냥 그 사람들 말대로 하자. 응?”

“다래야, 우리가 왜 이렇게까지 됐니? 어?”

다시 눈가에 고여 있던 눈물들이 엄마의 콧등을 타고 다른 눈을 거쳐 베개를 적셨다. 다래는 그런 엄마를 보고 자신이 확실하게 결정해야 한다고 생각했다. 분명 엄마는 이 집을 팔아서라도 그 결혼을 물리고 싶어할 게 분명했다. 그런 일은 다래가 원치 않았다. 이 집은 마지막 남은 엄마의 자존심. 그리고 자신의 가족의 자존심.

그렇게 생각하다 또 갈등이란 것이 그렇듯이, 그 일 때문에 흔히 남들이 말하는 자신에게 흠집이 날 것 같다는 생각도 동시에 다래의 머릿속에 자리 잡고 있었다.

“엄마, 내가 자세히 이야기를 듣고 오면 안 되겠어? 나 어차피 남편이란 거 아침마다 밥 차려주고, 빨래도 해야 하고, 술 취해 들어오면 온갖 신경 곤두서야 하고, 또 바가지도 긁어야 하잖아. 이 집은 그럴 필요 없이 내가 정말 편할 수 있는 거잖아. 그냥 좋게 생각하자."

"그런 말 하려거든 나가거라!"

"엄마, 엄마는 내가 죽은 남자랑 결혼하는 것보다 사실 내가 이혼녀 딱지 붙이고 나면 다신 결혼하기 힘들 것 같아서 그러는 거지? 그런데 말이야. 다른 남자랑 한이불 덮었던 것도 아니고, 단지 빚을 갚기 위해 결혼의 형식만을 빌렸던 건데 그것도 이해 못해주는 남자랑 결혼할 바에는 차라리 혼자 사는 게 나아. 그렇잖아?"

다래는 엄마의 허리춤 밑으로 내려간 이불을 어깨까지 덮어주고 몸을 일으켜 방을 나오려고 했다. 하지만 엄마가 눈물을 만들어내는 소리에 다래는 다시 발걸음을 돌렸다. 옆으로 누워 있는 엄마의 옆에 고목나무의 매미마냥 누웠다. 뭐 문제가 있다면 나무보다 매미가 더 크다는 것이었지만.

결국, 그렇게 밤새 엄마는 눈물을 만들어내고 다래는 힘겹게 만들어낸 그 눈물을 닦아내고를 반복했다. 다래는 조금은 띵한 머리로 자리에서 일어났다. 엄마를 위해 아침이라도 차리려 방 밖으로 나왔다. 밖을 나와보니 마구 어질러진 거실. 이게 우선이라는 생각에 물건을 치우기 시작했다. 무심코 엄마가 나와서 이 모습을 봤다가는 다시 어제의 일이 생각날 테니 말이다. 그러다 눈에 띈 원앙 두 마리. 항상 텔레비전 위에서 서로를 항상 마주 보던 원앙이었다.

"너희들은 항상 그렇게 행복하니? 그럴 순 없잖아. 안 그래?"

다래는 다시 그것들을 제자리에 올려놓았다. 그랬다. 결혼 생활은 분명 항상 저렇게 서로만을 쳐다보며 아무런 걱정 없이 행복한 것이 아니었다. 적어도 그 예외가 자신의 엄마 아빠의 결혼 생활이었기 때문에 다래는 더욱더 명확히 그 사실을 직시하고 있었다. 그렇게 한결같은 부부의 상징인 원앙도 해를 달리하며 서로의 짝을 바꾼다는 것을 어디선가 들었다. 그렇듯이 영원불멸하고 한결같은 것은 없다. 다만, 그것에 대한 두려움을 가지고 있는 사람들에게 거짓으로 포장을 해 그것에 조금은 더 쉽게 다가갈 수 있도록 만든 것일 뿐이었다.

조금씩 집안 물건의 정리가 끝나갈 무렵. 마지막으로 거실의 커튼을 정돈하기 위해 창문으로 다가갔다. 현관 앞에서 엄마가 쫓아냈던 그 남자가 하루가 지난 지금의 시간에도 그 상태로 그대로 서 있었다. 도대체 무슨 생각인지 아마도 그는 다래가 거절을 하지 않을 것이란 걸 확신하는 듯이 그곳에 있었다.

"윤다래, 너 진짜 그 죽은 사람과 결혼하려고 그래?"

엄마를 위로한다고, 그리고 자신은 그런 것 신경 쓰지 않는다고, 아니, 차라리 잘된 일이라고. 그런데 왜 지금 저렇게 서 있는 사람을 보고 다시 커튼을 쳐버리려고 하는지.

"심청이는 옛날 사람들이 지어낸 말이야. 그런 딸이 어디 있겠어."

전래동화까지 들먹이며 다래는 혼잣말을 하다 쉴 새 없이 중얼대던 말을 끊어내고 아무 말 없이 좁은 집 안 거실을 정신 사납게 걸었다. 다시 커튼으로 다가가 힘겹게 걷어내었지만 결국 다래의 손은 힘이 빠져 버려 커튼이 한 자락씩 다래의 손에서 벗어나 조금씩 그 모습이 가려졌다. 그런데 왜 마음은 더 무거워져 가는지. 그 와중에 순간순간 지금도 울고 있을 엄마의 모습이 그려졌다. 차근차근 이 상황을 배제시키고 생각해 보았다. 그가 말했던 것처럼 다래에겐 손해될 일이 없었다. 그래서 일단 그것에 발을 담가 보고자 했다. 그러다 자신의 발이 에일 정도로 차갑다면 다시 발을 빼면 그만이니까. 혹시나 하는 생각이 들었지만 다래는 그런 어두운 예감을 무시하고 집을 나섰다.

"나오실 줄 알았습니다."

"이 상황을 자세히 알아야 할 것 같아서요. 다시 말씀드리지만 이 거래에 대해 승낙을 한다는 것은 아니니까 오해 마세요. 아시죠? 거래는 쌍방의 동의하에 이루어진다는 것을요."

"네. 하지만 지금 윤다래 씨는 거래 당사자가 아니시지 않습니까."

그의 말이 참으로 뼈가 들어 있었다. 두말 말고 이 현실을 직시하고 받아들이라는 말이 아닌가. 선한 인상에서 나오는 말들이라 그런지 더욱더 머릿속에 잘 박히고 있었다.

남자는 마치 다래가 나올 줄 알고 있었다는 듯이 너무도 여유로웠다. 그가 차가 있는 곳으로 그녀를 안내했다. 돈에 팔려가는 것이니 도살장에 끌려가는 돼지나 상황은 비슷했지만 다래에겐 돼지에겐 없는 자유의지란 게 있었다. 이 상황을 거부할 수 있는 자유의지. 그랬기에 돼지처럼 눈물을 머금으며 끌려가는 것이 아닌 자신의 걸음으로 당당하게 차에 올랐다.

"이 상황이 정리가 되지 않으시죠?"

남자가 먼저 말을 걸었다.

"제 말 귓등으로 들었어요? 내가 지금 그 사람들 제안을 허락한 게 아니라고요."

"압니다. 하지만 이렇게 차를 탔다는 걸 윤다래 씨 어머니가 아시나요?"

"아니요. 그나저나 그쪽은 내가 그 제안을 받아들인 것 같다는 뉘앙스인데요."

그는 다래의 말에 살포시 미소를 지었다. 저 순진해 보이는 웃음은 뭐지?

"이 제안엔 처음부터 거절이 존재할 수 없죠. 다만 전 그냥 윤다래 씨가 정리할 시간을 드린 것뿐이죠. 지금 윤다래 씨의 상황을 본다면 거절을 감당할 능력이 안 되지 않습니까. 그럴 능력이 있다면 내리셔도 좋습니다."

차 문의 손잡이까지 손을 뻗었지만 그 사람의 말대로 다래는 지금 능력이 없었다. 그렇기에 다래의 손은 다시 자신의 허벅지 위에 올려두어야 했다.

"다시 한 번 말하지만 그 사람들 우리 엄마 말대로 미친 게 분명해요. 미친 게……."

미친 짓이란 걸 너무도 잘 알고 있었지만 그의 말대로 거절이 존재할 수 없으니 다래는 긍정적으로 모든 것들을 받아들이려 했다. 다래는 그곳으로 향하면서 자기 방을 찾기도 힘든 큰 집에 나이 든 소나무가 그 지붕에 드리워져 멋진 그늘을 만들고, 넓은 잔디밭엔 열심히 물주기에 바쁜 스프링클러가 쉴 새 없이 돌아가는 집을 상상했다. 그냥 생각없는 철부지 어린아이마냥 좋은 것들만 생각하기로 했다.

드디어 차가 섰다. 차 밖으로 보이는 것은 다래의 키를 두세 배는 거뜬히 넘을 정도의 벽. 제아무리 솜씨 좋은 도둑이라 한들 그 담을 넘기는 수월치 않을 듯 보였다. 물론 요즘 같은 세상엔 아무리 담이 낮아도 보안시스템이 잘되어 있으니까. 이런 사람들은 그럼에도 무슨 비밀들이 많은지 집의 전경도 보이지 않을 정도로 높은 담으로 자신들을 숨기고 있었다. 그를 뒤따라가던 다래는 약간은 타 들어간 입술을 손가락으로 매만지다 뒤돌아선 그의 모습에 깜짝 놀랐다.

"들어가죠."

다래는 이상했다. 운전기사처럼 보이는 그가 들어가자며 마치 자기 집인 양 자신을 안내하는 그가 수상쩍게 느껴졌다. 이제야 그의 뒷모습을 찬찬히 살펴보았다. 딱딱한 양복이 아닌 편안한 캐주얼 옷차림의 이 남자. 아마 이 상황에선 지금 다래가 생각해 낼 수 있는 가정은 거의 없었다. 다만 그녀는 그가 이 집과 연관된 사람이 사람일 거라 짐작할 뿐이었다. 그렇게 그 남자의 뒤를 쓸어보는 다래는 경황없이 현관에 발을 들여놓았다. 들어오면서 남자 옆으로 간간이 비춰진 풍경은 그녀의 생각에 그다지 많이 빗나가지 않았다. 넓은 잔디밭에 무성한 나무가 멋들어진 정원이었다. 하지만 실내는 그녀의 예상을 빗나가고 있었다. 한옥을 안에 고대로 들여놓은 듯한 무척이나 고전적인 장식품. 그리고 모든 방의 문들이 나무틀의 미닫이문으로 만들어져 있었다. 아쉬운 것이 있다면 바람이 선선한 대청마루만 없을 뿐이었다.

"어머니, 데리고 왔습니다."

어머니? 다래는 그의 입에서 나온 말 때문에 정신이 없었다. 차 안에서 제정신이 아니라던 그 가족 중 한 명이 바로 자신을 데려 온 남자였다. 그리고 그에게 그런 말을 한 실수가 떠올랐다. 하지 만 그것에 미안해할 필요는 없다고 생각했다. 분명 자신이 이렇게 돈에 팔려왔다고 할지라도 말이다.

"다래 씨죠? 어서 와요."

다래는 마치 반가운 손님을 맞이하는 듯 다래의 두 손을 꼭 잡 고 인사를 해주는 남자의 어머니가 불편했다.

'죽은 아들 장가보내려는 생각을 하니 그렇게 즐거운 것인가? 더군다나 산 사람을 엮이게 하니 더 만족스럽다는 표정인가?'

하는 생각에 다래는 그녀의 손에서 자신의 손을 거칠게 빼내었 다. 그럼에도 불구하도 남자의 어머니는 그런 것에 신경 쓰지 않 고 다래에게 자리를 안내했다. 지금 이 상황에서는 다래가 가진 감정의 반대 방향을 달리고 있을 테니.

"윤다래 씨. 아니, 다래 양이라고 불러도 되겠죠?"

지금 이렇게 편하게 호칭을 어떻게 정하느냐가 중요한 것이 아 니었다. 그렇기에 다래는 입술을 한번 앙당그리고 나서 물었다.

"사모님, 전 이 상황에 대해 자세히 알고 싶어 왔습니다."

그래. 이런 사람들은 사모님이라는 호칭을 가장 듣기 좋아할 것 이다.

"그랬군요. 다래 양, 이 과일부터 들지요?"

"됐습니다. 생각이 없네요."

어젯밤부터 빈속이었지만 지금 이런 달콤한 과일 조각들을 목으로 넘길 수는 없었다. 과일조각을 입 안에 넣는 순간 그것들이 아무리 자기를 얼러달라고 애원한다 한들 뱉어버리고 싶은 생각이 들 테니.

"그래도 좀 들지 그래요."

아침 댓바람부터 하얀색 니트 앙상블 세트를 입고, 세련된 업스타일 머리를 하고, 하는 말마다 예의가 철철 넘치는 이 사람이 그런 생각을 했다는 것에 다래는 어이가 없어졌다. 그리고 그 제안을 허락한 자신의 아버지도 이해하기가 힘들었다. 그나저나 그렇다면 자신의 집에 찾아온 남자는 첫째 아들? 따져 본다면 그는 다래의 아주버님이 될 사람이었다. 아주버님이란 말이 어색할 정도로 젊은 사람. 이제 그의 정면을 자세히 볼 수 있었다. 그의 얼굴을 보니 비록 같이 살지는 않겠지만 사진으로만 존재할 결혼할 사람의 모습은 그다지 나쁘지는 않을 거란 생각이 들었다. 이게 아닌데 하면서도 다래는 결국 그가 예상했던 대로의 길을 걷고 있는 듯했다. 이젠 돌이킬 수가 없었다. 그런 생각이 들려고 할 때면 다시금 자기 암시를 해 지금 이게 최선의 결정이라고 억지로 자신을 다독였다.

"다래 양, 상황이 정리가 안 되죠? 이제부터 이야기를 해줄게요. 내 둘째 아들. 지금 생각해도 가슴이 미어질 것 같군요. 여행을 한답시고 남아프리카로 떠난 게 엊그제 같은데. 벌써 이 년이란 시간이 지나 버렸어요. 처음엔 비행기 사고 명단에 내 아들이 끼어 있다는 걸 믿을 수 없었거든요. 아닐 거라 생각해 여러 방면으로 수소문했지만 결국엔 사실이더군요. 더욱 기가 막힌 건 비행기가 넓디넓은 바다 한가운데에 추락해 버려서 몇 구의 시신들은 찾지도 못했어요. 불행히도 그중에 우리 세준이가 끼어 있었지요. 그렇게 사람이 아닌 채로 이 년이란 시간을 보냈어요. 다래 양, 절 미친 사람으로 생각하겠죠? 그러는 게 당연해요. 그런 생각을 하게 된 나도 내가 제정신이 아닌 것 같으니까요. 그리고 이 영혼결혼식을 결정했던 건……."

드디어 그 말도 안 되는 상황으로 자신을 몰아버린 진짜 이유를 설명하기 시작했다. 그렇게 여유로워 보였던 모습을 보였어도 한 사람의 어머니였기에 금세 눈시울이 젖어들기 시작했다. 하지만 다래는 그런 눈물이 곱게 보이질 않았다. 아마도 이 집을 들어선 순간부터 자신 스스로 감정을 제어하려 한 탓인 것 같았다.

✻

큰 비행기 사고였던 것만큼 신문과 다른 언론매체에서도 그 사고에 대해 수도 없이 떠들어댔다. 하지만 그것도 잠시. 몇 개월 후엔 그 피해자 가족들 이외엔 언제 그런 일이 있었냐는 듯 세상은 너무도 조용했다. 더군다나 우리나라 사람이 탑승객은 얼마 있지 않았던 터라 그 관심은 금방 사그라졌다.

세준의 가족들은 세준의 사고 소식에 제대로 대처를 하지 못하는 경찰이 원망스러워 개인적으로 많은 사람들을 고용해 그 넓은 바다를 이 잡듯이 쑤시고 다녔다. 정말 먼 거리를 몇 번을 오갔는지. 갈 때마다 어머니와 해준은 점점 지쳐갈 뿐이었다. 분명 그의 시신을 찾으러 갔음에도 어머니는 그의 실종신고를 표면적으로만 했을 뿐이었다. 원래 비행기 사고 같은 특별한 케이스는 일 년만 실종이 되어도 사망신고가 가능했지만 실종신고도 세준을 찾아내기 위해 억지로 했을 뿐이다. 해준은 언젠가 이 일을 지금보다는 더 이성적으로 받아들일 때 하기로 생각하고 더 이상 어머닐 다그치지 않았다.

그렇게 피가 마르는 시간을 보내고 있었다. 그렇게 일 년이 지나가고, 그리고 이 년이 되어가고 있었다. 얼마든지 돈을 주겠다고 말하고 고용했던 이들도 고개를 절레절레 흔들며 이젠 포기하라며 오히려 어머니를 설득시켰다.

근 이 년 사이에 말도 못하게 야위어진 얼굴. 나이 때문이기도 했지만 늘그막에 너무도 심한 마음고생을 한 나머지 어머니의 얼굴의 주름살은 그 나이대의 여자들보다 훨씬 많았다. 물론 관리를 받을 수도 있었겠지만 아들을 잃은 판에 그런 주름에 신경 쓸 어머니는 그리 많지 않을 것이다. 어머니는 자신의 안 좋은 얼굴은 신경 쓰지도 않고 도리어 해준의 얼굴을 보며 손으로 그의 얼굴을 쓰다듬으며 눈가의 주름을 일그러뜨리며 안쓰러운 얼굴을 하고 있었다.

"어머니, 벌써 이 년이 다 되어갑니다. 이제 어느 정도 단념하실 때도 됐잖아요."

"해준아, 지금 내가 남의 일 가지고 그러는 거니? 네 동생 일이야. 네 동생!"

"비행기 잔해에서도 세준이의 모든 소지품이 나왔지 않습니까. 그리고 모든 수단을 다 동원해 샅샅이 찾아봤잖아요. 전문가들 말로는 아마 조류에 휩쓸려 떠내려갔을 수도 있고……. 물론 어머니가 그 사실을 다 받아들인다는 건 영원히 힘들겠지만 어머니 몸도 생각하셔야죠."

해준이 어머니를 밖으로 나가지 못하게 손을 붙들고 있었지만, 엄마의 이름으로 자신의 모든 힘을 소진해 버렸음에도 아직 아들에 대한 집착이란 것이 그녀를 일으켜 세우고 있었다.

"해준아, 네 말대로 이제 모든 걸 다해봤는데……. 내 아들이 그 흔들리는 비행기 안에서, 그리고 비행기가 빠져 버린 차가운 그곳에서 얼마나 힘들었을까."

"어머니, 그래서 지금 그럼 거기를 가시려고 하는 겁니까?"

"해준아, 네가 항상 내가 무슨 일이 있을 때마다 그곳을 찾아가니까 다 소용 없다고 했었지? 하지만 이 엄마가 세준이를 위해서 해줄 수 있는 게 이제 아무것도 없게 되니까."

해준은 그런 어머니의 모습을 보면서 자신의 손을 서서히 어머니의 손목에서 떼어내기 시작했다. 아마도 아버지가 떠난 그때부터 그곳을 더 자주 드나들었던 것 같았다. 자신과 세준에게 무슨 일이 있을 때마다, 이젠 서로 상의할 사람이 사라져 버렸으니까 이젠 그런 것에라도 상의할 수밖에 없다는 것에 안타까울 뿐이었다.

"그러면 같이 가드릴게요."

"됐다. 너 거기 싫어하잖니. 김 기사를 부르면 된다."

"아니요. 데려다 드릴게요."

해준은 끝끝내 어머니가 싫다고 했지만 결국엔 그곳을 가보기로 했다. 그동안 쓸데없는 짓이라면서 어머니에게 화를 냈었지만, 그동안 얼마나 기댈 곳이 없었으면 이런 곳까지 오게 되었는지. 해준은 자신의 행동에도 문제가 있었다는 생각을 하고 있었다.

해준과 어머니가 집을 나서려 하자 한동안은 고요했던 초인종 소리가 시끄럽게 두 사람의 귀를 어지럽혔다.

"이 시간에 누가."

해준이 인터폰의 버튼을 눌렀다.

"누구십니까?"

"해준아, 윤 기사구나. 몰골이 말이 아니지만 맞는 것 같구나. 무슨 일인지 열어주려무나."

두 사람은 다시금 소파에 앉았다.

"윤 기사가 무슨 일인지 모르겠구나. 해준아, 그곳엔 조금 늦는다고 전화 주겠니?"

"뭐 그렇게 오래 걸릴 일도 아닌 것 같은데. 하지만 일단은 연락해 두죠."

생각보다는 빠르게 열리는 현관 문. 그는 숨을 가쁘게 몰아 내쉬고 신발도 벗을 시간도 없이 그곳에 바로 주저앉은 모습에 해준과 어머니 모두 놀랄 수밖에 없었다.

"사모님, 제발 저 좀 도와주십시오."

어머니는 그곳에서 그의 사연을 늘어놓으려 하는 모습에 소파에서 일어나 그에게 가까이 다가갔다.

"윤 기사님, 무슨 일인지 모르겠지만 들어오세요."

가까이서 보이는 그의 몰골은 더욱 말이 아니었다. 여름임에도 가을쯤에나 걸칠 것 같은 먼지투성이의 잠바를 입고 있는 모습. 그는 수차례의 설득 끝에 신발을 벗고 거실로 들어섰다. 소파에 앉을 것을 권했지만 그렇게 거실을 밟은지 몇 걸음 되지 않아 그의 무릎은 조금씩 각을 만들어 구부려지기 시작했고, 이내 그들의 앞에서 자신을 바닥으로 내몰았다.

"왜 이러시는 겁니까?"

"정말 염치없는 말이긴 하지만 제가 지금 난처한 상황이라."

"말씀하세요. 우리 가족에게 정말 잘해주신 거 아는데 왜 이렇게 난처하게 만드세요. 그냥 편하게 말하세요."

그렇게 편하게 말하라 했지만 그의 입에선 이렇게 급작스럽게 찾아온 용기와는 다르게 말이란 게 나오질 않고 있었다. 괜히 자신의 양 허벅지만 두 손으로 세게 움켜쥘 뿐 아무 말도 하지 못했다.

"혹시, 돈 때문에 그러시는 거라면. 부담 갖지 말고 말해보세요."

아마도 그 말이었던 것 같다. 돈에 관한 이야기가 아니었더라면 이렇게 머뭇거릴 일도, 그가 이렇게 자신의 집에 급작스럽게 찾아올 일도 없었을 거라고 생각했다.

"일억만 빌려주십시오. 제발 부탁드립니다."

그의 바지 주름의 굴곡이 더욱더 심해지고 있었다. 두 손은 무엇을 짜내려는 것인지 더욱 굳게 쥐어졌다.

"윤 기사님, 연락처를 두고 가시겠어요? 제가 연락드릴게요."

그는 테이블에 놓인 작은 메모지에 자신의 전화번호를 적고 있었다. 아마도 이런 상황에서의 연락을 준다는 뜻이 어떤 것인지 대충 예상이 가기에 그는 힘없는 손으로 적어 내려갔다.

"실례했습니다."

그리고서는 누가 뭐라고 하지 않았음에도 속히 자신을 현관문 밖으로 내밀었다.

"어머니, 일억이라니요. 그것도 이렇게 갑작스럽게!"

"꽤 다급한 모양인데 시간이 좀 걸리겠어. 현금을 그렇게 확보하기가 쉽지 않으니 말이다."

일억이란 돈을 순순히 빌려주려는 생각을 하는 어머니를 해준이 놀란 얼굴로 쳐다봤다. 아버지가 돌아가신 후로는 그렇게 남을 쉽게 믿는 모습을 보여준 적이 한 번도 없기 때문이었다.

"설마 진짜 빌려줄 생각이신가요?"

"해준아, 늦었구나."

해준은 자신의 말을 자르고 집을 나서는 어머니의 뒤를 의아한 얼굴로 쳐다봤다. 해준은 준비된 차의 시동을 걸고 차는 내리막길을 미끄러지듯이 내려갔다.

"같이 들어가 드려요?"

"아니다. 그냥 좀 물어볼 게 있어서……."

"그럼 여기 있을 테니 갔다 오세요."

해준은 그곳에 들어갈 마음으로 이곳까지 왔지만, 들어가지는 못했다. 어머니가 한 번 거절하더라도 그냥 들어가면 그만이지만 어머니가 무슨 질문을 할지 알았다. 이제껏 약한 모습을 보일라 치면 방으로 들어가 버리던, 아들들에겐 강한 어머니로 보이고 싶었던 어머니를 잘 알기에 해준은 밖에서 기다리는 쪽을 선택했다.

"이제…… 어머니가 제게 기댈 수 있기 충분한 것 같은데. 아마도 어머니에겐 제가 항상 물가에 혼자 내어놓을 수 없는 어린아이겠죠."

어머니는 문 밖에 해준을 두고 안내하는 이에 뒤를 따라 걸었다. 안내자는 미닫이문을 열어 그녀를 들어가라며 말이 아닌 손짓으로 대신했다.

"엄마 왔쪄?"

어린아이 말투와 목소리로 말을 걸고 있는 사람. 얼굴만 봐도 그녀와 그다지 나이 차이가 나지 않을 것 같았지만, 그 사람은 그녀에게 '엄마' 라며 아주 친근히 부르고 있었다.

"안, 안녕하세요."

엄마 왔냐는 말에는 적합하지 않는 대답이었지만 누구라도 그 사람의 얼굴을 본다면 반말을 찍찍 뱉을 수는 없었을 것이다. 유난히 도드라져 보이는 불법시술의 흔적이 가득한 새까맣다 못해 웃기기까지 한 눈썹. 그리고 귀여워 보이고 싶었던지 심하게 덧바른 불그죽죽한 볼터치. 아, 그리고 언젠가 코미디 프로에서 본 펭귄의 앙증맞은 입술 라인. 그중 하이라이트는 가슴에 꼭 안고 있는 피카츄 인형과 부담스러운 인형이 가득 붙여져 있는 머리띠였다.

"엄마, 엄마 왜 이렇게 안 왔쪄. 나 삐치려고 했단 말이야."

"요즘 제가 제정신이 아니었네요."

"오빠가 바다 속에서 이도 저도 가지 못하고 떠다니고 있어서 그렇지!"

애기신이 씌어 있는 무당이 하는 소리에 그녀는 소스라치게 놀라고 있었다.

"우, 우리 아들이요?"

"지금 옆에서 머리하고 옷에서 물이 뚝뚝 떨어지면서 엄마를 불쌍하게 쳐다보고 있쪄!"

"지, 지금이요?"

무당이 하는 말에 그녀는 살며시 옆을 쳐다봤지만 그게 보였다면 그녀는 지금 이렇게 무당에게 무언가를 물어보러 오지는 않았을 것이었다.

"아, 오빠 이름이 세준이구나?"

무당은 옆에 물을 뚝뚝 흘리며 서 있다던 세준과 이야기를 무슨 이야기를 하고 있었다. 그녀는 그 둘의 대화에 끼지 못하고 있었다. 처음엔 자신의 아들이 진짜 죽은 것이 맞는지 단순히 확인만 하려고 온 것인데. 지금 저렇게 무당과 이야기를 하고 있는 것을 보니. 그렇게 살아 있기만을 바랐던 그녀의 바람은 무너지고 있었다.

"우리 오빠가 엄마 곁을 떠날 수가 없대."

“네?”

“오빠가 엄마가 계속 자기 생각한다고 너무 슬퍼서 갈 수가 없대. 그리고 응? 뭐라고?”

무당은 대화 중에 갑자기 다시 알 수 없는 소리로 혼잣말을 하기 시작했다.

“좋은 곳으로 가지 못하는 진짜 이유가 있대.”

“그게 무슨…….”

“오빠가 자기 결혼도 못하고 죽은 게 너무 억울하대. 그래서…….”

무당은 잠시만 말을 멈추다 다시 말을 이었다.

“자길 결혼시켜 달래.”

“네? 결혼이라면 질색하던 애인데.”

“엄마, 그럼 지금 내가 거짓말하고 있다는 거야?”

결혼이라는 말에 그녀는 소스라치게 놀랐다. 이미 죽은 아들인데 결혼식이라니. 이런 말을 듣자고 온 것이 아니지만 무당이 하는 말이 예사롭지 않게 들려오고 있었다. 이건 정말 말도 안 되는 소리이기는 하지만 말이다.

“엄마, 영혼결혼식 몰라? 총각 귀신하고 처녀 귀신하고 결혼시켜 주는 거 있잖아.”

자기 아들을 귀신과 결혼시켜야 한다니. 이건 더욱 기가 막히는 소리였다. 더 이상 듣고 있기가 힘들어 일어나 방을 나서려고 하자.

“엄마! 오빠가 딱 한 달 남았대. 그때가 마지막 그곳으로 갈 수 있는 기회래. 그때까지 결혼시켜 주지 않으면 좋은 곳에 가지 않고 계속 엄마 옆에서 붙어 있을 거래. 물을 뚝뚝 흘리고 부들부들 떨며 말이야."

그 말에 그녀의 걸음이 잠시 멈칫했다. 하지만 결국엔 더 이상 들을 수 없어 그곳을 나와 버리고 말았다. 무당의 말들이 머릿속에서 정리가 되지 않고 뒤죽박죽 섞여서 혼란스럽게 만들고 있었다.

"젠장! 돈 벌어먹기도 힘드네. 저 아줌마 영혼결혼식 하려나? 그게 진짜 한몫 잡을 수 있는데. 하기야 돈 많은 사모님이 자기 아들이 이승을 떠도는 걸 가만히 두겠어? 아무튼 처음부터 애기 신을 택하는 게 아닌데. 낼모레 오십 줄에 내가 이딴 거 들고 있어야겠어!"

'탁' 하는 소리와 함께 피카츄 인형이 문으로 날아가 꽂힌 뒤 미끄러져 바닥으로 떨어졌다.

한편, 문밖으로 뛰쳐나오는 어머니를 해준이 잡아 세웠다.
"어머니, 왜 그러세요?"
"아, 아니다."
"혹시 그 무당이 헛소리라도 지껄인 거 아니에요?"
"아, 아무것도 아니라고 했잖니!"
자신의 말에 화를 내며 차에 급하게 타는 어머니를 보며 해준은 뭔가 이상하다고 느꼈다. 하지만 아무 이야기도 하고 싶지 않다며 계속해서 해준의 물음에 대한 대답을 회피하는 어머니를 더 이상 다그칠 수는 없었다.

그리고 며칠 뒤 저녁. 갑자기 어머니가 해준을 찾았다.
"무슨 일이세요?"
"해준아, 이 번호로 전화 좀 해주겠니? 그 부탁 들어주겠다고 하면서 말이다. 윤 기사 성격에 이곳을 다시 올 사람은 아니니까."
"어머니."
"그리고 안방으로 들어가 있을 테니 전화 끊지 말고 가져다주렴."

무슨 영문인지 갑자기 그런 쉽지 않은 결정을 한 어머니를 보며 해준은 그녀가 시키는 대로 한 뒤 안방으로 전화를 가져갔다. 해준의 전화기를 받고서는 나가라며 손짓하고 있었다. 해준은 뭔가 이상한 느낌이 들기는 했지만 어머니의 재촉에 하는 수 없이 방을 빠져나왔다.

"도대체 무슨 일이야."

해준이 그렇게 혼잣말을 하면서 소파에 털썩 주저앉았다. 자신도 이렇게 가끔 생각이란 것의 끈을 느슨하게 해놓기만 하면 녀석의 생각이 나 세준의 빈자리를 절실하게 느끼곤 했다. 자신도 이런 지경인데 어머니는 도대체 어떻게 견뎌내는지 걱정이 되었다.

"해준아, 내가 윤 기사에게 씻을 수 없는 죄를 짓게 되었구나."

하얗게 핏기가 빠진 얼굴로 방에서 나온 어머니.

"죄라니요?"

이번에도 역시 해준의 물음을 무시하고 어머니는 다시 방으로 들어가 버리고 말았다.

똑똑똑. 그의 노크에도 아무 말이 없는 어머니.

"들어갈게요."

해준은 방에 들어섰다. 그러자 한없이 눈물을 흘리고 있는 어머니를 발견할 수 있었다.

"해준아, 이 어미가 너무 이기적인 거 같구나. 내 자식 때문에 다른 사람의 자식에게 몹쓸 짓을 하다니……."

눈물 때문에 목이 메여 어머니는 더 이상 말을 이을 수 없었다.

"그게 무슨 말입니까?"

"우리, 우리 세준이가 그렇게 해달라는 거 쉽게 한 번도 해준 적 없는데. 그렇게 강하게 키웠는데. 이번 부탁만은 들어주고 싶구나. 말도 안 되는 거 알고 있지만."

해준은 울먹이는 어머니에게서 어제 무당과의 대화와 윤 기사에게 그의 딸과 아들을 결혼시킬 수 있게 승락하면 대신 일억을 주기로 약속했다는 말을 듣고서는 그 자리를 박차고 일어났다.

"어머니, 이건 말도 안 됩니다. 산 사람과 죽은 사람을 결혼시킨다니요!"

"그 사람이 원래 죽은 귀신끼리 시키는 거라던데. 도저히 그럴 용기는 안 나는구나. 말이 결혼식이지 그 아이는 내 딸처럼 보살필 거란다."

"꼭 그러셔야겠어요? 그거 다 사기란 말입니다!"

어머니는 해준이를 빤히 쳐다보았다. 눈물이 얼굴에서 얼룩져 있는 어머니의 모습에 해준은 더 이상 무슨 말을 할 수가 없었다.

다시 눈물을 쏟아내는 어머니에게 다가가 흘러내리는 눈물을 닦아주는 해준이었다. 정말 말이 안 되는 거 알지만 어머니의 '마지막'이라는 말 때문에 해준은 그것을 더 이상 반대할 수 없었다. 그의 어머니였으니까. 그리고 그의 동생을 위한 일이었으니까.

✳

다래는 지금 자신이 듣고 있는 말들이 꿈이 아닐까 생각했지만, 이건 꿈이 아니라 현실이었다. 그것도 자신에게 닥친 현실.

"다래 양, 어머니라고 불러줄 수 있겠어요?"

아직 몇 마디 대화밖에 오가지 않은 상황에 저렇게도 앞서 가는 사모님의 말에 다래는 짐짓 놀랐다. 이 상황, 그리고 자신의 앞에 서 있는 사람 모두가 낯설었다. 아마도 사모님은 다래가 자신의 제안을 수락한 것으로 알고 있는 듯했다. 사실, 이 제안에 거절이란 게 존재할 가능성은 없지만 막상 이렇게 자신을 대하는 그녀의 모습 때문에 많이 낯설었다.

"아직은 좀 그러네요. 지금도 정리가 되지 않거든요."

다래의 말에 조금은 무안했던지 사모님은 약간의 작은 소리로 헛기침을 하면서 홍차를 한 모금 목으로 넘기고 있었다.

아들의 이야기를 털어놓으면서 사모님은 아직도 그 감정을 떨쳐 내지 못했는지, 아마도 영원히 떨쳐 내지 못할 감정에 복받쳐 눈물을 보이고 말았다. 곱게 수놓아진 손수건으로 눈물을 찍어내는 것이 가식적으로 보이기는 했지만 그건 일종의 생활방식 중 하나였으니 다래는 그냥 사모님을 쳐다볼 수밖에 없었다.

"어미 욕심이 한도 끝도 없는지라. 아직까지 세준이의 얼굴이 생생한데. 손자까지 내가 다 보고 며느리랑 재미나게 살 생각이었는데. 세준이에게 선물을 해주고 싶었어요. 물론 다래 양에게는 그 반대겠지만요. 미안해요. 하지만 딱 일 년이에요. 딱 일 년."

일 년? 이 결혼에 기간이 있다는 소리는 금시초문이었다. 더 오래일 것이라 생각했던 다래는 엷은 미소를 지을 수 있었다. 비록 이 상황이 좋은 것은 아니었지만 일 년이라는 제한된 시간은 그녀에겐 좋은 쪽임이 분명했다. 생각해보면 그렇게 짧지만은 않은 기간이지만 영원이라는 전제가 빠지고 나니 다래는 조금 마음이 가벼워졌는지 조금씩 입가에 굳었던 근육들이 풀어지지 시작했고, 식은땀이 났던 손바닥은 조금씩 원상태로 돌아오기 시작했다.

"어머니, 그건 말해주지 않았습니다. 다래 씨, 일 년이에요. 거래의 유효기간. 하지만 어머니도 그리고 저도 이걸 거래로 생각하지 않을 거라고 약속할게요. 난 내 동생의 아내로, 어머니는 하나밖에 없는 며느리로. 그렇게 한 가족으로 생각할 거예요. 아참, 지금 대학원 준비 중이라고 했죠? 우리가 그 일도 물심양면으로 도와줄게요."

"그래요. 해준이도 나도 그렇게 생각할 거예요."

남자의 이름은 해준이었다. 차 안에선 단호한 말로 거절이란 게 존재하지 않는다고 그녀에게 말했던 그였다. 이게 지금 그의 모습이라면 어제 보여준 그의 연기는 실로 대단한 게 틀림이 없었다. 하지만 하루를 꼬박 밖에서 자신을 기다리던 그는 아마도 지금 세준의 어머니가 가지고 있는 아들에 대한 그리움과 견줄 만한 동생을 위한다는 생각을 가지고 있었을 것이다. 하지만 아직까지도 아무리 그렇다 하더라도 자신을 가지고 거래를 했다는 것은 쉬이 용인할 수 있는 게 아니었다. 그건 세준이란 남자의 가족과 아버지, 두 쪽 다 해당되었지만 특히 아버지에 대한 그것은 더욱더 다래를 힘들게 만들고 있었다. 하지만 다래는 이제 자신의 결정을 확고히 그들에게 알려야 했다.

"잘 부탁드리겠습니다."

다래가 할 수 있는 말은 그게 전부였다.

"다래 양, 정말 미안하네요. 그리고 너무 고마워요."

갑자기 어머니가 소파에서 내려와 무릎을 꿇고 자신의 두 손을 꼭 잡았다. 다래는 너무 놀라 그 자리에서 일어나 그녀를 일으켜 세우려 애를 썼지만 해준의 어머니는 도통 일어날 생각을 않고 목 놓아 울기 시작했다.

'이렇게 아들을 사랑했으니까 그런 말도 안 되는 생각을 한 거겠지.'

다래는 조금씩 이들을 이해하려고 애쓰고 있었다. 어차피 주사위는 던져졌고, 갈 목적지가 정해졌으니. 그렇게 십여 분 이상을 울고 있는 그녀 앞에서 다래는 자신의 손을 빌려주는 것뿐 아무것도 할 수 없었다. 재벌집의 사모님이라는 사람은 그렇게 자신의 지위를 잊은 채, 아들을 잃은 가여운 어머니의 모습만을 보여주었다.

"저기, 세준 씨라는 분. 어떤 사람이었죠?"

이렇게 사랑받는 사람이 누구인지 알고 싶었다. 물론 자신을 이렇게 사랑해 주는 사람이 없어서가 아니었다. 어떻게 이런 사랑을 다 받지도 못하고 죽어버린 건지. 불운한 한 남자의 모습이 궁금해졌다.

"어머니, 제가 다래 씨에게 설명할게요. 그러니 들어가서 기운 좀 차리세요."

"……."

해준이 어머니를 간신히 부축해 일으켜 세웠다.

"들어가세요."

"다래 양, 고마워요. 정말."

어머니는 들어가기까지 다래를 잡은 손을 놓지 않았다. 안방으로 부축되어 들어가는 온 힘이 다 빠져 버린 듯한 뒷모습. 그 모습은 어젯밤 엄마의 뒷모습과 비슷했다. 자식이 빚 대신 팔려간다는 건 아마도 죽는 것보다는 못하겠지만 엄마에겐 분명히 대단한 충격이었을 것이다.

자식을 위해서 자신을 기꺼이 죄인으로도 만들 수 있는 마음. 자신 때문에 자식을 남에게 보낼 수밖에 없어 죄인이 되어버린 마음. 그사이엔 뭔가 모를 공통점이 숨어 있는 것 같았다.

"조심히 올라와요."

"네."

해준이 전통 나무마루를 본떠 만든 계단이 미끄러울까 봐 다래에게 먼저 알려주었다. 계단 난간을 잡고 조금씩 그녀의 시야에 보이기 시작하는 이층의 모습에 놀랐다. 조금 전 한옥을 본뜬 일층과는 달리 현대적이고 심플한 가구들로 배치된 것이 과거와 현재를 오가는 느낌이었다.

"일층은 아버지가 직접 꾸미신 거죠. 이층은 세준이 녀석이 꾸민 겁니다. 확실히 저보다는 감각이란 게 있어요. 아니, 있었어요."

세준의 방이라며 해준이 문을 열어주었다. 남자의 방 같지 않게 잘 정돈된 가구와 책장에 그 모양들을 하나하나 맞추어 진열된 책들. 블랙 앤 화이트의 조화로운 모습이 다소 경직되어 보일지는 몰라도 그의 성격은 어림짐작할 수 있었다. 그는 아마 무척이나 깔끔하고 색의 배치를 보아 까다로운 사람일 것이 분명했다.

"세준이에요. 제 옆에 있는 녀석."

다래가 집어 든 액자를 가리키며 해준이 말해주었다. 다래는 시선을 돌려 세준이라는 사람의 얼굴을 보았다. 키는 해준과 비슷한 걸로 보아 180cm는 족히 넘어 보였고, 너무 하얗지도 않은 그냥 남자로 치면 좀 하얗다는 느낌의 피부 톤. 그리고 또렷한 이목구비가 요즘 소위 말하는 훈훈한 남자를 줄여 말한 훈남 스타일이기보다는 조금 전 예상했던 것처럼 약간은 날카로운 인상을 가진 남자였다. 그리고 유난히도 작은 얼굴이 평소 얼큰이라는 별명의 다래에게 탐탁지 않게 보였다. 전생에 무슨 착한 짓을 했기에 저 모양으로 태어났는지.

'아마도 그가 진짜 내 남편이었다면 분명 심하게 까칠하게 굴었겠지. 매일매일 싸우고.'

참 말도 안 되는 상상을 하는 다래였다. 그런 상상이 들 정도로 그의 얼굴은 매력적이었다. 해준과는 달리 그는 사진만으로도 사람의 시선을 한동안 잡아두는 강한 무언가를 가지고 있었다. 쓸데없이 긴 팔과 다리? 아니면 저 날카로운 눈빛? 아니면? 그냥 사람의 한 모습을 담은 것에 불과한 사진이었지만 다래에겐 많은 상상을 가능하게 만드는 도구였다.

"아, 결혼식의 절차는……. 다래 씨?"

아차. 다래는 세준의 사진에 눈을 떼지 못해 해준의 말도 듣지 못하고 있었다. 자신의 이상형인 탤런트 신재혁과는 정말 다른 이미지를 그인데. 다래는 멍한 얼굴을 하고선 해준 쪽으로 고개를 돌렸다. 그런 그녀를 본 해준은 뭔가 느꼈다는 투로 특유의 미소를 보였다.

"오, 오해하지 마세요."

자수도 이런 순진무구한 자수가 있으랴.

"네? 뭘요? 하하. 아, 하던 말마저 하죠. 결혼식은 아마도 점집에서 할 것 같네요. 하지만 최대한으로 빨리 끝낼 겁니다. 그리고 어머니가 세준이 결혼하는 모습을 보고 싶으셨나 봅니다. 그래서 간단하게 웨딩촬영을 할 것 같네요. 날짜는 이 주일 뒤로 생각하고 있습니다."

해준의 뜬금없는 소리에 다래는 갑자기 느슨해졌던 눈꺼풀이 팽팽하게 호선을 그리며 눈동자를 돌출시키고 있었다.

"예? 웨딩촬영, 아니, 결혼이라니요?"

"걱정 말아요. 비밀리에 이뤄지는 거니까. 물론 대외적으로 세준이의 결혼은 비밀입니다. 그러니 다래 씨는 결혼식만 할 뿐이지 시간이 지나면 자동적으로 자유의 몸이 되는 겁니다. 자유의 몸이요. 어찌 보면 사진만 찍는 간단한 형식에 지나지 않을 거예요."

사진이라는 말에 다래는 당황스러울 수밖에 없었다. 그것도 이 주일밖에 남지 않았다는 말에 더욱 당황이라는 단어가 머릿속을 떠나지 않고 있었다.

"물론 혼인신고는 하지 않을 생각입니다. 그냥 단지 일 년만 세준이의 아내 역할이 아니라 저희 가족의 한 사람으로 살아달라는 것뿐입니다."

"혼, 혼인신고요?"

"왜 그렇게 놀라요? 혼인신고는 하지 않겠다는 말인데."

혼인신고란 단어에도 긴장한 듯한 다래의 목소리를 듣고 그녀의 어깨에 조심스럽게 손을 올렸다.

"실종신고도 어머니가 취소하셨죠. 이제 녀석의 시신이라도 찾겠다는 마음은 포기하신 듯해요. 얼마 전에 등본을 떼어오신 걸 봤습니다. 그 서류종이 한 장에라도 녀석이 살아 있게 만들고 싶으셨는지 아니면 그런 종이 한 장 따위에 자신의 아들이 죽었다는 걸 인정하기 싫으셨던 거겠죠. 하지만 지금 다래 씨가 하는 걱정은 접어두어도 될 거예요."

"미안해요. 전……."

"미안하긴요. 다래 씨가 그런 걱정을 하는 건 당연할 텐데."

"저희 아버지를 도와주신 것도 모자라 조금이라도 저희 집에 도움을 주시려고 절 선택하신 거 너무도 분명히 알면서도 그런 걱정을 했네요. 솔직히 세준 씨가 그렇게 되었더라도 저보다 훨씬 더 좋은 조건의 여자는 많았을 테니까요. 아무튼 제가 잘할 수 있을는지 궁금하네요. 지금 이렇게 제가 심각한 상황이라 그렇지 평소 성격은 왈가닥에 푼수 끼가 다분한 편이거든요."

"왜 그렇게 생각해요. 어머니도 다래 씨를 잘 알지는 못했지만 윤 기사님에게 다래 씨 이야기를 자주 들었다고 하셨어요. 대학교도 항상 장학금을 타고, 혼자 아르바이트를 해 용돈을 벌어 집안 자랑이라고 하셨던 거. 저도 건너 들었어요. 그래서 다래 씨가 세준이의 아내 역할을 해준다는 게 참 다행인 것 같군요."

"네? 아버지가요?"

다래는 잠시 고개를 떨어뜨리며 생각했다. 어렸을 적에 그런 말을 남에게 들었다면 함박웃음을 지으며 장난스럽게 은근히 자기 자랑을 했을 텐데 시간이 꽤 오래 지난 터라 다래가 웃음을 지을 명분을 앗아갔다.

"우리 세준이 사진 너무 뚫어지게 쳐다보지 말아요."

해준의 뜬금없는 말에 다래는 하마터면 액자를 떨어뜨릴 뻔했다. 제자리에 액자를 두고 나서도 정말 웃기게 방을 나서는 중에도 고개를 돌려 다시 그의 사진을 쳐다봤다. 마치 자신에게 손을 흔들고 있고, 자신에게 미소를 지어주는 것 같은 착각에 빠질 정도로 다래의 눈엔 그가 생생하기 보였다. 눈을 다시 한 번 껌뻑이며 정신을 차리려고 해도. 우습게도 그까짓 사진 한 장이 사람을 참 이상하게 만들어 버렸다. 왠지 가슴이 조금 두근거렸다.

"나, 왜 당신이 어딘가에서 살아 있었으면 좋겠다는 생각을 하는 거지? 정말 말도 안 되잖아."

다래는 세준의 방문을 닫고 한동안 그 문에 기대어 생각을 했다. 왜 저런 사진 한 장에 잠시 동안 마음이란 게 흔들렸으며, 이미 죽어버려 돌아올 길 없는 사람이 돌아왔으면 좋겠다는 부질없는 생각을 하는 자신이 웃기기까지 했다. 마치 지금 세준이란 남자를 방 안에 남겨두고 온 것 같은 느낌이 자신을 사로잡고 있어 지금이라도 몸을 돌려 문을 열고 들어가면 그가 있을 것 같았지만 그 안엔 그의 사진이 전부였다. 그게 그의 전부였다.

"웃긴다, 너. 얼마나 남자를 안 만나고 살았으면 남자 사진 하나에 왜 이러는데."

잠시 동안 이런 감상에 젖다가 다시금 현실이 나타났다. 지금 이런 것들을 남들이 본다면 돈이라면 별짓거리를 다하는 사람으로 밖에 보일 게 뻔했다. 원래 다른 사람들은 그 안을 쳐다보진 않고 그냥 자신들만의 눈으로만 판단하니까. 솔직히 아무리 비밀이라고는 하지만 이 사실들이 밖으로 알려질까 봐 조금은 걱정이 되는 게 당연했다. 지금도 이렇게 용기있는 척 이곳에 와 있지만 자기가 겁쟁이라는 사실은 그녀 자신이 가장 잘 알고 있었으니 말이다.

"그래. 걱정거리만 더 머리 위에 올려놓으면 뭐 하나. 가뜩이나 무거운 머린데."

잠시 올려진 가면을 다시금 얼굴에 내려 썼다. 다시 당당하고 푼수 끼 많은 다래로 돌아가려 했다. 발에는 힘을 주고 팔은 덩실덩실 춤을 추며 당당하게 걸어 내려갔다. 다래가 계단을 내려오는 동안에도 한 번도 시선을 놓지 않는 두 사람. 아마도 다래가 내려오길 기다리고 있었던 것 같았다. 그렇기에 다래는 다분히 의도적으로 마주 보는 자리에 앉았다.

조금은 마음을 다잡은 상태여서 그런지 이젠 이 사람을 조금 전보다 편한 마음으로 볼 수 있었다. 참으로 무서운 색안경. 그것을 벗고 나니 이 사람도 그냥 단순히 죽은 아들을 위해 자기가 욕 먹을 것도 각오한 어머니로 보였다. 하지만 지금 다래에게는 시간이 필요했다. 한동안 고개를 숙이고 눈동자를 이리저리 굴리며 생각을 하고 있었다.

"다래 양, 제 부탁을 들어줄 수 있겠어요?"

안방에서 쉬지도 못하고 나와 있었던 어머니의 조금은 떨려오는 목소리가 다래의 귓전에 울렸다. 자신이 이렇게 집까지 찾아온 걸로도 충분히 그 제안을 받아들인 거라 생각하기에 충분했지만 무슨 소리에선지 조금은 약한 모습을 보이는 그녀에게 다래가 해줄 수 있는 대답은 한 가지뿐이었다. 해준이 말했던 것처럼 거절이란 건 아예 처음부터 존재할 수가 없었다. 자신이 집에서 그렇게 혼자 깊게 이 생각 저 생각을 한 것도 아마도 단번에 이곳에 왔더라면 말 그래도 도살장에 끌려가는 돼지와 다름이 없지 않은가. 다래는 적어도 자신이 이곳에 발을 들인다는 게 지금 자신의 현실에서는 어쩔 수 없는 결정이라는 걸 다시 한 번 다져 보고 싶었기 때문일 것이다.

"예. 사실 기간이 있었다는 것도 몰랐는데. 제가 생각했던 것보다는 더욱 좋은 상황이라서 그리 나쁘지만은 않네요. 그리고 다른 사람을 선택할 수 있었음에도 절 받아들여 주신 거 저희 가족을 위해서라는 걸 알게 되었으니 저도 감사드리고요.”

처음엔 이렇게 감사라는 말이 나올 줄은 상상도 못했다. 하지만 아무리 자길 좋게 봐줬어도. 그래도 이 집안 소위 재벌가였다. 아무리 이렇게 흠이라면 심한 흠이 있는 결혼의 기회를 자신에게 주었다는 건 이 사람들의 마음 씀씀이가 드라마에서 봤던 것처럼 자신의 사회적 지위를 기준으로 잣대를 만들어 그것에 조금이라도 모자라는 이는 인간 이하의 취급을 하면서 같은 인간임을 인정하지 않고, 자신의 곁에 두는 것조차도 불쾌하게 생각하는 사람은 아닐 거라 확신했다. 지금 이 생각이 조금은 성급한 단정이라 할지라도 지금 느껴지는 두 사람의 표정과 말투 ,그리고 자신을 쳐다봐 주는 시선은 자신의 생각과 비슷하다고 말해주고 있었다.

이렇게 결혼이 결정되어진 순간, 다래는 잠시 조금 더 골똘히 무언가를 생각했다. 아무리 형식적인 결혼이기는 했지만 분명 그에 대한 부담감은 가벼운 것이 아니었다. 그랬기에 다래는 잠시 정리해 둔 생각을 한 곳에 접어두고 자신만의 시간을 갖고 싶다는 마음이 들었다.

“결, 결혼식 전에 생각할 것도 있고. 마지막으로 여행이라도 가고 싶어서요. 그래도 될까요?”

자신의 입에서 나오는 ‘결혼식’ 이란 단어가 정말 어색했던지 다래는 더듬지 않던 말을 그 단어에서만 유난히 더듬거렸다.

“여행을 갔다 오겠다고요?”

어머님은 다래의 갑작스러운 여행이란 말에 놀란 눈치였다.

"그래요. 지금 누구보다 마음이 복잡한 건 다래 양일 테니. 혹시, 해외로 가는 건 아니겠죠?"

"네? 해외요? 친구랑 어떻게 해외씩이나. 그냥 강원도나 한번 다녀오려고요."

"그렇군요. 세준이 때문에 그런지 여행이라는 말에 자꾸 민감해지네요. 여행을 간다고 해놓고서는……."

"그렇게 걱정 안 하셔도 돼요."

"그럼 조심히, 조심히 다녀와요."

의외로 순순히 다래의 부탁에 응해주는 어머니의 말. 다래는 이 사람들이 지금 자신을 믿고 있다는 느낌이 들었다. 이 상태로 도망가 버릴지도 모르고, 이 사실을 온 세상에 떠벌릴 수도 있는데 말이다. 물론 다래가 아무리 배짱 좋고 푼수덩어리이긴 해도 지금 상황은 아주 잘 알고 있었다.

"고맙습니다. 그럼 이 주일 후에 뵐게요."

갑자기 어머니는 흰 봉투 하나를 다래에게 건네주었다. 아마도 그건 미리 준비한 것처럼 다래가 인사를 하자 건네졌다. 다래는 굳이 봉투를 사양하지 않았다. 그냥 두께가 얼마나 되는지 느끼곤 손바닥으로 봉투만 만지작거리고 있을 뿐이었다. 다래는 그냥 한 번 웃어버렸다. 다래는 서둘러 인사를 하고 그곳을 나왔다. 해준이 그녀를 바래다준다고 했지만 다래는 그것은 사양했다. 지금은 혼자 있고 싶은 마음이 간절했기 때문이다.

대문을 나서서 자신이 조금 전까지 있었던 그 집을 보기 위해 뒤돌아섰다. 너무도 높은 담 때문에 아무것도 보이질 않았다. 이제 저 담처럼 높게 쌓인 아니면 저것보다 더 높게 쌓였을지도 모르는 자신의 숙제를 생각하니 또 가슴이 답답했다. 아침부터 아무것도 먹질 않았는데도 체한 것마냥. 다래는 가슴을 한번 손바닥으로 쓸어내렸다.

"할 수 있어."

그렇게 포부를 다져 보지만 다시금 찾아오는 불안감을 떨쳐 낼 수가 없었다. 다래는 흰 봉투를 주머니에 넣는 것도 잊어버려 봉투가 바람을 가르며 펄럭였다.

다래는 집으로 돌아왔다. 아직도 방에서 누워 있는 엄마의 모습을 잠시 힐끗 쳐다보고 난 뒤, 부엌으로 향했다. 차려놓은 그대로 식탁 위에 있는 음식들. 다래는 다시 밥을 푸고, 식어버린 국도 다시 데워서 상을 차렸다.

방으로 들어가 상을 옆에 내려놓고 누워 있는 엄마를 일으켜 세웠다. 두 눈은 퉁퉁 부어 있어 제대로 뜨지도 못하면서 다래를 쳐다보는 엄마. 다래는 자신의 결정을 말해야 했다. 아니, 이젠 결정이란 단어가 적절하지 못했다. 이미 결정은 났었던 것이니까.

"엄마, 나 하기로 했어."

"그게 무슨 말이니?"

"엄마, 그냥 사진만 찍고 내가 그 집에서 일 년간만 살면 되는 거야. 물론 난 우리 집에도 자주 올 거고. 그게 전부야."

무당집에서 할 거라는 영혼결혼식 이야기는 하지 않았다. 그 말을 했다가는 엄마에게는 더 큰 충격만 안겨주는 꼴이 될 테니. 자신이 결혼하기로 결정했다는 사실에도 충격이 클 엄마에게 그런 쓸데없는 걱정거리를 더 얹어주기는 싫었던 그녀였다.

"도대체 무슨 생각이라니, 그 사람들!"

"화만 내지 마. 이건 기회일지 몰라. 안 그래? 그리고 그 집 정말 크다? 내 방이 아마 우리 집 크기만할걸?"

"이렇게 철딱서니가 없다니. 도대체 무슨 생각을 하는 거니, 다래야."

다래의 얼굴은 웃고 있었지만 웃을 때 유난히도 도드라져 보이는 다래의 눈가 주름은 찾아볼 수 없었다. 지금 그녀는 입으로만 웃고 있었다. 저렇게 혼자를 다독이려는 모습을 하고 모든 생각을 다 정리한 것 같은 딸의 모습이 엄마에겐 한눈에 들어왔다. 하지만 이럴 때 더욱더 말릴 수 없는 자신의 현실 때문에. 엄마는 더 이상 다래에게 할 수 있는 말이 없었다.

"그리고 우리가 걱정했던 거 말이야. 이 결혼은 절대적 비밀이라고 했어. 그러니까 내가 결혼했다는 사실은 아무에게도 알려지지 않는 거야. 이거 쥑이지? 완전 로또야, 로또!"

천하의 윤다래가 감히 이런 사건에 휘말릴 줄 누가 알았겠냐 만은 다래는 그냥 일 년간 맡은 프로젝트라고 생각하기로 했다. 대단한 결과물이 쥐어질 프로젝트.

"엄마, 우리 일 년, 일 년간만 참자. 아참, 나 그리고 일주일간 여행 갔다 올게. 지은이랑 매번 여행 간다고 했는데 마침 노잣돈도 두둑히 생겼거든. 그래도 되지?"

"여자 둘이서 일주일간 어딜 간다는 거니?"

"에이, 강원도 갈 거야. 강원도. 전화 꼭꼭 할게."

다래는 엄마가 조금은 진정된 것 같은 모습에 옆에 두었던 상을 끌어당겨 손에 억지로 수저를 쥐어주고 나왔다. 엄마가 조금이라도 자신에게 미안해하질 않기를 바라면서 '로또 당첨'이라는 말을 연신 해댔다.

"아싸! 인생역전! 드디어 내 전생의 삶을 살게 되었어. 이제 난 공주마마가 되는 거라구! 히히."

방 밖으로 나온 다래의 얼굴은 서서히 그늘지고 있었다. 일 년 동안 다른 이의 집에서 살아야 하니까. 친구 집도 불편하게 느껴져 자려고 굳게 마음먹다가 결국 두 배나 되는 택시비를 내며 돌아왔던 자신이었다. 그런 자신이 과연 잘해낼 수 있을까 하는 의문만 드는 다래였다.

"아이 씨, 윤다래. 뭘 그렇게 복잡하게 생각하냐? 네가 언제부터 그렇게 복잡한 인간이었어?"

다래는 자기 방으로 들어와 지은에게 전화를 걸었다. 평소에 시도 때도 없이 전화를 했던 지은인데, 지은의 전화번호 단축키마저 헛갈리고 있었다. 그토록 자신이 지금 정신이 없다는 생각에 어이없는 웃음만 나왔다. 하기야 하루 만에 너무도 많은 것들이 변하게 되었으니 말이다.

결국 생각나지 않는 단축번호를 뒤로하고 손수 전화번호부를 뒤져 힘겹게 번호를 찾아냈다. 제일 친한 친구라면서도 그의 전화

번호조차 외우지 못하는 것도 미안한데, 단축키 숫자조차 생각해
내지 못하다니.

상당히 짧은 수화음 뒤에 전화를 받는 지은. 다래는 지은이 '여
보세요?'란 말을 하기도 전에 선수를 쳤다.

"야, 한지은! 우리 강원도 놀러가자!"

[이게 미쳤나. 뭔 자다가 봉창 두드리는 소리니? 아침 댓바람부
터 웬 강원도 타령이야?]

"우리 일주일 코스로 가자! 내가 완전 풀코스로 쏜다!"

[거 참, 감사하지만 못 가. 그건 네가 더 잘 알지? 이 배신자야!]

"왜? 왜? 왜!"

지은이 못 간다고 말하자 다래는 마구 쏘아대며 물었다. 물론
지은이 저렇게 소리를 질러대는 이유를 알기는 했지만 그건 일단
패스.

[나 며칠 뒤에 아프리카로 봉사활동 가. 너 때문에 혼자 가게 됐
어. 이 잡것아!]

아프리카라는 말에 다래는 섬뜩했다. 자신이 결혼하게 될 사람
이 죽었다던 그곳이었다. 운명의 장난인지 아필 그 많은 봉사활동
장소 중 거기일까.

"에이, 왜 이러시나. 정말 못 가? 나 진짜 너랑 아무에게도 방해
받지 않고 여행 가고 싶단 말이야!"

[아니, 애가 왜 애처럼 보채? 너 무슨 일 있는 거야?]

예리한 지은의 질문에 다래는 할 말을 잠시 잃다가 다시 말을
이었다.

"엉엉. 나 진짜 여행 가야 한단 말이야, 여행!"

[여행 못 간 귀신이 붙었나. 내가 미쳤지. 이거 정말 예의상 하는 말이야, 예의상. 너도 갈래?]

우는 시늉까지 하는 다래가 안쓰러웠는지 지은이 같이 가자는 제안을 했다. 하지만 다른 곳도 아니고 그곳인데. 다른 곳이라면 세준의 집에 그까짓 거짓말을 해서라도 가면 그만이었지만 그곳 아프리카는 달랐다. 이렇게 뭔가 찜찜한 느낌이 분명히 느껴짐에도 다래는 망설이고 있었다. 전화기를 손가락으로 만지작거리면서 고민을 하고 있었다. 자신이 가지 않으면 그만인데 다래는 무슨 이유에서인지 한번 가보고 싶다는 마음이 들었다.

"거기는 좀 그런데."

[윤다래 씨, 예의상 하는 말이라니까요.]

'그 사람이 있었던 공간인데. 정말 괜찮을까?

"가, 갈게!"

한참을 생각하다 다래는 뭔가에 떠밀리듯이 대답을 했다.

[내가 미친 짓 하는 거 아닌가 모르겠다. 하지만 너 거기서 쇼핑은 언제 하냐는 개떡 같은 소리 하려거든 지금 당장 집어치워.]

까칠하긴. 그런데 어쩌겠나. 자기와 여행을 가줄 친구는 지은이 유일한 걸.

"아니 아니, 갈게! 내가 짐꾼 하면 되지?"

[그럼 수속도 밟아야 하니까 내일, 아니, 지금 나와라.]

전화를 끊고 나서 다래는 자기가 괜한 짓을 한 것은 아닐까 하고 생각했다. 다른 곳도 아닌 그가 죽었다던 곳인데. 다래는 약간의 후회가 밀려들었는지 이미 끊어져 버린 전화기의 액정만을 빤히 쳐다보고 있었다. 하지만 결국 가지 않겠다는 말은 마음속에 묻어두었다.

✳

홍콩을 경유하고 남아프리카 공화국까지 걸린 시간만 꼬박 17시간. 지은과 다래는 다른 유니세프 봉사단과 합류를 했다. 영어도 제대로 되지 않는 다래는 지은이라는 빽만 믿었다. 간단한 생활 영어면 지장없다고 생각한 다래는 다른 사람들과 인사를 하는 과정부터 난관에 부딪혔다.

"Hello. nice to meet you!"

이 말만을 해대며 대충 악수만으로 때우는 다래는 상대가 무얼 물어와도 아무런 대답을 하지 않았다. 지은이 다 알아서 해결해 줄 테니까.

"윤다래, 너 내가 준 실용회화 책. 솔직히 말해봐라. 몇 페이지 읽었어?"

지은이 다그쳤다. 사실, 그 책의 제목이 무언지도 기억이 나질 않았다. 자신의 책상 서랍 속 어딘가에서 자신을 어둠 속에서 구해달라고 소리치고 있을지 모른다. 그까짓 게 무슨 상관이랴. 보람찬 여행을 가장한 봉사만 열심히 하면 되지. 암, 그렇고말고.

"넌 아직도 우리나라의 주입식 영어를 모르는구나. 내 영어의 특징은 머릿속에는 잘도 들어가는데 입으로는 안 나오는 거란다.

이래 봬도 내가 회화는 안 되도 너보다 토익은 높잖수.”

“자─랑이다!”

“그럼! 내가 유일하게 너보다 나은 게 그건데. 우려먹고 또 우려먹어야지.”

지은과 티격태격 말싸움을 하다가 갑자기 이곳이 얼마 뒤면 자신의 남편이 될 세준이 마지막으로 여행했던 곳이라는 생각이 떠올랐다. 아니, 그 생각이란 건 진작에 났었지만 억지로 밀쳐 내고 있었다. 하지만 이내 그 생각은 곧 돌아와 버렸다.

이 공항이었다. 그가 마지막으로 발을 내디뎠던 장소. 조금은 묘한 기분이 들기는 했지만 그와 더 이상은 연관시키지 않도록 노력했다. 괜스레 간담이 서늘한 느낌이 들었다. 혹, 그의 귀신이 자신의 등에 붙은 건 아닐까 하는 말도 안 되는 상상을 하고 있었다. 긴장을 억지로 떨쳐 내기 위해서 입만 웃고 있는 다래. 참으로 보기 힘들었는지 지은이 한마디 거들었다.

“놀고 있네. 하기야 넌 떡대도 있겠다, 그 웨이브머리 조금만 더 볶으면 여기 사람 속에 섞여 있으면 누가 누구인지도 모르겠어.”

“한지은, 네가 내 속을 어떻게 알겠니. 이 복잡한 언니의 마음을.”

다래의 말을 이해할 수 없었던 지은은 너스레를 떨며 정신없이 여기저기를 기웃대는 다래를 이동차에 구겨 넣었다. 트렁크보다도 못한 대접에 신경질이 난 다래는 한소리 했다.

“나쁜 년, 내가 지금 어떤 기분인지 아니? 네가 알아?”

“찌그러져 있어!”

지은은 다래를 무시하고 봉사대원들과 영어로 유창하게 대화를 하기 시작했다. 다래는 자리가 없다는 핑계로 트렁크로 개조된 공간에서 가방들과 함께 마주 보며 이야기를 해야 했다.

“한지은, 너 후회할 줄 알아! 내가 누군지 알아?”

“너, 한 번만 더 중얼거리면 식인종들한테 토종 똥돼지 선물할 줄 알아!”

“식인종이 어디 있냐? 누가 바본 줄 아나. 웃겨 정말.”

다래는 자기는 신경도 써주지 않는 지은이 서운했지만, 어찌하랴. 지금 이렇게 고맙게 차에 태워준 것도 감사한데 말이다. 얼마 전 다래가 지은의 애인, 정확히 말하자면 전 애인에게 술에 취해 그녀의 과거 남자들에 대한 이야기를 친절하게 말해준 덕분에 지은이 이렇게 솔로가 되었으니 말이다. 멋진 남정네가 옆에 있어야 할 판에 떨거지를 데리고 다녀야 했으니. 그런데도 다래는 당당하기 그지없었다.

“내가 무슨 말을 했다고! 그놈이 나한테 일부러 술 먹인 거라고. 내가 네 과거 불라고!”

지은이 뒤돌아보면서 다래를 째려봤다. 다래는 괜히 다른 곳만을 쳐다보며 그 시선을 피했지만 왼쪽 미간이 심히 뜨겁다는 느낌을 받았다. 트렁크의 작은 창으로 보이는 너무도 건조한 땅들과 간간이 보이는 동물들을 친구 삼아 다래는 그렇게 혼자놀이에 심취해야 했다.

밤이 늦었다며 야영을 할 때에도 다래는 찬밥 신세였고, 다시 갈아탄 소형 비행기에서도 다래의 자리는 멀미가 쉽게 찾아오는 비행기 꼬리 부분 자리였다. 그렇게 또 많은 시간을 비행기에서 보내고 다시 차를 타 몇 시간을 덜컹거리는 길을 통해 목적지에 도착했다. 다래는 차에서 내리자마자 급하게 뛰어가 이미 다 소화가 끝난 음식물들까지 다시 게워 올려내기 시작했다. 그 끝에 씁쓸한 기운이 입에서 가시질 않았다.

"한지은, 이게 다 너의 계략인 걸 알면서도 이 언니가 참아준 거다. 알겠어?"

다래는 자신의 앞에 펼쳐진 낯선 광경에도 그렇게 놀라진 않았다. 지금 자신이 처한 영혼결혼식이라는 상황보다는 덜 낯설 테니까. 찌는 듯한 더위와 계속해서 내리쬐는 햇빛도 다래가 생각하고 있는 것들을 방해하지 못했다. 그렇게 정신이 없는 다래를 끌고 지은이 봉사단의 대열에 합류했다.

"여긴 바깥 세상과 단절되었다고 보면 돼. 우리 봉사단도 이곳에 처음 오거든. 조심해. 이 사람들이 친절한 건 분명하지만 이곳의 생활은 우리와는 다르니까. 함부로 다가가면 안 돼. 다행히도 여기 말을 아는 대원이 있으니까 다행이지."

"오늘이 장인가 봐?"

"장? 하하. 그렇다고 봐야지. 우리 봉사단이 온다는 걸 알았는지 마을 사람들이 북적거리는 거야. 사람들이 아니, 세상이 그립기보다 굶주려 온 배를 채워줄 우리를 그리워했겠지. 하지만 이 사람들처럼 마음이 풍족한 사람들은 없어. 오히려 우리는 배부르지만 마음이 굶주렸으니."

"오, 너 심오하다? 역시 이 시대의 진정한 여자 한지은이다!"

다래가 아무리 입바른 소리를 해도 다시금 새침해진 지은은 다래를 무시하기 시작했다. 다래는 자신들을 바라보는 원주민들의 얼굴을 무심결에 쳐다보았다. 눈이 유난히도 맑았다. 아이들의 눈도, 심지어 어른들의 눈까지 맑았다. 문명의 때라는 게 정말 무섭기는 한 것 같았다. 갑자기 자신의 바짓가랑이를 붙잡으며 뭔가를 말하는 아이. 외국어를 서툴게 하는 아이가 말한 단어는 도와달라는 말이었다. 마침, 한국에서 신변을 걱정하며 사 온 음식 미니 새우깡. 몇 개 먹긴 했지만 지금 다래의 수중에 있던 먹을 것이라고는 그게 전부였다.

"땡큐우."

다래처럼 많이도 어설픈 발음으로 고맙다며 인사를 하는 아이. 다래는 자신에게 주어진 시간을 술로 진탕 써버리기보다 이곳으로 여행 아닌 여행을 온 게 정말 잘한 일이라는 생각이 들었다.

긴 시간 동안 비행과 차로 이동한 피로를 풀기 위해 임시로 지어진 막사에서 첫날밤을 지냈다. 답답했던 다래는 밖으로 나와 하늘을 쳐다봤다. 마치 지금이라도 자신의 앞에 떨어질 것처럼 밝은 별들이 보였다. 그 밝음이 이곳까지 전해져 다래에게 위안이 되려 하는 것 같았지만 오히려 자신을 위로하려는 그런 것들 때문에 다시금 불안해졌다.

"괜찮다. 괜찮아. 로또 당첨된 거잖아. 평생 되기도 힘든 로또!"

막사의 작은 램프 불빛 외에는 찾아볼 수 없는 불빛. 다래는 무거운 마음으로 막사에 들어갔다.

건 일주일간의 봉사가 끝나가고 있었다. 갑자기 지은은 이곳에 봉사단들의 자비를 들여 얼마 전 무너져 버린 한 가족의 집을 짓기 위해서 다른 사람들과 더 있겠다고 하면서 다래를 혼자 돌려보내려 하고 있었다.

"한지은, 너 정말 이러기니?"

"너야말로 왜 갑자기 가야 하는 건데?"

"미안, 정말 중요한 일이거든."

"내가 너 때문에 못살아. 내가 그래서 어제 필요한 말들 영어로 써놨어. 밑에 한국말 발음도 써놓았으니까."

"야야, 나도 읽을 줄은 안다고! 너 꼭 날 개울가에 내놓은 애 취급하고 그러냐?"

"걱정이다, 걱정."

"걱정 말라고! 내가 누구야? 사막 한가운데 떨어뜨려 놓아도 도마뱀들이랑 친구 먹을 윤다래야! 윤다래!"

걱정이 잔뜩 낀 지은의 마음을 다래도 모르는 바는 아니었다. 하지만 불과 며칠 남지 않은 웨딩촬영에 대해 지은에게 말할 수는 없었다. 나중에 지금의 자기 자신을 추스를 수 있을 때엔 가능하겠지만.

마을 입구를 떠날 즈음 길거리에서 앉아 있는 한 남자를 발견할 수 있었다. 그리고 그 옆에 앉아 있는 다른 사람.

"Give me the money."

돈을 달라는 소리가 분명한데, 왠지 발음이 너무도 자연스러운 것이 신기할 따름이었다. 고개를 숙이고 있는 모습이 조금은 측은하긴 했지만 아프리카 돈은 한 푼도 준비하지 못한 다래가 줄 돈이라고는 고작 인천공항에서 생수를 사먹고 남은 돈 오백 원. 그게 전부였다. 그리고 다시 보니 너무도 멀쩡한 모습이. 그리고 아직 젊은 남자인 것 같아 다래는 모험을 했다.

"이럴 시간에 일을 하세요. 네?"

다래의 말을 알아들을 리가 전혀 없기에 그런 간 큰 소리를 내뱉어 버린 그녀였다. 그 남자의 풀 바구니에 오백 원이 떨어지는 소리가 둔탁하게 나고 있었다.

"Thank…… you."

다래는 이런 일이 아닌 다른 일을 찾으란 뜻으로 한 일이었다. 원주민이 알아차리기 전에 다래는 이미 멀어져 버린 봉사단을 향해 달려갔다.

순간 뒤에서 누군가가 자신을 쫓아오는 느낌이 들었다. 그 느낌이 서서히 분명해 짐에 다래는 뒤를 힐끗 쳐다봤다. 역시 조금 전 그 구걸을 하던 이가 다래를 향해 뛰어오고 있었다. 더욱더 다급해진 다래는 속력을 내었고, 바로 눈앞에 보이는 봉사단 속으로 파고들었다.

"야! 너!"

한, 한국말? 이런 오지에서 한국말이라니 말도 안 되는 일이었다. 그를 뒤따라오던 다른 남자가 그 남자의 입을 틀어막고 어디에서 온지도 모르는 다른 남자들이 그 남자를 끌고 쥐도 새도 모르게 사라져 버렸다.

"What's wrong?"

다른 단원이 문제가 있냐며 물었다. 다급했던 다래는 어설픈 영어 실력으로 조금 전 그 남자가 한국말을 했다고 이야기했다. 물론 그 대원이 알아듣기에는 약간의 시간이 걸리긴 했지만 말이다.

"What did he say?"

아, 이건 아는 문장. 그가 뭘 말했냐. 아, 다래의 영어가 그렇게 엉터리는 아니었는 듯싶었다. 다래는 그가 '야! 너' 라는 한국말을 했다고 말했다. 그러자 그 단원은 크게 웃고 있었다. 이건 뭔가 자신이 바보가 된 것 같다는 느낌이 확실했다.

"야, 너 means thank you."

그 뒤에 몇 마디 영어를 더 했지만 결론은 그 부족 사람들 말로 '야! 너' 가 고맙다는 뜻이라고 말하는 것 같았다. 그럼 그렇지. 이런 아프리카 오지에서 한국말이란 게 가당키나 한 것인가? 이건 예전에 가수 여명이 한국말로 노래 부르는 줄도 모르고 자신이 중국어가 한국말로 들린다며 헛소리를 했던 것과 매우 유사한 상황이었다. 다래는 그저 웃음만 나올 뿐이었다.

✻

다시 한국으로 돌아온 다래는 엄마와 다정한 시간을 보냈다. 물론 왕래는 하겠지만 항상 보던 엄마를 이젠 조금은 덜, 아니, 많이 못 보게 될 것이라 다래는 피우지도 않던 아양을 피우기 시작했다. 넓디넓은 동대문을 돌아다니며 엄마의 옷을 골라주었다. 그동안 옷 한 벌을 사는 데에도 벌벌 떨던 엄마에게 꼭 예쁜 옷 한 벌을 사주고 싶었기 때문이다. 처음엔 백화점을 가자고 했지만 엄마가 허락할 리가 만무했고, 이 동대문에서도 가격을 비교하면 돌아다니는 엄마였다. 그런 엄마의 뒷모습을 보는 다래는 살며시 안심의 미소를 지어 보였다.

'이젠 그런 걱정 조금은 덜어도 될 거야, 엄마.'

"다래야, 너 정말 괜찮겠니?"

돌아오는 길에 엄마가 조용하게 다래에게 질문을 했다.

"그럼, 나 재밌는 경험한다고 생각할 거야. 시집살이도 한번 겪어보면 나중에 내가 진짜 결혼하게 될 때 다 약이 될 거야."

말은 그렇게 했지만 참 답답했다. 그 답답한 속내를 마음껏 말할 상대가 없었다. 지금 이렇게 자신의 마음의 소리를 들어줄 수 있는 사람이 필요했다. 이제 내일 모레로 다가온 결혼식과 웨딩촬영 때문에 다래는 더욱더 마음이 갑갑했다. 그래서 엄마를 집에 데려다 주고 다래는 다시 집을 나왔다. 때마침 다래의 핸드폰이 울렸다.

[다래니?]

"지은아! 잘 다녀왔어? 내 부탁은 어떻게 된 거야?"

[나, 지금 여독도 풀리지 않았거든? 하지만 네가 정말 간절히 원해서 해주는 거야. 너 지금 내 마음속의 벌집을 후벼놓았다는

것만 알아둬.]

"지은아, 너는 지성에 미모 모두 갖췄잖아. 얼마든지 좋은 남자 만날 수 있어. 그런데 난 뭐니? 인당수에 끌려가기 전에 꽃미남이나 한번 얼싸안아 보려고."

다래는 지은보다 먼저 아프리카를 떠날 때 지나가는 말로 남자 하나 소개시켜 달라는 말을 했었다. 물론 그 속사정까지 말할 수는 없었다.

다래는 복잡한 마음과 다르게 말은 깐죽거림이 가득한 장난스러움으로 치장을 하고 있었다.

[헛소리 말고. 우리 만나는 카페 알지? 거기에서 일곱 시에 만나기로 했어. 아참, 이름은 신지한이야. 지금 모델스쿨 다니고 있어. 모델스쿨 비 책임진다니까 당장 오겠다던데? 그나저나 그 돈이 어디서 난 거니? 너 미쳤지?]

"당분간 소개팅도, 뭣도 못하니까 그런다! 어쩔래?"

[너, 수상해.]

지은의 눈치 100단도 감히 지금 다래가 처한 상황을 감히 짐작이나 할 수 있단 말인가. 물론 그 돈을 쓰기까지 생각을 많이 했지만, 딱 한 번 자신을 위해서 돈을 써보기로 했다. 물론 허무맹랑한 소리일지도 모르지만, 남들이 보면 그게 무슨 장난이냐고 하겠지만 지금 자신이 처한 상황에서 더욱더 심각한 생각은 하고 싶지 않았다.

결혼식 날이 다가오면 다가올수록 다래의 마음은 복잡하기만 했다. 그래서 비록 억지로 웃게 될지라도 누군가에게 자신만을 위한 재밌는 시간을 만들어주길 원했다. 이런 비밀 아닌 비밀을 지닌 채로 지은을 만날 수도 없지 않은가. 결국 다래는 지은이 아는 사람이기는 했지만 적어도 비밀이 탄로날까 봐 걱정 따윈 하지 않는다는 조금은 홀가분한 마음으로 카페로 다가가고 있었다. 물론 평생을 생각했던 기간이 꽤나 많이 줄어들긴 했지만 그 기간조차도 자신이 잘해낼 수 있을까.

드디어 일곱 시 카페 앞에 다다랐다. 옷깃을 여미고 당당하게 나아가는 다래의 걸음걸이 자신의 긴장되는 마음을 숨긴 채 다래는 계단을 오르기 시작했다. 오늘은 퇴짜 맞을 걱정하지 않고 마음껏 즐기자!

"윤다래 씨?"

다래는 고개를 돌렸다. 덜덜덜. 이렇게 훈훈한 남자가 어디 있으랴. 넓디넓은 어깨. 그리고 이기적인 기럭지. 한 마디로.

"원더풀. 뷰티풀."

자신인 요즘 심하게 심적으로 궁한 건 인정하는지 다래는 그냥 이렇게 속없는 자신의 눈과 직통으로 연결된 입이 모든 사실을 실토했다.

"무슨 말씀이신지?"

"아, 아니요."

다래는 그냥 웃음으로 넘겨 버리고 지한이 안내한 자리에 앉았다. 지한을 본 다래는 지한의 시선이 마냥 곱지만은 않게 보였다. 그도 그럴 것이 지한에게는 다래가 돈으로 자신의 하루를 사려고 하는 골빈 여자로 보였을 테니 말이다.

처음은 시선을 주고 받는 게임이었다. 지한은 다래를, 다래는 지한을.

"다래라고 불러도 되겠지? 두 살 차이니까."

"그럼. 그런데 나이보다 동안이네?"

"그래? 하기야 내가 스물셋이라고 하기엔 좀 그렇지?"

풉. 다래는 목구멍으로 막 넘어가려던 주스를 뿜어냈다. 그럼 그가 말한 두 살 차이가 두 살이 많다는 뜻이 아닌, 두 살이 어리다는 뜻? 다래가 아마도 지한을 너무 만만히 본 것 같았다. 지한은 아무렇지도 않게 자신의 얼굴에 묻은 주스를 닦기 전에 다래의 입가에 흐른 주스를 닦아주었다.

"너, 의외로 순진하다. 아니, 순진한 척한다? 남자를 돈으로 사는 여자가 뭘 그렇게 놀라? 그까짓 거 가지고."

분명히 다래는 보았다. 지한이 자신을 보며 비웃는 웃음을. 하지만 어떠하랴. 그가 말한 것처럼 그의 하루를 돈으로 산 것은 변함없는 진실이었다.

"옆에 앉아도 되지?"

지한은 다래가 대답을 하지 않았음에도 이미 그녀의 옆에 자리를 잡았다. 게다가 갑자기 다래의 어깨가 따스해지는 느낌이 들었다. 지한의 팔이 다래의 어깨에 둘러졌다. 다래가 잠시 어깨를 움츠리니 지한은 다래의 어깨를 더욱 세게 감싸 안았다.

"너, 내숭은 그만 떨래? 왜 어깨는 움츠리는데?"

"아니, 주스가 너무 시원해서."

두 근 반. 세 근 반. 지한의 앞에서 연애 초짜의 모습을 보이기 싫어 다래는 당당히 어깨를 피고 주스를 들이켰다. 갑자기 주스 잔을 잡고 있던 다래의 손을 지한의 손이 감쌌다. 다래는 하마터면 주스 잔을 떨어뜨릴 뻔한 위기를 넘기고 테이블에 간신히 그것을 내려놓았다. 이건 너무 알아서 잘해주는 서비스 정신. 이 정신이 너무도 투철한 남자였다. 아마, 이게 처음이 아니겠지? 또 마음속 말이 나오는 순간.

"너, 이런 거 처음 아니지?"

"그럼 내가 이제껏 여자 손 하나도 못 잡아봤을까 봐?"

"그게 아니라……."

"그걸 묻는다면 처음이다. 이건 내 꿈을 위해 날 희생하는 거니까."

다래는 지한의 말을 믿지 않았다. 아무렴 이런 일이 무슨 자랑이라고 막 떠벌리고 다니겠는가.

"모델 한다고 했지?"

"어."

"그거 힘들겠다. 좁디좁은 런웨이를 걷는 기분이 아마 지금 내 기분 같을 거야."

"뭐야, 분위기 깨는 그 표정은."

지한은 갑자기 테이블 위에 놓여 있는 주스 잔만을 멍하니 바라보는 다래를 쳐다보고 있었다. 다래는 빈 주스 잔에서 얼음 조각 하나를 꺼내어 입에 물고 천천히 녹였다. 딱딱한 얼음이 차가운 물이 되어 그녀의 목을 타고 흘렀다. 그녀의 입 안이 조금씩 차가워지면서 대담한 말을 내뱉었다.

"너 한번 안아봐도 될까?"

"뭘 그렇게 물어? 그냥 오늘은 너 하고 싶은 대로 해. 알겠어?"

지한도 그런 다래의 기분을 알아챘는지 그녀가 조금은 쉽게 다가올 수 있도록 몸을 돌렸다.

'자식, 이왕에 오픈마인드면 두 팔을 쩌—억 벌려줄 것이지.'

"고마워."

다래는 지한을 꼭 안았다. 처음엔 그냥 꽃미남과 근사한 데이트를 하겠다는 심상으로 나왔지만 다래가 그를 안았을 때 왜 하필 자신을 이런 상황으로 몰아넣은 아버지가 생각났을까. 여느 상황이라면 결혼을 얼마 두지 않은 날. 이렇게 한 번 아버지의 품에 안기고 싶은 생각이 들었을 것이다. 그렇게 미워하는 사람을 떠올리는 자신 원망스럽긴 했지만 지한의 품에서 다래는 아버지를 느끼고 있었다. 그러다 자기도 모르게 흐른 그 눈물을 지한이 먼저 발견했다.

"너, 지금 우는 거야?"

지한은 자신의 어깨가 젖어오는 느낌 때문에 깜짝 놀랐다. 다 큰 여자가 침을 흘릴 리는 없고, 무슨 이유에선지 우는지는 알 수 없었다. 다만 왜 우냐는 지한의 물음에 더욱 그녀는 그를 조여왔다. 지한은 그냥 그런 그녀를 가만둘 수밖에 없었다.

"고마워. 너 때문에 한결 더 가벼운 마음으로 갈 수 있게 됐네."

갑자기 다래가 지한에게서 떨어져 자리에서 일어났다.

"어디 가?"

"네가 알 것 없고. 오늘 고마웠어. 이것만으로 충분해."

“너 지금 장난해? 겨우 이러고 말려고 그 돈을 써?”

“아니, 정말 충분해.”

황당해하는 지한을 두고 다래는 테이블에 돈을 올려놓고선 카페를 빠져나왔다.

제3장

드디어 오고야 만 결혼식 날. 그 장면을 보면 분명 심란해할 것 같았기에 다래는 엄마가 따라가겠다는 것을 간신히 말렸다. 엄마의 얼굴은 웃는 것이 아닌 걱정과 눈물로 가득할 게 불 보듯 뻔했으니 말이다. 다래는 해준의 차에 올랐다. 미용실도 갈 수 없는 형편이고, 그렇게 차릴 상황도 아니니 다래는 혼자 집에서 화장과 머리를 하고 왔다. 자신의 앞에 놓인 드레스가 든 쇼핑백을 보니 실감이 나고 있었다. 괜히 쇼핑백을 만지작거리고 있던 다래를 옆으로 힐끔 쳐다보던 해준이 물었다.

"마음이 그렇게 편치는 않죠? 겉으로는 아무렇지 않은 듯해도."

"그렇죠 뭘."

그렇게 집에서 다짐했음에도 손끝에서 전해지는 작은 떨림은 떨쳐 낼 수 없었다.

"고마워요."

해준의 고맙다는 말에 괜스레 눈시울이 붉어졌다. 이런 순간에 눈물이 나지 않는 게 오히려 비정상이라며 자신을 다독이면서 힘들게 한 화장이 지워질까 봐 다래는 두 번째 손가락으로 눈물을 찍어냈다. '최대한 밝게 웃고, 밝게 생각하자' 그렇게 혼잣말을 하며 다래는 유효기간이 길지 않은 주문을 외웠다.

"다 왔어요."

처음 오는 곳이기에, 다래는 조심스럽게 발을 디뎠다. 그곳은 원색으로 강렬하게 도배되어 있고, 이상한 그림들이 그려진 조금은 으스스한 기분이 들었지만 어차피 지나가야 할 관문이라 생각해 버리기로 했다.

"다래 양, 왔어요? 미안해요. 이런 곳까지 오게 해서."

"아니요. 괜찮습니다."

다래와 해준, 그리고 어머님은 안내하는 방으로 들어갔다.

그곳에는 현란한 상이 차려져 있었다. 그리고 이상한 차림으로 피카츄 인형을 들고 있는 무당 때문에 하마터면 다래는 이 엄숙한 상황에서 웃음을 터뜨릴 뻔했다.

"킁, 크킁."

웃음을 억지로 참으니 코를 고는 소리와 비슷한 해괴망측한 소리가 났다. 다래는 입을 손으로 가려 마음을 진정시키고 또 진정시켰다. 적어도 웃음만은 안 된다고 자기 암시를 하며 말이다. 정말 힘들다. 울어서도 안 되고 웃어서도 안 되고.

“오빠 왔어?”

오빠 왔냐는 무당의 애기티 줄줄 흐르는 목소리에 또 한 번 폭소할 뻔했지만, 허벅지를 꼬집어가며 참았다. 이 상황은 분명 진지한 상황인데 저 사람이 문제였다. 차라리 보지 않는 게 자신의 신상에 좋겠다고 생각하여 다래는 그 사람을 피해 고개를 돌렸다.

“오빠, 결혼해서 좋다고? 이제 편하게 좋은 곳으로 갈 수 있겠다고?”

“우리 세준이가 이제 좋은 곳으로 간다고 하나요?”

무당은 갑자기 대화에 끼어든 어머님에게 손가락으로 ‘쉿’ 하며 조용히 하라고 했다.

“응. 아, 색시가 맘에 든다고? 아, 색시가 엄마 곁을 지켜줬으면 좋겠대. 그럼 더 편하게 갈 수 있다고 하네.”

무당이 혼자서 북 치고 장구 치고 다 하니 다래는 꿀 먹은 벙어리마냥 아무 말도 할 수 없었다. 그렇게 남자 인형을 가지고 뭐라 뭐라 말을 몇 마디 더 하고서는 의외로 간단히 끝나 버리는 결혼식이었다. 다래는 이런 세상도 있다는 것이 신기할 따름이었다.

“오빠가 색시한테 마지막 인사를 받고 싶대.”

“네?”

급작스러운 무당의 주문에 다래는 깜짝 놀랐다.

“그냥 잘 가라고 인사해 달래.”

“아…… 잘 가세요.”

다래는 인형에게 어색한 목소리로 인사를 했다. 그렇게 피카츄를 들고 있는 무당의 말도 안 되는 대화를 들어주는 걸 마지막으로 영혼결혼식은 끝이 났다. 비록 장난스러운 분위기였음에도 무척 긴장을 했던 다래는 황급히 그곳에서 빠져나왔다. 진하디 진한 향냄새 때문에 머리가 띵해져 더 이상 견디기가 힘들었기 때문이다. 아니, 그 분위기를 견디기가 힘들었다고 하는 게 더욱 맞겠지. 비록 자신이 미신이라고 치부하는 것들이기는 하지만 혹여나 그 사람이 진짜 그곳에 있는 건 아닐까 하는 작은 의심도 들었다.

한편 얼굴이 파래진 채로 방을 뛰쳐나가는 다래를 보고 어머니가 말했다.

"해준아, 정말 저 아이에게 몹쓸 짓을 한 것 같구나. 그래도 저렇게 아무 말 않고 따라와 주는 걸 보니 마음이 착한 아이인 건 분명해. 윤 기사도 일을 참 잘했었는데……. 그나저나 선 자리를 만들어도 번번이 나가지 않고 결혼이란 단어만 꺼내면 낯빛부터 변하던 세준이가 마지막으로 결혼이 하고 싶다고 하다니, 아마도 나 때문인 것 같구나. 내 소원을 들어주려고 한 게 틀림없어."

아들이 원해서 치른 결혼식이었지만 그녀의 얼굴빛은 그리 밝지 못했다. 다래도 그랬지만 어머니에게도 힘든 일이었기에 온몸에 진이 빠진 것처럼 기운이 없어하는 모습을 해준은 그저 바라볼 뿐이었다.

"어머니, 얼굴빛이 정말 안 좋은데. 웨딩촬영은 그냥 저와 다래 씨와 갈게요."

"그래 주겠니? 아무래도 몸살 기운이 있는 게……."

어머니는 더 이상 말을 잇지 못했다.

해준과 다래는 사진관에 도착했다. 생각보다는 많이 허름한 모습에 역시 비밀로 부친다는 말이 사실인 듯했다. 다래가 드레스를 갈아입을 피팅룸조차 제대로 갖추어지지 않아 백일사진을 찍는 블라인드로 벽을 만들어 간신히 드레스를 갈아입었다.

아무도 봐주지 않는 드레스를 입은 그녀였지만 다래는 웃는 얼굴로 사진사와 해준의 앞에 섰다. 그가 언제 준비했는지 분홍 장미로만 이루어진 단순하지만 아름다운 부케를 다래에게 건넸다. 어색한 모습으로 다래가 의자에 앉았다. 옆 자리가 덩그러니 빈자리로 남아 있었다. 왜 이렇게 이상한 느낌이 드는 걸까. 하지만 다래는 웃어 보였다. 그 누구를 위해서도 아닌 자신을 위해서.

"잠시만요."

갑자기 해준이 다래의 옆에 앉았다. 눈여겨보지 않은 탓에 그가 검은색 양복을 입고 있는지도 모르고 있었다. 이건 마치, 해준과 다래의 웨딩촬영처럼 보였다.

"재희 아저씨, 제가 말한 것 잊지 않으셨죠?"

"그럼."

"뭘 잊지 않았다는 거죠?"

"내가 내 얼굴을 세준이 얼굴로 합성을 해달라고 했거든요. 전부는 힘들다고 해서."

해준이 다래를 안심시키려 그녀의 어깨를 자신의 손으로 감싸 안았다.

"덕분에 혼자 뻘쭘했는데 다행이네요. 하하."

다래도 그런 해준의 호의를 거절하지 않았다. 이상하게도 그는 사람을 편안하게 만들었다. 그의 손길 때문에 긴장감마저 조금씩 녹고 있는 듯했다.

"미안하네요. 어머니가 녀석 결혼을 그렇게 바라셨는데……."

다래가 해준을 쳐다보며 물었다.

"그런데 왜 해준 씨는 아직 결혼 안 하셨어요?"

"그건……."

해준의 얼굴에 '지금 무지 당황했음!' 이라는 표정이 나타나 다래는 더 이상 묻지 않았다.

그렇게 해서 두 사람의 웨딩촬영이 시작되었다. 해준이 다래를 안아보기도 했고 두 사람이 서로를 마주 보기도 했다. 두 사람은 어색한 촬영을 하면서 조금도 그런 내색을 않고 있었다. 마치 촬영이 생활인 프로 모델처럼 말이다. 중간 중간 다래는 조금 전 결혼식을 잊고 그냥 이 순간에 최선을 다하고 자신보다 더 어두운 표정을 하고 있는 해준을 위해 먼 산을 가리키는 전형적이면서도 어색한 사진 포즈도 지어 보이며 분위기를 리드했다.

"촬영 다 끝났네."

사진사의 말이 끝남과 동시에 다래는 자신을 죄여오는 드레스를 벗으려 다시 블라인드 속으로 들어갔다.

"오늘 수고했어요."

블라인드 너머에서 해준이 다래에게 수고했다며 인사를 건넸다.

'풍기는 느낌은 조금 다르지만 세준도 저렇게 따뜻한 사람일까?'

다래는 세준에 관한 생각을 해보았다. 이미 죽어버린 사람이기에 그가 어떤지는 겪어보지 않아 알 수 없지만 형제라니 그리 다르지는 않을 것이라 생각했다. 그것도 그렇지만 다래는 굳이 지금 곁에 있지 않은 세준은 나쁜 사람으로 기억하고 싶지 않았다. 드레스를 갈아입고 나온 다래는 한 손에는 부케를 또 다른 손에는 드레스가 든 백을 들었다. 앞에 있던 해준에게 자신의 손에 있던 두 물건을 건넸다.

"그거, 다래 씨 거예요. 남의 것을 빌려 입은 게 아니라. 온전한 윤다래 씨 것."

다래는 지금 자신이 자기 웨딩촬영을 했다는 사실을 깜빡 잊고 있는 듯했다. 드레스와 부케 모두 그 누구의 것도 아닌 자신의 것이었다.

"아, 착각했어요."

"그럴 만도 하죠. 하하."

해준이 웃어 보였다. 그런 간간이 보여주는 그의 웃음이 다래에겐 편안한 기분을 주는 안정제 같았다. '괴팍한 아주버님과 악독한 시어머니라면 과연 어땠을까' 하는 쓸데없는 생각을 해보기도 했지만 지금 자신의 앞에 있는 사람은 그와 반대인 모습이었다.

다시 차에 오른 다래. 갑자기 다래의 핸드폰이 울리기 시작했다.

"받아요."

"죄송합니다."

다래는 해준에게 양해를 구하고 전화를 받았다.

"누구세요?"

[나? 신지한인데?]

다래는 깜짝 놀라 '신지한'이라는 이름을 듣자마자 핸드폰을 끊어버렸다. 다시 벨이 울렸지만 다래는 그것을 무시하고 배터리를 뽑아버렸다.

"왜 그래요?"

"아, 아니요. 잘못 걸린 전화예요."

가슴을 쓸어내리며 간신히 진정을 하고 있었다. 전화번호는 어떻게 알아냈는지. 다래는 머리가 핑 돌아버리고 있었다.

"오늘 다래 씨가 우리 집으로 처음 오는 들어오는 날이네요."

"네."

"일 년 동안 내가 다래 씨가 편하게 지내도록 해줄게요."

해준의 말이 또 다래의 가슴에 와 닿았다. 마치 자신을 지켜주겠다는 한 남자의 듬직한 말처럼 느껴졌다. 그런데 왜 아직 이런 사람이 애인이 없는 건지. 다래는 뜬금없이 해준의 혼사 걱정을 하고 있었다. 자신의 처지는 생각지도 못한 채 말이다.

집으로 들어서기 전 다래는 다시 핸드폰의 배터리를 끼워 넣고 전원을 켰다. 딩동. 하는 소리와 함께 그녀의 핸드폰에 문자가 왔다는 표시가 뜨고 있었다. 다래는 핸드폰을 열어 내용을 확인했다.

〈네가 산 내 24시간 중 이제 22시간 남았다. ―신지한.〉

이런 젠장할! 뭔 또 22시간이 남았다는 말이란 것인가. 다래는 메시지를 당장 지워 버렸다. 도둑질하고 난 후의 불안하고 찜찜한 느낌에 다래는 정신이 없었다.

"다래 씨, 안 들어가요?"

"예. 들어가요!"

핸드폰을 서둘러 주머니에 넣었다. 드디어 그녀가 시댁에 첫발을 들여놓는 순간이었다. 두 번째 온 이 집. 단순한 기분 탓일까? 처음 왔을 때보다 조금은 담이 낮아졌다는 느낌이 들었다. 단순한 돌로 지어진 담이 낮아질 리는 없는데 말이다.

"다래 왔어요, 어머니."

해준이 다래가 왔다며 어머님께 도착을 알렸다. 이게 비록 남들과 같은 결혼 생활은 아니었지만 다래의 마음가짐이 결코 가벼운 것들은 아니었다. 마치 진짜 시댁에 온 것처럼. 다래는 매우 공손한 모습으로 어머니 앞에 섰다.

"저 왔어요."

"다래 왔구나? 우리 아가."

다래는 순간 걸음을 멈칫했다. 마치 진짜 며느리를 부르는 것처럼 어머님의 목소리가 너무도 친근했다. 아마, 다래에게서 세준을 느끼고 싶어서 이렇게 영혼결혼식이라는 제안까지 했으니 다래도 어머님의 마음을 조금은 이해할 수 있었다. 다래가 잠시 생각에 걸음을 멈칫하는 사이 어머니는 다래에게 다가와 그녀를 꽉 안았다.

“고맙구나.”

이런 상황에서 고맙다는 말은 지극히도 상투적인 말일 수도 있었다. 하지만 어머니의 말은 쉽게 입에서 나온 게 아니었다는 걸 알고 있었다. 고맙다는 말을 하면서 어머니는 다래의 등을 두 손으로 쓰다듬고 또 쓰다듬고 있었다. 이렇게 진심으로 하는 말과 행동에 다래는 비록 일억이란 돈이 이들 사이에 조건이라는 단어로 존재함에도 자신이 있을 일 년 동안 이 두 사람에게 세준만은 못하겠지만 그의 빈자리를 잠시만이라도 잊게 해주겠다는 다짐을 했다. 사람들이 흔하게 하는 말인 진심이 통한다는 거. 그런 진심 어린 말이 다래를 움직이게 만들었다.

“제가 감사하죠.”

“그게 무슨 소리니. 네게 못할 짓을 한 건 우리인데.”

일억이란 대단한 지불을 했음에도 어머니는 그것에 비할 수 없다는 생각을 가졌던 것 같았다.

“저, 정말 잘할게요! 밥도 서툴고 청소도 비록 열심히만 하는 수준이지만요. 하하.”

“정말 고맙구나.”

다래도 자신의 손을 뻗어 그녀를 안았다. 엄마와는 너무도 다른 느낌이 다래에게 전해졌다. 어머니의 등을 어루만지며 금방이라도 눈물을 흘릴 것 같은 복받치는 감정들을 진정시키고 있었다.

“정말 미안하구나. 내 이기심 때문에.”

“아니에요.”

이렇게 죄책감이 들면서도 그런 선택을 할 수밖에 없었다는 것에 다래는 어머니가 더욱 안타까웠다.

"다래 씨, 웨딩촬영 때문이 피곤할 텐데 방에 데려다 줄게요."

"그러려무나. 내가 눈치가 없었구나."

해준이 다래의 방으로 안내했다. 세준의 방과 해준의 방이 있던 이층에 다래의 방이 위치해 있었다. 왠지 저 방에서 지금이라도 세준이 나올 것 같은 느낌이 드는 건 무슨 이유에서일까. 물론 그런 일은 가능하지 않을 테지만.

"이 방이에요."

해준이 다래의 방문을 열었다. 이층의 모던한 분위기와는 무척이나 다른 분홍색으로 가득해 달콤한 향기가 다래에게 느껴질 정도였다. 침대 위에 아기자기한 비즈로 장식된 캐노피와 햇빛은 가리는 창문마저 분홍색 커튼이 특히나 다래의 마음에 쏙 들고 있었다.

"너무 예뻐요."

"원래 세준이 방이었는데. 여기가 가장 볕이 잘 들어서요. 걱정 말아요. 세준이의 물건은 모두 고스란히 제 방 옆에 두었으니까요."

아무리 그래도 그의 방을 사용한다는 게 그리 기뻐할 일만은 아니라는 걸 잘 알고 있었다.

"그래도. 제가 너무 미안하잖아요."

"세준이 었어도 아마 그랬을 거예요."

"좋은 사람인가 봐요, 그 사람."

해준은 대답을 굳이 하지 않았다.

“이제 우리 같은 집에 사네요.”

“그렇게 되었네요. 잘 부탁드릴게요, 아주버님.”

“아주버님? 웃기네요. 그런 말 들으니까.”

해준도 아주버님이란 호칭이 어색한지 웃어 보였다.

“다래야, 해준아. 어서 와서 저녁 먹으렴!”

“네!”

역시 적응력 하나는 끝내주는 그녀였다.

다래는 자기 자신이 일 년이란 시간 동안 그 사람의 빈자리가 조금 덜 커지게 느껴지게 하는 역할을 해야 한다는 걸 알았다. 비록 돈이 얽혀 있다는 사실이 있지만, 이제부터 그들과 만들어갈 시간에는 그것이 영향을 주지 않길 바랐다.

＊

칠 개월 후.

처음에 그렇게 긴장했고, 두려웠던 결혼 생활이란 건 마치 조금은 서먹한 친척집에 놀러온 것 같은 기분이었다. 처음엔 모든 게 낯설었지만 지금은 상비약이 어디에 있는지도 알 정도로 이곳의 많은 것을 알게 되었고, 이곳의 사람들도 더 이상 낯선 존재가 아니었다. 이곳에 일 년이란 시간을 다 보내라고 했어도 그랬을 테지만 어머니는 다래가 엄마 생각이 날 때쯤이면 그걸 어떻게 알았는지 다래를 집에까지 데려다 주는 자상함도 보여주었다.

그렇기에 다래는 엄마를 혼자 두고 온 미안한 마음을 조금은 달랠 수 있었다. 하지만 돈 문제가 모두 해결된 이 시점에서도 아버지의 행방은 여전히 묘연했다.

다래는 염치가 있다면 나타나지 않는 게 당연하다고 생각했지만, 가끔씩 불시에 들렀을 때 보였던 엄마의 모습 때문에 원망스러워도 아버지의 소식을 항상 기다리고 있었다. 하지만 아버지는 몇 개월 동안 전화 한 통조차 하질 않았다. 이렇게 우여곡절이 많았던, 그런 그녀를 따뜻하게 감싸주는 두 사람에게 감사했다. 다래도 이젠 조금씩 그 사람들에게 자신의 모습을 보여주었다. 아니, 뭐 이미 보여줄 거 못 보여줄 거 다 보여줬지만 그랬다고 말한다면 푼수 대가리로 보지 않겠는가.

그렇게 칠 개월이란 시간이 흘렀다. 처음에 왔을 때의 집의 한창 울창했던 느티나무도 이제 다시 새순을 틔우고 있었고, 유일하게 그대로인 모습을 가진 건 정원 한가운데의 전나무뿐이었다. 더워서 닫아버리고 추워서 닫아버렸던 창문을 조심스럽게 열어 조금은 차갑기는 했지만 그리 차가운 공기가 아닌 새벽을 집 안으로 들일 날씨가 되어버린 3월.

"다래야, 생일 축하한다."

너무 목이 말라 눈을 비비고 아래층으로 내려온 다래는 낯선 풍경에 어색해하고 있었다. 거실의 괘종시계를 보니 이제 여섯 시가 겨우 넘은 시간이었다.

"이게 무슨 일이에요?"

"이제 막 다래 방으로 올라가려고 했는데. 어떻게 알고 내려왔니?"

다래는 아직도 잠이 덜 깬 상태여서 멍한 표정으로 어머니를 쳐다봤다. 그때 또 한 명의 등장 인물.

"생일 축하해요. 아침부터 놀랐죠?"

"아, 예에."

"역시 다래 씨다워요. 놀라지도 않고."

"아, 전 원래 놀라면 이래요."

다래의 어리바리한 모습이 두 사람을 웃게 만들었다. 다래 자신도 오늘이 생일인지도 모르고 있었다. 하지만 가족이 아닌 다른 사람이 먼저 축하해 주는 생일이 그다지 기분 나쁜 것만은 아니었다.

"다래야, 어서 세수하고 오렴. 얼굴이 말이 아니구나. 그러게 술은 꼭 소주라고 했잖니! 양주는 뒤끝이 안 좋단다."

"역시 저도 그렇게 생각했어요."

어머니는 아마도 어제 일을 말하고 있는 듯했다. 매번 생각하는 거였지만 해준이 미리 조금 귀띔을 해주었듯 어머니는 다래의 고정관념을 확 깨버리는 사람이었다. 처음 보았을 때 느꼈던 약간의 위압감들은 사라진 지 오래.

"쇠고기 미역국 끓여놓았다. 아이고, 술 취한 며느리 예쁘다고 생일상 차려주는 시어머니가 누가 있을까."

"아이고, 여기 계시잖아요! 내가 그래서 우리 어머니를 좋아한다니깐. 세수하고 올게요!"

다래를 쪼르르 화장실로 달려갔고, 해준과 어머니는 부엌으로 향했다. 해준이 의자를 빼내어 식탁에 앉으며 말했다.

"참 신기하죠. 두 사람 생일이 같다는 거……."

"먹지도 못하는 미역국 끓이는 것보다 이게 훨씬 마음이 낫구나."

"참 다행이에요. 다래 씨가 우리 집에 오게 되어서요."

어머니는 아무 말 없이 국그릇에 따뜻한 미역국을 담고 있었다.

금방 세수를 하고 나온 다래가 해준에게 농담을 던졌다.

"또 시댁 식구들이 며느리 흉봤죠? 어쩐지 귀가 너무 간지럽더라니……."

"어떻게 알았어요? 우리가 다래 씨 흉본다는 걸."

"아이고, 우리 아주버님도 이제 제 말 조금씩 받아치시고. 이젠 시장 가서 아가씨들과 말도 잘 나누겠네. 그렇죠, 어머니?"

"그러게나 말이다. 우리 해준이는 뭐가 빠져서 저러고 있다니."

이젠 고부간이 식탁에 마주 앉아 해준의 흉을 보고 있었다. 머쓱해진 해준은 애꿎은 미역국만 마구 헤집어놓고 있었다. 갑자기 한참 식사 중인 다래의 손목을 붙잡는 어머니였다.

"왜 그러세요?"

"미역국은 반만 먹으렴. 나머지 반은 집에 가서 먹어야지. 아참, 지난번에 선물 들어온 굴비랑 해서 몇 가지 싸놓았으니까 그만 먹고 어서 집에 가려무나."

다래는 더 먹겠다고 숟가락을 국그릇에 담갔지만 어머니가 이젠 아예 숟가락을 뺏어 들었다. 어머니는 그동안 이곳에만 온 마음을 다하는 걸 바라지 않으셨다. 이렇게 자신의 생일을 집에서 보내라면 보내는 사람이었다. 이제 다래도 그 마음을 헤아려 웃는 모습으로 마저 먹겠다며 결국 미역국을 다 비워냈다. 그래도 집을 간다는 마음에 들뜬 다래는 그릇이 바닥을 보이자마자 식탁에서 일어나 이층으로 후닥닥 달려올라 갔다.

"그래도 아무렇지는 않으시나 보군요."

"얘 반찬 먹은 것 좀 보렴. 계란말이를 담아놓았던 접시만 깨끗해. 우리 세준이도 계란말이만 상에 올라오면 그것만 먹었는데…… 어쩜 저렇게 똑같을 수 있는지 모르겠구나."

"그래도 하나 틀린 게 있죠. 그래도 다래 씨는 어머니께 살갑게 굴잖아요. 저런 성격을 녀석이 조금이라도 닮았다면 좋았을 텐데……"

"그랬더라면 지금보다 세준이를 더 그리워했겠지."

다래는 어느새 다 준비를 했는지 쏜살같이 일층으로 내려오고 있었다.

"이거 서운하구나. 그렇게 빨리 가고 싶었니?"

"아침 시간이 간당간당해서요. 빨리 가서 두 번째 생일상 받아 야죠?"

"그래. 조심히 다녀오거라."

황급히 집을 나서는 다래의 모습을 지켜보던 어머니는 다래가 나간 후에도 계속 그곳을 응시하고 있었다.

"다녀왔습니다."

다래는 엄마가 억지로 떠밀어 조금은 이른 시간에 집에 도착했다. 이렇게 집에 텅 비었던 적은 없었다.

“왔어요?”

이제 막 일을 마치고 나가려는 아주머니만이 다래를 반기고 있었다.

“아, 이제 가세요?”

“오늘 아침에 와보니 미역국이 끓여져 있던데.”

“아, 그거.”

“그래도 아드님 미역국은 끓이셨네요. 항상 미역국은 손수 끓이셨거든요.”

아주머니의 말에 다래는 조금은 당황한 얼굴이었다.

“아드님 미역국이라뇨?”

그 말에 어느 정도 짐작은 갔지만 다시 한 번 묻는 다래였다.

“오늘이 둘째 아드님 생일이었거든요. 모르셨어요?”

그랬다. 정상적인 부부였다면 남편의 생일 정도쯤은 알고 있는 게 당연했지만, 이 집에 들어온 이후부터 다래는 어머니와 해준에게 세준에 대한 일체의 것을 묻지 않았다. 아니, 물으려고 하지 않았다. 자신이 멋모르고 던지는 세준의 대한 질문이 그들에게 어떻게 다가갈지 걸 너무도 잘 알았기 때문이다.

“아, 네. 조심해서 가세요.”

다래는 잠시 뭔가를 생각하는 듯 눈을 감았다가 다시 뭔가가 떠올랐는지 눈을 떴다.

“오셨어요?”

우연인지 해준과 어머니가 저녁 시간에 맞추어 동시에 들어오고 있었다.

"다래야, 오늘은 자고 오라고 했잖니?"

"엄마가 하도 등을 떠밀어서요. 어차피 내일이 또 자는 날이라고 해서요."

다래가 그래도 집에서 자지 않고 이곳으로 왔다는 사실을 내심 기뻐하는 어머니였다. 부엌에서 풍기는 달콤한 냄새에 어머니의 코가 찡긋거리기 시작했다.

"이게 무슨 냄새니?"

"아, 이제 데코레이션만 하면 돼요. 잠시만 기다리세요. 이리는 절대 오지 마세요!"

뭘 만드는지 다래는 부엌에는 얼씬도 하지 말라며 요란한 소리를 내고 있었다. 그러길 몇 분, 다래가 어머니와 해준이 앉아 있던 소파로 무언가를 들고 왔다. 다래가 그것을 테이블 위에 내려놓았다. 그건 다름 아닌 엉터리 장식이 되어 있는 생크림 케이크였다. 그것을 본 해준과 어머니는 미안한 얼굴로 케이크를 쳐다봤다.

"내가 생일 케이크를 깜빡했구나. 그렇다고 자기 생일케이크를 직접 만들었니."

"이거 제 거 아닌데요?"

다래의 대답에 어머니와 해준의 시선이 그녀에게로 향했다.

"이거 세준 씨 거예요. 제가 아무것도 해준 게 없잖아요. 그래도 명색이 결혼식까지 한 사람인데 생일케이크는 직접 만들어주고 싶었어요."

"다래야……."

어머니는 더 이상의 말을 잇지 못했다.

"어머니, 상처를 가슴에 안고 있어 가슴이 곪는 것보다 차라리 상처를 내보여서 다른 사람도 '저 사람이 그렇게 상처가 많은 사람이구나, 그래서 더욱 아끼고 사랑해 주어야겠구나' 이러는 게 어머니도 주변 사람들도 조금은 덜 힘들 것 같아요. 이제 애써 숨기지 마세요. 잠시간은 아픈 생각이 들겠지만요."

어머니가 다래의 말을 듣고서는 갑자기 눈시울을 붉히기 시작했다. 아마 다래가 말했던 것처럼 자신의 상처를 내보이고 싶지 않았을런지도 몰랐다는 생각에, 그리고 눈앞에서 흔들리며 서서히 타 들어가는 세준의 나이와 같은 생일 초 숫자에 눈가에서 머물던 눈물을 얼굴을 타고 흘러내렸다. 초의 숫자는 세준이 이곳에 살던 나이와 그가 없어져 버린 시간이 더해져 있었다.

"어서 불 안 끄세요? 세준 씨도 이렇게 조금은 덜 슬프게 자신을 기억해 주는 걸 더 좋아할지도 몰라요."

'후' 하며 눈물이 입술 끝에서 퍼져 나가 촛불을 껐다. 다래는 어머니 옆으로 다가가 어머니를 꼭 안아주었다.

"에이, 우리 어머니 또 감동이시네. 하하."

"다래야, 네가 정말 얼마 전까지 남이었다는 게 믿기지가 않는구나. 난 참 복이 많은 사람인가 보다."

"그거 모르셨어요? 그 피카츄 인형 들고 있는 아줌마가 어머니랑 저랑 전생에 모녀 사이였다고 하던데요?"

어머니가 갑자기 다래의 품을 떠나 그 말에 깜짝 놀란 듯 쳐다보았다.

"아휴, 우리 어머니나 아주버님이나 너무 순진하셔서 탈이에
요!"

＊

그로부터 오 개월이란 시간이 더 흘렀다.

"다래 씨, 고마워요. 내가 그렇게 떠나 버려서 우리 가족들이 얼
마나 눈에 밟혔는지 몰라요. 하지만 다래 씨가 제 마음의 짐을 조금
이나마 덜어준 것 같아서 고마워요."

"꿈이었어, 꿈."
다래는 세준의 꿈에서 깼다. 사진 속의 모습 그대로 자신에게
너무 고맙다며 연신 그녀의 손을 놓지 않으면서 편안한 웃음을 지
어 보였다. 꿈에서 깬 다래는 아직도 너무나 생생한 세준의 모습
과 아직도 그의 손을 잡고 있다는 느낌에 두 손을 이불 속에서 꺼
내 보았지만 뭐 그리 별일은 없어 보이는 손이었다.
똑똑.
"아주버님이세요?"
"다래 씨, 일어났어요?"
해준은 일 년이 다 되어가는 지금도 다래에게 말을 놓지 못하고
있었다. 오늘도 역시 무참하게 방바닥에서 그 속내를 모두 보여준
알람시계 대신에 그녀를 깨우기 위해 조심스럽게 노크를 한 뒤 방

문을 열었다.

"도대체 말은 언제 낮추실 거예요? 이제 일 년도 다 되어가는데."

그랬다. 처음 이곳에 있기로 거래한 기간이 일 년. 기다면 길고 짧다면 짧을 수도 있는 시간이 이제 칠 일 남았다. 그래서 그런지 다래의 꿈에 한 번도 등장하지 않았던 세준이 나타났던 것도 그 이유 때문이 아닐까 다래는 짐작했다. 너무도 익숙해진 이곳이었지만 다래의 달력엔 일 년이 끝나는 날이 자신만이 알아볼 수 있을 정도로 조그맣고 까만 점으로 체크가 되어 있었다.

"어머니! 또 일찍 일어나신 거예요?"

"아니다. 이제부터 아침은 내 손으로 해주고 싶구나, 다래야."

아마 어머니도 서서히 다래를 떠나보낼 준비를 하고 있는 것 같았다.

"에이, 어제 제가 끓인 된장찌개가 맛없어서 그러는 거죠?"

다래는 그녀의 마음을 알고 있고 이제는 어느 정도 파악이 되기에 장난스런 말로 이 분위기를 넘기려고 했다. 물론 이 집을 떠나 자신의 집으로 돌아가는 것이 좋기는 했지만 지금 저렇게 자신에게 등을 보이며 묵묵히 밥을 차리는 어머님의 모습을 보면 그런 생각을 하는 게 미안할 때도 있었다.

일 년 동안 다래가 아플 때도, 다래가 자신의 엄마에게 전화를 하려 하자 엄마들은 자식들이 아플 때 제일 마음이 아프다며 밤새도록 간호를 해주었고, 다래가 먼저 말을 꺼내기도 전에 다래에게 선물들을 들려 보내며 친정으로 보내주었다. 해준 또한 다래가 대학원을 진학하고 어려움이 있을 때, 제일 먼저 도와준 사람이었다. 아주버님이란 호칭만 아니라면 그가 다래의 오빠라고 생각할 사람들이 많았을 것이다.

그동안 자주 만나던 친구들과 조금씩은 연락을 자제하고, 만날 때가 있으면 해준이 다른 사람 눈에 띄지 않게 친정으로 데려다 주었다. 결과적으로 일 년간의 다래의 영혼결혼식에 대해 아는 사람은 이 비밀을 간직하고 있는 사람들이 전부였다. 아, 증거물이 하나 있다면 지금은 아무도 들어가지 않는 세준의 방에 걸어져 있는 다래와 세준의 결혼사진이 전부였다. 당사자인 다래조차도 자신이 지금 결혼한 것인지 아닌지에 대해 혼동이 올 정도로 지난 일 년의 기간은 다래에게 주어진 색다른 경험의 시간이었다.

"어머님, 저 오늘 늦을지도 몰라요!"

"무슨 일 있는 거니?"

"아, 친구들과 약속이 있어서요."

"그러려무나. 술 너무 마시지 마라."

"에이, 지난번처럼 아주버님 부르는 일은 없도록 할게요. 그럼 내일 올게요!"

다래가 집을 나선 뒤 몇 시간 후, 집엔 커다란 핵폭탄 하나가 떨어졌다.

'덜컥' 하는 소리와 함께 아침 바람부터 현관문이 아주 세차게 열렸다.

"악!"

어머니는 누군가의 갑작스런 등장에 너무도 깜짝 놀란 듯싶었다. 게다가 행색을 보아하니 도둑이 분명한 것 같았다. 아무거나 손에 잡히는 것을 들고 그 사람에게 던지려 하자,

"미쳤어? 나 세준이야."

이건 또 무슨 소리란 말인가. 머리는 산발을 하고선 이건 원 거적데기를 걸친 건지 사이즈가 두 사이즈 이상은 큰 검뎅이가 심하게 묻은 옷을 입은 남자. 두 손은 길고 다 헤어진 소맷자락에 감춰져 보이지 않았지만, 어디서 박물관에서 볼 수 있을 법한 앞코와 옆이 다 터진 신발을 신은 게 아니라 끌고 왔다는 게 맞을 법한 정도로 엉망이었다. 그리고 얼굴은 무슨 불법 태닝이라도 받은 건지 분명 까매진 건 맞는데 얼룩덜룩한 게 말이 아니었다. 그리고 제법 떨어진 거리임에도 생선 비린내 비스무리한 냄새와 뭔가 정말 지독한 냄새가 코를 자극하고 있었다. 그런데 저런 말도 안 되는 꼴을 한 사람이 세준이라니? 어머니는 도저히 이해가 가질 않았지만 먼 거리에서도 자식의 목소리는 단번에 알아들을 수 있는 사람이었다.

"정말…… 세준이니?"

세준의 목소리임을 확신했지만 거의 원시인 꼴을 하고 나타난 얼굴도 제대로 알아볼 수 없는 사람이 자기 아들이라니. 어머니의 비명 소리에 이어 달려온 해준도 그 상황을 보고선 아무 말도 할 수 없었다.

"구해준, 나 구세준 맞으니까 거지 보는 것마냥 그렇게 쳐다보지 좀 마."

거지 보는 것마냥이라니, 말은 똑바로 해야지. 거지를 보는 것 아닌가?

"어, 어떻게 된 거야."

해준은 세준의 정말 갑작스러운 등장에 어떻게 된 거냐는 말밖에는 할 말이 없었다.

"나, 밀항했어. 아니, 그딴 것 이야기하기 싫고, 따뜻한 물 나오지?"

저렇게 오자마자 가족들을 찾는 것이 아니라 따뜻한 물부터 찾는 걸 보아하니 세준임에 분명했다. 어머니는 더 이상의 의심을 갖지 않고 그대로 달려가 세준을 안았다.

"세준아!"

"왜 이래. 숨 막혀."

어머니는 그런 냄새 따윈 신경이 쓰이지 않는지 세준을 더욱 꽉 끌어안았다.

"정말 우리 아들 맞니? 세준이 맞지?"

계속되는 질문에 세준은 너무도 담담하게 말했다.

"맞습니다. 샤워하고 와서, 아니, 목욕 좀 하고 와서 다시 안아드리면 안 될까?"

깔끔을 떠는 성격의 그인데 완전 거지꼴을 하고 있으니 지금 자기 모습이 심하게 마음에 안 들기도 할 것이었다. 결국 감정을 주체 못하는 어머니를 간신히 소파에 앉히고 세준은 이층으로 향했다.

"이게 뭐야!"

세준의 고함 소리가 일층까지 들려왔다. 그 소리에 해준이 급하게 계단을 달려올라 갔다. 그곳엔 자신의 머리를 쥐어뜯으며 온통 분홍색으로 도배되어 있는 자신의 방을 보고 있던 세준이 있었다.

"어, 그게. 세준아."

"이게 뭐야! 내가 제일 싫어하는 분홍색이잖아! 어라, 이건 뭐야? 침대에 웬 인형 쪼가리들이냐고!"

"그게 설명하자면 좀 길다. 저기 내 옆방으로 가라. 네 방 그대로 옮겨두었으니까."

"너무들 하네. 내 방을 남한테까지 세주고."

해준은 다래에 대해 지금은 이야기할 시점이 아닌 것 같아 세준을 자신의 옆방으로 밀어 넣었다. 세준은 계속 투덜거리다 결국 해준의 옆방으로 들어갔다. 아차, 해준은 그제야 생각났다. 그 방에 그게 있었다는 것을.

"이건 또 뭐야!!"

또다시 들려오는 세준의 비명에 가까운 목소리. 다시 해준은 다급하게 달려들어 갔다. 해준과 다래가 찍은 웨딩사진이었다. 그러나 보이는 대로 말하자면 세준과 다래의 웨딩사진.

"그게…… 사연이 좀 길다."

"여기에 나 말고 또 다른 구세준 있었어? 여기 오면서 대충 들었는데 내가 죽었다고 다들 생각하던데……. 구해준, 똑바로 말해봐라. 이거 혹시…… 아니지?"

"맞다. 네 결혼사진."

"허. 지금 장난해?"

　해준은 길길이 뛰는 세준을 쳐다보며 얼굴이 굳어가기 시작했다.

　"장난 아니었다. 어머니가 마지막으로 네 소원 들어주신다고 한 거다."

　"내 소원? 빈 적도 없고, 평생 빌지 않을 그걸 내 소원이라고 어디에다 갖다 붙이는 거야!"

　"그건 우선 씻고 나서 이야기하자. 냄새 때문에 참을 수가 없다."

　세준은 애꿎은 수건만 허공에 '탁탁' 털어대며 샤워를 하러 들어갔다. 해준은 아직도 샤워를 하러 들어간 사람이 자신의 동생이라는 사실이 믿기지 않았다. 정신없는 머리를 좌우로 흔들며 일층으로 내려갔다.

　"어머니, 정말 믿을 수 없네요. 아무리 이성적으로 생각해 봐도."

　"조금 전, 세준이가 뭐 때문에 그렇게 난리를 치더냐?"

　"네?"

　어머니는 지금 세준이 돌아왔다는 사실이 믿겨지냐는 해준의 물음을 잘라 버리고 세준이 난리를 친 이유를 묻고 있었다.

　"웨딩사진 때문이죠. 아주 질색팔색을 하더군요."

　"해준아, 방으로 따라오거라."

　"네?"

　어머니의 손짓을 따라 어머니의 방으로 들어가는 해준이었다. 해준은 아들이 살아 돌아왔다는 기쁨에 쌓인 얼굴을 잠시 접어두고 의미심장한 얼굴로 바뀌어진 어머니를 보면서 뭔가가 일어날 것 같다는 예감에 방에 들어섰다. 어머니는 갑자기 화장대 서랍장에서 서류로 보이는 종이를 꺼내어 테이블 위에 그가 보란 듯이 가지런히 내려놓았다.

"이, 이거."

"그래. 내가 여느 엄마들과는 다르다는 거 너도 잘 알고 있잖니. 이럴수록 내가 이성을 찾아야지."

그 서류들을 보는 해준의 눈은 휘둥그레져 그 내용들을 보고 또 보기를 반복하고 있었다.

"이거…… 상대방도 아는 건가요?"

"원래 이런 용도로 쓸 생각은 아니었지만. 내가 또 미안한 일을 벌이는구나. 하지만 나도 다 생각해 두었으니 크게 문제될 건 없으리라 생각된단다."

"그럼. 그 아이도 모르는군요."

"수고 좀 해주어야겠구나. 차후에 벌어질 일은 다 내 머릿속에 들어 있으니. 어서 다녀오거라."

어머니의 명령에도 자리를 떠나지 않는 해준. 어머니는 갑자기 해준이 들고 있던 서류를 뺏어 들었다. 그리고는 어디론가 전화를 걸려고 핸드폰을 집어 들었다. 수화음이 들리는 중에 어머니가 해준에게 당부의 말을 했다.

"이것을 못하겠다면. 하는 수 없구나. 하지만 비밀은 지키거라. 그리 어렵진 않을 게다. 그리 오래 갈 비밀은 아니니."

그리고 정확히 다섯 시간 후, 목욕이라고 하기에도 심하게 오버된 시간이 지난 후에야 욕실에서 나온 세준이었다. 방에서 옷을 꺼내어 입으면서도 연신 혼잣말을 해가며 불만이 가득 섞인 말들을 내뱉고 있었다. 무심코 셔츠 단추를 잠그려 고개를 들었을 때 다시 그의 눈에 들어온 웨딩사진.

"이게 도대체 어떻게 돌아가는 거야? 당사자도 모르는 결혼식이 어딨냐고!"

그렇게 혼자 말한들 무슨 소용이 있으랴. 세준은 급하게 일층으로 내려갔다. 시간이 시간인지라 다른 사람들이 부동자세로 기다리고 있을 리가 없었다. 벌써 창밖은 어둠이 심하게 깔린 후였다. 세준은 자기가 다시 한국에 오리라는 생각은 하지도 못했는데 막상 이렇게 집에 서 있는 게 너무도 아무렇지도 않았다. 부엌으로 들어가 냉장고에서 에비앙 생수를 꺼내어 마셨다. 삼 년 가까이 진흙탕 물을 먹다 생수를 마시니 이건 무슨 물이 아니라 금가루를 삼키는 것처럼 목구멍이 호화롭게 정화되고 있었다.

"어머니 조금 안정이 되셨어. 방으로 들어가 봐라."

"들어갈 거야. 그리고 아줌마 시켜서 안방으로 가져다줘."

"뭐?"

"거지 꼬라지 했던 내가 밥은 배 터지게 먹었겠어?"

까칠한 그의 모습은 어떻게 그렇게 변하지 않았는지. 수건으로 머리를 털며 안방으로 들어가는 세준이었다. 다짜고짜 방으로 들어가서는 하는 말이 참 가관이었다.

"참, 웃겨. 그렇게라도 날 결혼시키고 싶었어?"

“세준아, 그게 지금 어미한테 할 말이니? 난 네가 돌아와서 얼마나 감사한데.”

엄마는 뻗대고 서 있는 세준에게로 다가가 그를 꼭 안았다. 그런 것에 익숙지 않은 그였기에 세준은 아무런 미동도 없이 가만히 있을 뿐이었다. 어머니가 눈물을 흘리며 아무 말도 잇지 못하고 있었음에도 세준은 어머니의 품에 안겨서 자기 할 말은 또박또박 하고 있었다.

“날 그렇게 생각했는지 몰랐어. 날 한 번도 그렇게 안아준 적 없었어.”

“그게 무슨 말이니.”

울먹이는 가운데 어머니는 세준을 더욱 꽉 안았다.

“진짜 사람 죽이겠네. 살아 돌아왔으니 됐잖아. 저 말도 안 되는 결혼사진은 언제 갖다 버릴 건데.”

이 상황에서도 세준의 신경을 건드리는 건 그 일뿐이었다.

“그건 나중에 생각하자꾸나. 그나저나 어떻게 돌아온 거니?”

“뭐 말도 안 되는 일에 얽혀서 그런 거지. 오면서 들었는데 하필 내가 탈 예정인 비행기가 추락했었다며. 그래서 아프리카는 찾을 생각도 안 했었어? 하기야 그곳에서도 내가 있던 곳까지 오기는 힘들었겠지.”

“이야기는 네가 한숨 돌리고 나서 하자꾸나. 피곤하지? 눈이라도 붙이렴.”

“됐어.”

세준은 어머니의 호의를 무시했다. 그래도 어머니의 마음은 그런 게 아니기에 손수 침대의 이불들을 정리하기 시작했다. 됐다고 할 때는 언제고 어머니가 세준을 끌어당겨 침대에 억지로 눕혔다.

"안 졸려."

이 말을 한 뒤 정확히 초침이 한 바퀴를 돌기도 전에 세준은 잠들어 버렸다. 어머니는 이불을 세준의 가슴까지 당겨 덮어주었다. 그의 얼굴을 보고 있는 순간에도 이것들이 믿기지가 않았는지 세준의 얼굴을 두 손으로 만져 보았다. 손바닥의 느낌들은 삼 년 전의 아들의 얼굴이라고 믿기지 않을 만큼 거칠게 느껴져 왔다.

"정말 내 아들 세준이니?"

이때 '삐그덕' 하는 소리와 함께 해준이 쟁반에 간단히 먹을 것들을 챙겨왔다. 어머니는 조용하라며 손짓으로 말했고, 세준은 조용하게 테이블 위에 쟁반을 내려두었다. 해준도 소파에 앉아 자고 있는 세준의 모습을 보았다. 도대체 삼 년 동안 뭘 했을까? 하는 질문이 생겼지만 저렇게 세상모르고 자고 있는 녀석의 얼굴을 보는 것만이 지금 할 수 있는 것 전부였다.

"어머니, 이리 오세요."

해준이 어머니를 자신이 앉았던 자리에 모셨다.

"괜찮을까요?"

"그럼."

"일억을 대가로 결혼한 것까지 알게 되면 말이 많을 텐데."

"말조심 하려무나."

어머니는 혹여나 잠든 세준이 깰까 봐 조심했다. 하지만 잠든 줄 알았던 세준이 그 말이 끝나기 무섭게 벌떡 일어나 소리쳤다.

"뭐? 졸지에 유부남 된 것도 기가 막힌데 일억까지 줘서 데리고 온 거였어?"

깊은 잠에 빠진 줄 알고 있었는데 그렇게 작은 소리를 듣고 오락실에서 펀치 기계가 올라오는 것처럼 빨딱 일어나는 세준이었다. 아마도 자지 않고 시늉만 한 것인지는 알 수 없었다.

세준의 관자놀이에 도드라지게 핏발이 서고 있었다. 아무리 자는 사이에 코를 베어갈지도 모른다는 무서운 세상이긴 하지만 아직 제대로 즐겨보지도 못한 세상이 창창하게 자신을 기다리고 있는데 유부남이라니. 세준은 뒷골을 잡고 쓰러지고 싶은 심정이었다. 하지만 불행히도 고혈압의 그 근처에도 미치지 못하는 혈압을 가진 그라 그런 위험한 시추에이션 따위는 불가능했다. 혹시, 그렇게 결혼이 싫다던 자신 때문에 그런 자신을 결혼시키려고 자신을 아프리카 오지에 떨어뜨려 놓은 건가? 아무리 생각해도 수상했었지만 세준은 어머니의 표정을 보고는 그건 그만의 허상이란 걸 알게 되었다. 하지만 유부도 아닌 유부남! '남' 자가 재수없게 달라붙었단 말이다!

"어디 있어."

"뭐?"

"사진 속 그 여자."

세준의 질문에 해준은 어물어물 대답을 하지 못하고 있었다. 분명 부정적인 생각으로 가득 차 있을 텐데 술집에서 한창 놀고 있다는 말은 죽어도 할 수 없었다.

"지금은 좀……."

.해준이 어물거리자 세준이 해준의 핸드폰을 뺏어 들어 전화번호를 찾고 있었다.

"오호, 아직도 여친 하나 없으시나. 아, 여기 여자 전화번호 하나 있네. 윤다래?"

세준이 전화를 걸려 하자 해준이 전화를 뺏어 들었다.

"알았어. 내가 걸어서 바꿔줄게."

"자! 마셔 마셔!"

"얘가 뜬금없이 전화해서는 이렇게 불러놓고. 윤다래, 너 미쳤니?"

"네가 내 깊은 속을 어찌 알겠니. 아무튼 며칠 있으면 난 자유의 몸이다! 자유의 몸!"

"넌 지금도 너무나 자유로운 몸인 거 알지? 관리라고는 전혀 안 하는 내 방치된 자유의 몸. 대학원 다니더니 이제 힘겨운 사회학도의 길로 가서 그런가 상태가 영 아니다."

"그래 그래, 한지은 네가 뭐라고 하든 오늘 이 언니가 다 받아준다!"

쨍그랑. 잔이 부딪히는 소리가 꽤나 요란스럽게 울려 퍼졌다. 오늘 아침엔 자신을 편하게 보내주려는 듯 세준의 꿈까지 꾸었다. 사실 깨고 싶지 않은 꿈이었지만 원래 그렇게 달콤한 꿈들은 항상 늦잠을 자는 다래의 기본 바탕을 무시하고 꽤나 빨리 깨곤 했다. 그래서인지 조금은 무거웠던 다래의 마음은 이렇게 약간의 여흥을 즐길 수 있는 정도로 가벼워지고 있었다. 다래는 단짝 친구 세명을 불러놓고 그동안 못 마셨던 술을 오늘 다 먹어보자는 심산으로 이곳에 친구들을 데리고 왔다. 마음껏 들이붓고, 또 마음껏 마시기로 했다.

"다래야, 네 핸드폰 아니야?"

핸드폰은 테이블 위에서 요란한 움직임으로 이리저리 갈 곳을 찾지 못하고 있었다. 이 시간에 누가 전화를 했을까. 액정에선 낯익은 이름이 뜨고 있었다. 바로 해준의 전화였다.

"아주버, 아니, 여보세요?"

하마터면 술기운에 대단한 실수를 저지를 뻔한 다래였다.

[다래 씨, 지금 어디죠?]

"네? 잘 안 들리는데."

[지금 어디냐구요!]

"아, 리버 나이트클럽이요!"

[리버 나이트클럽이요? 아, 말해줄 게…….]

해준은 미처 할 말도 다 끝내지 않고 끊는 것 같았다. 얼마나 급했기로서니 인사조차도 하지 않고 끊다니. 이건 평소의 그다운 행동이 아니었다. 하지만 이미 술기운이 오를 대로 오른 다래에게는 그런 게 별로 대수롭지 않았는지 아무런 의심을 갖지 않고 휴대폰을 닫아버렸다.

"누구니?"

지은이 물었다.

"아, 아는 사람. 갑자기 전화를 끊어버렸네? 자자, 마시자!"

다래는 신경 쓰지 않고 술을 붓고 마시기에 여념이 없었다. 그러다 목을 한 번 돌리고 나서 몸을 풀 준비가 되었단 기분 좋은 미소를 보였다.

"자, 이제 슬슬 스테이지에 가볼까?"

"얘 좀 봐. 윤다래, 너 오늘 진짜 이상한 거 알아?"

다래는 재킷을 벗어 빙빙 돌리다 정확히 지은의 얼굴을 숨 막히게 가려 버렸다.

"미안?"

"저게 미쳤나!"

재킷에서 아무리 지은이 발악을 해본다 한들 다래의 귀에 들릴 리가 만무했다. 다래는 시끄럽고도 빠른 템포의 댄스 음악에 맞추어 막춤을 추기 시작했다. 그녀를 다가가던 친구들은 다래의 민망한 막춤을 보고서는 걸음을 뒤로했다.

"윤다래 때문에 쪽팔려서 못 나가겠다! 애들아, 우린 술이나 먹자!"

다래는 사모놀이도 아니거늘 어찌나 머리를 돌려대는지 근방 1m 이내에는 사람이 접근하지 못했다. 다래는 주변을 신경 쓰지 않고 자기만의 세계에 빠져 정신이 몽롱한 상태로 음악에 몸을 맡겼다. 아니, 음악에 몸을 맡겼다기보다는 음악은 그녀의 몸을 완강히도 거부했지만 다래는 억지로 그녀의 몸을 음악에 끼워 넣은 듯 부자연스러움의 극치를 달리고 있었다.

시끄러운 댄스 음악이 조금씩 볼륨을 낮추어 가면서 조용한 블루스 타임의 노래가 시작되었다. 다래가 현란한 춤사위를 중단하고 들어가려 하는데 갑자기 둘씩 붙어 있는 커플들 사이에서 누군가가 다래에게 이리 오라면서 검지로 그녀를 지목하고선 손가락을 자신에게 끌어당겼다.

다래는 자신을 말하는 것이 맞는지 또 혼자 생쑈를 할까 봐 자신을 손으로 가리키며 재차 확인을 하고 있었다. 어두운 조명 아래여서 선명하진 않았지만 분명 그는 고개를 끄덕이는 게 분명했다. 다래는 이게 웬 떡이냐며 한 치의 주저도 없이 그 남자에게 다가갔다. 블루스 타임이라서인지 조명은 지극히도 어두웠고, 다래는 자신을 지목한 남자의 얼굴을 제대로 확인할 수도 없었다. 에라, 모르겠다는 아주 대담한 마음으로 그가 내민 손을 잡았다. 그는 대단한 손힘으로 다래를 잡아당겨 자신의 가슴에 다래의 얼굴을 묻어버렸다. 그는 아주 자연스럽게 다른 손으로 다래의 허리를 조금씩 장악하며 감싸 안았다. 다래가 흠칫 놀라자, 남자는 신경 쓰지도 않는다는 듯 조용한 음악에 맞추어 그녀를 리드했다. 이 상황에 뭘 어찌하겠나? 다래는 바들바들 떨리는 눈꺼풀을 내릴 깔고 그의 가슴팍에서 헤엄을 치고 있었다. 그리고 처음 보는 사람이 분명한데 너무도 낯설지 않은 느낌. 다래도 자연스럽게 그의 허리를 작은 손으로 감쌌다.

“이름이 뭐예요?”

“네?”

다짜고짜 이름부터 묻는 그가 당황스러웠지만 굳이 이름을 가르쳐 주지 않을 이유가 없었다. 왜 괜스레 떨리는 느낌이 드는 건지 모르겠다. 다래는 목을 가다듬어 그의 얼굴을 올려다보고 이름을 말하려고 하자 그가 자신의 손으로 다래의 머리를 자신의 품

안에 묻히게 만들었다. 이러면 말을 할 수 없지 않은가. 남자의 셔
츠 단추가 다래의 입과 마찰되어 간질이고 있었다.

"혹시, 애인 있어요?"

다래는 무슨 앙탈 부리는 여자마냥 그의 품 안에서 아니라며 자
신의 얼굴을 그에게 부벼댔다. 처음 보는 사람들끼리 이건 너무
과도한 스킨십이 아닌가 했지만 에어컨에 뿜어져 나오는 여름에
도 그의 품 안의 느낌은 시원하지도 뜨겁지도 않는 따뜻한 느낌이
었다.

"난 그쪽이 처음인데 전혀 낯설지가 않네요."

자신이 하고 싶었던 말인데 그 말을 남자가 먼저 하고 있었다.
다래는 약간은 흐뭇한 웃음을 지었다. 이런 공간에서 누군가와 가
까워진다는 것이 그렇게 자연스럽지는 않았지만 나이트클럽에서
흔치 않게 나오는 블루스 타임 음악처럼 이런 만남은 특별한 것이
었다.

이제 슬슬 다래는 그의 얼굴이 궁금했다. 아무리 느낌도 느낌이
지만 이렇게 얼굴조차 모른 채 더 이상의 말을 나눈다는 건 다래
의 인내심이 허락하지 않았다. 아주 살며시 고개를 든 다래. 하지
만 어두운 조명 탓인지 얼굴이 무척이나 어둡게 보였다. 하지만
어두운 가운데 그의 눈동자는 빛을 내고 있었다. 잔잔한 조명이
그의 속눈썹 사이를 지나가고 있었다. 콧날 또한 꽤나 날카롭게
자리 잡았다.

'이거 등산용품이 없으면 올라가기도 힘들겠구만. 이기적인 유
전자 같으니라고.'

날카롭고 높은 그의 콧날에서 다래는 눈을 떼지 못했다. 솔직히 말하자면 아래에서 보는 좋은 각도가 아님에도 그의 얼굴은 다래의 시선을 사로잡기에 충분했다. 순간 드는 생각.

'세준이라는 사람도 아마 이런 이미지였을 거야.'

결혼을 하고 나서 매일매일 그의 방을 청소하겠다며 나선 다래였다. 그건 자기가 그래도 그 사람의 방을 치우겠다는 일종의 사명감으로 시작했지만 더 깊숙한 곳으로 가보면 참으로 우습게도 한 번 보았다가 자신의 시선을 훔쳐가 버린 그의 사진을 매일 보기 위한 핑계였다. 지금 다른 사람의 품에서 그의 생각을 했다. 조금은 그에겐 미안한 일이었지만 다래는 애써 그 사실을 부정하지는 않았다.

"참 제가 아는 사람과 비슷해요. 이미지도 생김새도."

"그래요?"

"네. 참 신기하게도 실제로 본 적은 한 번도 없거든요. 사진으로밖에는."

"왜요?"

"그 사람, 이 세상 사람이 아니거든요."

"하하."

남자는 웃음을 입가에서 흘리고 있었다. 그것도 아주 잔인하게. 다래는 그의 웃음에 당황해서 정신이 없는 것인지 분위기 때문에 오른 술기운 때문인지 머리를 털듯이 흔들었다. 하지만 이놈의 술기운이란 게 그렇게 쉽게 떨어질 놈이었다면 이 세상에 필름이 끊겨 자신의 추태를 기억 못하는 사람도 없을 것이며, 오빠 민지란

소리에 가볍게 넘어가지도 않을 것이며, 이렇게 지금 자신의 발등
에 떨어진 크고도 뜨거운 불씨를 알아보지 못하는 일도 없을 것이
다.

"왜, 왜 웃어요?"

황당해하는 다래의 얼굴을 두 손으로 잡는 남자. 다래는 이 상
황에 왜 가슴이 떨려오며 손은 수전증에 걸린 것마냥 부들부들 떨
고 있는지 알 수 없었다. 아니, 이런 상황에서는 알고 있어도 모른
척하는 게 약이겠지?

남자가 자신의 손으로 다래의 얼굴을 들어 자신의 얼굴을 보게
만들었다. 참 술은 사람을 바보로 만들고 있었다. 다래는 조금은
웃기게 넋이 반쯤은 나간 얼굴로 그의 얼굴을 쳐다보고 있었다.
그가 조금씩 고래를 숙여 다래의 얼굴과 마주 보게 만들기 시작했
다. 그가 숙이는 각도가 커지면 커질수록 다래의 얼굴은 붉게 달
아오르고 있었다. 10도 20도 30도. 이제 서서히 두 사람이 마주
보는 각도가 이루어지려 하자 다래의 상기되었던 얼굴은 퍼렇게
멍들어 가고 있었다.

"혹시……."

"혹시 그 남자와 많이 닮았다는 건가요?"

"아, 네."

"눈썰미 정말 없네. 닮은 게 아니라 똑같지 않아?"

"악!"

남자가 다래의 입을 막았다. 다래는 남자의 손을 뿌리치고 헐레
벌떡 뛰어 자신의 테이블로 돌아왔다. 벌떡거리다 못해 낚싯줄 끝

에 달린 대물처럼 가슴이 펄떡거렸다. 그리고 방금 전까지 자신과 몸을 맞대고 있던 그의 온기는 아직도 가시지 않고 있었다.

"야."

"왜? 미친 듯이 놀고 나니 이제 우리가 생각난 거냐?"

다래가 반쯤은 정신 나간 얼굴로 말했다.

"나 죽은 사람이 보여. 그것도 아주 똑똑히."

다들 어이없다는 눈으로 다래를 쳐다보고 있었다.

"미친년, 네가 술을 너무 마셨나 보다."

지은이 다래를 향해 말했다.

"아니, 아니! 나 진짜 죽은 사람이 보여. 아니, 만질 수도 있어!"

"지금 너 영화 찍니? 나도 한 번 연기해 봐? I can see the dead people."

음산한 분위기로 지은이 한 영화에서 꼬마가 연기했던 걸 그대로 재연해 보였다.

"하하하! 한지은, 너 한 연기하는데? 오, 진짜 실감난다."

친구들은 지은의 연기가 제대로라면 박수까지 치고 있었다. 모든 정황을 알지 못하는 친구들이 다래의 말을 믿어줄 리 만무했다.

그때, 테이블 앞에 그가 나타났다. 다래는 딱히 숨을 자리도 없어 지은의 뒤에 숨었다.

"누구세요?"

친구들은 상당히 술렁이고 있었다. 180cm도 훌쩍 넘은 키에 심플한 정장을 입은 것도 모자라 눈썹을 간질이는 앞머리를 하고 날카로운 눈빛으로 누군가를 쳐다보고 있는 이 남자가 자신들의 테이블에 왔다는 것은 이중 누군가가 맘에 들었다는 뜻이었으니 말이다. 남자는 얇은 타이를 손으로 잡아 쓸어내리더니 살짝 웃어 보였다.

'신이시여, 나지요?'

친구들은 제각각 이런 생각을 하고 있었을 것이다. 하지만 남자의 눈빛은 지은을 향하고 있었다. 아니, 더욱 자세하게 말하면 지은의 뒤에 숨은 다래를 향한 것이었다.

하지만 다래를 선택하는 일은 없을 거라는 걸 잘 아는 친구들은 평소에 인기가 좋았던 지은의 옆구리를 푹푹 찌르고 있었다.

"너네."

"응?"

새침떼기 지은이 자신은 아무것도 모른다는 듯. 당황한 표정을 지어 보였다. 그러다 정해진 순서처럼 지은이 일어났다.

"어디 테이블이에요?"

남자의 모습이 까탈스런 그녀의 마음에 들었던지 지은은 그가 온 테이블을 물었다. 하지만 남자는 지은의 얼굴은 쳐다보지도 않았다.

"나오지?"

소파에 웅그리고 숨는 척은 오라지게 하고 있는 다래.

"지금 누구에게 그러는 거예요? 확실히 말해줄래요?"

지은은 금세 그 눈빛의 주인공이 자신이 아니라는 것을 깨닫고 신경질적으로 물었다.

"당신 뒤에 숨어 있는 사람 좀 일으켜 줘."

"네?"

지은은 자신의 뒤에 죽은 사람마냥 웅그리고 있는 다래를 발견했다. 다래만도 못하다는 사실에. 아니, 사실은 자신의 스타일인 그가 인기 꽝인 다래를 지목했다는 게 화가 나 다래를 격하게 일으켜 세웠다.

"너라잖아!"

소리까지 빽 지르는 지은.

"자기 스타일인 남자를 못난 친구한테 뺏겨서 기분이 별로인 건 알겠지만 정말 까칠하네."

"뭐라구요?"

까딱하면 지은이 남자에게 손톱을 세우고 달려들 상황이었다. 이 틈을 타 다래는 슬금슬금 뒤쪽으로 빠져나가 줄행랑을 쳤다. 하지만 결국 얼마 달리지 않아 그녀는 세준에게 잡혔다.

"왜 도망가는데?"

다래가 죽은 줄로만 알았던 그 사람, 세준이었다. 도대체 이게 무슨 말도 안 되는 일이야? 아니야, 문제는 그게 아니잖아. 죽은 사람이 살아 돌아왔다는데!

"손 놔줘요! 이 귀신아!"

"이거 왜 이래. 귀신 정도는 뗄 나이 된 거 아니야?"

그가 돌아왔다는 사실은 팔에 얼마 나 있지 않은 솜털이 바짝 치켜세워져 서로 키재기를 할 정도로 다래를 놀라게 했다. 그가 잡았던 손을 뿌리치고 도망가던 다래는 결국 몇 걸음 가지 못하고 다시 잡히고 말았다. 다래는 다시 한 번 그의 얼굴을 자세히 빤히 쳐다봤다. 이놈의 눈알이 의안도 아니건만 보는 기능은 상실을 해 버렸는지. 이번엔 팔의 솜털도 모자라 머리까지 쭈뼛쭈뼛 서고 있었다. '오우, 지쟈스' 이럴 때만 신을 찾는 자신이 웃겼지만 지금은 신이 아니면 아무도 이해 못할 상황임이 분명했다.

"정말 안 놔줄 거예요?"

"지금은 안 돼."

세준이 다래의 반항에는 개의치 않고 그녀의 손을 꼭 붙들고 건물 밖을 나와 어디론가로 향했다. 삑. 하는 소리와 함께 둘의 앞에 놓인 차의 시동이 걸렸다. 많이 낯익은 차. 그건 해준의 것이었다.

"아주버님 차인데."

"너 바보지? 내 형이야. 네 아주버님이기도 하지만."

"그런데 왜 반말인데요?"

"지금 그런 게 중요해?"

그랬었다. 두 사람은 피를 나눈 형제. 이렇게 정리 안 되는 상황에서 다래는 그냥 그의 손에 이끌려 차에 탈 수밖에 없었다. 뭐가 그리도 급한지, 차의 문부터 잠그는 세준. 다래는 그런 그의 행동에 빤히 세준을 쳐다보았다. 사진과 달리 많이도 그을린 얼굴. 부정하고 싶었지만, 그는 사진 속의 그 사람이 분명했다.

"어떻게 된 거예요?"

"그거 지금 내가 죽지 않아서 다행이라는 뜻으로 해석해야 하는 걸까? 아니면 지금 이런 상황에서, 왜 하필 이런 시점에서 빌어먹게 나타났냐는 걸로 해석해야 할까?"

참 주는 거 없이 미운 말따구니하고는. 다래는 그가 대답을 원하는 것 같아 그 물음의 대답을 해주었다.

"잘 알겠네요. 어느 쪽인지."

다래는 이젠 자포자기를 하는 투로 그와 똑같은 투의 말을 내뱉었다. 지금 이렇게 그의 횡포를 순순히 받아주는 걸로도 다래의 인내심은 그 끝을 달하고 있었다. 그런데 참으로 웃기게도 이젠 사진이 아닌 그에게서도 가끔 자신의 시선을 거두어야 한다는 걸 잊고 있었다. 분명 오늘 꾸었던 꿈에 나왔던 자신이 그의 물건들이 있던 방에서 상상했던 그가 아닌데도 말이다.

"며칠, 아니, 빠르다면 내일 당장이라도 신문에 나겠지."

"누가요."

"너 잊었어? 내가 누군지."

다래는 그의 거만한 말들이 웃겼다. 사실, 그가 평범한 사람이 아니라는 걸 제일 잘 아는 사람이 다래였다. 하지만 저렇게 대놓고 으스대는 세준의 모습에 다래는 기가 막혔다. 이 정도일 줄은 몰랐으니까 말이다. 기가 막힌 다래는 팔짱을 끼고 어디 해보라는 투고 콧김만 풍풍 발사하고 있었다.

"그게 나와 무슨 상관인데요? 이제 다 끝나가는 일인데."

"혹시 모르잖아. 이 사실을 말하고 싶어서 입이 근질거리는 사람이 있을지. 아, 아니지. 이 사실을 말하지 않는 걸 빌미로 뭔가를 원하는 사람이 있겠지."

그건 분명히 다래를 짚어서 하는 말이었다.

"차 세워요!"

세준은 차를 세울 생각은 않고 더더욱 속력을 내고 있었다.

"내가 웃기네요. 당신이 정말 좋은 사람까지는 아니라도 이 정도는 아니라고 생각했었거든요. 그렇게 생각해 왔던 내 지난 일 년에게 정말 미안할 따름이네요."

"사진 보면 어느 정도 대충 알았을 것 아니야."

사실 그랬다. 사진으로 봐도 단번에 착한 인상을 가진 사람이 아니라는 걸 알 수 있었다. 그의 얼굴은 냉정한 성격의 소유자라는 걸 짐작하기 충분해 보였다. 그런 걸 알고 있었음에도 그럼에도 그에게 시선을 뺏겨 버렸음에도 지금에 와서 좋았던 사람이 아니어서 어쨌다는 말은 변명에 불과했다.

"진짜 내가 지갑 따위 때문에 내 인생에 가장 중요한 시간을 날려 버렸어!"

"지금 그쪽 인생 운운할 시간 없는데요. 파란 불이에요."

얼굴을 핸들에 묻고 있으면서 자신을 한탄하고 있는 그가 신호등이 빨간 불에서 파란 불로 바뀌는 걸 알 리가 없었다. 다래는 지금 이 상황에서 그런 말을 한다는 게 정말 심하게 어울리지 않는다는 걸 알고 있었지만 뒤쪽에서 계속 클랙슨을 울려대는 차들까지 무시할 순 없었다.

"파란 불인데 어쩌라고?"

"가자고요."

"……."

"지금 그쪽이 영화 찍는 거 아니라면 가세요. 그것도 아주 신속하게."

세준이 웃었다. 그것도 다래를 아주 지그시 보면서 말이다. 저런 여자가 지난 일 년 동안 자신의 아내라고 하면서 지냈다는 사실에 세준은 기가 찰 노릇이었다. 이렇게 팔팔하게 살아 있는 자신을 죽은 사람이라 믿고, 졸지에 유부남이라는 감투까지 선사하게 해준 주인공. 그리고 일억이란 대가로 죽은 사람과도 결혼하는 여자. 세준은 다시 한 번 다래를 쳐다봤다. 그리 날카롭지도 않고 눈매 또한 매섭지 않고 오히려 바보로 보일 정도로 선한 눈매를 가진 그런 발칙한 짓을 저지를 것 같지도 않은 그냥 평범한 여자의 모습. 적어도 돈으로 자신의 인생을 넘길 세준이 생각했던 위인의 모습은 아니었다.

"일 년 동안 어땠어?"

"안 좋다고 말해도 아니라고 생각하겠죠."

"말 안 해도 살이 포동포동하게 오른 게 좋았나 보네."

'포동포동?' 이건 또 무슨 동화적 형용어란 말인가. 마치 다래의 예전 모습을 알고 있다는 투로 말을 하는 세준이었다. 더군다나 살이 오르다니 다래는 할 말을 잃었다. 아니, 잃는 척하는 게 자신에게 더 이익일 것 같았다. 그렇기에 다래는 어서 그의 집에 도착하기를 바라고 또 바랐다.

"어, 이게 무슨 냄새지?"

술기운이 서서히 사라짐에 따라 무언가가 다래의 코에 서서히 다가오고 있었다. 정체 모를 냄새. 서서히 그 정체가 드러나려 하고 있었다.

"이거, 시골에서 맡아봤던 거 같은데."

다래가 아무리 고개를 갸우뚱해 보아도 좀처럼 그 냄새는 쉽게 정의 내리지 못했다. 아마도 술이 다래의 후각에 영향을 주고 있었던 것 같았다. 낯선 그에게서 익숙한 그놈의 냄새가 느껴졌다.

"무슨 냄새! 아무 냄새도 안 나는데."

안 난다는 그의 말이 더 냄새의 수준이 심각해졌다. 세준이 아무 냄새도 안 난다며 우겨댔지만 더더욱 선명해지는 냄새. 드디어 그놈의 정체가 생각난 다래.

"아! 이거……."

갑자기 차가 급브레이크를 밟으며 섰다. 하마터면 교통사고의 피해자가 될 뻔한 다래는 여전히 킁킁거리면서 조금씩 수사망을 좁혀갔다.

"아, 생각났다! 소, 소똥 냄새! 오호. 오, 이 냄새야."

소똥. 지금 이렇게 진지하고도 심각한 상황에서 다래는 자신의 감각에 대해 감탄을 연발하며 더더욱 짙어지는 그 냄새를 느꼈다.

"무슨 얼어 죽을 소똥이야?"

조금씩 조금씩. 냄새의 근원지를 찾아 코를 더듬어갔다. 벌름벌름 거리는 그녀의 코가 드디어 그 원인에게 조금씩 다가가고 있었다. 큰 콧구멍이 도착한 곳. 그건 바로 그였다.

"조금 전까진 좋다면서 품에 안겨 부벼대 놓고선 이제 와서 뭐. 소똥? 윤다래, 당신 참 사람 어이없게 만드네."

킁킁대며 손이 아닌 코로 그를 더듬거리다 이내 아무 일도 아닌 듯 제자리도 돌아온 그녀.

"괜찮아요. 이제 거의 가신 냄새니까요. 다른 사람은 아마 맡기 힘들걸요? 내가 워낙 개코여서 그렇지. 그리고 그 향수 쓰지 말아요. 너무 냄새가 강하고 독하네요. 꼭 주인처럼. 조금 은은한 불가리 블루 써보지. 사람이 그러면 향기라도 은은해야 괜찮지 않겠어요?”

“뭐?”

“괜찮아요. 소똥 냄새는 나밖에 못 맡는다니까요. 큭큭.”

세준이 현관에 들어서야 다래의 손목을 잡던 손을 서서히 풀어 갔다.

“데리고 왔어!”

다래의 앞엔 어머니와 해준이 서 있었다.

“다래 씨, 괜찮아요? 많이 놀랐죠?”

해준은 잔뜩 걱정이 어린 얼굴로 다래를 살펴보고 있었다.

“네, 좀.”

“전화상으로 말하려고 했는데. 녀석이 핸드폰을 낚아채는 바람에.”

다래는 궁금했다. 다래가 자신의 궁금증을 물으려 하기도 전에 해준이 먼저 답을 주었다.

“다래 씨, 나가고 얼마 있지 않아 세준이 왔어요. 완전히 거지꼴을 해가지고선 말이죠. 어머니가 다래 씨처럼 놀라지 않는 건 아마 녀석이 완전히 살아 돌아왔다는 걸 보고 느끼셔서 그럴 거예요.”

세준은 이 상황이 답답했는지 다짜고짜 부엌으로 달려가 생수

병을 집어 들었다. 뭐가 불안한지 생수 뚜껑을 열다가 다시 세 사람이 있는 거실로 나왔다.

"이제 어떡할 건데?"

"그럼, 전 이만 가볼게요."

다래가 몸을 돌리자,

"지금 장난해? 이제부터 어떻게 할 거냐고."

세준의 물음은 지금 다래가 그에게 해주고 묻고 싶은 말이었다. 이제부터 어떻게 해야 하는 것인가. '그냥 간단히 이제 자신이 사라져 주면 되는 걸까? 아니면 그냥 확 저 남자랑 살아버려?' 아니, 마지막 말은 빼야지. 다래는 그냥 이 상황을 무책임하게 회피해버리는 게 상책이라고 생각했기에 사라지려 했지만 그가 순순히 놓아줄 생각은 없는 듯했다. 그나저나 도대체 어떻게 된 일일까. 신문에 대서특필될 정도로 큰 사건의 그 한가운데 서 있던 그가 지금 왜 이곳에 버젓이 서 있는지. 수첩과 펜을 들고 그의 턱 밑에서 꼬치꼬치 캐묻고 싶었지만 지금 그럴 상황이 아니란 건 그녀가 제일 잘 알고 있었다. 다래는 생각을 놓아버린 채, 그냥 이들이 어떻게 할지만 지켜볼 뿐이었다. 지금으로선 그게 최선이었다.

"어떻게 할 건데!"

다래를 몰아붙이는 세준이 어머니의 눈엣가시처럼 보였다. 눈엔 잠이 가득한 꼴을 해가지고서는 지 성질에 못 이겨 저렇게 파닥대는 아들을 보는 모습이 곱질 않았다. 비록 살아 돌아온 건 기쁘지만 다래를 막 대하는 모습은 더 이상 보고 있을 수 없었다.

"세준아, 그만 하겠니? 우리 다래도 너만큼이나 놀랐을 텐데."

"허, 우리 다래?"

세준이 코웃음을 쳤다. 기가 막힌다는 듯 소파에 털썩 앉아 마시려고 들고 있던 생수병을 열어 입에 갖다 대어 마시고 있었다. 이 시간 다래는 소파 쪽으로 모든 촉각을 곤두세우고 있었다. 그건 다름 아닌 세준의 모습에 또 넋이 나가 버린 것이었다. 다래의 넋은 세준의 옆에 앉아 그의 물을 넘기는 목선과 그의 옆모습을 음탕한 모습으로 쳐다보고 있었다.

'진짜, 저 망할 놈의 얼굴! 이기적인 바디 같으니라고!'

이렇게 그의 모습에 어쩔 줄 모르는 자신을 꾸짖었지만 무슨 소용이 있으랴.

"다래야, 집에 가겠니? 녀석도 오늘은 너무 피곤해서 저리 신경이 곤두서 있는 것 같구나."

그 말을 듣고 있던 세준이 한마디 거들었다.

"말은 똑바로 하시죠. 피곤해서 그런 게 아니라 난 원래 이런 성격이라고."

그의 말에 어머니는 기가 찰 뿐이었다. 더 이상 말을 섞는다면 어찌 될지 몰라 다래는 어서 이 공간을 피해야만 할 것 같았다.

"잠시 방에서 짐 좀 챙겨갈게요."

"그러겠니?"

다래는 묵묵히 이층으로 올라갔다. 이때 다래의 마음속 악마가 그녀의 몸을 비집고 나와서 대화를 요청했다.

'정말 괜찮지? 개싸가지이긴 해도. 너도 어느 정도 예상했잖아. 저런 남자가 진짜 네 남편이라면 정말 좋겠지?'

뭐 사람 몸에 기생충처럼 악마가 기생할 리도 없고 그냥 다래 자신의 생각이 분명했다.

"윤다래, 너 왜 저런 인간이 이상형이 된 거야? 이건 아니잖아!"

"뭐가 이건 아닌데?"

뒤쪽에서 세준의 목소리가 들려왔다. 아마도 앞의 말은 못 들은 것 같았다. 만약 들었더라면 가만히 있을 성격이 아니란 건 이제 어느 정도 알았으니 말이다.

또다시 그 냄새가 났다. 정말 이 지지리도 예민한 코를 다래는 손으로 잡아 흔들었다.

"거리를 좀 두고 걸어줄래요? 나, 예민한 여자라고 했잖아요."

"예민한 여자? 참 웃기시네요."

"소똥 냄새 난다구요. 사람이 꼭 이렇게 두 번 말하게 해야겠어요?"

"그래! 나 아프리카에서 매일매일 소똥 손으로 차질 때까지 반죽해서 집 지었다. 됐어? 네가 그 고통을 알아? 그래, 어디 아프리카 소똥 냄새가 어떤지 소감 한번 말해보지 그래?"

"누가 그런 지저분한 이야기의 소감 말하고 싶댔어요? 왜 혼자 주절거리고 그런데……."

역시 말 한 마디도 지지 않는 그녀였다. 구시렁거리면서 혼잣말을 하는 그녀.

"야!"

뭔 말을 하는지 당최 알아듣지 못해 답답했던 세준이 소리쳤다.

"구세준 씨, 그렇게 윽박지르는 게 취미인가 봐요?"

"왜 이러고 있어요. 짐 챙기는 거 도와줄까요?"

다투는 소리가 일층까지 들렸는지 해준이 급하게 달려올라 와 세준과 다래가 거리를 두게 만들었다.

"아주버님, 괜찮아요. 걱정 안 하셔도 돼요."

"정말 대우 한번 판이하게 다르구나."

자신과는 너무도 다른 어투와 나긋나긋함이 묻어나오는 말을 해준에게 내뱉는 모습에 콧방귀가 절로 나왔다. 아무리 달라도 저렇게 다를 수 있을까.

"세준아, 너 어디서 잘래? 지금 네 방은 다래 씨가 쓰고 있어."

세준은 해준의 말이 채 끝나기도 전에 이층으로 쏜살같이 달려 올라 가고 있었다. 그리고서는 벌컥 자신의 방문을 열었다.

"정말 미치겠다."

이미 한 번 겪었던 일이었지만 다시 봐도 자신의 방이 완전 유치뽕짝 공주님 방으로 변했다는 것이 쉬이 받아들여지지가 않았다.

해준은 슬쩍 다래에게 눈치를 주고 있었다.

"저 녀석이 원래 좀 그래요. 다래 씨가 이해해요."

"아, 네. 이미 저도 오는 길에 어느 정도는 파악했어요. 하하."

이층에서는 세준이 거의 반 미치기 일보 직전의 상태로 온통 분홍빛으로 바뀌어진 자신의 방을 이곳저곳 들쑤시며 난장판으로 만들고 있었다. 자신의 동선에 맞추어 설계한 모든 가구들. 그리고 자신이 손수 도배까지 한 벽들은 이미 꽃무늬가 펄펄 날리는 유치한 벽으로 둔갑해 있었다.

"세준아, 네가 이해해라. 여기가 볕도 잘 들고 해서."

"언제 비워줄 건데."

해준의 말을 잘라먹고 자신의 말만 하는 세준이었다.

"내일 당장, 아니, 지금 당장 비울게요."

"윤다래 씨 짐이나 모두 챙겨가. 나머지는 내가 알아서 알 테니."

다래는 저런 말을 내뱉는 남자를 차가운 시선이 아닌 고운 시선으로밖에 바라볼 수 없는 사실이 슬플 따름이었다. 여자들 전부는 아니지만 '착한 남자' 보다 '나쁜 남자' 에게 더 끌리는 부류가 있다. 불행히도 자신은 이 부류에 속했다. 단순히 그게 전부인지에 대해 스스로에게 자문했지만 답은 나오지 않았다. 이젠 저렇게 까칠하게 구는 그의 모습을 즐기면서, 또 이렇게 입가에 미소가 지어지다니.

"너, 진짜 기분 나쁘게 웃는다."

"뭐라구요?"

다래는 좋아하는 남자에겐 썩소를 보이는 특이한 타입의 여자이었던 것이다.

"세준아, 미안하지만 침대는 내 옆방이 좁아서 창고에 넣어두었어. 너도 알겠지만 난 침대를 안 쓰고. 어떻게 할래?"

해준이 제정신이 아닌 세준에게 물었다.

"그럼 어머니하고 같이 자면 되겠네요? 큭큭."

다래가 대신 대답을 해주었지만 그 대답은 그의 칼같이 날카로운 성질을 더욱 날이 서게 만들 뿐이었다.

"할 수 없지. 오늘만 이 침대를 쓸 수밖에."

"괜찮겠어?"

"어. 형도 밤이 늦었는데 들어가 봐."

상황을 봐서는 들어가기 힘들었지만 해준은 다래의 눈치를 보다가 그녀가 괜찮다며 눈을 찡긋거리니 이내 자기 방으로 들어갔다. 다래도 방으로 들어왔다. 그에 이어서 세준도 방으로 들어왔다. 다래가 힐끔힐끔 뒤를 보니 세준은 어느새 침대에 누워 있었다. 다래는 조용히 자신의 화장대에 있던 향수를 집어 들어 허공을 향해 뿌렸다. 특히, 세준이 누워 있는 침대 머리 쪽을 향해서.

"뭐 하는 거야?"

칙칙. 세준의 말에는 묵묵부답. 다래는 이리저리 돌아다니며 향수를 뿌리고 있었다. 그녀가 창문도 열지 않고 뿌려댄 향수의 독한 향 때문에 머리가 아찔해져 왔다. 다래는 다시 향수를 내려놓고 자신의 책상의 의자를 빼내어 그곳에 앉았다. 지금 저 침대에 누워 있는 사람은 구세준이란 사람이 분명했다. 다래는 짐을 싸야 한다는 사실도 잊어버린 채 침대 위에 누워 있는 그를 바라볼 뿐이었다.

"짐은 언제 싸시려고 하나?"

"아, 곧 쌀 거예요!"

"반하지 마. 나한테 반하지 말라고."

"뭐, 뭐라구요?"

세준은 눈을 감고 있어도 그녀의 말에서 묻어나오는 당황스러움에 웃었다. 얼굴에 자기 마음이 나타나도 세상 살기 힘든데 이렇게 말로도 모든 게 나타나니 이 여자 참 걱정이다. 세준은 이런 단순한 여자가 그런 뻔뻔한 짓을 했다는 게 아직도 믿겨지지 않았다.

“인정하긴 싫지만 네가 나의 구세주라고 생각했어요.”

또 허를 찌르는 다래의 말. 세준은 아프리카에서 키운 잘 빠진 복근의 힘으로 단번에 일어나려 했지만 민망하게도 15도도 못 올라오고 다시 베개 속으로 빠져 버렸다.

“이유야 어찌 됐든 아버지 도박 빚 때문에 우리 집이 사채업자에게 넘어갈 뻔한 걸 당신이 구해준 거잖아요. 그것에 대해서는 고맙다고 해주고 싶었어요. 이렇게 얼굴을 보고 말할 줄은 상상도 못했지만요.”

“뭐?”

이 말에 세준은 단번에 몸을 일으켰다. 단순히 일억이란 돈을 위해 이런 짓을 했다고 생각했었는데. 다래의 말을 듣고 나서 세준은 다래를 몸을 가까이 움직여 다래를 빤히 쳐다봤다. 그녀를 조금은 다시 보는 시선이었지만 분명 오해할 것이 뻔해 세준은 딴청을 하며 말을 이었다.

“하아, 정말 이상해. 정말 낯익어. 물론, 우리가 만났을 리는 없지만.”

“구세준, 당신은 정말 축복받은 사람이에요. 내가 지금 말한 축복은 돈이 아니에요. 당신을 생각해 주는 사람들. 어머님, 그리고 아주버님. 나에게 해주는 걸 보고 당신이란 사람을 정말 아끼고 있다는 걸 느꼈어요. 그러니까 앞으로 잘해요.”

세준은 다래의 말이 지루했는지 다시 몸을 뉘었다. 무심코 본 천장엔 별들이 가득했다. 아직 불을 끄지 않은 상태라 옅은 연두색으로만 그 형태를 보여주고 있을 뿐이었다. 이런 잡다한 것들을 싫어하는 세준의 성격이 그걸 또 트집거리로 잡고 있었다.

“저것도 가져가.”

세준이 손가락으로 천장의 별을 가리키며 말했다.

“안 그래도 칠 일 후에는 뗄 생각이었어요. 일 년 동안 이 공간에서 날 지켜준 거였으니.”

세준은 그동안의 피로가 한꺼번에 몰려오고 있었다. 그리고 내일부터 자신이 감당해야 할 다른 큰일들이 기다리고 있기에 눈만 감으면 그대로 잠들어 버릴 것 같았다. 하지만 그리 쉽사리 잠에 들지 못했다. 예전에 한동안 시달렸던 불면증이 다시 도진 것 같았다. 몸과 모든 건 지쳐 버렸음에도 정신은 너무도 또렷해 하루를 꼬박 샜던 것처럼.

“불 꺼줄까요?”

어느새 짐을 다 싼 다래는 방을 나서기 전에 세준에게 물었다.

“내가 데려다 줄게.”

“네?”

다래는 갑자기 침대에서 일어나 자신을 데려다 주겠다며 방을 나서려 하는 세준을 가로막았다.

“왜 막아?”

“그냥 자요.”

“뭐?”

다래의 행동이 기가 막혔는지 세준은 자신을 가로막은 다래의 손을 치우려 그녀의 손목을 잡았다.

“이러지 마요. 나 착한 사람이니까.”

“뭐?”

“나 착하게 이 집에서 나가게 해줘요. 조금만 더 그러면 나 이 집에서 안 나가는 수가 있어요. 나쁜 마음 먹을 수도 있다구요.”

다래는 이제 이 집에서 정을 떼려 하는데 자꾸만 세준이 얼쩡거린다면 그 다짐에 크게 도움이 되질 않을 것 같아 혼자 가겠다는 마음이었다. 솔직히 이 영혼결혼식을 빌미로 삼아 그를 잡고 싶었지만 그건 좋은 방법이 아니었다. 그러하니 바람결에 이리저리 날리는 갈대보다 더 왔다 갔다 하는 마음을 자신조차도 알 수 없는 마음을 다스려야 했다.

“알겠죠?”

다래가 거듭 묻자 세준은 못 만질 걸 만졌다는 듯 냅다 손을 떼어버렸다.

‘내가 그런 마음 먹을까 봐 은근히 무서웠나 보네.’

다래는 그런 그가 조금은 서운했다. 서운했다고 느끼는 자신이 웃기는 것이었다. 그와 그는 아무런 인연도 없으니까 서운할 필요도 없었다. 그냥 이렇게 자신은 이 집을 나서면 되는 그뿐이었다.

“콜택시 불렀으니까, 대문 앞에서 몇 분 기다리면 올 거야. 그리고 난 불 안 끄고 자.”

다래는 방문을 나서서 한동안을 방문에 기대어서 또 생각에 잠

겼다. 처음 그의 사진을 보고 시선을 떼어야 하는 게 아쉬워서 그
방문에서 기댔던 그때처럼.

"구세준, 당신 이러면 정말 곤란해. 난 착한 여자라고. 착. 한.
여. 자."

＊

다래도 예상했었듯이 다음날의 신문기사 중 큰 부분을 차지한
그의 소식. 아니, 대서특필이 되지는 않았어도 다래는 그 기사를
찾아냈을 것이다.

〈비행기 사고로 사망했던 구로건설 둘째 아들. 기적처럼 돌아오다.〉

기자들의 자극적인 기사 글은 다래조차도 혀를 내두르게 만들
고 있었다. 인터넷의 기사들은 그의 예전 사진까지 덧붙여지면서
그의 생존 기사를 대서특필하고 있었다. 연예계 기사가 아니어선
지 그의 기사의 답글은 찾아보기가 힘들었다. 또 장난기가 발동한
다래가 첫 번째로 답글을 달아주었다.

"내가 옛정을 생각해서 당신 체면 살려주는지 알아."

타닥타닥. 다래의 키보드 치는 소리가 꽤나 발랄했다. 엔터키를
누르자 간단한 답글 하나가 올라왔다.

〈옛다. 관심.〉

그랬다. 다래는 세준에게 참으로 관심이 많았었던 것이다. 이렇게 장난스럽게 글자 몇 자를 남기고 있는 순간에도 그의 모습을 생각하고 있었다. 꼭 좋아하는 여자애에게 아이스께끼를 하는 철부지 남자 아이처럼 다래도 그렇게 비뚤어지게 자신만의 마음을 표현하고 있었다.

"그냥 그 집에서 나 죽이쇼 하고 누워 버릴 걸 그랬나? 큭큭. 윤다래, 너 진짜 웃긴다."

피식거리다가 혼잣말을 하며 다래는 집에서 뒹굴고만 있었다. 이걸 어떻게 알았는지 지은에게서 전화가 왔다.

"또 너냐?"

[지금 놀아줄 사람 없어서 옆구리나 북북 긁어가면서 괴 답글들만 올리고 있을 거면서.]

"지은아, 역시 너밖에 없어."

[징징대지 말고, 너 지금 나와라!]

"아, 왜?"

[아는 언니가 컬렉션을 연다고 해서. 야, 거기 연예인도 온다고 하더라.]

"오, 정말?"

[기대해도 좋아. 우리 자리 VIP석이거든.]

"기다려. 기다려!"

지은의 당부는 안중에도 않고 다래는 서둘러 꽃단장을 하기 시작했다. 먼지가 풀풀 낀 셋팅기를 꺼내서 어설픈 솜씨로 머리에 대충 둘둘 말아대고, 급하게 모셔둔 정장을 입었다. 이게 웬일. 그동안 부잣집에서 좋은 음식을 먹긴 했지만 사람이란 자고로 남의 밥 먹는 건 살로 안 간다는 말이 맞았나 보다. 오래간만에 입은 정장 치마는 손만 놓으면 벗어질 것 같이 되어버렸다. 결국 고리와 고리 사이를 걸지 못하고 옷핀으로 집어 그 여유를 줄여냈다. 그 집에 들어간 지 얼마 되지 않아 맞이한 생일에 해준과 어머님이 함께 사주신 명품 핸드백을 조심스럽게 더스트 백에서 꺼냈다. 그동안 신주단지를 모셔놓은 것마냥 한 번도 꺼내지 않았는데 드디어 빛을 보게 된 것이다. 좋은 백을 선물 받았음에도 뭔가에 미안하다는 생각에, 아니, 이것도 그의 빈자리를 잠시 메워줬다는 감사함의 표시인 것 같아 다래는 선뜻 이 가방을 자랑하며 들고 다니지 못했다. 그런데 왜 세준의 얼굴이 생각나는지 지금 이 순간 그의 얼굴이 생각날 아무런 명분이 없었지만 다래는 아무 상관없는 핸드백 때문에 그가 생각난 거라 치부해 버렸다.

"정신 차려. 정말 못 잊겠으면 나중에 그놈 방에서 사진 하나 훔쳐 와 침대 위에 붙여놓으면 되잖냐. 그래! 신재혁 옆에 붙여놓으면 되겠네."

드디어 셋팅롤을 빼자 역시나 어떤 곳은 잘 말리고 어떤 곳은 말리다가 말고 그런들 어쩌겠나. 자연스러움이 최고라는 신념하에 대충 손으로 정리를 하고 방을 나섰다. 다래는 집을 나서면서도 핸드백은 가슴에 찰싹 밀착시키고 누가 훔쳐 갈까 봐 이리저리 시선을 번갈아 보면서 몸을 웅크리고 현관문을 빠져나갔다.

컬렉션을 한다던 장소에 도착한 다래. 역시 예상했던 대로 지은이 다래를 먼저 기다리고 있었다.

"윤다래, 빨리 와!"

"간다고. 저 잡것은 항상 못 잡아먹어서 안달이야?"

다래는 구시렁거리면서 끝까지 핸드백을 품 안에 끌어안고 지은에게 뛰어갔다.

"아직 안 늦었지?"

"어, 너 그거 명품이야?"

지은이 다래와는 거리가 멀어 보이는 백을 가리키며 물었다.

"어떻게 알았어?"

"사람들이 진짜 명품은 가슴에 꼭 안고 다니고, 가짜는 그냥 털 렁털렁 들고 다닌다고 하더라. 그렇지만 너라면 가짜도 가슴에 고 이고이 품고 다닐 게 뻔하지."

다래는 화를 꾹 눌러 자신의 위 옆에 자리한 밥공기 속에 꾹꾹 눌러 담았다. 그런 다래의 비위를 맞추기 위해 지은은 재빠르게 다래의 손을 잡고 홀로 들어갔다.

"어서 들어가자."

지은이 안내한 홀 안은 이미 무대 세팅이 끝난 후였다. 런웨이 는 높게 지어지지 않고 그냥 하얀 카펫만이 깔려 있었다. 조금씩 자리가 채워져 가고 다래는 지은을 따라 매일 앞줄의 의자에 앉았 다. 시작 시간에 빠듯하게 온 지라 얼마 지나지 않아 사회자가 안 내방송으로 그 시작을 알리려 하고 있었다. 다래가 처음 보는 무 대에 정신을 놓고 있을 때, 다래의 옆에 탤런트 신재혁이 앉았다. 신재혁은 다래가 제일 좋아하는 연예인이었다.

“아, 압.”

다래가 소리를 지르려 하기 전에 지은이 그녀의 입을 막았다. 지은은 다래를 아는지라 신재혁이 이곳에 올 때부터 지은은 손의 긴장을 풀고 있었다. 다래가 숨이 막힌다며 발버둥 치고 있었지만, 지금 이 손의 긴장을 놓는다면 개망신을 당할 것이 뻔했다. 조금씩, 다래가 진정을 하기 시작하자 그제야 지은의 손이 다래의 입에서 떨어졌다.

“윤다래, 너 죽는다.”

“아이고, 알았어. 알았어. 이따가 쇼 끝나고 사인 받을게. 나 참, 더러워서.”

“뭐? 이런데 데리고 온 걸 감사하다고는 못할망정.”

“쇼 시작한다.”

가벼운 박수 소리가 홀 안을 메웠다. 아직 겨울은 멀었지만, 원래 패션이라는 것이 한 계절 이상씩은 앞서 가는지라 모델들은 털들이 부숭부숭 붙은 코트와 두꺼운 모직바지를 입고 나왔다.

“야, 거기에까지 땀 다 찼겠다. 그치?”

자기 딴에는 소곤소곤 말한다고 하는 거였지만, 옆의 사람들은 다래의 말에 얼굴을 찌푸리며 어서 나가라는 듯이 그녀를 뚫어져라 쳐다보고 있었다.

“내가 미쳤지. 내가 널 왜 데려왔다니?”

다래의 질문에 일일이 대답할 수도 없고, 지은은 다래와는 동행이 아닌 척 몸을 틀어 옆 자리 사람과 말을 나누기 시작했다. 다래는 콧방귀를 풍풍 뀌어대면서 멋진 모델들만 구경하기로 했다. 비

록 쫄깃한 근육이나, 매끈한 남자의 몸을 구경할 순 없었지만 이
것으로나마 대리 만족을 하는 수밖에.

"지금 몇 시죠?"

이건, 이건 그분의 목소리? 오 마이 갓. 옆자리의 신재혁이 다
래에게 말을 걸어왔다.

"여, 여, 여."

"됐습니다."

이런, 한 번만 더듬어도 용서해 줄까 말까 한데 그것도 세 번씩
이나. 신재혁은 다래의 대답을 채 듣기도 전에 자리를 떠났다.

"짜식, 튕기기는."

재혁은 시간 하나 물어보려다 짜증이 밀려오긴 처음이었다. 홀
에서 빠져나와 담배 케이스에서 담배를 하나 꺼내 물고 불을 붙이
려 하자 갑자기 경비원이 그에게 다가섰다.

"여긴 금연 건물입니다."

"그렇군요."

경비원은 갑자기 모자 아래에 숨겨진 재혁의 얼굴을 유심히 살
펴보고 또 살펴봤다.

"혹시, 신재혁 씨 아닌가요? 저희 딸이 팬인데."

재혁은 자신이 알아서 자신의 안주머니에 넣어두던 펜을 꺼내
들었다. 그리고선 어깨에 껴놓았던 컬렉션 팸플릿을 꺼내어 그곳
에 사인을 해주고 난 뒤 더욱 인적이 드문 코너 쪽으로 자리를 옮
겨 다시 담뱃불을 붙이기 시작했다.

"귀찮아. 다."

"어, 너 신재혁 맞지?"

재혁은 자신을 반말로 부르는 팬에 심기가 상해 얼굴을 찌푸리고 고개를 들어 보였다. 그 순간 재혁은 담배를 떨어뜨리고 말았다. 재혁은 자신의 얼굴을 다시 바로 피고 그를 쳐다봤다. 그건 자신이 지독히도 만나고 싶지 않던 사람. 바로 세준이었다. 불행히도 그가 먼저 자신을 알아보았다.

"아닌데."

"신재혁, 아직도 담배 못 끊은 거였어?"

"너까지 귀찮게 하지 마라. 네 얼굴 보는 자체로 짜증나니까."

재혁은 그의 얼굴을 쳐다보면서 뜻 모를 웃음을 지었다.

"여전히 넌 재수없어. 그날 이후부터. 너 같은 자식이 나와 안면이 있다는 사실이 짜증날 뿐이지."

"신재혁, 할 말이 있다. 텔레비전에 나오는 널 보고는 대화를 할 수 없으니까."

재혁은 기가 막힌 듯 그의 어깨를 고의적으로 치며 지나쳤다. 그리고서는 나지막이 그의 귓가에 무언가를 속삭였다.

"다신 아는 척하지 마라, 구세준."

재혁은 그를 지나쳐 비상출구로 빠져나가 버렸다. 세준도 잠시 충격이 있던 어깨를 쓰다듬고 다시 옷매무새를 고치고 다시 홀 안으로 들어갔다.

쇼가 한참 진행되어 갔을 무렵. 갑자기 무대의 조명이 밝아지기 시작했다. 모델들의 모습만 집중해서 보이던 것과 달리 조금씩 시야가 넓어지기 시작했다. 이젠 마주 보던 초대객들의 얼굴까지 정확히 보이기 시작했다. 오늘 나의 신을 두 번이나 찾아야 하다니. 오 마이 갓.

"저 사람."

바로 그였다. 여유로운 캐주얼 차림의 모습으로 다리를 꼬고 앉아 한 손을 받치고 한 손은 턱을 괴고 옷들을 유심히 살펴보는 세준의 모습이 다래의 두 눈에 가득히 보였다. 잠시 그 옆에 자신의 이상형 신재혁도 있었지만 신기하게도 다래의 눈은 재혁의 얼굴에 초점을 맞추다 이내 다시 세준에게로 향했다. 모델들의 동선을 따라 움직이는 시선은 다래처럼 어디에 땀이 찼느니 하는 그런 생각은 하지 않는 게 분명했다. 다래는 자신이 시력 9.0의 몽골 사람이 아닌 걸 안타까워하며 의자를 조금 더 당겼다.

그때, 세준은 모델들이 지나가는 사이로 언뜻 비쳐진 누군가를 발견했다. 유난히도 이 자리에 어울리지 않은 덜 세련된 모습을 하고 나타난 다래는 제법 찾기가 쉬웠다. 또 그냥 쳐다본 걸 가지고 딴죽을 걸까 봐서 모델들에게 다시 시선을 주었지만 간간이 보이는 그녀의 얼굴이 당연히 낯설어야 할 저 얼굴이 왜 이렇게 눈엣가시처럼 껄쩍지근한지 도통 이유를 알 수 없었다.

끼익. 의자가 끌리는 소리에 지은이 다래를 흘겨봤다.

"미안."

"아는 사람이야?"

"아, 아니."

다래는 다시 손을 거두었다. 이번엔 그쪽에서 그녀를 알아보는 것 같았다. 미처 보지 못했지만 해준이 다래에게 살짝 손 인사를 건넸다. 해준의 모습도 멋있기는 했지만 다래는 이미 오래전부터 그녀는 이곳에 존재하는지도 모르는 세준에게만 집중하고 있었다.

"이 요망한 것. 보는 눈 좀 있구나? 저기, 오른쪽에 검은색 수트 입은 사람 있지?"

"야, 양복이라고 하면 어디 덧나니? 항상 잘난 척이에요."

"구로건설 첫째 아들이야."

'내가 너보다 훨씬 먼저 알았거든?' 이렇게 말해봤자 지은이 믿어줄 리 없었다.

"그, 그래?"

"그 옆에 둘째 아들이 글쎄, 비행기 사고로 죽었는지 알고 있었는데. 살아 돌아왔다더라."

"아, 신문에서 봤어."

"첫째 아들 긴장 좀 해야겠어."

"응?"

지은의 말에 다래는 고개를 갸우뚱거리고 있었다. 긴장을 해야 한다면 그 대상은 세준이 분명한데.

"오늘 디자이너 언니가 저 집안이랑 안다고 했는데, 사업적인 감각이나 건설에 대한 감각은 둘째 아들이 뛰어나다고 하더라."

"무슨 얼어 죽을 감각? 그럼 그게 하나 더 늘었겠네. 소똥으로도 건설을 할 수 있는 감각."

"뭐?"

피날레 무대가 시작되었다. 갑자기 천장에선 인공 눈이 하늘하늘 바람을 타고 여기저기에 흩날리고 있었다. 마지막으로 남자 모델 하나가 독특한 디자인의 롱 코트를 입고 워킹을 하기 시작했다. 무대의 특성상 유난히도 짙은 화장에 다래는 눈살을 찌푸리고 있었다. 모델이 턴을 돌고 나서 다래의 곁을 스치려 할 때, 갑자기 사람들이 일어나 박수를 치기 시작했다. 지은이 일어나서 박수를 치니 다래도 재빨리 일어나 열광적으로 박수를 쳤다. 그 순간 다래와 눈이 마주친 남자 모델. 어딘가 너무 낯이 익었다.

갑자기 그 남자 모델이 다래를 긴 코트로 감싸 안았다. 일종의 퍼포먼스인가? 어리둥절한 다래는 뭐 그리 나쁜 일도 아니라 큰 반항은 하지 않았다. 남자는 긴 코트 안에서 다래에게 속삭였다.

"지금 치마 벗겨지려고 해. 다행히 재킷 때문에 살았겠지만 너 지금 조금만 움직이면 치마 벗겨질 거다."

다래는 황급히 자신의 오른쪽 허리춤을 더듬거렸다. 아뿔싸, 고정해 두었던 옷핀이 온데간데없이 사라져 버렸다. 다래는 급하게나마 손으로 치마를 잡았다.

"지금 내 등 쪽에 시침핀 몇 개 꽂혀 있거든? 그거 하나 꺼내서 써."

다래가 그의 등에서 시침핀을 하나 뽑아 급하게 치마를 고정시키자 그는 언제 그랬냐는 듯 그녀에게서 코트를 거두었다.

"자, 모델의 멋진 퍼포먼스였습니다."

　사회자는 당황한 목소리로 그 사태를 얼버무리려 하고 있었다. 다래도 아무 일 없었다는 듯 다시 박수를 치기 시작했다. 그가 돌아서서 다래를 쳐다보면서 소리는 내지 않고 입만 움직이며 뭔가를 말하고 있었다. 다래는 그의 입술에 집중을 하면서 말을 추측해 갔다.

　“이제 21시간 남았어.”

　제길. 다래의 눈이 잘못되지 않았다면 그는 그런 말을 한 게 분명했다. 다래는 당황한 나머지 홀을 황급히 빠져나왔다. 지은이 그녀를 잡기도 전에 다래는 이미 홀 밖으로 나와 버린 상태였다.

　“미친 놈, 미친 게 분명해.”

　정말 미쳤지 무슨 영화를 보겠다고 저런 싸이코를 돈이나 퍼주고 만난 것인지. 다래는 평소 같았으면 저런 남자가 관심을 보여 준다는 자체가 감사할 일이었지만 원래 여자란 존재는 자기 가슴에 한 사람 이상을 담지 못하기에 그런 그가 미친 거라 치부해 버리는 것이었다. 숨을 몰아쉬며 정신을 찾아가려 할 때.

　“여기 있었네.”

　그가 나타났다.

기둥 뒤에서 세준이 나타났다. 다래는 그의 등장에 간신히 가다듬어 두었던 숨을 다시 엉클어뜨리고 말았다.

"너 진짜 나 본 적 없어?"

"우리 두 번째 보는 거 아니에요?"

"아니, 더 오래전에."

세준은 혼자서 뭔가를 골똘하게 생각하고 있었다. 다래는 세준의 상대를 하기 싫어 서둘러 그의 옆을 스쳐 입구로 나가려 했다. 언젠가 자신이 말했고, 생각했듯이 그와 더욱 엮이게 되면 자기가 무슨 일을 낼지도 모른다는 생각이 들어 그냥 눈 딱 감고 그를 피하려고 했다.

"생.각.났.어."

"또 뭐가 생각하셨는데요."

세준이 다래의 어깨를 잡고 놓아주지 않았다. 아니, 잡았다는 말보다 움켜쥐었다는 게 맞을 듯했다. 꽤나 많은 힘이 실렸으니.

"그래, 그날 오백 원. 네가 분명해. 날 수렁 속으로 빠뜨린 그 망할 놈의 오백 원!"

"오백 원이라니요? 사람 잘못 보셨습니다."

다래가 세준을 무시하고 앞으로 나아가려 했지만 세준의 손힘은 다래의 어깨를 더욱 세게 짓눌렀다.

"맞다. 내가 너란 여자가 괜히 낯설지 않았던 게 아니었어."

"저 아닌데요."

"내가 왜 진작 못 알아봤지?"

세준은 다짜고짜 다래를 끌고 어디론가 재빠르게 걸어갔다. 다래는 필사적으로 그에게서 벗어나려 했지만, 어쩌겠는가. 저렇게 터프한 척을 하는데. 하는 수 없이 세준의 장단에 맞장구나 쳐줘야겠다는 생각으로 그를 순순히 따랐다. 아니, 평생이라도 장구를 들고 다니면서 고개를 까딱거리며 맞장구를 쳐줄 마음도 있긴 했지만 이건 아무리 생각해도 좋은 쪽으로 이야기가 흘러가는 것 같지 않았다.

"내가 좋은 카페를 아는데. 그리로 갈까요?"

"참 기막히게 만든다. 그러니 그날도 오백 원을 내 바구니에 떨어뜨렸겠지."

세준은 사태파악을 전—혀 못하고 있는 다래를 보고 있자니 울화통이 터져 입고 있던 셔츠까지 벗어 던져 버리고 싶은 마음이었

다. 하지만 저 여자. 그렇게 행동했다간 또 어떠한 엉뚱한 짓으로
자신을 곤란하게 만들지 몰라 세준은 간신히 참고 있었다.

"다시 한 번 말하는데, 나 아프리카 간 적도 없거든요?"

"뻔뻔하다."

역시나 이 여자는 그냥 말로 해서는 들어먹질 않았다. 결국, 다
래가 안내한 분위기가 정말 좋다는 카페에 도착했다. 세준은 다래
의 손목을 잡고 다시 카페로 향했다. 드디어 두 사람이 마주 보고
앉게 되었다.

"난 밖을 바라보는 자리가 좋은데요."

"뭐?"

세준이 앉으려던 자리를 다래는 자신의 엉덩이로 밀쳐 내 결국
세준은 창을 등진 자리에 앉았다. 다래는 내심 그가 옆에 있길 바
랐지만 무슨 똥 보듯이 잽싸게 피해 맞은편에 앉아 있는 모습을
보니 세준을 유혹하는 건 미션 임파서블인 듯했다.

"니가 무심코 던진 오백 원에 내가 맞아 죽었다면 믿을래?"

"그나저나 지난번부터 그런 시시콜콜한 사연들 듣고 싶지 않다
고 했잖아요."

"야!"

그래. 침착, 침착하자. 세준은 마음을 다잡기로 했다. 마구 다그
쳐도 불 여자가 아니니까. 하지만 까칠했던 세준은 결국 참지 못
했다. 그가 소리치자 다른 자리에 있던 사람들이 둘에게로 시선을
모았다. 세준은 사람들을 의식했는지 고개를 숙이며 손으로 자신
의 얼굴을 가렸다.

"지금 뭐 하는 거예요? 탤런트 신재혁이면 몰라도 누가 알아본다고 그러는 거예요? 하하."

"너 진짜 이러면 곤란해."

"구세준 씨야말로 이러면 곤란해요. 제가 말했잖아요. 자꾸 이러면 저……."

"저, 뭐!"

세준은 다래의 말에 또 소리를 쳤다. 다래는 빙긋 웃어 보였다. 그의 아내로 사는 상상을 그 짧은 시간에 잘도 하는 다래였다. 뭐가 좋은지 정말 사람끼리의 미운 정도 있듯이 사진만으로도 정이란 게 생기기도 하나? 이런 그의 화내는 모습도 귀여운 앙탈로밖에 보이지 않았다. 누가 그랬듯이 다른 여자의 화장은 하나하나 집어내지만 막상 자기가 사랑하는 사람은 얼굴에 떡칠을 했어도 알아보지 못하는 것처럼. 다래에겐 그의 단점들이 오히려 귀엽고 좋게만 느껴졌다.

"오백 원. 그 오백 원 때문에 내가 그곳에서 일 년 더 있게 된 것만 기억해."

"그래요? 그럼 내가 잘한 거죠? 히히."

"어후, 이 여자가 정말 사람 복창 터지게 만드네."

세준이 열변을 토해내며 이야기를 이어갔다.

"너 때문에 닭이 두 마리 추가됐어. 무려 닭이 두 마리!"

"추가요? 저, 추가 좋아해요. 사리 추가! 덤 추가! 추가 세일!"

세준은 다래가 정말 생각이 있어서 저런 말들을 하는 건지 아니면 정말 생각이 없어서 저런 말들을 늘어놓는 건지 이젠 짜증이 밀려왔다. 그래도 어디 하소연할 곳도 없기에 이야기를 시작하려 입을 열자.

"오늘도 또 소감 말해야 되는 거예요? 나 소감 같은 거 안 좋아 하는데……."

"야!"

화나는 가슴을 가라앉힌 세준은 그녀가 관심없는 것엔 전혀 개 의치 않고 그날의 기억을 떠올리고 있었다.

✻

원래도 찌는 듯한 더위였지만, 그날따라 공항의 날씨는 유난히 도 더웠다. 세준은 여행을 마치고 조금은 가벼운 마음으로 공항 입구로 들어섰다. 공항은 아직 체계적인 시설이 미비한 탓인지 세 준에게는 무척이나 덥게 느껴졌다. 이제껏 잘도 견뎌온 더위였어 도 이제 막상 마지막이라고 생각하니 지금 느껴지는 온도는 여행 때 느꼈던 그것보다 훨씬 뜨겁게 느껴지고 있었다. 짐 가방을 미 리 비행기 편에 부쳐 두고 검색대에 들어서려 했던 순간. 왜 이렇 게 센스를 발휘하지 못하는 그의 몸인지. 방금 전에도 볼일을 보 고 왔는데도 장들은 서로 재촉하며 훌라춤을 추며 그곳으로 무언 가를 뿜어내려 하고 있었다.

"코코넛주스가 잘못된 건가?"

조금 전 공항을 들어서기 전 한 허름한 바에서 코코넛주스를 마 셨던 세준은 바텐더의 등 너머로 보았던 조금은 불쾌한 손가락으로 휘휘 젓기가 생각났다. 그건 무슨 조선시대도 아니고, 풍채 좋은 주모가 술주정뱅이에게 막걸리를 건네기 전에 하는 행동이 아닌가. 하지만 갈증에는 코코넛주스만한 게 없으니. 세준은 결국 새 잔으로 바꾼 뒤 주스를 벌컥벌컥 마셨다. 아마도 그 손가락이 원인이 아닐까. 하지만 그런 생각을 하면 무슨 소용인가. 이미 화장실에서 남들이 불쾌할 정도로 무언가를 뿜어내고 있는 것을.

"What's wrong?"

"뭐? 소리를 뻔히 듣고 있는데도 뭐가 문제냐고? 이 자식들이!"

세준은 그 소리에 발끈해 바지를 고쳐 입고 화장실 문을 뻥 차면서 열려고 했지만, 이게 무슨 농간이란 말인가. 그 즉시 변기에 다시 앉아버린 세준.

그가 들어선 이후부터 매우 북적였던 공항 화장실은 인적이 뚝 끊겨 버렸다. 세준은 그 이유도 모른 채, 당당한 자세로 나와 세면대에서 손을 씻고 있었다.

그때! 화장실 문을 박차고 들어온 두 남자. 세준은 그냥 자기처럼 무언가가 급해서 왔겠거니 생각하고 씻던 손을 마저 깨끗이 씻고 있었다. 세준이 보았던 두 남자는 볼일도 보지 않고 다시 나가버리는 게 아닌가.

"뭐야?"

세준은 그때까지는 아무런 느낌을 받지 못했다. 그러나, 갑자기 매우 가벼워진 뒷주머니.

손으로 더듬더듬 상황을 파악해 보았다. 굴곡이 있어야 할 곳이 너무나도 밋밋하지 않은가.

"이 자식들이!"

세준은 황급히 화장실을 빠져나가 도망치는 두 남자를 뒤쫓기 시작했다. 이미 볼일을 다 보는 바람에 놓쳐 버린 비행기. 세준은 다음 비행기를 타면 된다는 생각에 더욱더 발에 힘을 주어 남자들을 쫓기 시작했다. 역시나 육상에 강한 그들이 아닌가. 세준이 아무리 힘껏 뛰어보아도 좀처럼 거리는 좁혀지기가 힘들었다.

공항을 빠져나와 좁은 골목으로 도망가고 있는 남자들. 세준은 한국말로 온갖 말을 다 해가면서 도둑을 잡으려 했다. 워낙 남의 일에 관심이 그리 많지 않는 사람들은 세준이 한국말로 뭐라고 하니 간간이 그를 쳐다보고 지나치기만 할 뿐 그 이상의 행동은 없었다. 자꾸만 인적이 드문 곳으로만 가는 도둑. 세준은 이 찜통 날씨에 온갖 힘을 다해 뛰니 조금씩 머리가 어질해지고 다리가 서서히 풀리기 시작했다. 아무리 더워도 그렇지. 자구만 힘이 풀리는 다리. 그리고 그의 눈꺼풀은 계속 그 무게를 더하여 계속 감기고 있었다. 드디어 막다른 골목에 다다랐다.

"야! 헉헉. 너무 내 쏟아서 그런가. 후우후우. My wallet!"

세준이 힘겹게 자신의 손을 내밀어 그들에게 훔쳐간 지갑을 내놓으라며 말하고 있었다. 그러다 갑자기 세준은 자신의 정신이 통제할 수 없을 만큼 흐려지고 있다는 걸 느꼈다.

"My wallet……."

그렇게 지갑이란 단어를 외치다 세준은 그 자리에서 쓰러져 버리고 말았다.

다시 정신을 차린 세준은 자신의 손과 발이 테이프로 묶여 꼼짝

달싹하지 못하고 있음을 알았다. 쉼없이 덜덜거리는 트럭. 여긴 도대체 어디란 말인가. 공항 근처의 시내는 어디로 가고, 길은 포장조차 되지 않은 것뿐만 아니라 길이라고 부르기가 우스울 정도로 험한 길이었다. 간간이 길의 턱에 툭툭 튕길 때마다 보이는 운전석 창문을 열어놓고 말해서 그런지 그들의 대화가 세준에게까지 들려왔다.

"&%#$@."

원주민들의 언어라 그런지 세준은 알아들을 재간이 없었다. 오히려 그 말을 알아듣는다는 게 미친 것이 아닌가.

"Speak english!"

세준의 말이 들렸는지 갑자기 뒤를 돌아보며 웃는 두 사람. 그들은 조금 전 자신의 지갑을 훔쳤던 놈들이 아닌가. 세준이 아무리 발악한다 한들 그건 그들의 웃음거리밖에 되질 않았다. 그렇게 또 몇 시간을 몇 개의 돌로 된 산들을 굽이굽이 넘어 들어선 한 마을. 세준을 무슨 서커스 곰이라고 생각했는지 차의 시동이 꺼지기도 전에 마을 사람들이 몰려오기 시작했다.

"저리 가!"

세준의 얼굴을 이리저리 쓰다듬는 마을 사람들. 세준은 고개를 이리저리 돌리며 그들의 손길을 피했지만, 그는 묶여 있는 몸이었으니 그 이상의 반항은 불가능했다. 차에서 내리는 도둑들은 아주 뻔뻔하게 세준을 쳐다보고 있었다. 갑자기 도둑들을 향해 걸어오는 한 남자. 건장한 체구에, 따가운 햇살이 그의 살갗엔 비켜 나갈 정도로 탄력있는 몸을 가진 남자였다. 하지만 지금 그렇게 감탄을 할 상황이 아니었다.

"Three?"

"No. two!"

"Ok."

"뭐가 둘이고 셋이야! 이 자식들아!"

간간히 숫자만 손가락과 영어로 대화를 하고 다른 중요한 말은 그들의 고유 언어로 말하는 통에 세준은 답답할 뿐이었다.

세준은 나중에야 알았다. 그게 자신의 몸값을 흥정했던 대화였음을. 소위 재벌2세로 통하는 그의 몸값이 금궤 두 짝 세 짝이 아닌, 세준이 지독히도 싫어했던 닭이었음을 세준은 나중, 아주 나중에야 알게 되었다.

✳

"원래, 닭 두 마리였어. 내가 뼈 빠지게 소똥을 으깨어가며 집을 지으니 이 년이란 시간 동안에 간신히 내 손에 들어온 돈이 닭 두 마리를 살 수 있는 돈이었지. 그런데 그날, 네가 내게 오백 원을 던진 그날 사건이 터졌어. 네가 분명히 그랬지. 이런 짓 하지 말고 일이나 하라고. 일? 내가 했던 일보다 더 고된 일이 뭔데? 어! 그래. 그래도 참았지."

"계속 참지 그랬어요. 참을 인이 세 개면 살인도 면한대요."

문제다 문제. 화를 내야 하지만 또 웃는 낯짝으로 충고인지 놀리는 건지 구분할 수 없게 시시덕거리며 말하는 다래를 보고 세준은 또 너무 굵은 것도 아닌데 장이 뒤틀리기 시작했다.

"뭐! 그 돈을 이 자식들에게 넘기고 나면 난 이제 자유의 몸이 될 수 있었으니까. 그런데 내 바구니에 오백 원이 날라오더라. 지금도 그때를 생각하면, 후. 내게 오백 원을 달랑 던져 놓고 날 한심하게 보며 말하는 네 뒷모습을 보고 도저히 가만히 앉아 있을 수가 없었어. 결국 너란 여자를 잡기 위해 달리고 또 달렸을 때 생각했어. 분명 내 뒤에서 날 지켜보는 놈들은 내가 그들에서 도망치는 줄 알았을 것이라는걸. 미쳤지. 그까짓 자존심은 잠시 꾹 눌러 담았어야 했는데. 결국 그날 그놈들에게 죽어라 얻어 터지고 그놈들이 내게 말하더군. 똥으로 일 년 동안 마을의 집을 다 지을 거냐. 아니면……."

"아니면요?"

"닭을 두 마리 더 추가하냐는 선택이 주어졌지. 네가 몰라서 그렇지 소에게서 갓 나온 그것이 얼마나 냄새가 역한지. 또 그걸 내 손으로 차지게 될 때까지 치대고 또 치대야 되는 고역을 네가 알아? 그것도 마을 전체의 집을 다 지으라니. 차라리 난 괴로운 일 년보다 조금은 덜 괴로운 닭 두 마리를 선택했지. 한 마리 값을 만드는데 일 년이 걸렸으니, 덕분에 이 년이란 시간이 더 추가되었다고! 바로 네가 던진 오백 원 동전 하나에!"

너무도 진지하게 말하는 세준을 뒤로하고, 다래가 갑자기 테이블을 손으로 '탁' 내리쳤다.

"말 끊어서 정말 미안한데. 나 좀 웃으면 안 될까요?"

"안 돼."

그런다고 안 웃을 것도 아니면서 그의 염장은 왜 지르는지. 다래는 드디어 참았던 웃음을 쏟아냈다. 비록 지금 자신이 고양이 앞에 쥐 신세이기는 하지만 어쩌겠는가. 똥으로 직접 핸드메이드 집을 지었다는 고양이가 자그마한 쥐를 마구 웃기고 있었다.

"푸후훗. 하하하!"

결국 터지고야 말았다. 오히려 참지 않았으면 이렇게 세준에게 비참하게 들릴 웃음소리가 조금은 작았을지도 모른다. 하지만 참고 또 참았던 다래의 웃음은 그의 머리가 울려댈 정도로 크게 들렸다.

"닭 두 마리래. 닭 두 마리!"

"조용히 해."

"으하하하! 그러니까 이야기의 요점은 구세준 씨 몸값이 닭 두 마리라는 거네요? 얼마 전에 엄마가 마트 오픈기념으로 한 마리에 천 원에 사 왔던데. 그럼 구세준 씨가 딸랑 이천 원?"

'제길. 이천 원 아니, 이만 원이라도 내가 샀을 텐데. 아깝다.'

다래는 웃음을 참으려고 했지만 그것은 자꾸 그녀의 입을 비집고 나와 세준을 괴롭히고 있었다.

"이 심각한 이야길 넌 참도 재밌게 듣는구나."

"구세준 씨, 지금 당신이 하는 이야기는 누구한테 들려줘도 나하고 똑같은 반응일걸요?"

다래는 다시금 머릿속에서 빠른 속도로 지나가려다가 그 속도를 늦추는 생각을 잡아냈다. 이제 끝난 인연인데 더 이상 이렇게 엮이면 안 되겠다 싶었다. 이 이야기처럼 이젠 모두 지난 일이고 지금 이렇게 구세준이란 사람은 자기 자리를 찾고 자신의 잃어버렸던 것을 모두 찾았는데. 다래는 그냥 원망할 곳 없어 자신에게 푸념을 늘어놓는 것으로 치부해 버리고 그 자리를 뜨려 했다.

그런데 아뿔싸. 아마도 배를 심각하게 울려대며 웃었던 탓일까? 다래의 치마를 고정했던 시침핀이 빠져 버린 것이었다. 그제야 사태를 파악하고 다래가 손으로 남은 치마 춤을 잡으려 했지만 이미 치마는 그녀의 허리를 미끄러져 내려갔다. 이럴 땐 이 방법을 쓸 수밖에.

다래는 양 다리를 크게 벌렸다. 다행히도 치마는 그녀의 벌어진 다리 때문인지 더 이상 내려가지 않았다. 그제야 손으로 치마를 잡고 다리를 오므리려 했지만, 구두에 카펫이 밀려 국민체조를 방불한 그녀의 다리 벌림 자세는 그 각도가 좀처럼 줄어들지 않았다.

'그래, 뛰면 돼. 뛰어서 밀린 걸 없애면 돼.'

다래는 자신의 기발한 머리에 감동을 하며 '폴짝' 뛰었다. 그제야 다소곳이 모아진 다리. 그것에 너무 치중한 나머지 치마를 잡고 있던 그녀의 손은 자신의 할 일도 잊은 채 두 주먹만 불끈 쥐고 흔들며 자신 칭찬하고 있었다.

이젠 정해진 수순을 밟아야 할 때.

스르륵. 하는 부드러운 소리와 함께 치마가 내려갔다. 하필 매끈한 스타킹은 평소엔 정전기를 잘도 일으키며 치마를 잡아먹더니 오늘은 웬일로 시키지도 않은 짓거리를 하면서 중력의 법칙을 순순히 따르며 쏜살같이 치마를 흘려보냈다.

"엄마야!"

이럴 땐 조용히 하는 게 상책이 아닌가? 어디 자랑스러운 일이라고 다래는 괴성을 지르고 있었다. 그제야 정신이 돌아왔는지 재빠르게 치마를 끌어올려 입었다.

"지금, 나 유혹하는 거라면 정말 사양이다."

뒤쪽에서 세준의 능글맞은 목소리가 들려왔다.

"그게 무슨 소리예요? 유혹이라니."

'후훗, 이런 게 유혹이었어? 이런 게 저 남자에게 먹히는 거였어?'

다래는 당황하는 척을 하다가 다시금 실실거렸다.

"어쩌 여자가……. 스타킹 속의 푸우 팬티 잘 봤다. 뭐야, 난 티 팬티 이 정도는 생각하고 있었는데. 이거 실망이 이만저만이 아니다. 너무도 많은 부위를 가리고 있는 팬티였어."

유혹도 중요하지만 지금은 신상보호를 해줘야 할 시간. 다래는 뒤도 돌아보지 않고 세준에게서 벗어나려 한달음에 카페를 빠져나왔다. 미끄러지듯 급하게 계단을 내려가 도로로 내려가 한 손도 아니고 두 손을 마구 흔들어대며 택시를 잡으려 했다. 이때 다시 내려가는 치마.

"그려. 엄마가 진작 애 같은 팬티는 뗄 나이라고 했는데. 하아, 아깝다. 그런데 그곳에 끼는 느낌이 드는 찝찝한 그 팬티가 뭐가 좋다고 그런데."

구시렁구시렁. 다래는 이 와중에 티 팬티를 이제 입어야 하냐는 심각한 혼란에 빠진 채 손도 이젠 흐느적거리면서 이건 원 택시를 잡겠다는 건지 아닌지 알 수 없었다. 그래서 그런지 택시란 택시는 모조리 그녀를 외면하고 가는 게 아닌가. 그러다 뭔가 매우 수상쩍은 느낌이 들었다. 이 느낌의 근원지를 찾아 다래는 고개를 돌렸다.

“왜 따라왔는데요. 더 이상 보여줄 것도 없는데.”

“따라오고 싶어서 그랬겠습니까? 내 차로 가, 데려다 줄게. 요즘 험한 세상이야.”

“뭐라구요? 허이구, 언제부터 그렇게 남 걱정 해주셨어요?”

“그럼 말고.”

참 저 남자. 한 번 더 권유해 보는 그런 매너는 아예 머릿속을 떠나 버린 건가?

“알, 알았어요!”

다래가 몸을 반쯤 돌린 세준을 잡아 세웠다. 세준은 돌렸던 몸을 바로 하고 다래를 한 번 쳐다봤다. 양손은 치마 춤을 붙잡고 어기적거리는 걸음새 하며. 참, 입은 잘도 벌려졌지만 나와야 할 말은 안 나왔다.

“됐어. 알아서 가.”

“데려다 준다면서요!”

“인사치레로 하는 말도 모르나 봐? 그럼 이만.”

세준은 그렇게 싸늘한 손인사만 뒷모습을 통해 보여주며 떠나갔고. 다래는 이도 저도 못하고 치마를 붙잡고 끙끙거리며 그를 향해 눈을 흘기고 있었다.

“자식, 까칠까칠한 게 신선한데? 아가야, 이 누님 가슴에 불 좀 지르지 말거라. 잉?"

일자로 심하게 찢어진 눈은 금새 호선을 만들며 웃음을 만들었다.

다음날, 다래는 지난 일 년의 시간을 청산하기 위해 그곳으로 향했다. 미리 전화로 어머니께 나중에 따로 만나 뵙고 이야기하겠다고 했지만 굳이 오늘 와야 한다며 혹여 다래가 도망이라도 칠까 봐 집 앞까지 기사를 데려다 놓았다.

다래는 한숨 크게 쉬고 자기 얼굴보다 적어도 두 배 이상은 큰 수박을 들고 집으로 향했다. 초인종을 누르자 해준이 기다렸다는 듯 그녀를 반겼다.

—들어와요. 기다리고 있었어요.

뭘 기다리고 있었다는지 몰랐지만, 해준의 목소리는 평소와는 조금은 다르게 조금은 들떠 있는 기분이었다. 다래도 성큼성큼 계단을 두 개씩 건너뛰며 현관에 들어섰다.

"왔어요?"

해준이 먼저 다래를 반겼다. 다래는 그것이 조금 쑥스러웠는지 어색한 고갯짓으로 인사를 대신했다. 그런데 평소와는 달리 어머님은 소파에서 다래를 맞이하고 있었다.

"다래, 왔니? 호호."

해준의 웃음도 수상했다. 그리고 유난히 도드라진 어머니의 목소리도.

"네. 왔어요."

다래는 뭔가 달라진 집안 공기에 다래의 코는 민감해지기 시작했다. 그렇게 수상한 공기의 원인을 찾기란 그다지 어렵지 않았다.

"또 왜 왔어?"

위층에서 들리는 목소리. 세준이 분명했다.

"다래 씨, 앉아요. 세준아, 너도 어서 와서 앉아라! 다래 씨 옆에."

"아니다. 일단 다래는 내 방으로 들어오겠니?"

어머니는 갑자기 다래를 방으로 들어오라면서 그녀의 팔을 당겼다. 영문을 모르는 다래는 아주머니께 수박덩이를 맡긴 채 어머니를 따라 들어갔다. 다래를 일단 소파에 앉히고 어머니는 문단속을 참으로 열심히 하고 있었다. 그러다 재빨리 다래의 맞은편에 앉은 어머니.

"다래야, 지금부터 내가 하는 말 잘 들으렴."

"네?"

"사실, 너희 둘 내가 혼인신고를 해놓았단다."

"예?"

다래는 혼인신고라는 말에 화들짝 놀라 의자에서 일어났다. 뭐 그 놀람이 부정적인 마음에서 온 것인지 아니면 그 반대인지는 놀라면서도 잔뜩 귀여운 얼굴을 하며 묻는 다래의 얼굴을 보면 단번에 나오는 답이었다. 다래 나이 스물여섯, 여자가 속이 없어도 이렇게 없을까. 다래의 장점이자 단점. 현실과 환상을 마구 오가는 실력!

"미안하구나. 세준이 녀석 때문에 내가 또 못할 짓을 해버렸구나. 녀석이 오자마자 해준이를 시켜 혼인신고를 했단다. 물론 당사자 중 한 명이라도 가야 함이 옳지만 내가 또 내 멋대로 해버렸구나. 그것도 그렇지만 다래야, 우리 세준이 어떻게 생각하니. 솔직히 말해주렴."

혼인신고. 이건 그냥 네 글자로 이루어진 단순한 단어 하나가 아니었다. 한 사람, 아니, 두 사람의 인생에 조금은 큰 영향을 미칠 수 있는 단어였다. 하지만 왜 다래는 눈앞에 깜깜하고 하늘이 무너지고 벼랑 끝에 서 있는 최악의 생각은 전혀 들지 않는 걸까? 아니, 왜 갑자기 먹구름이 진 하늘 사이로 조금 비집고 나온 하나의 빛줄기가 보이는 걸까?

다래는 잠시 생각에 빠졌다. 물론 잠시 철없는 생각을 했었지만 이건 상상만으로 끝나는 이야기가 아니었다. 실제로 존재하는 이야기였다. 다래는 이건 조금 아니다라는 생각이 들면서도 가련하게 보이는 어머니의 두 눈을 보니 또 단호한 대답은 할 수가 없어 말을 버벅거렸다.

"그, 그게."

"싫은 거니?"

"아, 아니요!"

방금 이건 잘못된 일이라고 말하려고 했던 것 아닌가? 그럼 정말 그와 이렇게 엮이게 된 게 좋다는 건가?

"다래야, 이건 내 일방적인 행동이었지만 이걸 끝낼 수 있는 선택권은 네게 있단다. 잠시 네게 부담이란 걸 안게 하겠지만. 끝은 언제든지 네가 낼 수 있단다, 네가.”

“그, 그게 무슨 소리예요? 선택이라니요? 제가 끝을 낼 수 있다니요?”

속닥속닥. 짧고 명료한 어머니의 귓속말에 다래는 고개를 끄덕이며 지령을 받는 부하처럼 비장한 얼굴을 가지고 방을 나섰다. 거실엔 소파에 앉은 떨떠름한 표정을 하고 있는 세준이 있었다. 다래는 분명 자신을 쳐다보는 시선이었음을 알았음에도 그를 피해 자리에 앉았다.

“무슨 얘길 한 거야.”

다래는 아무 말도 하지 않았다. 그냥 덤덤한 표정으로 가만히 있을 뿐이었다. 그렇게 두 사람 사이에 알지 못하는 기운이 흐르는 가운데 어머니가 두 사람의 맞은편에 앉았다.

“빨리 하라고.”

세준의 목소리로 거실의 공기가 잠잠해지자 어머님이 흰 봉투를 하나 건넸다.

“어머니, 그건 나중에 주셔도 되는데.”

“주는데 받아. 뭘 또 안 받으려고 하는데?”

친히 봉투를 받아서 다래에게 전해주려고 하는 세준은 다래를 향해 가던 봉투를 자신의 몸 쪽으로 끌어당겼다. 손끝에서 전해지는 이 심상치 않은 느낌은.

“설마, 아니겠지?”

어머니가 세준의 날카로운 시선을 피했다. 역시나 그렇게 가만히 당할 분은 아니라는 건 진작에 알았지만 이렇게까지 치밀하게 계산을 했을 줄이야. 세준은 손으로 봉투를 매만지다 다른 손으로 봉투 속에 있던 접힌 종이를 꺼냈다. 그 종이 속엔 수표 한 장이 끼어 있었고, 그 종이는 중간 중간 하늘빛을 띠며 간격이 들쑥날쑥한 줄들이 자리 잡은 그것은 바로 호적등본이었다. 세준은 그걸 펼쳐 두 손가락으로 조심스럽게 집어 들어 어머니 앞에서 펄럭거리고 있었다.

"이거였어? 우리 어머니 참 귀여우시네."

"세준아."

"구해준, 네가 분명 하수인 노릇을 했겠지. 참 믿을 사람 하나도 없네. 내가 샤워하는 동안 일을 꾸민 건가? 대단해. 뭐 우리 어머니야 혼인신고 따위 본인 없이도 신고할 능력이 있긴 하지. 안 그래?"

세준의 약간은 탁탁 쏘아대는 말에 그 공간 안에 있던 사람들은 경직되어 있을 뿐이었다.

"너도 알고 있던 거였어?"

세준이 다래를 쳐다보며 물었다.

"뭘, 뭘요?"

허둥대는 다래를 의심하는 걸 막으려 어머니가 먼저 선수를 치고 있었다.

"다래야, 이 수박 좀 먹으렴. 아주 달고 맛있네."

"네."

다래는 수박을 한입 베어 물고 머릿속으로 생각했다. 에잇, 유난히도 씨가 많은 수박 때문에 다래는 입 안에서 수박은 목으로 넘기고 볼 한쪽엔 씨를 골라내고 있었다.

"혼인신고라."

이때였다. 다래는 볼 안에 저장해 놓았던 씨를 놀란 척 뱉어내고 있었다. 투두둑. 수박씨들은 바람에 흩날려 사뿐히 세준의 얼굴에 붙여졌다. 한두 개도 아니고, 십여 개의 수박씨가 세준의 얼굴에 붙어버렸다. 이미 얼굴은 오만 죽상을 하고서는 성질을 구겨 담으려 애쓰는 그의 모습이 보였다. 이건 굴욕이 아닌 화보였다. 자식, 인생이 화보인 게 분명했다. 이미 맛이 간 다래의 눈엔 수박씨를 뒤집어쓴 세준이 멋있어 보일 뿐이었다.

"미안해요."

"됐어."

세준은 다래가 뽑아 든 휴지를 뺏어 자신의 얼굴에 묻은 씨들을 털어냈다. 분명 이물질도 함께 분사되었겠지만 의외로 아무 말도 않는 그였다.

"'당신도 몰랐다'. 이렇게 생각해 달라는 쇼 잘 봤어."

어머니는 아프리카에서 살았음에도 죽지 않은 그의 눈치 때문에 귓속말로 했던 계획들의 일부, 아니, 거의 전부를 삭제해 버리고 본론에 들어갔다.

"이것도 인연인데 다래와 만나보거라."

아들이 돌아온 정말 기적 같은 일이 있어났다. 사람이란 참 이기적인 게 처음은 아들이 살아와만 준다면, 아니, 시신이라도 찾는다면 더 이상 원하는 게 없다고 생각했다. 하지만 이렇게 아들이 돌아온 현재, 어머니는 세준이 살아왔으니 꽤 많은 시간 동안 숨겨두었던 욕심을 이제야 조심스럽게 꺼내었다.

✼

어머니의 다그침은 세준이 회사에 입사한 때부터 시작되었다. 여자를 만나보라고 그렇게 권유를 해도 필요 없다는 말만 돌아왔고, 우연스럽게 자리를 만드는 척해도 어떻게 알았는지 나타나질 않았다. 처음엔 사귀는 여자가 있겠지 싶었지만 그런 것도 아니었다. 세준은 어머니 몰래 도대체 무슨 이유로 그렇게 선 자리를 마다하는지 알기 위해 조심스럽게 뒤를 밟기 시작했다. 회사까지 들어가는 건 평소와 다름없는 일과. 그렇지만 로비 회전문을 들어가기 전 세준은 갑자기 무언가를 꺼내어 손가락에 끼워 넣기 시작했다.

'역시! 저 녀석, 애인을 숨겨둔 거였어. 그렇게 뒤를 붙여도 못 알아냈는데. 반지까지 나눠 끼는 사이였다니.'

집에 돌아오면 흔적도 없는 반지기에 어머니는 갑자기 차에서 뛰쳐나와 작은 몸으로 세준을 덮친다기보다 찰싹 달라붙었다. 그런 어머니의 모습에 세준은 화들짝 놀라 반지를 빼려 했지만 어머니의 두 손은 그의 반지 끼워진 손을 꼭 눌러 쥐었다. 증거를 인멸하는 일은 발생해선 안 되니 말이다.

"세준아, 도대체 어떤 여자니?"

"뭐가."

초연한 듯 모든 걸 포기한 표정을 하는 세준이 귀찮은 듯 말했다.

“그래서 그렇게 내가 마련한 자리를 다 거절한 거였어? 그래.
이 어미가 얼굴이라도 좀 보자.”

“웃기네. 이제 선 자리도 모자라 내 뒤까지 밟아? 이 반지 때문
에 그렇게 한달음에 뛰어오셨어? 그런데 이걸 어째, 이거 그냥 내
가 샵에 가서 하나 산 건데.”

“뭐?”

분명 왼쪽 네 번째 손가락에 끼워져 있는 반지가 분명했다. 어
머니는 살그머니 두 손을 열어 다시 그 위치를 확인했다. 분명히
네 번째였다.

“그럼 그게 아니란 거니?”

“이렇게 반지 끼고 있으면 여자들이 얼씬도 못하잖아. 그리고
애인 있다는 구구절절 구질구질한 핑계를 내놓기 전에 이게 직방
이라고.”

‘퍽’ 하는 소리와 함께 세준이 받는 사람도 없는 의미없는 45도
각도의 인사를 하고 있었다.

“미친놈의 자식! 아이고, 뭐? 이게 단단히 미쳤어. 아니면 네 아
랫도리에 있는 그건 데코레이션으로 있는 것이더냐?”

“미쳤어! 지금 여기 회사 앞이라고!”

세준이 어머니의 입을 손으로 틀어막고 구석 쪽으로 데리고 갔
다.

“아무리 명예회장이라고 해도 지금의 사회적 지위에서 그런 막
말을 해야겠어?”

‘퍽’ 하는 소리가 다시 한 번 들렸다. 또 한 번 받지도 않는 인

사를 하는 세준.

"미친놈. 허이구, 말이 안 나오네. 뭐가 어쩌고 어째?"

"아들 거기를 운운하는 어머니께 말이 안 나오는 나도 건 마찬가지야."

다시 손이 올라가자 이번엔 세준이 재주 좋게 손을 잡아챘다.

"휴, 이거야 원. 내가 가짜 결혼이라도 해드려야 만족하시겠어?"

"그럼! 내 사회적 지위로 널 내가 좋은 규수와 혼인시킬 수도 있지. 암."

*

그렇게 장난처럼 던졌던 말이 이제 실제가 되어버렸다.

"그래서 내가 저 여자와 연애라도 하라는 말인가 본데……."

"그래. 네 빈자리를 채워준 고마운 사람이다."

"지금 그걸 이용해 한을 풀고 싶은 거겠지. 그렇지만 그렇다고 저런 여자와 연애를 하라니."

세준의 말을 듣고 있자니 다래는 더 이상 참기가 힘들었다. 비록 자신이 그를 흠모하고 있었긴 했지만 결국 환상을 돌아다니던 다래의 자존심이 현실로 되돌아왔다.

"어머니, 됐어요. 혼인신고야 혼인무효소송을 걸어서 해결하면 될 거예요. 하지도 않은 결혼인데 이혼까지 하고 싶지는 않네요."

다래가 약간은 울먹이는 목소리로 말하고서는 자리에서 일어났다.

"제 뒤까지 캐던 분인데, 내가 또 무슨 일을 당하려고. 그렇게 하죠. 하지만 저도 일방적으로 손해 보는 일은 못하죠. 기간을 정해주시죠."

세준은 자신의 어머니가 자식을 둔 어머니이기 전에 혼자의 몸으로 큰 회사를 이끌어 나갔다는 사실을 알기에 뭔가를 확실히 해둬야 한다는 생각이 들었다. 이렇게 하지 않는다면 분명 자신이 일방적으로 불리할 것이 불 보듯 뻔했기 때문이다.

다래의 눈은 울먹이다 휘둥그레 떠지고 있었다.

"짧긴 하지만 삼 개월이 혼인무효소송이 가능한 시간이니. 세준이 돌아온 날에 혼인신고를 했으니까 삼 개월이 조금 모자란 시간이 남았구나. 더 이상은 나도 양보 못한다."

그제야 미소를 짓는 어머니. 뭐 모로 가도 목적을 달성하면 된 거 아니겠는가.

"그 뒤엔 아시겠죠? 이 말도 안 되는 혼인신고는 취소해야죠."

"알겠다. 호호."

'참 매정한 녀석. 일말의 가능성은 아예 고려하지도 않는구면.'

다래는 어머니와의 말씨름이 싫어 그냥 삼 개월이라는 시간을 벌여놓은 세준에게 고마워해야 하는 건지 아니면 지금이라도 자신의 의사와는 아주 정반대의 말을 해야 할지 고민했다. 하지만 이미 마음은 좋은 곳으로 떠나 버린 걸 어찌하겠는가. 다래는 세준이 생각하는 것처럼 일말의 가능성이 없는 연애라 해도 그냥 이렇게 그를 못 보는 것보다 조금이라도 그와 만날 시간이 주어진 것에 좋아하기로 했다. 그래도 지금은 그런 척을 보이진 말아야겠다고 다짐하는 그녀였다.

"그만 가볼게요. 감기 기운이 있어서요."

"어머, 그러니?"

다래가 자리에서 일어났다. 현관에서 슬리퍼를 갈아 신으려 하자,

"내가 데려다 줄게요."

이건 또 무슨 바람이 불어 배웅을 해주겠다는 건지. 다래는 그는 신경 쓰지 않고 서둘러 구두를 신고 현관을 나섰다. 또각또각. 오늘따라 유난히 신경 거슬리는 구두 소리가 잠자고 있던 다래의 히스테리를 깨우고 있었다.

"개도 안 걸리는 오뉴월 감기."

세준은 친히 다래를 개님과 비교해 주시고 계셨다.

"나랑 그렇게 연애하고 싶었어요? 난 싫다고 하려고 했는데. 애절한 세준 씨의 눈을 보니 차마 그 말은 할 수 없더라고요."

"뭐?"

다래의 말을 무시하고 차에 올라탄 세준. 이번에도 역시 매너는 집에 두고 왔나 보다. 창문만 그것도 약 한 뼘도 열지 않은 그의 행동이라니.

"탈 거면 빨리 타고."

숨을 깊게 들이쉬고 다래는 차 문을 열고 뒷좌석에 탔다.

"오늘부터 시작이야. 조수석 정도는 괜찮아."

"냄새 납니다."

"말을 말자. 말을 마."

세준은 정말 얄밉게도 아무 말도 않으며 운전을 하고 있었다. 그의 뒤통수만을 보며 온갖 말도 안 되는 저주를 퍼붓고 있을 즈음.

"그렇게 중얼거리지 마. 이 연애, 진짜 내가 네게 해주는 고마움에 대한 선물이야."

"뭐요?"

"지금 이 기회가 아니고서야 윤다래 씨가 어떻게 나 같은 남자와 연애를 해보겠어?"

사실 인정하기는 싫지만 맞는 말이긴 하다. 그런데 왜 말투가 고따위냐고. 조금만 더 친절해지면 금상첨화이거늘. 뭐, 이 세상에 완벽한 것이 어디 있겠는가. 그냥 흠이 조금 있더라도 안고 살아야지.

"윤다래 씨, 다시 말하지만 선물이야. 선물."

세준은 굳이 '선물' 이라는 말을 강조하고 있었다.

"알았어요."

"고마운 마음 이외에는 없어. 혹시 그 이상을 바라는 거라면……."

"저도 제 주제 잘 압니다. 그러니까 안심하세요."

이런 말을 하면서도 이런 거짓말을 하면서도 다래는 오만가지 감정이 교차했다. 삼 개월이라는 시간 동안 그와 만난다는 것은 좋은 것이었다. 하지만 삼 개월이 지나면 그와는 다시는 만날 수 없는 것이었다. 차라리 만나는 걸 하지 않는 게 좋은 것일까? 지금 기뻐해야 하는 거야? 아니면…….

"구세준 씨, 어머닐 너무 원망하지 말아요. 모든 원흉은 그 피카츄 아줌씨 때문이니까."

"뭐?"

갑자기 뜬금없는 소리에 세준은 다래를 위아래로 쳐다보기 시작했다. 갑자기 뭘 중얼중얼거리며,

"그 망할 아줌씨 때문에 당신이 졸지에 유부남 된 거고 난 뭐 그렇게 당신 집에 들어가게 살게 된 거죠. 아우 씨, 생각해 보니까 구세준 씨는 정말 억울하겠네. 난 다행이었지만."

"무슨 소리야."

세준은 갓길에 차를 세우고 혼자 이해도 안 되는 말을 늘어놓는 다래에게 차근히 묻기 위해 시동을 껐다.

"그것보다 그동안 그 망할 피카츄 때문에 마음고생한 어머니가 불쌍하죠."

세준은 다래에게서 피카츄 아줌씨에 관한 일화를 듣고 급하게 시동을 걸기 시작했다. 말도 안 되는 소리를 한 거하며 어머니를 속이고 이렇게 멀쩡히 살아 있는 자신을 귀신이 어쩌고저쩌고 지껄여 댔다는 것에 세준은 더 이상 성질을 숨길 수가 없었다. 갑자기 키를 돌리려 하니 시동은 잘 걸릴 리가 없었다. 그때, 다래가 다급해 보이는 그의 손을 잡았다.

"뭐야?"

"좋은 아이디어가 생각났어요."

"뭐?"

다래는 다급히 해준에게 전화를 걸었다. 자신이 한 번밖에 안 가본 곳인데다 해준의 차에 얻어타서 간 게 전부이니 길을 알 리가 만무했다. 그의 네비게이션보다 친절한 안내로 그 점집에 도착할 수 있었다. 다래는 갑자기 바로 목전에 둔 그 집을 두고 세준에게 조금 멀리 차를 대자며 손으로 신호를 보냈다.

"구세준 씨는 기억에 남는 추억 같은 거 있어요? 하기야 그쪽이 그런 추억을 가지고 있을 따뜻한 남자가 아닌 건 익히 알고 있지만."

"알면서 왜 물어."

다래가 세준을 향해 미소를 지어 보였다. 그것도 매우 의미심장한 웃음이었다. 한쪽 눈을 찡그리며 웃는 그녀의 모습은 흡사 공포영화에 나오는 사탄스러운 인형의 미소와 비슷했다. 칼자국 상처에 칼만 들면 딱일 듯싶었다.

"무섭다. 그런 표정 짓지 마."

"내가 기억에 남을 추억 하나 만들어줄게요. 히히."

다래가 갑자기 그 말만을 남기고 차 문을 열고 어디론가로 뛰어가기 시작했다. 이미 멀찌감치 보이는 그녀의 모습을 룸미러로 보던 세준은 한숨만 나올 뿐이었다.

"도대체 무슨 매력으로 우리 어머니와 해준일 사로잡은 거야. 그렇게 성급하게 혼인신고를 할 정도로. 그리고 더 웃긴 건 어째저 여자가 이 상황을 더 즐기는 것 같다는 생각이 드는 거지?"

세준은 한쪽 입만을 움직여 웃어버렸다. 어쩌겠는가. 이미 하기로 한 연애인걸.

“방금 전 그 얼굴로 협박을 했나. 그런데 어떻게 여자 얼굴에서 그런 표정이 나오는 건데?”

‘덜컥’ 하는 소리와 함께 차 문이 열렸고, 다래는 두 손으로 들기에 버거워 보이는 큰 검은 봉투를 들고 있었다. 도대체 뭐 하자는 짓인지.

“구세준 씨, 당장 나와요.”

“왜?”

“우리 재밌는 놀이~ 를 하자고요.”

끝끝내 운전석에서 나오지 않는 세준 때문에 다래는 검은 봉지를 바닥에 내려놓고 운전석 쪽으로 가서는 문을 열어젖혔다. 그리고는 뻗대며 나오지 않는 그를 억지로 나오게 만들었다.

“나 피곤하다고.”

“내가 다 알아서 할 테니까 구세준 씨는 지켜보기만 하라구요.”

다래는 핸드백에서 갑자기 아이브로우펜슬을 꺼내 들어 세준의 눈가에 가져갔다. 그걸 가만히 두고 볼 그가 아니었기에 세준은 다래의 손을 잡아챘다. 그러다 그녀가 했던 말이 생각나 이내 다시 그녀의 손을 놓아주었다.

“미안한데요. 잠시만 그쪽 얼굴 빌려주면 안 돼요?”

“싫은데.”

“복수하고 싶지 않아요? 그 피카츄 아줌씨?”

“나는 그렇다고 쳐도, 넌 그 사람한테 감사해야 하는 거 아니야?”

아, 그건 그렇지. 하지만 이 기회에 점수라도 따보기 위해 아닌 척 표정을 싹 바꾸며 수차례 그를 설득해 그의 눈 밑에 그림을 그리도록 허락하게 했다.

"펜슬만 갖다 대. 손 같은 거 일체 닿게 할 생각은 말고."

"알았어요. 내가 그렇게 음흉한 여자인 줄 알아요?"

"알면 됐고."

정말 억울하긴 했나 보다. 하기야 자신을 이 지경으로 만들었으니 평소의 그였으면 지금 당장 그 안으로 들어가 쑥대밭으로 만들어 버려도 시원찮을 것이다. 하지만 세준은 그녀의 장난에 장단을 맞춰주고 있었다. 누군가에게 맞춰준다는 게 그에겐 익숙하지 않은 것이지만 자신의 복수를 도와준다니 그냥 동참할 수밖에.

다래는 그림 그리기를 끝내고 다시 조수석 쪽으로 달려가 검은 봉지를 들고 왔다. 낑낑거리며 들고 온 봉지에서 꺼낸 건 바로 큰 생수였다. '짤각' 하는 소리와 함께 뚜껑을 따고 다래는 그것을 들어 올렸다.

"잠깐, 너 지금 뭐 하는 건데."

"미안한데요. 이 물 좀 뒤집어쓰면 안 돼요?"

"에비앙이면 몰라도."

"뭐? 애비요?"

애비? 세준은 기가 막혔다. 진짜 못 알아들어서 그런 건지 아니면 유머랍시고 하는 말인지.

"싫다고."

"웃겨. 한국 사람이 한국 물을 뒤집어써야지. 아, 아니지. 얼마 전까지 아프리카인이었으니. 그런데 이런 구멍가게는 아프리카산 생수는 없으니까 대충 뒤집어써요. 네?”

역시 못 알아들은 건 아니었다. 또 저딴 식으로 사람 염장질을 지르기 위한 전초전이었겠지.

“아님 내가 돈 줄게요. 그럼 됐죠?”

“어이고, 어머니한테 받은 돈이 있다 이건가?”

세준의 말에 갑자기 표정이 바뀐 다래.

“미쳤어요? 넉넉히 줄 테니까 좀 뒤집어써줘요. 네?”

이건 좀 이상한 상황 아닌가? 재벌집 아들은 세준이었고, 그 집에 팔려온 건 다래가 아니었던가. 하지만 지금 이 상황은 상당히 아이러니했다. 세준은 더 이상 그의 장단을 맞추기가 귀찮아 운전석으로 들어가려 했다. 그런 그를 갑자기 다래가 붙잡았다.

“저 여자 때문에 어머니가 얼마 죄책감을 느끼셨는지 알아요? 제가 구세준 씨 집에 왔을 때, 죄인처럼 무릎까지 꿇으셨다고요. 저 아줌씨의 농간 때문에.”

결국 세준은 운전석으로 들어가지 못하고 다시 뻣뻣하게 그녀의 앞에 섰다. 이게 진정 잘하는 짓인지는 모르겠지만 자존심 하나로 사셨다고 해도 무방할 자신의 어머니를 그렇게 만든 사람이라니. 세준도 잠시 자기의 성질을 접고 다래의 말대로 따르기 시작했다. 이젠 자신의 복수만이 아닌 어머니의 복수까지 더해지고 있었다.

‘촤―악’ 하는 소리와 함께 그의 몸에 생수 한 병이 쏟아졌다. 하지만 다래의 키 때문인지 머리는 아직까지 멀쩡한 상태였다.

“아, 부족해.”

그러면서 다시 허리를 굽혀 생수 한 병을 또 따기 시작했다.

"도대체 몇 병을 사 온 거야?"

"당신이 물에 빠져 죽었다고 생각했으니. 이거 약한데……."

다래의 말에 세준이 그녀에게서 생수병을 빼앗아 직접 자신의 손으로 힘껏 들어 올려 머리 위에서 물을 들이부었다. 물 때문에 그의 머리가 물에 젖어 물이 한 방울 한 방울 떨어지기 시작했다.

'호오. 각도 좋고, 자세 좋고, 페이스 좋고. 이거 한 병 더 부으라고 할까?'

다래는 그의 젖은 모습에 감탄을 자아내며 생수 한 병을 더 그에게 건넸다. 어스름한 저녁이었게 망정이지 이걸 누가 본다면 정신병자 둘이서 탈옥을 했다고 생각할 게 뻔했다. 하지만 남들은 보지 못할지 몰라도 다래는 똑똑히 보고 있었다.

'그래. 이쯤에서 머리를 한 번 털어주겠소?'

다래의 생각을 읽었는지 세준이 갑자기 머리를 살짝 털기 시작했다. 물이 너무 많이 젖어버려 눈까지 마구 흘러들어 오는 바람에 흔들었을 뿐인데. 저 여자의 표정은 또 왜 저러는지.

"내가 셔츠라도 벗어줘?"

"뭐, 뭐라고요?"

"꼭 표정이 뭔가를 더 바라는 표정이잖아?"

저놈, 분명 귀신 맞다. 자신의 속내를 훤히 뚫어보는 귀신 같은 놈.

"내가 뭘 더 바란다고 그래요! 잔말 말고 내 말 잘 들어요. 내가 들어오라고 문자를 보내면 들어와요. 그리고 들어와서는 평소에

잘 짓는 차가운 표정 지으면 되고. 들어와서는 ‘여기가 살기 더 좋
네. 여기서 살아버릴까’ 이런 말 해주고. ‘저승에 가서 쓸 노잣돈
이 없어 여기서 살아야 겠네’ 라고 중얼대구요.”
“뭐?”
“아 참, 만약에 구세준 씨를 만지려고 하면 까칠하게 굴어요.”
도통 이해 안 되는 말을 하고 나서 다래는 붉은색으로 칠해진
한 집으로 뛰어들어 갔다.

“너무 늦으셨군요. 오늘은 더 이상 손님을 받지 않으신다고 하
셨습니다.”
다래의 앞을 가로막는 이가 하나 있었다. 아마도 그 피카츄의
수하인이겠지. 다래는 갑자기 울상을 하고선 그에게 부탁조의 말
로 마구 칭얼대기 시작했다.
“제발, 제발요. 제발 만나게 좀 해주세요. 돈은 얼마든지 드릴
게요.”
다래의 울먹이는 표정에 마음이 약해진 그 사람은 미닫이문을
잠시 열고 대화를 하더니 이내 문을 친절히 끝까지 열어주었다.
“들어가세요.”
“감사합니다.”
다래는 어디서 공수해 온 것인지 닭똥 같은 눈물을 흘려대며 방
안으로 들어가기 시작했다. 헉, 그땐 경황없어 보지 못했지만 어
디서 구해온 건지 이번엔 여름을 맞아 피카츄 3종 세트를 홈쇼핑
에서라도 구입한 것일까? 덥지도 않은지 노란 피카츄 인형을 들

고, 노란 반팔에 피카츄가 세 마리 붙어 있는 머리끈을 하고서는. 정말 말이 안 나온다. 거기다 흉측한 눈썹까지. 다래는 충분히 웃어줄 분위기가 조성되었지만 계속해서 감정을 놓지 않으려고 애를 썼다. 그래도 할 말은 해야겠지.

"저기…… 피카츄가 거꾸로인데요."

영업이 끝났다고 하더니 피카츄를 급히 들었던지 거꾸로 들은지도 모른 채 머리띠만 신경 쓰고 있는 그녀에게 다래가 조용히 일침을 가했다.

"누─구─야?"

으으윽. 어린 양 줄줄 흐르는 목소리.

"죄송한데 밖에 계신 분에게 잠시 나가 있으시라고 하면 안 될까요? 이런 모습을 되도록이면 다른 사람에게 보이고 싶지 않아서요. 돈은 제가 두둑히 드리겠습니다."

"춘봉 오빠, 나가서 내 까까 좀 사다조."

흐읍! 참아야 한다. 다래는 입을 틀어막고 웃음을 참고 있었다. 그러다 조금 진정이 된 다래가 말을 꺼내기 시작했다.

"예전에 영혼결혼식을 했었던 사람인데요. 요즘 들어서 이상한 꿈을 꾸고 그리고 주변이 막 서늘한 게, 뭐가 문제가 있나 싶어서요."

그녀가 미소를 지었다. 분명 한 건 물었다 하는 얼굴이 분명했다. 그런 모습을 보고 다래는 고개를 숙이며 눈물을 쏟아내기 시작했다.

"너무 무서워요. 혹시…… 그 사람이 여길 못 떠난 게 아닐까요?"

피카츄 아줌씨가 골똘히 생각하는 표정을 지으며 책을 보고 있는 사이. 다래는 그녀가 눈치 채지 못하게 조심스럽게 세준에게 문자를 보냈다.

"엄마야! 그 오빠가 지금 여기 있쪄."

갑자기 화들짝 놀라는 표정을 지으며 갑자기 뒤에 있던 병풍 쪽으로 몸을 움직이며 부들부들 떨고 있었다.

'참, 돈 벌기 힘들다. 그래, 날 봉으로 봤겠다? 그럼 나도 그만큼의 답례를 해줘야지. 어머니 몫까지.'

"정, 정말요? 그럼 제 느낌이 틀린 게 아니군요."

갑자기 미닫이문이 스르르 열리기 시작했고, 다래는 누가 올지 알고 있었기에 고개를 숙이고 아무것도 들리지 않고 보이지 않는 것처럼 똑같이 행동하고 있었다. 반면, 병풍에 찰싹 달라붙은 피카츄 아줌씨는 세준의 모습을 보고 화들짝 놀랄 수밖에 없었다. 비도 오지 않았는데 온몸은 흠뻑 젖어 소맷부리와 머리에서는 물이 뚝뚝 흘러내리고 있었고, 표정은 굳어 있는 채 얼굴에는 사색이 가득한 그의 모습을 보니 그녀 또한 놀랄 수밖에 없었다.

"지, 지금 여기에 있나요?"

"그런 거 같은데……. 아니, 여기 있쪄."

그녀는 아무래도 의심쩍어 붉고 기분 나쁜 조명을 받아 더욱 귀신스러운 세준을 더 자세히 보기 위해 조금씩 발가락을 움직여가며 그가 서 있는 쪽으로 움직이기 시작했다. 그녀의 손이 세준에게 닿으려 하자.

"만지지 마."

참 쌀쌀맞다 못해 차가운 말이 이럴 때 진가를 발휘할 줄이야. 피카츄 아줌씨는 그의 목소리에 놀라 뒤로 발라당 자빠지고 말았다. 데구르르 굴러가는 피카츄 인형. 당장이라도 백만 볼트를 날릴 것 같은 귀여운 표정의 피카츄 인형을 다시 집어 제자리로 돌아간 그녀였다. 다래는 그런 그녀의 모습을 보면서 이제 거의 성공단계를 밟고 있다고 생각했다.

솔직히 이런 상황이 다분히 작위적이고 믿기 힘들었지만 세준의 연기와 다래의 연기가 일품이었고, 지금 이 상황에서 자기가 죽어서 귀신이 되었다고 말한 사람이 살았다고 의심할 수도 없지 않은가. 그랬다간 사기를 친 게 뻔히 드러날 것이고. 하지만 그녀의 표정을 보니 자신의 사기를 숨기기 위해 거짓말을 하고 있는 게 아니라 세준이 진짜 귀신이라고 믿고 있는 눈치였다. 별다른 연기가 필요하지 않을 것 같았다. 의외로 순진한 피카츄 아줌씨 때문에 일은 착착 진행되었다.

"도와주세요. 네? 저 이렇게 못살아요. 피가 말라 죽을 거라구요."

도와주세요? 이 말에 세준은 자신의 대사를 치기 시작했다.

"여기 너무 좋네. 여기서 살까. 저승에 갈 노잣돈도 없으니."

피카츄 아줌마는 갑자기 다급하게 자신의 책상 서랍을 뒤지다 갑자기 백만 원짜리 돈 뭉치를 꺼내기 시작했다. 돈 뭉치를 든 손을 부들부들 떨기 시작했고, 머리띠로 발랑 까져 버린 이마에서는 땀이 경극 화장 사이에 고랑을 만들며 흘러내리고 있었다. 그녀가 든 돈은 얼핏 봐도 족히 천만 원은 넘어 보였다. 세준은 자신의 그

긴 손을 그녀에게 뻗었다. 그 행동에 피카츄 아줌씨는 놀랐던지 자신의 작은 상을 발로 쳐 앞으로 나자빠지게 만들었다. 다시금 버선을 신은 발은 발뒤꿈치를 이용해 조심스럽게 다가가기 시작했다. 엉덩이엔 얼마나 힘을 주었던지 방석까지 옵션으로 딸려오고 있었다. 계속 떨리는 손에선 동화 헨젤과 그레텔에서 돌아가는 길을 찾아가기 위해 빵 부스러기를 떨어뜨리듯. 다만 차이가 있다면 고의와 실수라는 것. 돈다발이 중앙선을 그어가며 한 다발씩 떨어졌다. 시선은 그에게 맞출 생각은 않고 무조건 손만 들어 돈뭉치를 그에게 보였다. 그러자 세준이 돈 다발을 평소의 성격대로 두 손가락으로 조심스럽게 집어 챙기기 시작했다. 그때, 그와 그녀의 손가락이 아주 잠시 마주쳤다.

"악!"

더 이상은 이 공포를 참을 수 없었던지 바닷가에서 자신을 먹잇감으로 생각하고 날아오는 새를 보고 자신의 굴로 들어가는 게보다 더 빠른 스피드로 버선발로 백스텝을 시도해 신방으로 들어가 버리는 그녀였다. 뒤에 눈이 달렸나. 한 치의 오차도 없이 깔끔하게 들어가 버린 피카츄 아줌씨.

신데렐라가 그랬듯 살포시 버선 하나가 방바닥에 자신의 존재를 알리고 있었다. 다래는 재빨리 돈뭉치를 집어 들고 일어나 세준을 데리고 도망쳤다.

신방으로 들어가 오돌오돌 떨며 피카츄 인형을 꼭 안고 중얼거리는 피카츄 아줌씨.

"내가 사람들을 너무 속여서 신께서 노하신 건가. 이 짓도 이제 그만 때려치워야겠어. 젠장!"

"푸하하하. 그 아줌마 기겁하던 모습 봤죠?"

다래는 돈뭉치를 들고 조수석에 탔다. 그러다 운전석에 앉은 세준을 보자.

"헉. 뭐예요. 왜 그렇게 얼굴이 새파래요? 정말 죽은 사람인 줄 알았잖아요!"

"아무리 여름이라도 밤에 물 뒤집어쓰고 오랫동안 서 있어봐. 당연히 이렇게 되지."

다래가 황급히 히터를 틀었다. 제일 높게 설정한 뒤 자신 쪽의 히터를 모두 막고 그에게 모든 따뜻한 바람이 가게 만들었다.

"그 재킷이랑 셔츠 벗어요. 그래서 더 추운가 봐요."

"허, 미쳤어? 누구 좋은 일 하라고?"

"지금 장난칠 상황이에요? 이러다 감기라도 걸리면 어떡할 건데요?"

"뭐, 한 삼 개월 병원에 입원하지."

저 밉상밉상! 다래는 저렇게 비뚤어져 버리는 세준의 모습이 얄밉지만 어쩌겠는가. 이미 그런 그의 모습을 넓은 아량으로 다 포용해 버린 것을. 다래는 자신의 핸드백에서 손수건을 꺼내어 그에게 건넸다. 이런 모습이 되어도 상관치 않고 자신의 계획에 동참해 주어 고마울 뿐이었다. 뭐, 그야 자신의 어머니 때문에 이런 모습도 감수했겠지. 오늘 그렇게 어머니 앞에서 까칠하게 굴었더라도 세준은 그의 어머니를 사랑하는 게 분명했다. 어머니가 그를 사랑했듯이 말이다. 그런 모습이 다래를 흐뭇하게 만들었다. 그래도 그가 조금은 인간적이라는 걸 알게 되어 그런 것 같았다.

"고마워요. 그리고 이거."

다래가 세준에게 자신이 가져온 돈 뭉치를 건넸다.

"왜 다 주는 건데?"

"비록 이 돈이 어머니가 하신 마음고생에 비할 순 없지만, 세준 씨가 맛있는 거라도 사주고 선물도 사주고 그래요. 어머니는 당신을 그리워하신 거니까 그렇게라도 같이 시간을 보내라구요. 그리고 이 일은 비밀로 해요. 어머니는 그 사람 이야기만 꺼내도 괴로워하실 테니까요."

세준은 마치 자신의 뭐라도 되는 양 그런 충고를 하는 게 슬쩍 짜증이 났다. 이렇게 복수를 할 기회를 줘서 고마운 건 사실이지만 이건 좀 지나친 참견처럼 느껴지고 있는 그였다.

"내가 알아서 해. 알겠어? 우리 집에서 일 년을 살았다고 네가 우리 가족이 되는 건 아니니까."

"뭐라구요?"

그의 말이 맞긴 맞았다. 하지만 꼭 그렇게 비틀어서 표현을 해야 하는 건가? 가끔씩 저렇게 정 떨어지는 말을 할 때는 실망을 하기도 했지만 참 바보 같게 이런 모습은 정말 금방 잊어버리고, 그가 아주 잠깐씩 보여주는 흔치 않은 좋은 모습들은 기억에서 떠나지 않고 있었다.

"왜. 너도 알고 있잖아. 네가 영원히 우리 가족이 될 수는 없다는 거."

“그렇게 강조하지 말아요. 재수없으니까. 나도 알고 있거든요?”

결국 다래가 한소리를 하고 말았다. 결국 빈정 상한 다래는 자신의 집으로 향할 때까지 창가 밖의 풍경들만 보면서 팔짱을 끼고 구시렁거리고 있었다. 심심했던 다래는 핸드폰을 꺼내어 TV를 시청하기 시작했다.

“큭큭. 마빡이 얼빡이 대빡이~ 하하!”

혼자 이마를 쳐대는 어이없는 행동에 세준은 참지 못해 물었다.

“핸드폰 보고 뭐 하는 짓이야?”

“TV 보는 중인데요?”

“뭐? 장난해? 어떻게 핸드폰으로 TV를 보냐고. 누굴 바보로 아나.”

갑자기 다래는 조금 전보다 더 큰 소리로 웃어대기 시작했다.

“하하하! 하기야 삼 년 동안 아프리카에 있었으니 모르겠죠!”

“저 거봐. 또 꼬투리 잡았다 이거지. 수십 번 우려먹겠어?”

“당연하죠! 그럼, 된장녀는 알아요?”

“된장 파는 아가씨?”

“푸후훗. 된장 파는 아가씨래! 내가 미쳐! 완전 골 때려!”

세준의 얼굴이 굳기 시작했다. 그녀의 장난에 천하의 구세준이 말려들었다는 생각에 울화가 치밀었다. 그렇게 이번엔 또 무슨 말로 웃음거리를 만들지 몰라 침묵으로 일관하는 그였다. 그런 그는 생각도 않는지 다래는 연신 낄낄대며 세준을 놀려대고 있었다.

다래의 집에 다 와갈 즈음 세준이 무거운 입을 열었다.

“넌 결혼하고 싶어? 아니지, 이미 한 번 했으니 물어보는 게 우습지.”

뜬금없는 그의 질문이었지만 다래가 굳이 대답을 마다할 이유는 없었다.

“진짜 결혼을 말한다면 아니라고 할게요.”

“웃기네. 죽은 사람과도 결혼한 배짱이 있는 네가.”

“지금도 내가 그런 결정을 했다는 것엔 놀랄 뿐이에요. 하지만 진짜 결혼. 그거 굳이 부모님 등에 떠밀려 남들의 눈을 의식해서 하기는 싫어요.”

“왜?”

“솔직히 말하면 결혼해서 내 자신이 행복해지기보다 불행해질 것 같아서.”

“그거 참 이기적이네.”

세준이 다래에게 이기적이라며 지적을 하고 있었다. 물론 그런 말들이 자신이 이기적으로 비춰지기에 충분했다. 하지만 다래는 자신이 겁쟁이란 걸 잘 알고 있었다. 결혼이라는 것에 언제부터인가 겁이라는 것이 끼어들어서 그래서 이젠 그것을 이기적으로 포장해 자신의 겁쟁이의 모습을 감추고 있었다.

“그럼 그쪽은 왜 그렇게 결혼이 하기 싫은데요?”

“다 왔어.”

또 다래의 질문은 확 잘라먹고 다 왔다며 어서 내리기를 재촉하고 있었다.

“대답은 왜 회피하는데요? 대답할 때까지 안 내릴 겁니다.”

"그게 그렇게 궁금해?"

"궁금해요."

"필요하지 않아서. 필요성을 못 느껴서. 난 합리적이게 사는 사람이거든. 누군가를 불행하게 만들 필요는 없다고 생각했어. 안 그래? 그리고 내가 행복하게 해줄 자신이 있다고 내가 단호히 말할 수도 없고."

세준의 말에 다래는 잠시 시간이 멈추는 듯했다. 분명 자신과의 결혼관에 대해 약간의 차이가 있기는 했지만 본질을 들여다본다면 그것은 매우 흡사했다.

"당신도 상당히 이기적이네. 그러면서 왜 남 보고 이기적이다라고 운운하는 거죠?"

"왜냐하면 난 이기적인 사람이니까."

다래는 집에 들어오면서까지 그의 말을 생각하며 멍한 표정으로 현관에 들어섰다.

"다래야, 왜 그런 얼굴을 하고 있니?"

"아니, 그냥."

"다래야, 마음이 심란한 거니? 결혼도 아니고 연애 정도에 그렇게 스트레스를 받고 그러니."

"뭐? 엄마가 그걸 어떻게 알아?"

도대체 엄마가 그와 연애를 한다는 것을 어떻게 안 것일까? 아직 하루도 겨우 몇 시간이 지났을 뿐인데.

"세준이 어머니한테서 전화 왔었어. 그간의 일을 다 설명해 주셨지. 네가 세준 군과 잘되었으면 좋겠다고 하시더구나.”

“엄마는 그래서 뭐라고 그랬어?”

“그냥 뭐 생각해 보겠다고 했지.”

“생각은 무슨 생각! 나도 내 주제는 안다고!”

다래는 무심결에 엄마에게 윽박지르고 있었다.

“다래야, 왜 이 상황에 주제를 찾고 그러니.”

“그럼 내가 어떻게 행동해야 하는데.”

“그냥 좋으면 좋다고 표현하렴.”

“그럼 뭐가 달라지는데.”

엄마의 말들이 다래에게는 잔소리로 들릴 뿐이었다. 자신이 결혼을 두려워하는 이유가 바로 엄마였기 때문이다. 방 문고리를 잡고 돌리려는 그녀의 뒤에서 목소리가 들려왔다.

“다래야, 난 네 아버지와 세 번 만나 약혼을 하고 결혼을 했단다. 요즘 같으면 정말 있을 수도 없는 일이지. 스무 살 때 한 번도 연애를 해보지 못한 내가. 하지만 내가 연애를 한 번도 못했지만. 어떻게 사람을 몇 번 만나서 결혼을 결정할 수 있었겠니? 그와 마지막으로 만났던 날. 네 아버지가 책임지고 날 행복하게 해준다는 말을 했었단다. 물론, 그게 너무도 상투적인 말이었지만. 그가 온몸에 힘을 잔뜩 주고, 아니, 너무 잔뜩 준 나머지 꾹 쥔 주먹이 그의 허벅지에서 미끄러져 버렸지. 순간 이 사람이라면 날 행복하게 해줄 수 있다는 생각이 들었지.”

“그건 어디까지나 엄마가 너무 순수해서 그랬던 걸지도 몰라.”

그렇게 자신을 고생시킨 사람인데도 그런 좋은 기억들만 상기

시키고 있는 엄마에게 일침을 가하는 다래였다. 아무리 자기가 잘못을 했더라고 연락이라도 해주는 게 당연지사이거늘. 물론 자신에게는 하지 않아도 되었고 하는 걸 원하지도 않았다. 하지만 엄마에게조차 아무 연락도 주지 않는다는 건 자신을 그런 상황에 빠뜨린 것보다 더욱더 원망스러운 것이었다.

한편, 다래의 아버지 윤상태는 부산 지역 한 공사장에서 그냥 돌아다녀도 땀이 날 법한 뜨거운 날씨에 안전모와 안전 조끼, 그리고 팔목까지 덮인 남방을 입고 등에는 벽돌 짐을 지고 위태로운 나무계단을 오르고 있었다. 목에 둘러진 수건으로 이마에서 흐르는 땀을 열심히 닦아내었지만 눈썹을 지나 속눈썹을 파고들어 눈을 쓰리게 만드는 땀을 모두 막을 순 없었다.

"이제 끝나가겠구나. 이 아비가 죄를 지었어. 우리 딸한테."

사실 윤상태는 집에 들어가고 싶은 마음이 간절했다. 하지만 돈을 갚았다고 하더라도 그렇게 집을 쑥대밭을 만들었다는 사채업자의 말을 들은 후라 집을 들어간다는 건 정말 염치없는 일이었다. 하지만 그 이유보다 그날 사모님과의 전화로 인하여 그는 더 이상 자신의 집에 발을 들여놓을 엄두를 내지 못했다. 자신이 그렇게 만든 거니까.

"그래, 허락하지 말았어야 했어. 아무리 사모님이 다래를 딸같이 생각해 주신다고 해도 얼마나 날 원망할까. 아니, 원망해도 싸지. 딸내미를 돈으로 팔아먹은 애비인데."

그의 눈시울엔 눈물이 글썽였지만 그것조차도 그 아이의 마음고생에 비할 바가 못 된다고 생각하고 금세 닦아내고 말았다. 그렇게 다리엔 힘이 빠지고 있음에도 그는 조금은 더디게 나무계단을 오르고 있었다.

"그런 사람이 아무리 그래도 전화 한 통도 못해? 행복하게 해줘? 불행하게 하지나 말라고 해. 옆에서 이런걸 보는데 내가 결혼하고 싶다는 생각이 들겠어?"

다래가 조금은 격앙된 목소리로 물었다. 지금 현실은 너무도 그 순수가 변질되어 버려서 그 본래 의미는 사라진 지 오래였기 때문이다. 엄마가 자신을 원망스럽게 생각할지라도 지금은 이렇게 엄마에게 자신의 마음속에 있는 말을 퍼붓고 싶었다.

"그럼 언제 올지도 모를 불행이란 것 때문에 눈앞에 있는 행복을 포기하는 비겁한 행동을 하려는 거니?"

"그게 왜 비겁한데. 합리적인 거지."

"우리 다래, 아직 사랑을 못해봤구나. 사랑은 그렇게 합리적이지 못해. 사랑이 만약 합리적이었다면 이 엄마처럼 이렇게 아파할 사람도 없을 테니 말이다."

다래에겐 그 말들이 수능을 얼마 남기지 않은 시간에 엄마의 공부하라며 재촉하는 잔소리로만 들릴 뿐이었다. 이렇게 눈앞에 보기 싫어도 보이는 현실의 모습에 다래는 더더욱 엄마의 소리가 곧이곧대로 들리질 못했다. 분명 엄마의 말처럼 한 번 겪어보고 나서 지금 자신이 가진 생각이 옳은 것인지 생각해도 늦지는 않았다. 하지만 그건 오랫동안 그녀의 머릿속에 박혀 버린 일종의 고정관념 같은 것이 되어버렸다.

"다행인 게 그 사람은 우리가 잘 안 될 거란 걸 알아."

"다래 넌 잘 안 될 걸 알면서도 그를 만나려고 하는 거니?"

"그냥. 주는 선물 감사하게 받는 건데 뭘."

"그런 생각이라면 그 연애 시작하지 말거라."

"싫어!"

다래는 열려다만 문을 열고 들어간 뒤 '쿵' 하는 소리와 함께 문이 닫혔다.

"벌써 넌 합리적이란 단어를 잊어버렸잖니. 아플 걸 알면서도 시작하고 있으니 말이다. 결혼을 위한 걸음마를 시작하려는 우리 다래. 이 엄마가 불행했던 모습만 본 우리 딸이 결혼이란 걸 기피하게 되어버린 우리 딸. 하지만 엄마는 우리 딸은 행복한 모습을 보고 싶어서. 그런 이기적인 생각에 지금 널 막지 못하겠구나."

다래는 다음날 해준에게 전화를 걸었다. 물론 단순히 그의 안부를 물으려고 전화를 한 건 아니었다.

"안, 안녕하세요?"

무척이나 매만져진 듯한 다소곳한 목소리. 그나저나 더듬긴 왜 더듬는 건지. 다래는 아무 탈 없는 목을 손으로 한번 만져 봤지만 뭐 그쪽에 문제가 없는 건 그녀 자신이 잘 알 테니까. 다래는 슬슬 본론을 시작하려 했다.

[다래 씨, 무슨 일로?]

"세준 씨 전화번호를 알고 싶어서 전화했어요."

그러면 그렇지. 역시나 해준에게 전화를 거는 이유는 항상 부탁이 그 주를 이루었다. 이번에도 역시 그에게 세준의 전화번호를 물으려 전화한 것이었다. 어제 그렇게 겉으로는 하는 수 없이 그 제안을 받아들인 것처럼 굴었지만 아마도 그 속은 그게 아니었나 보다. 다래는 하루하루가 아깝게 지나가는 걸 두 눈 뜨고 볼 수 없어 조금은 자존심 상하지만 세준에게 먼저 데이트를 청하려 하는 속셈이었다.

해준은 그녀의 전화 이유를 묻고 싶었다. 하지만 해준의 성격이 그걸 묻지 못하게 만들었다. 그리고 그 이유가 조금은 짐작이 되었기에 굳이 그녀의 목소리를 통해 그 사실을 듣고 싶지 않아 해준은 더 이상의 질문을 하지 않았다.

[잠시만요.]

해준은 세준의 전화번호를 가르쳐 주었다.

"제가 왜 물어보는지 궁금하시죠?"

역시 다래가 먼저 말을 꺼냈다.

[조금은요.]

"하하. 그런데 이걸 어쩌나. 비—밀인데."

[다래 씨, 기분이 상당히 좋은 것 같네요.]

"그 이유도 궁금하죠? 그것도 비—밀인데."

[역시 사람을 참 재밌게 만들어요, 다래 씨는.]

"고마워요. 그럼 이만 끊을게요."

다래는 해준과의 통화를 끝내고, 조금의 여유도 가지지 않고 그가 가르쳐 준 세준의 전화번호가 씌어진 메모지를 들고 번호를 하나하나 누르기 시작했다. 긴 수화음 끝에 세준이 전화를 받았다.

[여보세요.]

“구세준 씨, 우리 지금 만나요.”

[이거 너무 빠른데.]

“우리 지난번에 만난 카페 알죠? 그리로 나와요.]

다래는 세준의 말은 듣지도 않은 채, 단번에 전화를 끊었다. 다래는 화장대에 앉아 자신의 얼굴을 멍하니 쳐다보고 있었다.

“아무리, 요즘 쌩얼이 대세지만. 첫날에 이렇게 흉한 몰골로 나갈 순 없겠지?”

다래는 메이크업베이스를 가볍게 스펀지에 묻혀 얼굴에 펴 바르기 시작했다. 이건 뭐 간단하게 한다는 화장에 오히려 평소보다 더 진하게 되어가고 있었다. 그렇지만 문명이 준 대단한 선물 화장. 이건 역시 빠뜨려서는 안 될 존재였다. 다래는 조금씩 숨겨지고 있는 얼굴의 잡티들을 보면서 거울 너머로 살짝 웃어 보였다. 언제부터 그 남자에게 조금이라도 더 예뻐진 모습을 보이고 싶게 되었는지…….

약속한 시간보다 조금은 먼저 도착한 다래는 핸드백에서 거울을 꺼내 보면서 화장이 잘 먹었는지를 체크하고 있었다. 그렇게 잠시 생각을 놓는 그 순간, 한 사람이 다래의 생각의 틈에 비집고 들어왔다. 다래는 다시 한 번 자신의 마음을 다잡고 있었다.

“그래, 내게 주어진 시간을 잘 이용하면 되는 거잖아. 그런데 그 시간이 끝나면 어쩔 건데.”

잠시 굳어졌던 자신의 얼굴을 시큼한 오렌지주스를 들이키며 상큼한 모습으로 변화시키고 있었다. 물론 그 상큼함이 조금 변질이 되긴 했지만 말이다. 드디어 카페의 문을 열고 그가 들어왔다.

무슨 각오로 왔는지 그는 정장을 입고 나왔다. 처음 보는 그의 단정한 모습에 다래는 그에게 시선을 두고 있었다. 그러다 언제 그랬냐는 듯이 자신의 앞에 있던 오렌지주스 잔으로 자신의 눈을 옮겼다. 이미, 바닥을 보여 버린 빈 잔. 억지로 먹는 척을 한다 한들 그녀의 입에 들어오는 것은 아무것도 없고 입만 아픈 것이었다.

“일찍 왔네.”

“네.”

“생각보다 너무 빨라서 놀랐어.”

다래는 다시 고개를 꼿꼿이 들고 세준을 똑바로 쳐다봤다. 숨을 크게 한 번 들이쉰 뒤 말을 이었다.

“나 삼 개월이라는 시간 잘 쓸 거예요.”

약간은 긴장한 그녀와는 너무도 다르게 여유로운 모습으로 다시 빨대에 입을 갖다 대는 세준이었다. 별로 맛나 보이지도 않는 아이스커피를 잔 바닥까지 보일 때까지 단숨에 빨아들였다. 머리가 아찔했던지 한 눈을 찡그린 채 손으로 가볍게 한쪽 머리를 두어 번 치고 있었다.

“아프리카에서 먹을 것의 소중함도 알았나 봐요? 지난번엔 물의 소중함도 알았다면서.”

세준은 서 있던 다래의 손을 잡고 다래를 버팀목 삼아 일어나고 있었다. 다시 한 번 세준의 온기가 다래에게 전해지고 있었다. 유난히 까맣게 타버린 손. 그리고 재벌2세의 이름과는 맞지 않는 거친 느낌의 손바닥과 셀 수 없을 만큼 갈라져 버린 손톱이 다래의 눈에 띄었다. 세준이 다래의 옆에 섰다.

"애인이 잔을 다 비웠는데, 나도 비워야지. 그래야 하는 거 아닌가?"

지금 자기가 잘했다고 칭찬해 달라는 소리로 들린 다래는 곧장 말을 이었다.

"참 잘했어요!"

세준은 또 온갖 인상을 찌푸리며 다래를 쳐다보고 있었다.

"너, 혹시 연애 처음이야?"

"그런데요."

"진짜?"

"그렇다니까요."

"하하하!"

결국 다래는 또 세준이 소리를 지르게 만들었다. 주변 사람들의 시선이 두 사람에게 쏟아지자 다래는 세준이 잡고 있던 자신의 손과 다른 쪽 손을 들어 두 손바닥으로 그의 얼굴을 가려주었다. '짝' 하는 소리와 함께 다래의 두 손바닥은 세준의 얼굴에 밀착되었다.

"야, 손 안 치워?"

"구세준 씨 신분이 노출될까 봐 항상 걱정하잖아요. 나 그 정도 센스는 있어요!"

"냄새 나. 당장 손 안 치워?"

"혹시 구세준 씨도 저와 같은 개코과?"

"야!"

"하하하!"

다래는 세준의 얼굴에서 손을 떼고 잼싸게 달려가고 있었다. '철경철경' 거리며 심하게 퍼덕거리는 현관문은 여차하면 그 이음새가 떨어져 나갈 지경이었다.

"얼마죠?"

"만이천 원입니다."

주인은 다래가 나간 문 쪽을 보면서 미간을 찌푸리고 더러운 걸 본 것처럼 매우 불쾌한 표정을 지었다.

"저 여자 좀 모자란 건가? 그런데 왜 저런 여자를 이런 곳에 데려온 거야? 누구 장사 망칠 일 있나."

분명 세준은 그가 한 말을 들었다. 자기 딴에 혼잣말이라고 내뱉었겠지만 그건 분명 그녀의 동행인인 자신이 듣게끔 적당한 크기의 목소리였다. 세준은 지갑에서 빳빳한 지폐를 꺼내다 기분이 상했던지 그 지폐가 마구 우그러뜨려 펼쳐 보아야 돈이란 걸 확인할 수 있을 정도로 만들어 버리고 있었다. 분명 자신에게 하는 말이 아닌데, 그렇다고 자신의 가족에게 하는 말도 아닌데. 세준은 그 주인의 말들을 하나하나 곱씹으며 이젠 자신의 얼굴마저 지폐처럼 구기고 있었다. 그러다 순간, 자신이 '내가 왜 이렇게 화를 내고 있는 거지?'란 생각이 들었는지, 잠시 정신이 나갔다고 치부해 버리고 다시 고개를 들었다. 하지만 그 화는 사그라들 줄 모르고 오히려 주인의 얼굴을 보니 세준은 화가 더욱더 치밀어 올랐다.

"당신, 지금 뭐라고 말했어?"

세준의 말투는 그 어느 때보다 더 상대방을 짓누르고 있었다.

"제, 제가 뭘요?"

뻔한 대답이었다. 하지만 세준의 성격에 그냥 넘어갈 리 없었다.

"그렇게 기어들어 가게 말하려거든 안 들리게나 하든지. 내가 보기엔 그렇게 혼자 중얼대는 그쪽이 더 모자른 사람 같은데? 안 그래?"

세준은 거스름돈도 받지 않은 채, 카페를 빠져나왔다.

세준도 가끔 가다 보면 다래의 정신 상태가 궁금하긴 했지만, 그런 소리를 남에게서 듣는다는 건 왠지 기분 좋은 일이 아니었다. 그런데 단지 그것뿐이었을까?

"구세준, 네가 남 일에 끼어들고. 참 너답지 않다. 그래 불쌍해서 도와준 거잖아. 내가 참 착해졌단 말이야."

이 말을 누가 들었더라면, 아니, 지금 세준의 차 앞에서 정신 사납게 날뛰고 있는 저 여자가 들었더라면 놀라 기염을 토했을 것이다. 그나저나 그게 문제가 아니지 않은가? 카페에서도 모자라 밖에 나와서까지 저런 모습을 보이는 그녀 때문에 세준은 이미 더위도 가신 막바지의 여름이었음에도 더운 느낌을, 아니, 너무도 흥분해서 뜨거운 느낌을 떨쳐 낼 수 없었다.

"윤다래 씨, 좀 조신하게 있어줄래?"

"알았습니다."

"그리고 말장난 그만 할래?"

"알았어요."

얼음 땡 놀이를 하고 있는 것처럼 다래는 출싹거리다 굳은 자세로 돌변했다.

"후, 날뛰어도 못 봐줘. 가만있어도 못 봐줘. 사귀는 건 그냥 선물 받은 걸로 치면 안 되겠어?"

대책이 안 선다는 표정으로 고개를 좌우로 흔드는 세준을 보며 다래가 말했다.

"그럼 그냥 언론에 알려야겠네. 우리 혼인신고 한 거."

"뭐?"

화들짝 놀란 세준의 놀란 고양이 눈을 보면서 다래는 웃을 수밖에 없었다. 그녀는 애초부터 아니라 생각하고 있었으니까. 자신이란 존재는 그냥 자신의 빈자리를 채워준 고마운 사람일 뿐이니 말이다.

"허이구, 정말 무섭기는 했나 봐요."

"그것보다 그렇게 된다면 지금 내 앞에 있는 여자와 평생을 산다는 게 더 무섭다는 거 모르나."

"왜요? 나 나름 괜찮은 여잔데."

다래의 얼굴이 세준의 얼굴 앞에 심히 부담스럽게 들이대어 졌다. 그래, 차라리 눈을 감자. 그리고 생각하자. 지금 이렇게 그녀의 얼굴이 아직도 자신의 앞에 있을까 봐 눈꺼풀을 올리지 못하고 있는 그였다. 이렇게 그녀가 조금은 끔찍했지만 물론 그렇다고 해서 지금 당장 삼 개월이라는 시간을 무르고 싶은 마음은 없었다. 그녀의 말대로, 그리고 자신이 어느 정도 다짐했던 생각대로 이 기간을 지킬 생각이었으니 말이다.

"걱정 말아요. 그 이후엔 정말 빠이빠이니까."

다래는 세준의 말을 듣지도 않고도 그가 뒤에 이을 말을 짐작할
수 있었다. 자신이 물고 늘어질까 봐 꽤나 걱정을 하는 그를 보면
서 조금은 많이 씁쓸했지만 그런 건 나중으로 미뤄두기로 했다.

세준은 자신이 무슨 말을 하려는지 알았던지 갑자기 조금은 어
두운 표정을 지은 다래가 하는 말에 조금은 안심이 되었다. 세준
은 조금이나마 다래가 자신에게 호감을 가지고 있었다고 생각했
지만 그건 그야말로 일 년 동안 쌓인 미운 정 고운 정일 게 틀림없
었다. 세준은 조금은 가벼운 마음으로 리모컨키의 버튼을 눌렀다.
삑삑. 소리가 나자마자 조수석이 타는 그녀를 보며 잠시 피식하는
웃음이 삐져 나왔지만 이내 손으로 가려 버리고 그것을 문질러 없
애 버렸다.

"우리 동물원 가요."

"동물원?"

"첫날인데 그냥 이렇게 헤어질 순 없잖아요?"

"나 동물원 안 좋아해."

"아, 진짜!"

다래가 철없는 어린애마냥 차 안에서 앙탈을 부리자 더는 못 봐
주겠다며 세준이 그녀를 진정시키고 동물원으로 향했다. 세준은
속으로는 아프리카에서 있던 시간 동안 신물 나게 봐왔던 동물을
본다는 게 그렇게 가슴 들뜨는 건 아니었다. 그리고 지금 자신의
나이를 먹은 사람들은 동물원이라는 곳에 대한 신기한 호기심과
설레임은 언제 그랬냐는 듯이 모조리 잊어버렸을 것이다. 하지만
윤다래, 그녀는 아니었다.

사람의 눈이 보는 잠시를 뺏는 건 겉으로 보이는 거고 사람의 눈이 영원히 보는 걸 뺏는 건 그 속에 잘 보이지 않는 그 사람의 마음이라고 누군가 말했었다. 물론 그녀가 전자처럼 첫눈에 자신의 눈을 사로잡진 못했다. 하지만 이렇게 자신의 눈이 때때로 그녀에게 향하는 걸 보면 그녀는 마음이 착한 여자임에 분명할 것이다.

"마음이라도 착해야지. 안 그러면 누가 데려가겠어."

혼잣말을 한다는 것이 코도 예민한 것도 모자라 귀까지 예민한 다래에게 들리고 말았다.

"뭐요? 누가 내 혼삿길 걱정해 달래요?"

참 신기한 여자다. 어떨 때는 눈치에 '눈' 자도 모르는 것 같더니.

"누가 누굴 걱정해?"

"걱정 말아요. 이 정도 나이면 한 사십대 노총각과 선보면 먹고 들어가니까."

"그런데 늙은 남자들이 더 얼굴 따지는 건 알지?"

갑자기 다래가 앞만 보며 운전하는 척하는 세준을 향해 얼굴을 돌려 눈을 부라리기 시작했다.

"그래. 고칠 곳도 많은데 눈 정도야 혼자 자연성형해 줘야지. 도착할 때까지 그렇게 뜨면 좀 커지겠어."

세준이 우스갯소리로 한 거지만 평소의 그의 말투가 그렇듯 표정 하나 변하지 않고 말하는 그 때문에 정말로 다래는 눈에 뻘건 핏발을 세우며 도착할 때까지 그를 쳐다보고 있었다.

‘얼씨구. 윤다래, 너 눈알이 튀어나올 정도로 그렇게 쳐다보고 싶냐. 저놈이 쳐다보라니까 별 오만 볼썽사나운 꼬라지로 쳐다보는 네가 참…… 웃긴다.’

세준은 갑자기 웃음이 터져 나왔다. 다래의 나이는 첫째 자리를 뺀 나이인 것 같았다. 아니, 요즘 여섯 살짜리 아이들도 제법 조숙한 아이들이 많으니 그 이하인 게 분명했다.

운전 내내 세준의 혼을 싹 빼놓은 다래의 수다 때문에 대공원에 도착했을 때, 이미 세준은 제정신이 아니었다. 대공원을 향해 걸어가는 도중에도 그녀의 수다가 환청으로 들려왔다.

"구세준 씨, 나 꽈배기 좀 사줄래요?"

"여기 돈 있어."

지갑에서 만 원을 빼서 다래의 손에 쥐어주는 세준. 다래는 그와 동시에 다시금 세준을 흘겨보고 있었다.

‘제발 자제 좀 하길. 그냥 얼굴도 봐주기 너무 힘든데.’

"알았어."

세준은 결국 바구니에 온갖 음식을 담아 팔고 있는 아주머니에게 다가갔다.

"꽈배기 좀 주세요."

잠시 후에 세준은 다래에게 꽈배기가 든 흰 봉지를 건넸다. 다래는 생각할 겨를도 없이 봉지를 열어 꽈배기를 하나 집어 들었다.

"이거이거 못 쓰겠네. 과도하게 꼬면 반죽이 많이 들어가니까

허술하게 꼰 거 봐라.”

보자마자 불평부터 늘어놓는 다래. 그러면서 한 입에 꽈배기를 집어넣었다. 아니, 쑤셔 넣었다는 게 맞는 표현일 듯싶다.

“좀 예쁘게 못 먹어?”

“웅얼웅얼.”

“다 삼키고 말해!”

“웅얼웅얼. 먹을 땐 개도 안 건드린답니다.”

다 삼키자마자 다시 꽈배기를 꺼내는 다래. 다래의 손에 쥐어져 있던 꽈배기를 낚아채 자신의 입에 넣어버리는 세준이었다.

“어이구, 구씨 집안 세준이라는 남자는 꽈배기도 요염하게 먹네요? 하하.”

“웅얼웅얼!”

“내가 이쁘단 말은 다 먹고 말해주세요. 무드없게.”

다래는 연신 뭐가 그리 좋은지 웃기만 했고, 발끈하는 세준을 두고서 폴짝폴짝 매표소 입구로 달려갔다. 다래는 벌써 표를 끊어와 세준을 향해 표 두 장을 펄럭이고 있었다. 세준은 자신에게 빨리 오라며 다그치는 다래의 성화에도 아랑곳하지 않고 최대한 걸음걸이를 늘이고 또 늘여 걸었다.

결국 다래가 그에게 달려와 그를 억지로 끌어당기며 걸음을 재촉했다. 뭐가 좋은지 연신 싱글벙글. 세준은 아무도 그 자신을 의식하지 않아도 다른 사람들의 시선이 신경 쓰이고 있었다.

“내가 사전조사 다 해봤는데. 여긴 구세준 씨 아는 사람은 한 명도 없다던데. 걱정 마세요!”

앞자리가 제일 좋다며 코끼리 열차가 도착하자마자 세준을 잡아당겨 여러 명의 경쟁 속에 앞자리에 앉게 된 다래와 세준. 코끼리 열차가 출발한 지 얼마 되지 않아 갑자기 다래가 세준의 어깨에 머리를 기댔다. '턱' 하는 소리와 함께 다래의 머리가 용수철에 부딪힌 구슬처럼 명랑하게 튕겨 나갔다.

갑자기 다래는 핸드백에서 수첩과 펜을 꺼내더니 무언가를 막 적기 시작했다.

"그건 또 뭐야?"

"기록이에요. 언제 다시 해볼지도 모르는 연애인데 기록해야 되지 않겠어요?"

"그건 또 어디서 나온 유치한 발상이야?"

유치하다던 세준이 그 노트를 보려고 얼굴을 들이밀자 다래는 재빠르게 핸드백 속에 노트를 집어넣고 단단히 잠가두었다. 다래는 갑자기 하품을 막 해대기 시작했다. 그도 그럴 것이 그렇게 차 안에서 수다를 떨고 촐싹거렸는데 안 졸리는 게 오히려 이상한 거지. 다래는 멀지도 않은 노선임에도 어느새 머리로 사모 돌리기 놀이를 하면서 잠을 자고 있었다.

"정말 할 말이 없네."

세준은 그녀의 사모 돌리기 놀이가 꼴보기 싫어 그녀의 고개를 자신의 어깨에 기대게 했다. 사방이 개방되어진 코끼리 열차여서 조금은 센 바람들이 세준의 얼굴을 스치고 지나갔다. 이제 조금씩 가을을 준비하는 풍경들. 세준은 몇 년 만에 보는 시원한 장면들을 놓치기 아쉬웠는지 간혹 가다 고개를 돌려서까지 가을 풍경들을 보고 있었다.

—대공원입니다. 대공원에서 내리실 분은 천천히 내려주십시오.

대공원에 도착했다. 하지만 아직도 여기가 자기 방인 줄 알고 너무도 곤히 자고 있는 다래 때문에 세준은 목적지인 대공원에서 내리지 못했다. 한쪽 어깨가 마치 자신의 앞날의 무겁고 답답한 삶의 무게처럼 조금씩 더 무겁게 느껴지고 있었다. 쉬이 털어내지 못하는 것도 아닌데, 그냥 손가락 하나로 톡. 아니, 손바닥으로 이마를 '짝' 소리가 나게 때려야 간신히 일어나겠지만 말이다. 어깨에 무언가 짓눌리는 느낌이 싫어 겨울옷도 가볍게만 입는 자신이다. 하지만 이렇게 주저리 생각들을 핑곗거리로 삼아 늘어놓으며 자신이 지금 그녀를 깨우지 못하는 명분을 찾고 있었지만 마땅한 이유가 없었다. 그냥, 그냥 이렇게 있는 게 그다지도 싫지 않았다는 것 그게 전부였다.

—서울랜드입니다. 내려주십시오.

아직까지도 정신을 차리지 못하는 다래. 세준은 배차 간격을 이야기하며 어서 내리라고 재촉하는 직원 때문에 하는 수 없이 자신의 어깨에서 다래의 머리를 떼어내어 두 손으로 그녀의 얼굴을 잡고 흔들어 깨웠다.

"아이 씨, 뭐야?"

"참나, 이 여자 본 성격 나오시네. 어서 일어나!"

"내가 언제 잤다고 그래요?"

"뭐?"

언제 잤냐며 오리발을 내미는 다래를 보고서는 세준은 정말 할 말이 없었다. 이건 원 술김에 남자가 일을 저질러 버려 놓고 자신의 옆에 누워 있는 가냘픈 여자를 보고서 하는 변명보다 더 어이가 없었다. 그녀의 얼굴 옆에 가로로 눌린 세준의 재킷 어깨 이음 부분 자국이 선명한 데도 저렇게 우겨대니 기가 막힐 따름이었다.

"여긴 대공원이 아니잖아요?"

"도착했었다고 방송하는 중에도 잤잖아."

"자면 깨웠어야지! 쌩돈 주고 타고 왔는데 다시 걸어서 가야 하다니!"

다래는 세준과 같이 왔다는 사실은 잊어버렸는지 혼자서 성큼성큼 걸어가기 시작했다. 이렇게 자신이 언제까지 그녀의 장단을 맞춰주어야 하나. 훤한 낮이었음에도 세준의 눈앞은 캄캄하기 이를 데 없었다.

드디어 대공원에 도착. 다래는 또 뭐가 좋은지 폴짝, 아니, 이젠 쿵쿵 소리를 내며 뛰어가다 잠시 세준을 보기 위해 고개를 돌렸다.

"구세준 씨! 우리 소 보면 안 될까요? 그중에서 아프리카 소. 그 똥 냄새의 실제 주인공이 너무 궁금했거든요. 흐릿한 냄새 말고 확—실한 냄새가 궁금했거든요."

세준이 불그락푸르락하며 화를 내든 말든 다래는 가이드북에 나온 아프리카 소 우리를 향해 열심히 뛰어갔다. 어느새, 아프리카 소 우리 앞에서 어린아이마냥 보호펜스를 넘어 갈랑 말랑 몸을 걸쳐 놓고 소를 바라보느라 정신없는 다래. 조금 전 카페 주인이 정신이 이상한 여자로 착각할 만큼 다래는 도가 지나치게 즐거운 척을 하는 것 같았다. 그것을 느낄 수 있었던 것은 간간이 웃음을 멈추고 멍하니, 아니, 무언가를 생각하면서 짓는 무표정한 얼굴을 보았기 때문이다. 또 갑자기 난리법석을 피우던 행동을 멈추고 무표정한 얼굴을 하는 다래를 보면서 세준은 그냥 아무 말도 없이 지켜보는 것밖에 할 수 없었다.

"거기서 뭐 해요! 이리 와봐요! 혹시 여기에 구세준 씨 친구가 있을지 모르잖아요."

다시 정반대로 바뀐 표정. 적어도 무표정한 얼굴보다 지금처럼 한없이 웃음을 머금고 있는 그녀의 모습이 더 나은 것은 사실이었다. 지금 이십대를 훌쩍 넘긴 여자와 연애를 하는 건지 철없는 어린아이와 나들이를 나온 건지 좀처럼 구분이 되질 않았지만 말이다. 하지만 저렇게 즐거워하며, 아니, 너무도 행복한 모습인 그녀에게선 아버지의 빚 때문에 다른 집에서 죽은 사람과 결혼하며 살았던 조금은 그늘진 흔적은 찾아보기가 힘들었다. 아마도 조금 전 잠시 보였던 그늘진 얼굴이 아마도 그녀의 지금 속마음일지도 모른다는 생각이 들었다. 왜 갑자기 그녀의 속마음까지 걱정하게 된 것인지. 세준은 그런 잡다한 생각을 털어버리고 다래가 부르는 곳으로 걸어갔다.

"그만 해."

"왜─요?"

"그만 하라고."

"왜─요. 왜─요. 왜─요?"

"억지로 기분 좋은 척 그만 하라고!"

세준은 실수로 나온 말들 때문에 곤혹스러운 표정을 지었다. 그런 그의 얼굴을 뚫어져라 쳐다보는 다래는 이내 특유의 눈가 주름이 가득한 미소를 지어 보였다.

"어렸을 때 이런 곳에 자주 놀러오지 못했거든요. 아빠는 노름에……. 이런 지루한 레퍼토리 읊어대면서 내가 울상을 지을 걸 생각했어요? 천만예요. 나 지금 기분 무척 좋아요. 좋아하는 동물. 내가 좋아하는 맑은 날씨. 그리고 내가 좋아하는……."

"좋아하는 뭐?"

세준이 묻자 다래는 다시 쪼르르 옆 라마 우리로 달려갔다. 자신이 괜한 걱정을 했나 싶었다. 이런 걱정을 할 필요도 없는데 할 이유도 없는데 자꾸 걱정이 생겨났다. 아마도 그녀가 없는 사이 어머니가 세준이를 보면 항상 하던 말이 자기 암시가 되어서 이런 걱정거리를 만들어낸 것 같았다.

"세준아, 다래 참 불쌍한 아이란다. 자기가 불쌍해 보일까 봐 슬퍼하지도 못하는 아이."

"미치겠네."

세준은 머리를 손으로 쓸어 올리고 다시 아무렇지도 않은 듯 그녀를 뒤쫓았다.

"구세준 씨, 아프리카 이야기 좀 해줄래요?"

"뭐?"

"소똥으로 집을 지었냐느니 그런 웃긴 이야기 말고. 교훈을 주는 이야기."

"교훈?"

무슨 뜬금없이 교훈을 주는 이야기라니. 세준은 다래의 어이없는 주문에 자신의 삼 년간의 생활 이야기를 머릿속에서 차근차근 차트를 찾아보듯 그녀가 원하는 이야기를 찾아갔다. 그러다 생각이 났는지 다래의 옆에 서서 펜스에 두 손을 지탱하고 말을 이었다.

"내가 있던 곳. 네가 내게 쓸모없는 오백 원을 던졌던 그곳. 내가 거기로 팔려간 지 첫날인가 둘째 날인가. 하루 일을 마치고 난 후 옥수수가루 한 주먹하고 물 한 컵을 받았어. 사람들이 없는 조금은 한적한 곳으로 가서 음식을 먹으려고 하니까, 삐삐 마른 사슴같이 생긴 게 다가오더라고. 원래 그 동물은 인기척에 굉장히 예민하다고 들었어. 그래서 난 얼마나 배가 고팠으면 자신을 죽일지도 모르는 인간에게 다가오나 했지. 그래서 그날부터 내 옥수수가루 중 일부를 녀석에게 주었지. 그리고 녀석이 먹도록 자리를 피해줬어. 그렇게 한 삼 일째 되던 날인가? 날 부리던 부족 사람 하나가 내가 바닥에 놓은 옥수수가루를 뺏어가고 내 손에 있던 것까지 뺏어가더라고."

"너무하다. 당신도 불쌍해서 준 거였잖아요."

세준은 다시 말을 이어갔다.

"나중에 한 아이한테 들었어. 그렇게 인간이 음식을 줘 버릇하면 야생성을 잃어서 살아갈 수가 없다고. 내가 그 녀석의 생명이

다할 때까지 음식을 줄 것이 아니라면 아니 준 것만 못한다고. 내가 이미 먹을 것을 준 그때부터 그 녀석은 서서히 자신의 정체성을 잃어간다고 생각하더라. 그 사람들은 차라리 그 녀석이 적응하지 못할 바엔 죽어버리는 게 자연의 이치라고 생각하더라. 몇 시간씩 걸려서 학교에 다니던 아이가 있었거든. 어설픈 영어로 그 아이와 가끔 대화를 했었어."

"끝까지 지켜주지 못할 바에는 차라리 지켜주지 않는 편이 낫다?"

"이만하면 교훈을 주는 이야기였나?"

"참 이기적인 교훈이네요. 하하."

짝짝. 언제부터 와 있었는지 모르는 한 아이가 와서는 세준의 말이 감동이었는지 연신 박수를 치기 바빴다. 어른에게는 흔하게 들릴지 모르는 이야기지만 그 꼬마 아이에게는 새로운 이야기로 들렸던 것 같다.

"아저씨, 정말 아프리카 갔다 왔어요?"

"그럼, 그것도 아주 오랫동안."

"우와, 나도 한번 가보고 싶은데. 얼룩말도 있고, 치타도 있고."

"꼬마야, 얼룩말 좋아하니?"

"네네!"

아이는 유난히도 큰 눈동자를 빠끔빠끔 거리며 대답하고 있었다.

"꼬마는 얼룩말이 검은 바탕에 흰 줄무늬인 것 같아? 아니면 반대인 것 같아?"

꼬마는 고개를 갸웃갸웃거리며 나름대로의 고민을 하고 있었다.

"음, 흰 바탕에 검은 줄무늬? 정말 무슨 줄무늬예요?"

"그건, 꼬마가 생각하는 대로겠지? 남들이 검은 바탕에 흰 줄무늬라고 해도 네 생각이 맞다고 생각해. 이 형도 그 수수께끼는 못 풀었어. 하하."

"에이, 그게 뭐예요? 그래도 재밌는 이야기 해줬으니까 이거 먹어요!"

아이는 자신의 손에 들려 있던 솜사탕을 세준에게 건네려 자신의 팔을 쭉 뻗어 올렸다. 이미 반 이상은 먹어버리고 나머지 부분도 침이 묻어 그 풍성함은 사라져 버린 지 오래인 솜사탕. 세준은 아이가 건넨 솜사탕을 받아 들었다.

"아저씨, 안녕! 나 기린 보러 갈게요!"

세준은 아이에게 상냥하게 손까지 흔들며 인사를 건네며 아이가 달려가는 쪽을 쳐다보고 있었다. 그러는 사이에 다래는 언제 꺼냈는지도 모르게 조용히 수첩을 꺼내어 무언가를 적고 있었다.

"그거 정말 신경 쓰여."

"이거 평점도 있어요. 이 남자는 이 부분에서 몇 점인지."

"뭐?"

"걱정 마요. 내가 또 점수 하나는 후하게 주거든요. 히히."

아마도 아프리카에서 말도 안 통하니 애들 보모 노릇을 한 건가? 하는 의심을 할 정도로 아이와는 꽤 거리를 둘 것 같은, 아니, 애가 옆에 달라붙기도 전에 겁을 주어 쫓아낼 것 같은 그가 저렇

게 아이에게 친근하게 아이의 시선을 뺏을 정도로 다정하게 대해
준다는 것에 다래는 놀라고 있었다. 그 인심 좀 반의 반만 잘라서
지금 자신을 대하는 모습을 바꾸어주었으면 했다. 하지만 그가 그
런 식으로 다래를 대해주었다면 아마도 더욱더 자신을 동정으로
대하는 건지 아니면 다른 감정에 의해서인지 더욱 헷갈려 버릴 게
뻔했다. 지금도 이렇게 그가 선을 긋는 모습들을 간혹 보면서 자
신의 현실에 대해 느끼고 있는데. 차라리 까칠하게 굴지언정 자신
을 착각의 늪에 조금은 서서히 빠져들게 하는 게 나은 거라 생각
했다. 그래야 조금은 더 쉽게 그곳에서 헤어나올 수 있으니 말이
다.

　우리에서 갇혀 있는 동물들을 보면서 문득 이런 생각이 들었다.
많은 이들은 기쁨과 신기함, 그리고 호기심들을 느끼고 있었겠지
만 정작 그곳에 갇혀 있는 동물들은 자신의 고향에서 수만리, 아
니, 지구 반 바퀴 이상을 떨어져 낯선 땅에서 마음껏 달리지도 못
한 채 자신들의 정체성을 조금씩 잃어가고 있는 것 아닌가 생각했
다. 마치, 처음 입사해서 자신의 목적을 화려하게 세우고 들어갔
으나 나중엔 자신의 목적이 무엇이었는지도 모른 채 틀에 박혀 똑
같은 일만 반복하는 이들처럼.

　"난 나중에 누군가와 결혼하게 되더라도, 내 존재를 잊어버린
채 그 사람만을 바라보며 사는 여자는 되기 싫어요. 내가 불행한
지도 모르고 마냥 그 사람의 행복만 생각할까 봐서."

　"뜬금없이 그게 무슨 말이야?"

　"어, 조랑말 타는 곳이다!"

또 정신없이 뛰어가는 그녀. 세준은 도대체 윤다래라는 저 여자
의 정체를 알 수가 없었다. 아니, 알려고 하면 할수록 더욱 미궁에
빠지는 것 같았다. 그렇게 자신의 혼을 쏙 빼놓은 덕분인지 세준
은 그녀와 있는 시간이면 복잡한 생각을 할 수 없었다. 아니, 생각
할 틈이 없었다. 간간이 그를 신경 쓰게 하는 걱정이 약간의 문제
였긴 하지만 말이다.

"구세준 씨, 저거 안 탈래요?"

"됐어. 날 타게 할 작정인가 본데 난 싱거워서 안 타. 난 달리는
치타를 타고 다녀서 저런 건 뭐 세발자전거도 아니고 유치해."

"치타가 구세준 씨를 타고 다녔다는 게 제겐 훨씬 더 설득력이
있네요. 하하."

"뭐?"

콧방귀를 뿡뿡 뀌며 다래는 자기라도 타겠다며 매표소에서 표
를 사가지고 왔다. 그러고서는 어른용인 큰 말은 극구 사양하고
결국 직원에게 생떼를 써가며 조랑말을 타려 했다. 결국 그녀는
어른 최초로 조랑말을 타는 영광(?)을 누리게 되었다. 그리 크지
않은 키 때문인지 아니면 자기가 일부러 무릎을 구부린 탓인지 발
과 땅바닥은 꽤 많은 거리를 두고 있었다.

좁은 공간을 타원형을 그리고 돌면서 뭐가 그리 좋다는 건지.
다래는 연신 웃어대며 세준을 향해 손을 흔들었다. 세준은 다래로
인한 자신에게 쏠리는 시선을 피해 뒤로 물러섰다.

"나 좀 봐요!"

"……."

세준은 아무 말도 하지 않았다. 그냥 고개만 끄덕거리며 앞에 모인 사람들 틈 사이를 헤쳐 뒤쪽으로 나와 버렸다.

그때!

"악!"

대단히 짧았지만 무언가 대단한 일이 일어났다고 알려주는 것 같은 비명 소리. 세준은 부정하고 싶었다. 그 목소리가 누구인지 알고 있었기에. 하지만 이 상황에서 등을 돌릴 수는 없지 않은가. 세준은 한달음에 달려가 그녀가 돌던 트랙을 들어가기 위해 허들을 넘는 선수처럼 가볍게 펜스를 넘어 그녀에게 다가갔다. 이럴 수가. 작디작은 조랑말이 무슨 죄가 있겠는가. 그 불쌍한 것에게 자신의 육중한 몸을 맡기려 한 그녀가 잘못이지. 다래는 조랑말에서 미끄러진 것인지, 아니면 조랑말이 반항을 해서 떨어진 것인지는 알 수 없었지만 분명히 다래는 조금은 질퍽한 진흙탕에 드러눕다시피 하고 있었다.

후, 세준은 한숨을 크게 내쉬었다. 이제 하다하다 할 짓이 없어서 진흙탕에 처박히기까지. 아마도 그녀가 자신을 엿 먹이기 위해 이 연애도 흔쾌히 승낙한 것이 아닐까 하는 의구심까지 들게 했다.

'도대체 이 여자를 어찌해야 한단 말인가. 하늘이시여, 제발 알려주시옵소서!'

그런다 한들 쉽게 세준에게 그 방법을 알려줄 하늘이 아니었다.

"일, 일어날 수 있겠어?"

뭐 항상 해오던 의미없는 말. 세준은 일어날 수 있겠냐고 하면서 멀찌막이 한 걸음 뒤에서 물었다.

"애인 되세요?"

"아, 그게."

"조랑말이 성이 나 있었나 봅니다. 오늘 스트레스를 많이 받았나 보네요."

'암, 스트레스를 안 받으면 득도한 조랑말이겠지.'

세준은 그래도 다래를 위해 돌려서 말해주는 직원에게 달리 할 말이 없었다. 아마도 속으로는 자신이 돌보는 동물이 큰 탈이 났을까 봐 걱정하고 있음이 분명했다. 하지만 문제는 조랑말이 아니었다. 세준은 어서 진흙탕 위에 널브러져 있는 저 여자를 데려가야 했다.

"아, 허리야."

다래가 세준의 고민을 간파했는지, 힘겨운 몸부림으로 자기 스스로 일어나려 했다. 목이 괜찮은지 한 바퀴 돌려대는 그녀가 세준에겐 그리 곱게 보이질 않았다.

"어서 일어나."

"지금 내가 일어날 줄 몰라서 안 일어났는지 알아요?"

'찔퍽' 하는 소리와 함께 다래가 일어났다. 앞뒤가 너무나도 다른 다래의 옷은 차마 눈 뜨고 볼 수가 없었다.

"이게 무슨 냄새야?"

세준이 무언가를 감지하기 시작했다.

"무, 무슨 냄새?"

이건 어디서 많이 들어본 레퍼토리?

"하하!"

세준이 무언가 걸렸단 듯이 호탕하게 웃었다.

"구세준 씨 왜 웃는 건데요?"

다래가 조급한 목소리로 세준을 다그쳤다.

"지금 심하게 코를 틀어막을 정도로 나는데도 참 연기 잘한다. 대단해!"

"나 좀 따라와요."

다래는 세준의 팔목의 소맷자락을 살짝 잡아 그를 잡아당겼다. 보통 예민한 코가 아니었으니 본인은 얼마나 괴롭겠는가. 다래는 급하게 세준이 들고 있던 백에서 가이드북을 꺼내어 화장실을 찾기 시작했다. 항상 이럴 땐 개똥도 약에 쓸라고 하면 없다더니 대공원의 화장실은 쉽게 찾기가 힘들었다. 가이드북에서 찾아 단번에 소 우리까지 가던 다래도 정신이 없는지 계속 헤매기 일쑤였다.

"내가 재킷이라도 벗어서 가려주리란 생각은 하지 않는 게 좋아."

다래는 그런 얄미운 말을 하는 세준을 흘겨봤다. 항상 누군가가 하던 말이 생각났다.

'가만히 있으면 중치라도 가지. 그래, 너 잘 걸렸어!'

다래는 갑자기 세준의 앞에 섰다. 한쪽 입꼬리만 얄상하게 올려 야비한 눈빛으로 세준을 쳐다봤다. 갑자기 자신의 소맷자락을 한겹한겹 접어 올리기 시작했다.

"왜 이래?"

세준이 묻자 다래는 말 대신 행동으로 보여주었다. 재킷의 양 깃을 잡고 무참히 뒤로 벗어내기 시작했다. 그 와중에 본의 아니게 두 사람은 포옹 아닌 포옹 자세를 취하게 되었다. 다래는 처음 그와 만났던 순간이 떠올랐다. 유난히도 넓고 따뜻한 가슴에 자신의 얼굴이 파묻히니 다시 스스르 눈이 감기려고 했으나 지금 상황이 상황이니만큼 눈을 까뒤집어 눈을 억지로 떼어 결국 격한 동작으로 그의 재킷을 뒤로 밀어 벗겨 버렸다. 길에 떨어진 재킷을 다래는 홀랑 주워 들어 팔 부분을 벨트 삼아 뒤에서 앞으로 동여매어 그 흉측한 자국을 가렸다.

"지금 뭐 하는 거야!"

"구세준 씨가 알아서 재킷을 건넬 줄 알았는데 역시나 기대를 저버리지 않네요. 하기야 그 성격이 어디로 가겠어요?"

"뭐?"

"그랬으면 내가 덮칠 때 반항하지 그랬어요? 내가 귀 기울여서 들어보니까 심장이 장난 아니게 뛰던데. 드라마에서 보면 그건 상대를 좋아해서 그러는 거라던데요?"

세준은 다래의 어이없는 말에 기가 막힐 따름이었다. 이제 막힐 만큼 막힌 기라서 더 이상 막힐 곳도 없었다. 저 쉴 새 없이 나불대는 입을 막아버리고 싶은 심정이었지만 그랬다간 손해 보는 건 자신이었다. 저러다 자기 집에 대 자로 누워 버리면 정말 골치 아파지니까.

"마음대로 생각해!"

"역시 신선해."

“뭐?”

“드라마에서 재벌 남자가 자신과는 너무도 다른 불쌍한 여자를 보면 그런 말 안 해요?”

역시 드라마가 저 여자를 망쳐 놓은 게 분명하다. 어디서 주워들은 건 많은지.

“그럼 그 말을 할 역할이 바뀐 거 아니야? 역시 당신이란 여자는 신선해.”

“어, 정말요? 그럼 내가 불쌍하고 막 안아주고 싶은 그런 여자란 말이에요?”

“허.”

볼썽사나운 눈을 껌뻑거리며 자신의 앞에 얼굴을 들이미는 다래를 보면서 정말 할 말을 잃었다. 역시 괜한 걱정이 분명했다. 잠시라도 어머니 말을 듣고 그녀를 조금은 측은하게 바라봤던 자신의 눈에게 백배 사죄를 해야 할 판이었다.

결국 바로 앞에 있던 화장실을 돌고 돌아 찾아왔다. 다래는 재킷을 재빨리 풀어 세준에게 집어 던졌다. 심상치 않은 냄새의 재킷을 세준은 화장실 앞에 있던 쓰레기통에 집어넣으려고 했다.

‘이게 얼만데? 오백 원을 몇 자루 같다놔도 못 사는데!’

세준은 자신의 머리를 다시 쓸어 넘기고 오백 원 때문에 모든 돈에 대한 관점이 달라져 버린 자신이 웃겼다. 다른 때 같으면 그냥 집어 쳐넣고 다시 사면 그만일 것이었지만 역시 그놈의 돈이란 건 사람을 참 우습게 만들었다. 결국 묻지 않은 쪽으로 돌돌 말아 들었다. 그런데 과연 화장실에 간다고 해결 날 사안인가? 세준은 도저히 그 안에서는 해결이 불가능할 것 같아 물었다.

"언제?"

"알면서 뭘 물어요! 나, 못 나가요!"

성질이 잔뜩 난 다래는 다짜고짜 못 나간다면서 애꿎은 화장실 문에 발길질을 하고 있었다. 하지만 이 상황에서 세준이 뭘 해줄 수 있을까. 더러워진 재킷으로 가려준다고 해도 이젠 말을 듣지 않을 게 분명했다. 그녀는 휴지로 얼룩을 닦으려는지 두루마리 휴지가 달달 소리를 내어가며 무참하게 풀어지는 소리가 나기 시작했다.

"구세준 씨, 거기 있어요?"

휴지 뭉치로도 얼룩은 전혀 사라질 기미를 보이지 않자, 답답해진 다래는 해결해 주지도 못할 것 같은 그의 안부(?)를 물었다.

"……."

그러나 그는 묵묵부답. 역시 개싸가지 싸이코 세준은 도망간 것이 분명했다. 다래는 변기 뚜껑을 거세게 내리치며 그 위에 털썩 앉아 세준을 자근자근 곱씹고 또 곱씹었다.

"어, 그딴 식으로 나오겠다 이거지?"

이 몰골을 하고 나갈 수도 없으니 다래는 휴대폰을 들어 어디론가 전화를 하려 했다. 하지만 누구에게 건단 말인가? 지금 대공원 화장실 안에서 조랑말 변을 뒤집어쓰고 있으니 어서 와달라는 부탁을 누가 들어주겠는가? 차라리 119에 신고하는 것이 더 효과적인 방법일 것이다. 방법이 없는 게 불 보듯 뻔한 것임에도 다래는 뭔 묘안을 짜내겠다는 것인지 휴대폰을 핸드백에 집어넣었다.

"삼십 분만 더 생각해 보자. 그래도 정 방법이 없으면 119에 신고를 하자고."

내일 화제의 뉴스거리에 대서특필이 되고 싶었는지 존재감이 없는 자존심을 잠시 동안이나 내세우고 있는 다래. 그렇게 시간이 흘러가고 있었다.

"아직도 있어?"

"당연한 거 아니냐!"

대답하는 다래의 말투는 껌 속에 커터칼 조각을 넣고 좀 많이 씹어주셨을 것 같은 여자의 말투였다. 다래는 화가 목구멍까지 올라와서 그에게 반말을 던지고 있었다.

"반말한다 이거야? 지금 아쉬운 건 누구지?"

"내일 뉴스에 나고 싶으면 조용히 백스텝 밟으세요."

온갖 인상을 찌푸리며 세준은 엉거주춤한 걸음걸이로 여자 화장실을 들어갔다.

"여기지?"

그 말 한 마디만 하고선 세준은 화장실 문 위로 쇼핑백 하나를 건넸다. 다래는 잠시 동안이나마 세준에 대한 감동의 물결이 그녀를 휩쓸고 갈 정도로 느끼고 있었지만, 그것도 잠시. 쇼핑백을 열어보자마자 그 감동은 썰물이 되어 재빠르게 밀려 나갔다.

"지금 장난해요?"

"싫으면 마. 다시 내놔. 환불할 거니까."

"내가 상황이 상황이니까 입는 거지."

우당탕탕. 옷을 입는 건지 아니면 화장실을 고치는 건지 구분이
되지 않는 소리가 이어진 지 몇 분 뒤, 다래가 어정쩡한 걸음걸이
를 하고 화장실에서 나왔다.

"이제야 정신연령하고 맞네."

"뭐라구요?"

놀이공원 캐릭터들이 잔뜩 인쇄된 기념 티와 현란한 무늬의 반
바지. 그리고 화려한 샌들. 참으로 완벽한 조화였다. 다만, 그 조
화를 거부하는 윤다래라는 여자의 화장실에 휴지로 가져가도 될
만큼 심하게 구겨진 얼굴이 문제였다.

"나름 최선을 다한 거야."

"참 정성없네. 드라마도 못 봤어요? 당신 같은 재벌 남자들은
명품 부띠끄에서 옷도 잘 사주드만."

"나 재벌 아니다. 닭 두 마리……."

"그만 그만! 차라리 그쪽 군대 이야기를 듣는 게 훨씬 더 재밌겠
어요!"

그래. 그냥 아무 말도 안 하는 게 좋겠다는 결론에 세준은 입을
꾹 다물고 한 손엔 재킷을 그녀와 거리를 둘 뿐이었다.

"구세준, 저 여자 돕는다는 셈 치자. 봉사 이외의 명분으로는 견
디기 힘들 테니까."

✳

돌아가는 차 안. 다래는 아무 말도 하질 않았다. 쉴 새 없이 재

잘대던 다래였는데. 세준이 답답한 나머지 다래에게 말을 걸었다.

"삐쳤어요?"

"아니, 남자한텐 화났냐고 물어보는 게 맞는 거다."

"으이그 저것 봐. 그쪽은 삐친 거 맞네요. 화는 멋있는 남자들이나 내는 거지."

손으로 핸들을 한번 강하게 칠 뿐, 세준은 더 이상 대화를 이어가지 않았다. 다래도 그런 그의 모습이 지겨웠는지 아니면 이럴 때를 기다렸는지 그에게 물었다.

"왜 그런 생각을 갖게 되었는지 물어봐도 돼요?"

"묻지 마."

"왜 결혼에 대해 그런 생각을 갖게 된 건데요?"

묻지 말라고 묻지 않을 그녀가 아니었다. 이제 세준도 초연한 모습으로 답을 말했다.

"사실 결혼이 필수불가결한 요소라고 생각하지 않았어. 뭐 하면 하는 거라고 생각했지만 몇 해 전 아버지가 돌아가시고 난 뒤 어머니의 모습을 보니까 그런 생각이 들었어. 겉으로는 아닌 척하시지만 매일 밤 쉬이 잠에 들지 못하시더라고. 그리고 그 남은 자리를 대신 채워내야 하고 감당하는 모습을 보니까. 내 여자가 그렇게 되는 걸 원하지 않아."

다래는 세준의 대답에 그의 얼굴을 다시 찬찬히 살펴보고 있었다. 날카로운 눈매, 높은 경사를 이루는 콧날, 그리고 꾹 다문 입까지 변한 건 없는 그대로였는데 이런 대답은 정말 의외였다.

"아직 사랑을 안 해봐서 그래요."

"뭐?"

세준이 갑자기 차를 세웠다. 그리고는 다래를 쳐다봤다.

"우리 엄마가 그랬어요."

"하."

우리 엄마가 그랬다며 빙긋이 웃고 있는 다래를 보는 모습에 다시 앞을 쳐다봤다. 갑자기 그녀를 쳐다보는 게 싫어졌다. 아니, 더이상 그녀를 쳐다봐서는 안 된다는 자신의 머릿속의 생각이 그를 움직였다. 그와 동시에 드는 생각이 있었다.

'왜 내가?'

뭐 그리 특별한 얼굴도 아닌데 머리는 그녀를 더 이상 보면 안된다고 하는지.

"그렇게 저와 오래 있고 싶으면 그 카페로 갈래요?"

세준은 그 말이 떨어짐과 동시에 차를 다시 도로 안으로 합류시켰다.

오늘 너무 무리를 한 탓인지 다래는 갑자기 머리를 털고 다시 정신을 똑바로 차리려고 노력했다. 아마도 어젯밤을 꼴딱 샌 그 부작용이 지금에야 나타나는 것 같았다.

"왜 그래? 다 왔는데."

"머리가 좀 아파서요. 아참, 어머님 요즘 밥은 잘 드세요?"

"아니, 원래 이때쯤에 입맛이 없고 그러잖아."

"잠시만 기다려 줄래요?"

다래가 차 문을 '쾅' 하고 닫고 가버렸다. 기운이 없는 표정은 연신 지어대더니 세준은 다래가 지금의 행색을 보아하니 그다지 짧은 시간에 해결될 것 같지 않아 좌석을 약간의 뒤로 젖히고 잠시 시간의 피곤함을 달래려 두 눈을 살며시 감았다. 손가락들은 차례대로 핸들 위에서 튕겨지며 심심함을 달래고 있었다.

"진짜 그 옷을 줬었다가는 정말 큰일났겠어. 다시 생각하길 잘했지."

세준의 운전석 밑에 숨겨둔 쇼핑백 하나. 사실 친구를 시켜 부띠끄에서 그녀가 입을 만한 옷을 급하게 사 오라고 시켰지만 결국은 기념품 가게의 옷을 택했다. 어머니의 계획을 간파한 뒤부터 그녀에게 헛된 기대를 주기가 싫었다. 처음 그녀의 눈을 보았을 때, 분명 그녀의 눈은 자신에게 무언가를 느끼고 있는, 아니, 느끼려고 하는 눈이었다. 돌려서 말한 걸 풀어보자면 다래란 여자가 자신에게 호감이 있어하는 눈빛이 분명했다. 아프리카에서 그들과 말이 통하지 않아 그들의 눈으로 그들의 마음을 훔쳐보던 그였기에 그녀가 분명 겉으로만 아닌 척하고 있었지만 다 보이는 걸 어쩌겠는가. 그래서 괜스레 기대를 갖게 만들게 하기 싫었다. 언제 올지 모르는 불행을 겁내는 그녀였기에 세준은 그런 자신의 다짐을 더욱더 완고하게 가슴에 새겼다. 아마도 그건 다만 그녀 때문에는 아닌 것 같았다.

하지만 자신은 나름 그녀에게 잘 대해주지 않았다고 자부하지만 이미 다래는 전보다 더 그에게 마음을 뺏기고 있는 걸 모르고 있었다. 다래는 항상 푼수있는 모습을 보여주는 게 아니었다. 자신이 좋아하는 사람에게만 그런 자신의 모습을 보여주고 행동하는 거였으니 말이다. 다만 안타까운 건 그는 그 사실을 모른다는 것.

"엄마, 깻잎장아찌 남아 있나?"

"큰 반찬통 하나밖에 없는데. 왜?"

"그럼 나 샤워하고 옷 입을 때까지 그거 쇼핑백에다가 좀 싸주라."

다래는 정신없이 화장실로 들어가 빠른 속도로 샤워를 마치고 나왔다. 속옷 바람으로 거실을 뛰어다니면서 엄마를 재촉했고, 다래는 자기 방으로 들어가 다시 정장으로 갈아입었다.

"엄마, 다 됐어?"

"그런데 이거 누구 주려고 그러니?"

"어, 어머님 가져다주려고."

"너, 내 딸 맞니?"

엄마는 서운한 기색이 역력했다.

"내가 누구유? 우리 집 넘쳐 나는 깻잎장아찌 가져다주고 괴기 좀 가져와야 쓰겄네."

"다래야, 너 혹시 그 집 아들이 돌아왔다고 해서 무슨 다른 생각을 하는 건 아니지?"

엄마는 걱정스런 시선으로 다래를 쳐다보고 있었다. 다래가 가져가겠다던 깻잎장아찌를 새 그릇에 깨끗하게 담아내고 쇼핑백에 담아 다래의 손에 건네주었다. 그 순간에도 다래의 모습은 한눈에 봐도 딱 알 수 있을 정도로 많이 들떠 있었다.

'딸이 저렇게 좋아하는 모습에 같이 좋아해 주긴커녕 걱정밖에

할 수 없어 미안하구나. 네가 행복해지길 바라지만 그 사람
은…….'

하지만 다래는 엄마의 표정을 보면서도 모른 척하는 건지 아니
면 그런 걱정스런 모습마저 보지 못할 정도로 다른 생각에 빠져
버린 건지 엄마가 건넨 쇼핑백만을 받아 들고 눈조차 제대로 마주
칠 시간도 주지 않았다.

"그럼, 빨리 갔다 올게!"

"오늘은 또 왜 그렇게 들떠 있니. 우리 딸."

엄마의 말은 들리지도 않았는지 다래는 헐레벌떡 샌들까지 구
두로 바꿔 신고 집을 나섰다. 세준은 다래의 집 앞에서 부동자세
로 그녀를 기다리고 있었다.

"너도 가게? 난 솔직히 네가 들고 있는 것만 가져가고 싶은데."

"어머님한테 할 말 있는데요."

"무, 무슨 말?"

이번엔 다래가 뭔가 대단히 불안한 눈빛을 한 세준의 말을 무시
하고 차에 올라탔다. 창문을 내려 어물거리는 세준을 재촉하는 그
녀였다.

"내가 말했죠? 나랑 오래 있고 싶으면……."

"됐어. 그만 해."

세준은 그 길로 아주 빠른 속력을 내어 자신의 집 앞까지 그녀
를 데려왔다. 다래는 세준이 차 문을 열어주기 전에 자기 혼자 차
문을 열고 급하게 인터폰 버튼을 눌렀다.

"여보세요?"

"아주머니시구나. 문 좀 빨리 열어주세요."

철컥. 하는 소리와 함께 대문이 열렸고, 다래는 구두를 신고선 나무 계단을 잘도 성큼성큼 걸어 올라갔다.

"돈도 받았겠다. 나와 연애하는 선물까지 받았겠다. 이제 이 집엔 볼일 끝났다고 생각했는데. 아니야?"

갑자기 잘도 걸어가던 다래의 걸음이 멈췄다.

"구세준 씨, 분명 당신 어머님과 한 약속에 돈이란 게 끼어들기는 했어요. 그리고 그것 때문에 당신이랑 이렇게 엮이게 된 거고. 그걸 굳이 부정하진 않겠는데 걱정하지 말라고 했잖아요. 난 나한테 마음없는 남자를 물고 늘어지는 여자 아니라니까요."

"누가 나 그렇다고 말하는 사람이 어디 있겠어. 못 믿겠어."

"그렇게 못 믿었는데 왜 삼 개월이라는 시간을 준 거죠?"

"그건…… 순전히 어머니 때문이야."

"됐어요. 아프리카에서 꽤나 따분했을 테니 날 재미 삼아 만나는 거겠죠."

질문의 의도는 그게 아니었는데 세준의 차가운 말투 때문인지 그게 엇나가서 다래에게 이해되고 있는 것 같았다. 기분이 틀어진 탓일까. 다래는 그를 쳐다보지도 않고 자기 말만 하다가 멈췄던 걸음을 다시 걸었다.

세준은 잠시 정원에 있던 자기 키보다 조금은 더 큰 소나무 옆에 기대어 담배를 한 대 꺼내어 물었다. 라이터의 불을 당기고 그것이 담배 끝자락에 옮아 붙자 숨을 들이마셨다.

"캑캑. 콜록콜록."

그도 그럴 것이 삼 년 동안 금연 아닌 금연의 상태였던지라 즐겨 피우던 담배가 그의 눈시울에서 눈물까지 만들어내고 있었다. 괜스레 다시 짜증이 난 세준은 담배를 던져 버리고 발로 눌러 비볐다.

"재미 삼아 시작한 건 아니지만. 그래, 그렇게 생각해야지 어쩌겠어."

세준이 현관문을 열고 들어갔을 때, 다래는 주방에서 무척이나 분주하게 움직이고 있었다.

"아줌마, 아직 어머니 안 오셨어요?"

"아, 큰도련님과 나가셨는데. 곧 돌아오실 시간 되었네요."

딩동. 시간을 너무도 절묘하게 맞추어 울리는 인터폰 소리. 세준이 받겠다며 아주머니에게서 인터폰 수화기를 받아 들었다.

"왔어?"

[일찍 들어왔네?]

"그렇게 됐어. 아 참, 들어와."

세준은 전화라는 착각에 긴 이야기를 하려다 급하게 대문을 열었다.

"윤다래, 어머니 오셨어."

"알았어요! 거의 다 됐어요."

"뭐가 다 되어간다는 소리야?"

다래는 세준의 말은 들리지도 않았는지 아님 못 들은 척을 하는 건지 다시 부엌으로 들어가 버렸다. 그때, 현관으로 해준과 어머님이 들어왔다.

"세준이 왔니?"

"예."

"오셨어요?"

부엌에서 단걸음에 달려 나와 어머니를 맞이하는 다래. 그녀의 등장과 함께 언제 그랬냐는 듯 환한 얼굴로 맞이하고 있었다.

"다래 왔구나? 웬일이니?"

"요즘 입맛이 없다고 하셔서 저녁 한 끼 해드리고 가려구요."

너무도 즐거워하는 어머니의 모습에 세준은 정말로 기가 찼다. 그런 것들이 완전히 자신의 결혼에 두 눈이 벌게진 모습으로 보일 뿐이었다. 하지만 어쩌겠는가. 잠시라도 저런 착각 속에서 살게 해줘야지.

"빨리 가라."

세준의 말에 어머님의 눈은 그를 향해 독기를 뿜어내고 있었다. 그렇다고 그런 것에 세준이 기가 죽을 리가 없었다. 그 눈빛을 무시하고 소파에 가서 앉아 TV를 켰다.

"다래야, 자고 가거라."

"됐어. 방도 다 치웠어."

방을 다 치웠다는 말에 왜 갑자기 수저를 올려놓는 손의 힘이 빠지는 것일까. 아마도 다래는 정말 그를 좋아했었던 것 같다. 드라마 속의 탤런트를 보면서 그 사람에 대한 동경을 키워 나가듯 그의 사진으로 다래는 그에 대한 마음을 키워왔던 것 같았다. 참 웃긴 말이지만 그리고 정말 인정하기는 싫지만 다래는 그를 좋아하는 게 분명했다. 이렇게 그의 말 하나하나에 행동 하나하나에 반응을 하게 되니 말이다.

"그럼 그럴까요?"

이렇게 또 장난으로 자신을 감추려 하고 있었다. 다래는 아마도 자기 자신의 마음을 조금은 의심쩍어하는 그에게 그렇게 대놓고 자신의 감정을 표현했다가는 그를 만날 시간은 더욱더 줄어들 것 같아서 다래는 이렇게 할 수밖에 없었다.

"너, 지금 뭐라고 했어?"

"이거나 드시죠?"

다래는 방금 구워 막 썰어낸 계란말이 한 조각을 세준의 입에 쑤셔 넣었다. 그제야 조용해졌고, 다래는 마지막으로 계란말이를 상에 올려놓았다.

"어머님, 제가 어머님만을 위해 상 차렸는데. 안방으로 들고 갈게요."

그때, 상 위에 나타난 시커먼 손 하나가 가지런히 놓아둔 계란말이를 엉망으로 만들며 한 조각을 집어갔다.

"지금 뭐 하는 거예요?"

"계란말이 하나는 잘 만드네? 굼벵이도 정말 구르기는 하는가 보네."

"뭐라구요?"

"됐어!"

"세준아, 조용조용히 좀 말하겠니? 네가 지금 나이가 몇인데 땡깡을 부리고 있니. 다래 계란말이가 맛있으면 '자기야, 나도 좀 해줄래? 이러면 되잖니.”

“그렇게 좀 엮지 말라고!”

괜스레 성질이 난 세준은 본의 아니게 소리를 지르게 되었다. 자신이 소리친 말에 그녀의 눈이 뭔가 보면 안 될 것을 본 것처럼 천장 쪽으로 시선을 올렸다 서서히 세준에게로 내려왔다. 다래는 이내 곧 아무렇지도 않은 듯 안방으로 상을 가져갔고, 세준은 소파에 털썩 앉아버렸다.

“너, 왜 그렇게 감정적이 되어버렸어.”

해준이 세준에게 물었다.

“내가 뭘. 그리고 감정적은 무슨. 난 이성적인 사람이야. 그것도 지독하게 이성적이지. 다만 잠시 동안 적응을 못하고 있는 거야. 지금 생각해도 기가 막히네. 그 사기꾼 무당 말을 듣고 영혼결혼식까지.”

약간은 빈정대는 세준의 말투가 싫었는지 해준은 약간은 미간이 찌푸려지며 그를 쳐다봤다.

“어머니도 많이 고민하시고 결정한 거야. 네가 죽어버린 줄 알고 어머니가 얼마나 슬퍼하셨는지 너도 짐작이 가지? 어머니 성격에 막 내보이며 슬퍼했겠어? 그걸 애써 속으로 삭이셨어. 다래 씨 덕분에 어머니가 널 조금은 편하게 보내신 거다. 넌 다래 씨에게 고마워해야 해. 그녀가 비록 돈이란 것에 얽혀 이 결혼을 했지만 그건 그녀가 의도한 게 아니었어. 그녀는 진심을 다했어. 네가 그걸 알아줬으면 한다.”

해준의 말이 그에게 고이 들리지는 않았다. 자신이 그곳에서 고

생한 것이 어머니의 그것과는 견줄 수 없지만 그래도 그 나름대로
의 힘든 시간이었기 때문이다.

"머리 아프다. 다시 두통이 도졌어. 윤다래 이 여자, 어떻게 해
야 해. 그 여자와 연애를 해보는데. 그 여자 때문에 두통이 더 심
해진 것 같다."

"그래도 신경은 쓰이나 보네? 신경이 쓰이니 머리가 아프겠지.
아니면 그렇게 네가 두통이 생길 이유가 있어? 그냥 넘겨 버리면
될 일인데."

해준은 세준에게 미소를 보이며 자리에서 일어났다.

"내가 신경을 쓴다고? 하, 말도 안 되는 소릴 하고 있어!"

세준은 거실에서 다래가 나오기를 기다리고 있었다. 동물원에
서도 그렇듯 심하게 엉덩이가 무거운 그녀였기에 엉덩이를 붙일
겨를도 없이 집에서 쫓아내기 위해서 그렇게 보초 서는 개처럼 눈
을 말똥말똥 뜨고 그곳만을 쳐다보고 있었다. 드디어 상을 들고
나오는 다래가 그의 눈이 띄었다.

"집에 데려다 줄게."

"자고 간다고 그랬을 텐데요?"

"내가 곱게 데려다 준다고 할 때 가는 게 좋을 거다."

세준이 다래가 들고 있던 상을 들어다 부엌에 갖다 놓고 재빨리
다래에게 와서 그녀의 팔을 잡아 당겨 현관 쪽으로 밀어붙였다.

"잡지 않아도 갈 거예요."

그의 팔을 떨쳐 내고 다래는 혼자서 신발을 신었다. 그리고서는

현관문을 세게 열어젖히고 나가 버렸다.

"세준아, 조금 전 보니까 다래 감기 기운 있는 것 같던데. 밤 날씨는 쌀쌀하니까 네가 데려다 주렴."

"도대체 저 여자가 얼마나 마음에 들었으면 혼인신고까지 해버린 거야. 어머니는 당신 아들이 훨씬 아깝다는 생각 안 해봤어?"

"다래가 훨씬 아깝다는 생각에 해버린 거다. 솔직히 널 억지로 결혼시킬 생각도 있었지만 다래에게 선택권을 준 거란다. 네가 아니라."

결국 다래의 뒤를 따른 세준. 감기 기운이 있다는 여자는 벌써 골목 저 아래로 내려가고 있었다. 세준은 옆에 있던 차를 굳이 사양하고 달리고 또 달려 다래와 간신히 간격을 맞추었다. 잘도 걷는 그녀 덕택에 세준은 쉴 겨를도 없이 그녀를 뒤쫓았다.

"……."

"왜 따라오는데요."

"따라오고 싶어서 그런 거 아니다. 어머니가 시킨 거니까."

갑자기 다래의 어깨가 들썩이는 게 보였다.

"후훗, 웃기네요. 구세준 씨가 언제부터 어머니 말을 그렇게 잘 들었어요? 원래 제멋대로 굴던 사람 아니었어요? 그동안 들었던 이야기는 거짓이었나."

다래의 말은 자신조차도 인정할 정도로 옳은 말이었다. 아무리 어머니가 자신의 뒤를 떠민다 한들 그건 단칼에 무시해 버리면 그만이었다. 하지만 이렇게 집에서 나와 그녀를 뒤따르는 그런 모습이 자신조차도 이해가 되질 않았다.

"말했잖아. 고마움의 표시라고."

"구세준 씨에게 한마디 할게요. 이제부턴 덜 고마워해도 되요. 알겠어요? 아니, 아예 고마운 마음 갖지 않아도 되요. 그냥 난 내 맘대로 할 거니까. 일방통행인 연애를 할 테니까 그렇게 반대편에서 오는 것처럼 사람 착각하게 하지 말라구요."

"연애가 일방통행인 것도 있었나."

세준이 다래의 말에 토를 달았다.

"당연히 없죠. 그쪽은 연애가 아니니까요. 그냥 재미 삼아 시간을 때우는 것뿐이죠."

잠시 멈칫했던 다래의 걸음걸이는 그 말을 끝내고 갑자기 빠른 걸음으로 바뀌어졌다. 다래는 자신이 착각할 것 같은 마음에 벌써 저렇게 선을 그어버리고 있었다. 참으로 우스운 게 착각이란 건 사실이 아닌 걸 마치 사실인 양 믿게 만들어 버리기 때문에 이렇게 하지 않으면 다래는 지금 자신에게 주어진 시간 그 이상을 원하게 될지도 모르기 때문이었다. 자신의 이성을 찾는 것, 그것만이 삼 개월이란 시간을 즐겁게, 그리고 후회없게 보낼 수 있는 전제조건이라는 걸 잘 아는 다래는 이렇게 처음부터 자신의 다짐을 말하고 있었다.

한편 세준은 그녀가 자신에게 저렇게 선을 그어버리는 것에 안심이 들었다. 그런데 한편로 느껴지는 조금의 허전함은 무엇일까. 아마도 미리 다가올 이 기간의 끝에 대한 허전함으로 믿고 있는 그였다.

"잘됐어. 나도 그러길 바랐으니까. 하지만 지금부터는 좀 이런 분위기는 피하자고."

"왜요?"

"선물을 받은 사람의 표정이 지금 너처럼 좋지 않다면 주는 사람도 좋지 않아."

뒷모습만을 보면서 다래의 표정이 어쩌니저쩌니 하는 그의 말이 다래에겐 '이제 자신은 충분히 알아들었으니 그만 해도 좋다'는 말로 들릴 뿐이었다.

"역시 똑똑한 사람이군요. 단번에 알아듣고."

뒤에서 누군가가 달려오는 소리가 들려왔다. 다래의 바로 옆에 선 세준이 가쁜 숨을 몰아쉬며 그녀와 거리를 두고 걷기 시작했다. 다래는 그를 신경 쓰지 않고 다시 걸음을 빨리했다. 그러다 세준과 거리가 멀어지면 다시 걸음을 늦추고 다시 그가 자신의 옆에 서면 다시 걸음을 빨리하길 반복하는 두 사람이었다.

'아차' 하는 순간에 뒤를 돌아봤을 때, 이미 자신의 집으로 가는 버스 정류장을 지나친 그녀였다. 순간 '왜 정류장을 지나쳤을까?' 하고 생각했지만 그 질문의 대답은 다래의 머릿속에는 존재하지 않았다. 그래서 다음 정류장에서 버스를 타겠다고 잘 보고 걷자고 했음에도 또 자신의 바로 옆에서 지나치는 정류장을 볼 뿐 걸음은 멈추지 않았다.

그렇게 걷길 또 십여 분. 또 정류장 하나를 지나쳤다. 걸음이 서야 한다는 걸 알면서도 그렇게 자신의 뒤를 따라오는 누군가 때문에 이렇게 높은 구두에 다리가 아파지고 있음에도 걷는 자신이 바보 같았다. 아니, 일 년 전 그의 사진을 보고서 눈을 떼지 못했던 그 순간부터 바보가 되었던 것인지도 모른다. 또 어깨가 들썩이며 피식 웃어버렸다. 방금 전 그에게 자신이 지금 자기의 주제를 잘 아는 여자처럼 멋지게 보이려 말했지만 이렇게 또 얼마 가지 않아 이런 모습을 보이고 있었다.

"도대체 몇 정거장이나 지나칠 건데."

그 말에 다래는 갑자기 걸음을 멈췄다. 그리고서는 몸을 돌려 자신이 왔던 길을 되돌아가고 있었다. 몇 걸음을 더 걸으니 그를 지나치려 하고 있었다. 다래가 세준이 옆을 지나치려 할 때, 그가 갑자기 다래의 손목을 잡았다.

"어디 가는 건데."

이제 여름이 끝나가려 하는지 밤바람은 참 이상하게도 차가웠 었다. 아니, 유난히도 오늘은 더 온도가 낮았던지 다래의 손목은 그 바람 때문에 차가워져 있었다. 세준은 또 말도 안 되는 걱정을 시작하려 하고 있었다. 이런 날씨에 탈이 날리는 전혀 없는 걸 알 면서도 말이다. 그래서 무심코 잡았던 손목을 놓아주었다.

"지나친 정류장 가는데요? 고맙네요. 정류장 지나친 걸 깜빡했 어요. 제가 원래 시야가 그렇게 넓지 못하거든요. 하하. 아참, 그 리고 이제 가도 돼요. 정류장 거의 다 왔거든요."

그렇게 또 웃어버리고 세준을 지나치는 다래였다. 세준은 저 렇게 또 자신의 마음을 억지로 숨기려 하는 그녀를 보고선 저렇 게 자신이 했던 다짐을 순식간에 잊어버리는 여자라는 걸 알아버 렸다. 지금 자신도 이걸 그만두어야 한다는 걸 알지만 그 삼 개월

이라는 기간을 빌미 삼아 하지 못한다는 핑곗거리로 삼고 있었
다.

"저 여자 말대로 재미 삼아 시작한 거여서 그런가 보네. 재미있
어서……."

다래는 정류장 앞에서 서서 버스를 기다렸다. 어서 이 하루를 보내 버리고 다른 날을 시작하고 싶었다. 그때, 세준이 서 있는 자신을 두고 버스 정류장 의자에 앉았다. 잠시간 침묵이 흐르다 세준의 핸드폰 벨소리에 그 침묵은 깨어졌다.

"어, 웬일이야?"

[형, 집 앞이야. 까먹었나 보네. 오늘 우리 술 한 잔 하기로 한 것 잊었어?]

"깜빡했었다. 그게 오늘이었어?"

깜빡이란 단어가 한글인지도 모를 정도로 자신의 스케줄에는 철두철미했던 세준이 '깜빡' 이라는 단어를 내뱉었다. 자신도 그런 약속을 잊었다는 사실이 스스로도 믿기지가 않았는지 갑자기

식은땀이 이마에서 솟아나기 시작했다.

"지금 데이트라도 하는 건가? 약속도 잊을 정도면."

[잘 캐치했네. 지금 헤어지려고 했으니까. 그럼, 나도 지금 집에서 멀지 않으니 네가 온 대로 쭉 내려가면 바가 하나 있거든? 간판이 크게 파란색 네온사인으로 된 가게 보일 거야. 그리로 가 있을래?]

세준이 전화통화를 끝냈다. 다래는 이제 세준이 가겠다는 생각에 아쉬움과 서운함이 교차하고 있었다. 하지만 지금은 잠시 혼자 있고 싶다는 생각이 들었다. 그런데 왜 이렇게 버스는 올 생각을 않고 왜 그렇게 그는 갈 생각을 않는지.

"버스가 안 오네."

"그래서요? 지가 버스인데 알아서 오겠죠!"

"버스 오려면 한참 걸릴 것 같은데 좀 쉬었다 가지?"

"이게 무슨 몇 시간마다 한 번씩 오는 산골짜기 마을버스예요? 그렇게 쉴 시간이 어디 있겠어요?"

멀리서 뒤에서 보는 다래의 손이 시퍼렇게 차가워져 있었다. 아무리 찬바람이지만 저렇게 손이 파랗게 변할 수가 있는지 손이 저 모양이니 온몸이 차가워져 있을 건 당연한 거겠지. 세준은 갑자기 또 그런 생각을 하고 있는 자신에 대한 질책을 입술 사이의 미소로 대신하고 있었다. 정말 이렇게 갑자기 자기답지 않게 구는 자신이 짜증나는 세준이었다. 왜 그런 걱정을 가지고 있는지에 대해 억지로 부정하고 핑계 따위를 생각하는 건 그가 살던 방식이 아니었다. 아니면 아니고 맞으면 맞는 세상의 모든 일이 두 가지로 나

뉘어진 그였기에 이런 이도 저도 아닌 마음들이 생기는 걸 곱게 받아들이지 못하고 있었다. 그렇기에 세준의 입은 또 제멋대로 굴기 시작했다.

"윤다래 씨, 당신은 어렸을 때 재밌게 갖고 놀던 장난감이 고장 나면 어떻겠어?"

"갑자기 그게 무슨 뚱딴지 같은 소리죠? 당연히 고장 나면 짜증 나죠!"

갑자기 세준이 뒤에서 다래의 등을 툭툭 건드렸다.

"아, 왜요!"

다래가 그의 손이 닿자마자 신경질을 내기 시작했다.

"지금 난 내 재밌거리가 고장날까 봐 그래서. 윤다래 씨도 같이 가지?"

"뭐라구요?"

"내가 짜증나는 게 싫으니까. 같이 가자고. 잠깐 만나고 고이 데려다 줄 테니까. 심하게 흔들리는 버스가 아닌 승차감 좋은 차로."

다래는 고개를 돌려 그를 쳐다봤다. 자신의 등을 건드렸던 손을 들고 조금은 멍한 자세로 앉아 있는 세준이 있었다. 화가 나서, 그에게 뭐라고 한마디 쏘아붙이려 돌아봤지만 멍한 그의 모습에 웃음이 터져 버리고 말았다.

"하하. 내가 고장날까 봐 그렇게 걱정해 주니까 눈물이 다 나려고 하는데요? 그런데 어색한 건 질색이거든요. 내가 알지 못하는 사람과 같이 만나는 거."

"조금은 관계가 있는 사람이지."

“뭐라구요?”

결국 다래는 세준의 손에 이끌려 그가 말했던 파란색 네온사인이 빛나고 있는 바로 들어갔다. 이층에 자리 잡은 그 바는 여느 바처럼 어두운 톤의 조명들이 조금만 거리를 두면 다른 이의 얼굴이 자세히 보이지 않을 정도였다. 하지만 세준은 그 눈이 좋다던 아프리카인들과 몇 년을 살아서인지. 누구인지도 잘 안 보이는 사람에게 반가운 듯 손을 흔들어 보였다. 그 와중에도 다래의 손은 놓지 않고 꼭 잡고 있었다.

‘잊어버릴까 봐 이렇게 잡아주는 건 좋다 이거야. 근데 왜 이렇게 꼭 잡냐고!’

“좀 놔줄래요?”

“너무 느끼지 말라고. 아무리 일방적이어도 그렇지.”

“내가 뭘 느꼈는데요!”

“무섭다.”

“뭐, 뭐가 무서운데요?”

갑자기 세준이 다래를 잡던 손을 놓고 그녀를 앞세우며 걷고 있었다. 다래는 뭣도 모르고 세준이 안내하는 자리로 들어가 그가 중요하다고 했던 사람과 대면식을 했다.

고개를 숙였다가 그녀에게 인사를 하기 위해 손을 내미는 한 남자.

“신지한. 지한아, 이쪽은 윤다래라고 해.”

신지한? 다래는 순간 자신의 귀를 의심하고 있었다. 그래, 그런 이름 따위는 참 많으니까. 그리고 모델스쿨 비가 없어 쩔쩔매던

녀석이 얼마나 대단한 모델로서의 카리스마를 표출시켜 내어 인
기 모델이 될 리는 더더욱 없으니까. 그리고 그 불가능한 일에 더
더해 그가 아프리카까지 간다는 것은 로또당첨보다 더 희박한 확
률일 테니까. 다래는 속으로 이건 절대 불가능한 일이라면서 자신
을 진정시키고 있었다. 지나가다 개똥 중에 꽤나 무른 똥을 밟은
것 같은 이 찜찜한 느낌은 뭘까.

"안녕하세요. 처음 뵙겠습니다."

이 손, 왠지 낯설지가 않다. 다래가 만져 본 남자 손은 그리 많
지 않은데. 왜 이렇게 화장실에서 급하게 뒤를 닦고 나와 찜찜하
고, 속옷에 그것이 묻은 것 같은 이 기분은!

"네. 안녕하세요."

드디어 그 남자의 숙여졌던 고개가 서서히 다래를 향해 그 각도
를 줄여가고 있었다. 이제 그 각이 0도가 되어가고 있었다. 다래
는 조금씩 엄습해 오는 이 불길한 기운을 부정하려 고개를 창가로
돌려 버렸다. 그런들 무슨 소용이 있겠나. 이미 상대방은 모든 걸
파악한 듯 낭창낭창한 목소리로 다래에게 말을 건네는 것을.

"윤다래 씨라고 하셨죠?"

바로. 바로. 얼어 죽을 몇 시간이 남았다고 외쳐 대는 놈. 그 많
고 많은 신지한이라는 이름 중에 제일 재수대가리 없는 사람. 바
로 다래가 알고 있는 그 '신지한' 이었다.

"어서 앉아."

세준의 앉으라는 말도 귓등으로 듣고 있었는지 다래는 그 남자
와 인사를 했었던 그 어정쩡한 자세 그대로였다. 결국 세준이 다

래의 손을 잡아 그녀를 앉게 만들었다. 여전히 창으로 향한 고개. 참다못한 세준이 두 손으로 조심스럽게 그녀의 고개를 그 남자를 향하게 만들려고 했지만 몸이 부들부들 떨면서까지 온몸에 힘을 특히 목 부분이 힘을 주고 돌아가지 않으려 했다. 하지만 어쩌겠는가. 손힘 하나는 힘겨운 노동 덕에 대단한 세준인걸. 결국 다래의 고개는 그 남자를 향해 돌아가 버리고 말았다. 기다렸다는 듯이 다래를 향해 빙긋 웃어 보이는 세준이 아는 남자. 아니, 다래가 아는 신지한이라는 남자.

"뭘 그렇게 어색해해요? 내가 많이 불편해요?"

"아, 아니요."

참 잘도 연기를 하는 지한. 마치, 지금 어쩔 줄 모르고 당황하는 다래의 표정을 즐기고 있는 듯 지한은 너무도 태연하고 여유로웠다. 어라, 이젠 세준과 농담까지 주고받다니. 다래도 모델로서 이제는 어느 정도 인정을 받는 그가 그런 예전의 사소한 일로 딴지를 걸 리는 없다고 생각했다. 하지만,

"이제 21시간 남았어."

그와의 작은 거래 후, 일 년이 지났을 때. 짧게 말하자면 며칠 전, 그가 컬렉션에서 그렇게 말했다. 도대체 무슨 의도로 그런 말을 했을까.

"아무리 어색해도 대화를 들어주는 정도의 매너는 보여줘."

"내가 어색한 거 싫다고 했었잖아요."

"그럼 마음대로 해."

다래를 쳐다보던 세준은 또다시 냉기서린 말로 다래의 얼굴을

굳게 만들고 대화에 다시 집중하기 시작했다.

지금 언제 터질지 모르는 시한폭탄이 저렇게 떡하니 버티고 앉아 있는데. 아무리 그에게 일방적인 연애를 선언했음에도 그가 자신은 재밌거리로밖에 생각하지 않는다고 해도 자신의 이미지를 나쁘게 생각하게 하는 건 싫었다. 바짝바짝 목이 타던 다래는 자신의 앞에 놓인 칵테일을 단숨에 넘겼다. 하마터면 올리브가 목에 걸려 그대로 세상과 안녕할 뻔했지만 다행히도 하늘은 그녀의 목숨을 이렇게 끝낼 예정은 없었던 듯싶었다.

"캑."

어찌 무언가가 목에 걸려서 나는 소리가 저리도 흉측한지.

"괜찮아?"

세준이 갑자기 숨을 못 쉬고 얼굴이 하얗게 질린 다래를 보고 놀라고 있었다. 세준이 조심스럽게 다래의 등에 손을 대고 약하게 그녀의 등을 쳤다.

'미안하지만 이미 올리브는 넘어갔어.'

이렇게 말하고 싶은 마음이 굴뚝같았지만 뭐 그의 간만에 등장한 매너를 사양할 이유는 없겠지. 다래는 너무도 낯선 세준의 행동과 정말 걱정하는 표정을 지은 그를 보면서 간신히 풀어놓은 실타래가 다시금 이유없이 엉켜 버리는 것 같았다.

"그런데, 다래 씨 왠지 낯설지가 않네요."

그의 말에 간신히 식도를 넘어갔던 올리브가 다시 식도를 타고 올라오는 갑갑한 느낌이 들었다.

'저놈, 정말 말할 건가?'

　그의 눈빛을 봐서는 여차하면 불어버릴 기세였다. 솔직히 말해 자기는 그냥 입만 한번 놀리면 그만인 것을. 그에겐 절대 손해날 것이 없었다. 그렇기에 다래는 더욱더 그에게서 눈을 뗄 수가 없었다.

　다래의 머릿속에는 온통 그 생각뿐이었다.

　"하하. 제 얼굴이 좀 평범하긴 하죠. 하하하!"

　세준이 다래를 왼쪽팔로 '툭' 쳤다. 아마도 자신의 앞에서나 푼수 짓을 하는 건 봐주겠지만 이렇게 자신이 아는 사람에게 그런 추한 꼴을 보여주는 건 싫었었는지 계속해서 헛기침을 하고 있었다. 한편, 다래는 어서 이 상황을 피해야겠다는 생각에 꼼수를 만들어내기 시작했다.

　"잠시만."

　갑자기 세준이 자리에서 일어났다.

　'오, 안 돼!'

　다래는 생각을 할 겨를도 없이 일어선 세준의 손목을 꽉 잡았다.

　"왜 이래?"

　"어, 어디 가는데요?"

　한 300일은 굶은 불쌍한 하이에나의 얼굴을 하고선 껌뻑껌뻑 흐리멍텅한 눈으로 세준에게 묻는 다래였다. 지금 이 순간 그가 자리를 뜬다면 무슨 일이 일어날지 알 수 없는 것이었다.

　"알 거 없어."

　세준은 매몰차게 다래의 손을 뿌리쳤다. 이 와중에 어딜 가긴

가겠는가. 분명 화장실을 가는 게 분명하겠지. 하지만 지금 이 순간은 잠시의 시간도 위험했다.

"윤다래, 우리 꽤 오랜만이지? 아니, 콜렉션 때 봤으니 그렇게 오랜만도 아니네."

역시나 왜 그 말을 안 하나 했다. 세준이 자리를 비우자마자 지한의 입은 터져 버리고 말았다.

"아, 어."

지한은 상당히 곤란해하는 다래의 얼굴을 보는 게 재미있었다. 조금 전 한 여자에게 충격적인 말을 들었던 그는 자기 성질을 억누를 수가 없었다. 사실 이 약속은 자신이 먼저 깰 생각이었지만 지금 상황은 그 약속을 더욱 붙잡아야 하는 것이었다. 그렇게 세준과 함께 술이라도 한 잔 마시며 그 일을 조금이나마 잊어보려고 했지만 다래의 얼굴을 보니 조금 전 그녀에게서 들었던 말들이 다시금 기억났다. '매력없다' 라는 네 글자로 이루어진 한마디가 그를 괴롭히고 있었다. 더군다나 자신에게 그런 소리를 뱉은 그녀와 친한 사이인 다래가 앞에 있으니 다시금 그 상황이 똑똑히 펼쳐지는 듯했다.

'그래. 결정했어! 내가 정말 매력이 없는지 아니면 그게 그녀만의 착각인지 내가 직접 보여줘야겠군. 제일 친한 친구를 이용해야 그 효과도 배가 되겠지?'

지한은 이 생각을 하고 있었다. 고등학교 때까지는 아니었지만 졸업하고 나선 그는 스스로 그 자신을 버리고 새사람으로 태어났다고 생각했었다. 조금 전 자신이 고백했던 그녀에게 당당히 나설

수 있는 사람으로. 하지만 그의 존재감은 그녀의 말 한마디 때문에 조각 따위는 찾아볼 수 없을 정도로 셀 수 없이 깨어져 가루가 되어버렸다. 그래서 그녀가 했던 말이 잘못되었음을 알려주기 위해 다래를 선택하기로 한 것이다. 가장 효과적인 대상이 될 테니 말이다.

"윤다래, 너 나 어떻게 생각해?"

"뭐, 그냥저냥."

자신이 무책임하게 만났었던 일 년 전 어느 날. 그는 그녀의 눈에 단번에 들어올 정도로 마음에 들었던 상대였음은 변함이 없는 사실이었다. 하지만 그 일 년이란 시간이 다래의 눈을 다르게 만들어 버렸다. 어쩌면 비주얼로 치자면 지한이 한 수 위일지도 모르지만. 이미 다래의 눈은 세준을 제외한 다른 남자는 그냥 평범한 한 사람에 불과하게 보이게끔 변해 버렸다.

'그냥저냥?'

다래의 말에 지한의 억누르려고 하던 성질은 더욱 격해지고 있었다.

"지금 세준이 형과는 무슨 사이인데?"

"연애하는 사이."

"보아하니 세준이 형은 너 별로라고 생각하는 것 같은데. 너 나한테로 올래?"

'뭐시라? 저 대갈빡에 피도 안 마른 시퍼런 놈이!'

다래는 발끈하는 성질에 자리에서 일어나 무언가를 소리치려고 했지만, 조금은 조심해야 할 필요가 있었다. 놈은 분명 시한부 연애에 큰 영향을 줄 시한폭탄이었다. 시한부 연애의 끝에 터지는 게 좋은 폭탄. 살얼음판을 걷고 있는 기분에서 컬렉션에서 지한이 자신을 보고 한 '21시간이 남았다'는 말을 다시 기억해 내니 자신의 손 위에 무거운 쇳덩이가 하나 더 추가된 느낌이었다. 까딱하면 물속으로 차가운 얼음물 속으로 빠져 버리는 것이었다.

"그게 무슨 말이야. 우리 한 번, 아니, 단지 두 번 만난 게 전부인데."

다래는 갑자기 그런 말을 꺼내는 지한을 이해할 수가 없었다.

'혹시, 저노무 녀석 나한테 첫눈에 반한 거 아니야?'

순간 그런 느낌이 들었다. 이러면 곤란한데. 다래는 드라마에서 나오는 좋아하는 사람은 자신을 싫어하고, 자신을 싫어하는 사람은 자신을 한없이 좋아하는 이런 비련의 여주인공이 지금 자신일 거라는 착각의 늪에 빠지고 있었다.

"이러면 곤란해."

홋. 지한이 기가 막혀 그녀가 눈치 채지 못할 정도로 빠르고 신속하게 자신만의 웃음을 흘려 버렸다. 아마도 다래가 자신이 그녀에게 첫눈에 반해서 이런 제안을 하는 줄 알고 있는 듯했다. 처음이나 지금이나 지한은 저런 아무것도 모르는 여자가 어떻게 자신을 돈으로 살 생각을 할 수 있었는지가 신기할 뿐이었다. 지한은 지금 다래의 착각이 차라리 어쩌면 잘된 일이라 생각하고 있었다. 그런 그녀의 순수함이 자신이 이루려는 목적에 그리 해가 되는 요소는 아니니 말이다.

"윤다래, 내가 싫진 않지? 안 그래?"

지한이 당돌하게 물었다. 그런 그의 질문에 다래는 어떻게 대답해야 할지가 난감했다. 분명 그는 싫은 남자는 아니다. 하지만 지금 그가 묻는 질문의 속뜻은 자신이 그에게 갈 수 있는지 없는지에 대한 가능성을 묻는 것 같아 다래는 하는 수 없이 답을 했다.

"싫은데."

"뭐?"

지한은 분명 세준이 그녀를 싫어하는 것 같은 느낌을 받았다. 하지만 지한은 자신이 부족한 남자도 아닌데 싫다고 일언지하에 거절하는 걸 보니 아마도 다래가 일방적인 호감을 세준에게 보이는 것이 분명하다고 짐작했다. 그래. 이건 분명 자신의 목적에 방해가 되는 요소였다. 문제는 세준이었다. 그만 없다면 이 문제는 어쩌면 꽤 쉽게 해결될 수 있을 것이다.

"일단 네 의견은 알았으니까, 조만간 전화할게."

"뭐? 난 싫다고 했잖아?"

"그런데?"

지한은 자기 앞에 있던 양주를 한 잔을 목으로 넘겼다. 지금 이렇게 그 한마디에 이렇게 자신이 이런 짓을 할 마음을 주었다는 게 우스울 뿐이었다. 그런 지한의 앞에서 쩔쩔매는 다래의 모습은 너무나 가관이었다.

'후, 이 인간, 변비 아니야?'

다래는 이제 올 법한 시간이 지났음에도 감감무소식인 세준 때문에 그녀는 안절부절못하고 있었다. 지한이 무슨 말이라도 할까 봐 그의 입만을 바라볼 뿐이었다. 하지만 그는 더 이상의 말을 하지는 않았다. 그제야 세준이 나타났다.

"좀 친해졌나?"

'친해져? 허이구, 제발 쾌변 요구르트 좀 사먹으라고! 내가 사줘? 뭔 놈의 화장실에서 그렇게 오래 갔다 오는 건데?'

일단 어느 정도 상황이어야 저런 말을 해도 어느 정도 그가 넘겨 버리겠지만 까칠한 그에게 지금 이런 말을 했다가는 뭔 일이 일어날지도 몰라 겁이 났다. 다래에겐 표준어와 같은 그 생각을 말로 꺼낸다면 가뜩이나 안 좋은 자신의 인상에 또 뭐라 트집을 잡을지 만무했다. 솔직히 안 좋은 모습을 보여서 뭐가 득이 될 게 있나. 그렇게 다래는 말로는 이해타산적으로 생각했지만 사실 그건 좋아하는 남자에게서 자신의 좋지 않은 모습을 보여주기 싫은 여자의 마음임이 분명했다.

동물원에서는 그렇게 자기 멋대로 아무렇게나 세준에게 행동하며 자신이 조금은 그에 대한 감정에 대한 구속에서 조금은 자유로워졌다고 생각했다. 하지만 지금 이렇게 그의 얼굴만 보는 것으로도 신경이 쓰여 막 대할 수가 없다. 아니, 싫다니. 도대체 이제껏 살아온 시간 동안 합리 어쩌고 외쳐 대던 자신이 몇 시간 만에 이렇게 변해 버렸단 말인가.

"왜 아무 말도 없어. 지한이 너나 윤다래 씨나."

서로 각자의 고민에 쌓여 심각한 표정을 짓고 있던 두 사람이 답답했던지 세준이 분위기를 환기시키려 말을 꺼냈다.

"아참, 지한이가 아프리카에서 날 구해준 은인이란 소리를 빼먹었네."

참, 지지리 복도 없지. 구할 놈이 없어서 저런 개싸가지 냉혈한
을 구해준 거야? 하지만 어떻게 본다면 지금 지한의 도움없이는
이런 인연이 만들어질 기회조차 없었으니 고마워해야 하는 것일
까? 이렇게 인생이란 제멋대로 미친 듯이 뛰어다니는 야생마처럼
좀체로 잡을 수가 없는 것이었다.

"고, 고맙네요."

"그래요? 고마우면 어디 선물이라도 없나?"

지금 받고 있는 선물도 간수하기 힘들거늘 지한은 다래에게 선
물타령이나 하고 있었다.

"지한아, 말해봐. 내가 뭐든 들어줄 각오가 되어 있으니까."

"아니, 이런 멋진 형을 만날 기회를 만들어준 나에게 다래 씨가
선물해 줘야 한다고. 하하."

그래서? 아주 이젠 대놓고 자기에게 작업 들어가겠다는 마음인
가 본데. 다래는 지한의 저런 말들이 나올 때마다 가슴을 쓸어내
렸다.

"윤다래, 어떻게 녀석이 날 구해줬는지 알아?"

세준이 이야기를 꺼내려 하자 다래는 더이상 시간을 끌면 끌수
록 불리해지는 건 자신인 것 같아 서둘러 그곳을 빠져나오려 했
다.

"구세준 씨, 나 이제 가봐야 할 것 같은데요."

"다래 씨, 제가 많이 불편하셨어요? 이거 내가 자리를 나서야겠
네."

"지한아, 그게 무슨 말이야?"

지한은 일부러 다래를 붙잡아놓으려 자신이 먼저 나서겠다는 말로 다래의 발목을 잡아버렸다. 이 상황에서 자리를 뜬다는 것도 세준이 허락할 것 같지 않았다. 그래서 다래는 되도록이면 말을 아끼면서 다시 주문한 칵테일을 홀짝홀짝 마시기 시작했다.

하지만 그 둘에게 관심없는 척을 해도 한순간이라도 안심을 해서는 안 되었다. 그때도 그렇고 지금도 이렇게 당돌한 행동을 하는 그인데. 다래는 그래서 고개는 관심없는 척, 창밖을 보고 있었지만 귀는 꿈틀꿈틀거리며 두 사람의 대화를 토시 하나도 빠뜨리지 않고 듣고 있었다.

"일 년 전, 내가 한 여자를 만났었어."

'일 년 전 한 여자?'

흠. 일단 그의 말의 뉘앙스가 심하게 찜찜한 느낌이 있었지만 겨우 그런 말에 발끈할 시점은 아니었다. 다래는 잠자코 지한이 하는 말에 온갖 신경을 집중시켰다.

"그래?"

세준은 뭐 그리 남의 사생활에 그렇게 관심이 많은지. 그가 관심없어하면 그냥 사그라지는 불꽃처럼 알아서 기어들어 갈 말들인데. 다래는 미간을 찌푸리며 심각하게 그의 말을 듣고 있었다.

"어, 그 여자. 돈으로 내 하루를 샀어. 그때 내가 모델스쿨 비가 없었거든. 그래서 돈을 받고 내 24시간을 내어준 거였어. 하루 만에 그런 큰 돈을 버는 알바인데 죽는 일 말고는 뭐든 할 수 있었지."

"그런 여자도 있어? 대단하네. 혹시 윤다래 씨도 그런 적이 있나?”

세준이 어깨로 다래를 살짝 쳤다.

“아, 아니요.”

“내가 보기엔 윤다래 씨는 그 정도로 대담한 여자는 아니야.”

‘어쭈? 지가 날 겪어봤으면 며칠을 겪어봤다고 대담이 어쩌고 저쩌고 그러는 거야?’

“그래요. 다래 씨는 한눈에 봐도 순수하신 것 같아요. 하하.”

다래는 자신을 꼭 집어 말하는 지한을 가만 두고 볼 수가 없었다. 하지만 어쩌겠는가. 가만두지 않으면 손해 보는 건 그가 아니라 자신인 것을. 결국 지한은 다래의 우려와는 다르게 은근슬쩍 그 이야기를 집어넣었다. 다래는 그가 그 이야기를 하는 동안 지뢰밭을 걷는 심정이었다. 지뢰가 어디에 숨어 있는지 모르는 곳이 아닌 온통 지뢰인 곳. 지금 그녀가 지뢰의 위에 있었다. 발을 떼면 ‘쾅’ 하고 터지는 것이었다.

“벌써 아홉 시야. 나 먼저 들어가면 안 될까요?”

“형, 여자 친구 데려다 주고 와. 내가 조금 기다리지. 오늘 아주 날 잡았거든.”

“그냥 혼자 가라고 그러지 뭐.”

‘뭐? 지가 데려다 준다고 그래 놓고 이제 와서 혼자 가라고?’

밥 먹듯이 말을 바꾸는 그 때문에 다래는 기가 막혀 그 자리에서 일어나 테이블을 나섰다.

“형, 그래도 데려다 줘. 이제 가을이 시작되는지 밤바람이 쌀쌀해.”

“그런가? 뭐 하는 수 없지.”

세준이 재킷을 챙기고 있는 사이에 지한은 정확히 아주 정확하게 다래를 향해 윙크를 하고 있는 것이었다. 이거 참 곤란하다. 도대체 저 인간이 왜! 왜?

‘혹, 내가 재벌과 정말 사귀는 사이인 줄 알고 돈을 뜯어내려고 하려는 걸까?

다래는 다른 경우의 수를 생각해 보기도 했다. 아무래도 저런 멀쩡해도 심히 멀쩡한 남자가 자신에게 첫눈에 반한다는 건 뭐 조금 많이 불가능한 일이기 때문이었다.

차 안에선 벌써부터 지한이 그를 만나서 혹여 그 일을 발설할지도 모른다는 생각에 오른쪽 머리에서 딱따구리가 전세를 내고 그녀를 마구 쪼아대고 있었다.

“아으.”

세준이 다래의 통증을 호소하는 소리에 길가에 차를 세웠다.

“왜?”

다래는 뒷말을 잘라먹은 세준의 말에 화가 났다. 어디 아프냐는 말은 어디에 두고 왔니.

“머리가 좀.”

“병원에 가면 되잖아.”

“아, 진짜. 방금 전엔 고장이 어쩌니저쩌니하더니.”

“하하. 그 말에 그렇게 신경을 쓰고 있었어?”

‘에라이! 이런 씨. 구세준이라는 남자가 그런 인간이란 거 알면서도 또 기대를 해버렸어!’

다래가 혼자서 구시렁거리자 갑자기 세준의 얼굴이 다가왔다. 아무리 이성을 찾으려고 해도 그의 길고 조금은 날카로운 곡선을 그리며 살짝 올라갈 듯 말 듯한 그의 속눈썹이 그녀의 눈에 너무도 자세히 보이고 있었다. 그리고 그 속눈썹에 살짝 가려진 듯한 그의 유난히 검은 눈동자. 갈색의 따뜻한 느낌이 아닌 그 색이 너무도 짙어 검은색과 오히려 비슷한 차가운 기운의 눈동자였다.

"안 돼."

결국 다래의 마음속 절규가 뇌와 신경을 지나 입에서 그 존재를 드러내고 있었다.

"뭘?"

"병원은 안 된다구요. 제가 병원을 좀 싫어하거든요. 하하."

이젠 그의 유난히도 높은 콧날이 보이기 시작한다. 다래는 결국 자신의 마음속 남자인 신재혁을 떠올리기로 했다. 완벽한 꽃미남 신재혁을 상상한다면 금방 이 헤픈 감정의 늪에서 헤어나올 수 있으리라 생각했다. 그러나 그의 얼굴을 떠올리려면 지워지고 또 지워지고 그 틈으로 자꾸 세준의 얼굴이 징그럽게도 집요하게 다래를 괴롭히고 있었다. 이럴 수가, 이미 이성을 잃은 다래의 눈은 세준의 입까지 그 목적을 하나하나 달성해 가고 있었다.

다래는 그의 얼굴을 보면 볼수록 얼굴이 뜨거워짐을 느끼고 있었다. 지금 이렇게 자신이 그 열기를 느낄 수 있을 정도면 지금 그는 그렇게 생각할 게 분명하겠지.

'저 여자, 내 얼굴만 보고도 저렇게 되다니. 진짜 재밌네.'

하면서 속으로 너무도 재미있어할 게 분명했다. 하지만 세준이

하는 생각은 다래의 그것과는 거리가 멀었다.

반면 점점 얼굴이 붉어지는 다래의 얼굴을 보고 세준은 혹시 어머니가 말했던 감기 기운이 더 심해져서 그런 건 아닌가 하고 생각했다.

"진짜 괜찮겠어?"

세준이 말을 함에 따라. 부드러운 아이스크림이 티스푼에 딸려 올라가 조금씩 말아지듯이 다래의 혀가 조금씩 안쪽으로 말리기 시작했다.

"얼굴 좀 치워줄래요?"

"나 참."

세준은 그녀가 괜찮다고 생각했는지 길가에 대어놓은 차를 다시 운전하기 시작했다.

"제대로 말해. 그러다 심해지면 돈만 들어가."

"어이구, 그렇게 돈 많으신 분이 그까짓 병원비를 왜 걱정하는데요?"

세준은 다래의 물음에 아무 말도 하지 않았다.

"다 왔어."

"오늘 재밌었어요. 세준 씨도 재밌었죠?"

"그래. 좀 많이 재밌었어."

세준이 웃었다. 그리고서는 이번에는 자연스럽게 차에서 내려 세준이 다래의 차 문을 열어주고 있었다. 다래가 차에서 나와 집으로 향하려고 몇 발자국 떼었을 때.

"잠깐!"

다래는 분명 얼음땡 놀이를 하고 있지 않았음에도 너무도 반듯하게 털끝 하나도 움직이지 못했다. 드디어 올 것이 온 것인가. 아니, 올 일이 절대 없지. 이건 분명 일방적인 감정인데.

'윤다래, 너 지금 뭘 기대하는 건데?'

다래의 귓가에 세준의 숨소리가 느껴질 만큼 가깝게 그가 뒤에서 있었다. 세준의 손이 다래의 어깨를 스쳤다. 이런, 다래의 신경들이 연속추돌사고를 내고 있는 듯했다. 따끔따끔. 그런 느낌이 그가 지나간 자리마다 계속 끊이지 않고 있었다. 어깨에서 쇄골쪽으로 다가온 그의 손끝. 다래는 뭔 일이 일어날 것을 예상했는지. 눈을 찔끔 감았다.

"자, 받아."

'뭘? 입술? 뭘 그런 걸 멋대가리 없게 물어보고 그런다냐.'

"안 받어?"

다래의 머리는 시키지도 않았는데 잘도 가로 젓고 있었다. 이러면 안 된다는 생각이 있었지만, 어쩌란 말인가.

"왜 그래? 그럼 내가 직접 손에다 줘?"

'그래, 처음인데. 입술은 너무 과격하지. 그래 시작은 가볍게 손이 좋겠어.'

"장난하냐. 받으려면 손바닥을 내밀어야지. 왜 손등을 내밀고 있어?"

'오호, 취향 특이한데? 그럼 손등이 아닌 손바닥?'

다래는 세준의 말에 순식간에 그에게 손바닥을 내밀었다. 여전히 다래는 눈을 감고 있었다.

뭔가 가벼운 것이 다래의 손의 감각으로 얹힌 것 같았다. 다래가 실눈을 뜨고 자신의 손바닥을 보았다.

"뭐, 뭐예요? 이게!"

단단히 실망을 했었던지 다래의 말의 끝은 상당히 하이톤이 되어버렸다.

"머리 아프다더니 더 신경질적으로 됐어. 다른 병원 가지 말고 여기로 가라고. 잘해줄 테니."

다래의 손에 놓인 것은 병원 전화번호가 적힌 메모지 하나. 그게 전부였다. 왜 이렇게 실망스러움이 쓰나미가 되어 몰려오는 것일까. 분명 자신은 일방이라고 그렇게 크게 소리치지 않았는가. 그리고 그는 자신을 재밌거리로 생각한다고 하지 않았는가.

"간다."

"그, 그러시든지."

이 기력이 다 쇠한 목소리는 어디에서 나오는 것이란 말인가. 다래는 괜히 힘이 다 빠진 듯한 느낌이 들었다. 그도 그럴 것이 너무도 긴장한 온몸이 다래를 욕할 정도였다.

Rrrrr.

집 앞에 다래만 덩그러니 남아져 있는 상황에 전화 한 통화가 왔다.

"여보세요?"

[세준이야.]

"어, 왜 전화했는데요?"

[윤다래 씨, 내 선물에 키스는 없었어. 그리고 공짜로 주는 선물

인데 서비스까지 원하는 건 심하잖아?]

"키, 키스라니?"

[나중에 진짜 사랑하는 사람 만나면 그렇게 너무 갈구하는 표정
은 짓지 말길 바란다.]

"뭐, 뭐라구요?"

[끊는다.]

참 자신이 한심하다며 세준이 준 메모지를 주머니에 넣으려고
했을 때 뒷면에 뭔가가 적혀 있는 것을 발견했다.

〈고장 나지 마라. 귀찮아지는 거 딱 질색이니.〉

다래는 세준이 건넨 메모지를 마구 구기고 있었다. 그러더니 핸
드백에 넣는 다래.

Rrrr. 그때 다시 울리는 핸드폰.

"또 무슨 소릴 하려고요!"

[안 받을 줄 알았는데. 받네.]

"누, 누구세요?"

[나? 신지한.]

"넌 또 뭐야? 나 끊을 거야."

[끊으면 누가 손해더라.]

"그렇게 협박하면. 내가 네 농간에 넘어갈 것 같니?"

[넘어올 거면서. 내일 우리가 만났던 바에서 보자.]

그 말만 남기고 뚝 끊기는 전화.

"내가 나가나 보자!"

그렇게 호언장담하며 큰소리를 뻥뻥치는 그녀였지만. 두려웠다. 일 년이 지나도 몇 시간이 남았다고 지껄여대는 신지한이라는 남자가 두려웠다. 세준에게는 들키고 싶지 않은 비밀을 알고 있는 그, 신.지.한.

＊

다음날.

다래는 그 카페 앞에서 똥 마려운 강아지마냥 안절부절못하며 서성이고 있었다.

"그래, 난 네 농간에 넘어가 여길 온 게 아니고……. 아니긴, 맞잖아."

터벅터벅. 계단을 올라가는 다래의 걸음이 그렇게 유쾌하지만은 않았다. 문을 열고 들어서자 기다렸다는 듯이 다래에게 손을 흔드는 지한. 다래는 성난 걸음으로 걸어가 지한의 맞은편에 앉았다.

"신지한, 너 도대체 왜 이래?"

"뭘?"

"우리 겨우 한 번 만난 것밖에 없잖아. 안 그래? 그런데 너 왜 이렇게 나에게 집착하니?"

"뭐? 하하하."

"웃겨? 난 지금 심각하거든? 그리고, 어제 봤겠지만 나 남자 친구도 있어.”

지한은 시끄럽게 웃어대다가 테이블을 건너 자신의 얼굴을 다래에게 매우 가깝게 붙이고 이었다. 그러다 그가 입을 떼었다.

“내가 그렇게 매력이 없어?”

“뭐?”

지한이 머리를 한 번 쓸어 넘겼다. 다래에게는 분명 저 포즈가 자길 다시 한 번 찬찬히 보라고, 나 같은 완벽한 남자가 어디 있냐는 말을 대신하는 것같이 느껴졌지만 그냥 아무 감회도 없게 바라보고만 있었다.

지한은 저렇게 자신의 과거 아닌 과거가 들킬까 봐 절절매는 순진한 여자가 자신의 이런 은근한 유혹에 눈빛 하나 변하지 않고 그냥 무슨 동물원 서커스의 물개만도 못하게 쳐다보는 것에 다시 또 화가 치밀었다. 다시금 또 어제의 일이 생각나 버렸다.

“이 연애도 못해본 정말 철없는 자식.”

“뭐? 연애 그거 많이 하면 좋은 것도 아니잖아.”

“그래. 그런 거 많이 한다고 좋은 건 전—혀 없지. 그런데 네가 그런 마스크를 가지고도 왜 제대로 된 연애 하나 못해봤는지 알아? 그만큼 넌 여자 하나 유혹할 매력도 없다는 거지.”

“뭐?”

“뭐 단순히 엔조이로 즐길 여자들은 모르겠지만.”

“야, 한지은!”

'내가 여자 하나 끌어당길 매력이 없다고?'

지한은 자신에게 그런 말을 했던 그 사람에 대한 복수심에 대한 제물로 다래를 선택했다. 다래에게는 미안했지만 그렇게라도 자신을 증명해 보이고 싶은 마음에 지금 이렇게 다래 앞에서 별짓거리를 다하고 있는 것이었다.

"미안한데. 내가 좀 특별나서 그런가 보다. 넌 충분히 매력있어."

"장난해? 윤다래 너한테도 어필하지 못하는데?"

다래는 뭐 때문에 저렇게 매력이란 것에 집착하며 펄펄 뛰는지 알 수 없었다. 그녀는 나름대로 솔직히 대답한 것이었다. 신지한이라는 저 남자, 충분히 매력있고 여자들이 좋아할 만한 얼굴과 그리고 여자를 리드할 줄 아는 멋진 사람이었다. 문제는 이미 다래에겐 맘에 들어온 사람이 있기에 그의 매력이란 게 다래에게 받아들여지지 못한 것이었다.

"나랑 여행 갈래?"

"뭐?"

지한은 쉽사리 넘어올 것 같지 않은 다래 때문에 결국 이 카드를 사용할 수밖에 없었다. 남자와 여자가 여행을 간다면 서로 생기지 않는 감정마저 생길 가능성이 제일 높다고 어디서 주워 들은 것은 있어 다래에게 여행을 제안한 것이었다. 자신에게 한시라도 빨리 다래가 넘어와 주어야 했다. 그래서 그녀의 앞에서 당당하게 자신이 그녀가 생각했던 그런 남자가 아니라는 걸 보여주고 싶었다. 모질게 자신에 대해 폄하하는 말을 들었음에도 지금은 이렇게 복수니 계획이니 이런 단어들을 괜스레 끼워 넣고 있었지만 결론은 하나였다. 그녀에게 한 번 더 당당하게 나서 자신의 사랑에 대해, 자신의 가치에 대해 말할 수 있는 기회를 얻는 것이었다. 그렇기에 마음이 조급한 지한은 속성코스를 밟으려 하고 있었다. 뭐 코스는 쉬우니 자신이 운전만 제대로 한다면 만사 오케이 아닌가. 앞으로 자신의 계획에 희생될 그녀를 보면서 지한은 흐뭇한 미소가 아닌 므훗한 미소를 다래에게 지어 보였다. 이제 그녀의 앞에서 그녀가 했던 말들을 후회하게 해줄 시간이 머지않았다. 예전 자신의 모습만을 기억하는 그녀에게 지한은 다래라는 제물을 앞세워 그녀의 고정관념을 깨뜨려 버려야 했다.

"내가 왜?"

"안 가면 내가 손해겠어? 네가 손해겠어?"

"자꾸 정말 왜 이래? 치사하게."

"치사해? 그러면 안 가면 되겠네."

또 저 말뜻은 뭐란 말인가 여행을 가지 않으면 모든 걸 다 불어버리겠다는 말 아닌가. 다래는 울며 겨자 먹기로 그의 제안을 허락했다.

"당일치기다. 아니면 너 경찰에 신고해."

"뭐? 너 정말 웃기다. 내가 치한이라도 되는 양."

"엄마가 그랬어. 남자가 여행 가자는 건 다 뻔한 속셈이 있어서 그런 거라고."

"참 좋은 어머니를 두셨어."

"그럼!"

지한은 이제 반은 넘어왔다는 생각에 미소를 지었다. 하지만 다래의 얼굴은 그리 좋은 상태가 아니었다.

"일주일 뒤에 전화할게. 안 받으면 집으로 찾아간다."

"뭐?"

저거 봐라. 보통 생각으로 여행을 제안한 게 아닌 것이 분명했다. 혹시, 혹시? 갑자기 지한의 얼굴이 악마의 얼굴로 보이기 시작했다. 주변은 이글이글 불이 타오르고 있었다. 어떻게 해서라도 여행은 거절해야 했는데. 이미 안 간다고 한들 저렇게 벼르고 있는 놈인데. 저렇게 자신에게 쏙 빠져 버린 그인데. 다래는 자신이 처신을 잘하면 된다고 생각했다. 그도 어차피 한 사람을 지극히도 사랑해서 저러는 건 아닌가.

'날 사랑한 게 죄가 아니잖아?'

"그럼 나가도 되겠지?"

"그래. 일주일 후에 보자."

다래는 착잡했다. 갑자기 핸드폰을 집어 들어 세준에게 전화를 하려 했다. 그가 진짜 남자 친구가 아님에도 이렇게 마음이 복잡해지니 그를 찾고 싶어졌다. 하지만 무슨 이유에서인지 번호는 띄워놓았음에도 통화 버튼을 누르지 못한 그녀였다. 후덜덜, 헉! 덜덜거리던 손가락은 결국 통화 버튼을 누르고 말았다. 수화음이 들려왔다. 아직 받지 않았으니 끊으면 그만이라고 생각해 결국 종료 버튼을 눌렀다.

Rrrrrr. 전화가 왔다. 아뿔싸, 요즘은 발신자 번호 표시란 아주 친절한 서비스가 있질 않은가.

“여보세요?”

[왜 전화를 했다가 끊는데.]

“내 전화요금 많이 나갈까 봐서요.”

[뭐?]

세준이 기가 찬 듯 코웃음을 쳤다.

[그나저나 무슨 일로 전화한 건데.]

“무슨 일은 없고.”

[그럼 바쁘니까 끊어. 지금 회사니까.]

“알았어요.”

‘뚝’ 하는 소리와 함께 다래가 전화를 끊어버렸다. 또 그녀처럼 뭐라고 마구 쏘아댈 것 같더니 싱겁게 끊기는 전화가 상당히 아쉬웠는지 귀에 갖다 댔던 휴대폰을 쳐다보는 그였다.

＊

일주일 후.

망할 놈의 날짜는 왜 그리도 빨리 지나가고 있는지. 그리고 망할 놈의 세준이란 남자는 전화 한 통도 없는지 왜 자기 주변의 남자들은 자길 짜증나게 만드는지 알 수 없었다.

“윤다래 너 왜 그러냐. 신지한은 그렇다 치고 구세준은 내가 진행시켜야 하는 일방통행이었잖아. 그가 전화해야 할 의무는 없지. 아니, 그래도 그렇지! 이 @#$!@%$.”

다래는 말로도 형용할 수 없는 괴상망측한 말들을 내뱉으며 혼자 자기 머리를 쥐어뜯으며 온갖 신경질을 다 내고 있었다. 자기가 전화해도 될 것을 자존심 내세워야 할 때는 어디로 다 기어들어 가고 이런 쓸데없는 자존심만 내세우고 있던 거였다.

Rrrrr. 다래는 핸드폰 액정의 전화번호를 보고 있었다. 드디어 올 것이 오고 말았다. 지한의 번호가 액정에서 반짝반짝 춤을 추고 있었다. 다래는 잘도 반자동의 슬라이드를 무척이나 힘겹게 올리고 전화를 받았다.

[오늘 날씨 좋네.]

"어, 근데. 그냥 우리 서울 하늘 아래서 만나면 안 될까?"

[내가 너 잡아먹기라도 할까 봐서?]

"그게 아니라."

지한은 전화상으로도 벌벌 떨고 있는 다래의 모습이 훤히 보여 터져 나오는 웃음을 참기 힘들었다.

[여행 그거 안 갈 수도 있어.]

"정, 정말?"

[네가 나한테 오면 되는 거야. 간단하지?]

신지한이란 저놈은 그리 녹록한 인간이 아니었다. 다래는 괜한 기대를 갖다가 그의 말에 다시 풀이 죽어 있었다. 사실 엄밀히 따지자면 이 여행이 그렇게 무서운 게 아니었다. 이 여행 그리고 그 뒤에 나타날 녀석의 무시무시한 요구조건들이 무서운 거였다.

[따로 준비할 거 없어. 그냥 넌 몸만 오면 돼.]

"몸?"

다래는 몸만 온다는 말에 아무것도 챙길 것 없다는 그냥 단순한 말을 예민하게 받아들이고 있었다.

'뭐, 뭐야. 내 마음이 쉽게 넘어오지 않으니까. 모, 몸을?'

이런 말도 안 되는 상상을 하는 그녀였다.

[뭐야, 아무것도 챙길 거 없다고.]

지한은 저 상상력과 도끼병이 심각한 윤다래란 여자를 어찌할 줄 몰랐다. 과연 지금 저 둔하디 둔한 여자가 과연 자신에게 넘어올지도 의문이었다. 하지만 어쩌겠나, 어수룩한 여자가 쉬운 길이니 기가 막혀도 걷는 수밖에.

"친구 데려가도 될까?"

[누구.]

"지은이라고. 나한테 널 소개시켜 줬던 친구. 너도 알잖아?"

[데리고 와.]

다래는 한 치의 망설임도 없는 지한의 대답에 눈이 휘둥그레졌다. 분명 아무도 데려오지 말라고 할 것 같아도 한 번 던져본 말인데. 너무도 쉽게 허락하는 그의 말에 다래는 기뻐했다. 자신의 순결(?)을 빼앗길 위기에서는 꽤나 많이 벗어났기 때문이었다.

"정말이지?"

[그럼.]

지한은 한쪽 입꼬리를 올리고 자신의 책상에 자신과 함께 어깨동무를 하고 있는 한 여자의 사진을 보며 비웃었다.

"지금이 일곱 시니까 열두 시까지 서울역으로 나와."

지한이 전화를 끊었다. 다래는 황급히 그 길로 다시 지은에게 전화를 했다.

"얜 또 왜 전화를 안 받는 거야?"

다래가 한참 발을 동동 구르고 나서야 지은이 전화를 받았다.

"한지은!"

[왜? 그 재수없는 놈이랑은 잘돼가는 거야?]

맞다. 나이트에서 그렇게 세준에게 물을 먹고 나서는 다래에게 꽤나 냉랭해진 지은이었다. 자존심으로 먹고 산다고 해도 과언이 아닌 그녀에게 그렇게 개쪽을 팔리게 했으니.

"아, 아니. 그놈은 내 조명발 보고 착각한 거야. 그날 나이트 밖으로 나오니까 바로 고개 돌리던데? 지은이 네가 조명발은 좀 안 받잖아. 환한데서 보면 분명 너에게 대시했을걸?"

역시 또 아부의 제왕, 그리고 샤바샤바의 제왕 다래 아닌가.

[그, 그렇긴 하지.]

"한지은 너 오늘 무슨 계획 있어?"

[나? 나 지금 제주도인데?]

"뭐?"

오, 이럴 수가. 하필 넓디넓은 대한민국 땅덩이 중에 하필 왜 그리 멀리 있단 말인가. 다래는 갑자기 하늘이 노래졌다. 결국, 혼자 가야 하는 것인가?

"어, 어떻게 좀 오면 안 되겠니?"

[끊어! 말도 안 되는 소리 하려면.]

뚜뚜뚜.

"매정한 것. 요즘 것들은 왜 다들 날 못 잡아먹어서 안달인데?"

다래는 침대에서 일어나 그리 넓지도 않은 자기 방에서 왔다 갔다 똥 마려운 강아지마냥 안절부절못하고 방 안을 헤집고 다녔다. 그렇게 헤매다 보니 벌써 시계는 여덟 시를 가리키고 있었다. 엄마의 아침 먹으란 소리도 들릴 리가 없었다.

"그래, 그냥 미친 척 데리고 가는 거야."

다래는 갑자기 누군가에게 전화를 걸기 시작했다.

[여보세요.]

"나, 다래인데요."

[알아.]

세준이라는 저 남자는 통화도 저렇게 말들을 뚝뚝 잘라먹는데 문자를 보내면 아마도 한 글자로 답하지 않을까? 일주일 만에 전화를 했는데도 전혀 놀라는 기색없이. 아니, 오히려 귀찮은 투로 전화를 받고 있었다.

"저기, 오늘 시간 있어요?"

[아니.]

"정말요?"

전화상이어서 그렇지 실제로 본다면 한 애니메이션의 두 눈이 초롱초롱 두 손을 턱 밑에 끌어당긴 불쌍한 고양이와 매우 흡사했다.

[왜.]

초롱초롱 촉촉이 젖은 눈망울을 금세 독기가 가득 차 쭉 찢어져 버렸다.

'아으, 진짜. 아쉬운 사람이 참는 거다. 참는 거야.'

다래는 가슴팍에 참을 인 세 개를 그리고 나서 심호흡을 하고 나서 다시 그에게 물었다.

"어떤 남자가 나랑 여행 가자고 하는데 같이 안 갈래요?"

세준의 잠이 들어 얇고 가느다란 눈이 조금은 커졌다. 어떤 남자라는 말에 그리 반응을 보일 것도 없는 건데. 그냥 저절로 커지는 눈은 커져 버렸다. 일주일 동안 전화 한 통을 안 하기에 마음을 좀 잡았나 했더니, 이번엔 무슨 뚱딴지 같은 소리를 늘어놓는지. 세준은 또 만날 건덕지를 찾지 못해 그런 말도 안 되는 핑곗거리를 내놓는 거라 생각했다.

[어쩌라고.]

"그 사람 좀 싸이코라구요."

[그럼 경찰에 신고해.]

호오, 참자 참아. 머리끝이 저려오는 느낌에도 다래는 참고 또 참았다. 그러지 않으면 어쩌겠는가. 그가 좀 까칠까칠한 잔디를 가졌지만 하지만 그래도 제일 비빌 만한 언덕인 것을.

"제발 같이 가주면 안 될까요? 제발."

'제발에 씨를 심기 전에 어서 허락하라고!'

[귀찮아.]

"아 참! 제발이라고 하는 사람 말 못 들었어요? 이 냉혈한 자식아!"

이런, 결국엔 막말에 나와 버리고 말았다.

세준은 그런 그녀의 막말에 웃어버리고 말았다.

[하하. 가줄게.]

아마도 세준이란 남자는 막말로 해야 알아듣는 스타일인가? 오히려 화를 내고 전화를 끊어버릴 줄 알았건만 오히려 좋단다. 혹시 구세준은 자기에게 막말을 하면 흥분을 하며 즐거워하는?

"야야! 너 지금 무슨 상상을 하는 건데?"

[무슨 소리야.]

"그럼 내가 열한 시까지 구세준 씨 집 앞으로 갈게요. 아무것도 준비할 거 없어요!"

[당연하지. 내가 왜 준비를 해. 내가 그쪽으로 갈게. 이 동네 물 흐려져.]

그냥 고이 와준다고 하면 어디 덧나.

'그려. 그 동네 물은 반짝반짝 개싸가지 은어가 사는 상급수 물이다, 이 자식아!'

다래는 별 더러운 꼴 다보고 부탁을 해야 하는 자신이 처량할 뿐이었다. 그래도 중요한 건 그가 이 여행에서 동행을 한다는 사실 그것이었다. 다래는 서둘러 준비를 했다. 이미 부엌 식탁은 깨끗해진 후였고, 결국 다래는 다시 밥통에서 밥을 퍼 대충 아침을 때웠다. 서둘러 이를 닦고 세수를 하고 방으로 돌아와 또 잠시 끊었던(?) 화장을 하기 시작했다. 무심결에 화장대 위에 놓인 달력을 보니 벌써 9월이 되어버렸다. 대학원도 아직은 수업 초반이라 그렇게 무리가 없었다. 오히려 학업이 아닌 다른 것들이 무리가 되고 있었다. 다래는 살며시 달력을 한 장, 두 장 넘겨보았다.

'11월 25일.'

그 날짜에 작게 쳐진 동그라미. 바로 그날이었음을 다래는 잠시 잊고 있었다. 이젠 손가락을 두 번 까딱해 캘린더를 넘기면 그날

이 다가온다는 것을. 다래는 그렇게 잠시 생각을 하다 눈썹을 그리다가 너무 힘이 들어가 이건 완전히 짱구가 되어버렸다. 거울에 비친 참 바보 같은 모습을 지우려 재빨리 클렌징 워터를 화장 솜에 묻혀 닦아내기 시작했다.

"이 바보 같은 마음은 왜 안 지워져."

어느새 시간은 열한 시를 조금 넘기고 있었다.

빵빵! 어쩌면 자동차 클랙슨 소리도 저리 싸가지가 없는지. 좀 스무스 하게 눌러주면 어디 덧나는지 다래는 황급히 준비를 하고 대문을 나섰다. 이번에도 역시 차 문은 나와서 열어주지 않고 운전석에서 손만 까딱해 문을 열어주는 그였다. 그나마 이렇게라도 열어주시는 거에 감사해야지 어쩌겠는가. 다래는 차에 올라타 인사를 건넸다.

"정말 고마워요."

"그럼 고마워해야지. 내 귀한 시간 뺏었는데."

아무래도 길거리에서 나누어주던 마음수련원에 다녀야 하는 것인가? 요즘 관심도 없던 도를 깨우쳐야 한다는 생각이 왜 이리 절실히 드는 것인지. 다래는 그에게 서울역으로 가달라고 말했다. 그래도 별 대꾸 없이 운전해 주는 것이 감사해야지. 다래는 핸드폰을 쳐다봤다. 아직 12시 30분 전이었다. 시간은 무리없이 맞출 수 있을 것 같았다. 이렇게 그를 대동하고 가긴 하지만 큰 산이 앞을 가로막고 있는 건 변함이 없는 사실이었다. 지한이 과연 세준을 데리고 가면 어떤 식으로 나올지, 아마 그를 보면 단번에,

‘저 여자가 날 샀어.’

그 어떤 서브노트보다 간단하고 강렬하게 머리에 주입시켜 주는 말을 내뱉을지도 모른다.

다래는 그에게 물어보고 싶은 게 있었다. 아니, 무언가를 각인시키려 그에게 말을 걸었다.

“어떤 일이 있어도 삼 개월이란 시간은 변하지 않는 거죠?”

“아쉽게도 그래. 윤다래 씨가 우리 어머니의 본모습을 못 봐서 그렇지, 날 다시 아프리카에 보내 버릴 수도 있는 분이지. 어쩌겠어, 난 이젠 좀 편하게 살고 싶거든.”

“그럼, 내가 맘에 안 들어도 구세준 씨는 날 만나야 하겠네요?”

“지금도 이 순간도 맘에 안 들지만 만나주는 건데.”

다래는 눈을 한번 지그시 감았다. 그러다 갑자기 무언가가 떠올랐다.

“남자랑 여자가 여행 가면 좀 사이가 좋아질까요?”

“뭐 그렇겠지. 윤다래 씨도 그렇게 가릴 처지가 아닌데 싸이코에게라도 정 좀 붙여봐.”

다래는 갑자기 실눈을 뜨며 악마의 미소를 보였다. 물론 세준은 쳐다보지 못하게 말이다. 갑자기 벨소리인 전화기를 들고서는 온몸을 부르르 떨며 오지도 않는 전화를 받았다.

“아, 사정이 있어서 강원도로 직접 오라구요? 그럴게요. 아, 거기요? 알 것 같네요. 그럼 그곳에서 봐요.”

다래가 통화를 끝내자 세준이 물었다.

“어떤 남자야?”

다래는 무슨 강원도까지 가냐며 떽떽거릴 줄 알았던 그가 갑자기 왜 전화 통화의 남자를 궁금해하는지 의아할 뿐이었다. 그래도 뭐 물으니 알려주는 수밖에.

"잘생겼어요. 키도 185㎝구요."

"158㎝ 아니고?"

"하하. 지금 그거 개그라고 한 거죠? 그러니 웃어준 거예요."

"뭐!"

또 발끈하는 성질머리가 나오고 있었다. 세준은 왜 괜히 그런 질문을 해가지고 자기 성질만 더럽히게 만들었는지 죄 없는 핸들만 꾹 움켜쥐고 있었다.

"걱정 마요. 생긴 건 정말 잘생겼으니까."

"윤다래 씨는 그렇게 하자가 많으면서 그깟 하자 하나 있는 남자를 거부하는 거야?"

"예."

"왜?"

"그거야……."

세준이 운전하는 잠시 말끝을 흐리는 다래를 힐끔 쳐다봤다.

"삼 개월 동안은 연애할 할당량이 있거든요. 나 한꺼번에 두 가지 일 못하는 성격이거든요. 이 연애 끝나면 얼씨구나 좋다 그에게 안길 거라고요."

끼익.

세준은 잠시 정신을 놓아 앞차가 빨간 불이라 멈춘 줄도 모르고 있었다. 그나저나 자신이 왜 정신을 놓았는지에 대한 고찰을 시작했다.

　"아, 강원도 양양 쪽으로 가세요."

　"알고 있어!"

세준은 방금 전 왜 자신이 그녀가 한 말에 정신을 잠시 놓았
는지에 대해 다시 생각하고 있었다. 또 걱정이었던 것 같았다. 윤
다래라는 여자가 사이코한테 걸려서 인생을 망칠까 봐. 그런데 왜
지금 자신이 그런 걱정나부랭이를 하는 거지? 질문이 꼬리에 꼬리
를 물어 그 끝을 보여주려 하지 않았다.

'지금 무슨 생각 하는 거야. 설마.'

"나 좀 자도 돼요?"

"뭘 그런 걸 물어! 자면 스스로 알아서 자는 거지!"

"아, 혹시 사포랑 친구예요? 너무 까칠하시네."

"하하, 그거 지금 개그라고 한 거지? 그래서 웃는다."

"아, 왜 남의 말 따라 해요?"

"잔다며? 운전에 방해되니까 자라고."

세준이 갑자기 다래의 머리에 손을 댔다. 다래는 순간 움찔하여 몸을 옴짝달싹할 수 없었다. 아니, 오히려 몸에 힘을 주어 그의 손 힘에 저항을 했다. 그러자 그가 손에 더 힘주어 그녀의 몸을 좌석에 밀착시켰다. 그러다 잠시 몸을 창 쪽으로 돌려 급하게 자신의 휴대폰을 꺼버렸다. 분명 누구에게 부리나케 전화가 올 것이 뻔하기 때문이었다. 물론 그 사실을 세준은 알 리 없었다. 이렇게 조용히 아무도 모르게 일을 진척시켜 나가고 있는 그녀였다.

—오른쪽으로 우회전하세요.

네비게이션에서 흘러나오는 목소리가 이제 양양에 거의 다 왔음을 말해주고 있었다. 세준은 이제 기름도 거의 떨어지고, 아침부터 운전을 했기에 어깨도 뻐근한 것 같아 조금 쉬기 위해 양양으로 들어서기 전에 휴게소에 들렀다. 세준이 차를 멈출 때까지 다래는 꿈쩍도 안 하고 있었다.

"저 여자, 나한테 호감있는 거 맞는 거야? 어떻게 저렇게 흰자위까지 슬그머니 보여주면서 잠만 내리 자는지. 어서 일어나!"

세준이 그렇게 어깨를 몇 번 흔들고 나서야 다래는 깨어났다. 동물원을 갈 때도 그랬듯이 아마도 다래는 교통수단에만 오르면 잠에, 그것도 아주 깊은 잠에 빠져들었다. 이번에도 어느 정도 그녀의 반응이 예상되었다.

"아, 왜 이제 깨웠어요!"

"침이나 닦고 말하시지?"

다래는 손바닥으로 입을 마구 문지르기 시작했다. 뭐, 약간 거친 느낌이 드는 가루가 손바닥을 뒹구는 느낌이 들었다. 황급히 가루들을 털어내고 차에서 내렸다. 강원도라 서울과는 달리 조금은 더 서늘한 느낌이 들었다. 9월의 달력을 뻔히 봤음에도 반팔 니트 바람으로 온 다래는 팔짱을 끼어 조금이나마 차가운 기운을 가시게 만들었다.

세준은 강원도에 갈 생각이었으면서도 서울과는 판이하게 다를 날씨도 예상 못하고 반팔바람에 덜덜 떨고 있는 다래가 또 신경 쓰였다. 마침 자기는 긴팔에 재킷까지 입고 있었다. 왜 갑자기 멀쩡했던 몸이 더워지는지. 재킷을 다래에게 차마 건네진 못하고 집어 던졌다. 우연인지 의도적인지 재킷은 다래의 얼굴에 맞고 스르르 흘러내려 갔다.

"더우니까 좀 들고 있어. 여행까지 같이 와줬는데 그깟 심부름도 못해?"

"알았어요."

어라? 하이고, 참 답답한 여인네임이 분명했다. 세준이 건넨 재킷을 그의 명령대로 들고만 있는 게 아닌가. 추워서 여전히 덜덜 떨고 있으면서 말이다. 세준도 그런 그녀 때문에 한숨이 나와 더 이상 어떤 말도 하기가 싫었다.

'아무리 연애가 처음이어도 그렇지. 자기가 일방적으로 연애를 한다고 그렇게 당당하게 선언하더니. 그래, 저렇게 말귀 하나도 못 알아먹으니 누가 저 여잘 거들떠보겠어.'

세준은 결국 휴게소에서 캔 커피 하나를 뽑았다. 그사이 사라진

다래를 이리저리 찾아보았다. 식당이라는 곳으로 들어섰을 때,

"후루릅. 짭짭짭."

아니, 이게 무슨 소리인가. 식인종이 삼백 일 만에 인간고기를 먹더라도 이런 소리는 못 낼 것이다. 지나가던 사람들이 한 번씩 쳐다볼 정도로 요란한 소리로 가락국수를 먹고 있는 사람은 바로 세준이 그렇게 찾던 다래였다. 세준은 기가 차 할 말을 잃었다. 캔 커피를 먹다 말고 쓰레기통에 버리고 그녀의 맞은편에 앉았다. 그녀가 추워하기에 몸이라도 녹이라고 뽑아온 캔 커피를 두 손가락에 힘을 꽉 주고 세차게 열어 자신이 벌컥벌컥 들이켰다. 그러나 다래는 그가 다가온 줄도 모른 채 그녀의 시선은 가락국수 그릇과 단무지 접시 밖을 벗어나지 않았다.

세준은 아무 말 없이 윤다래를 빤히 쳐다봤다. 가락국수 하나에 저리도 행복할까. 세준은 그런 그녀의 모습에 자기도 모르게 미소를 지었다.

'이제 걱정도 모자라, 저 여자 때문에 웃어?'

"아, 와쓰면 마를 하지."

입에는 정확히 국수 세 가닥을 물고 이야기하는 다래. 세준은 자기도 모르게 지은 미소가 이젠 큰 웃음이 되었다. 언제부터인지, 아니, 그녀와 연애라는 걸 시작한 뒤 윤다래라는 여자는 구세준이란 남자에게 큰 웃음을 주는 사람이 되었다.

"아, 왜 웃어요?"

다래는 항상 자길 보면 웃거나 아니면 개죽상을 하거나 극과 극을 달릴 뿐 평범하게 대해주지 않는 그가 못마땅했다. 아마도 그

가 자신이 그에게 관심이 많다는 걸 눈치 채서 재밌어하는 건 알겠지만 저렇게 자신의 얼굴을 보면서 웃는 세준을 보는 건 정말 기분이……

좋습니다.

"왜 혼자만 먹는 거지? 운전하느라 힘든 건 난데."

"이거라도 먹을래요?"

면 가닥 한두 개만이 그릇 안에서 춤추고 있는 걸 내밀고 먹으라니. 뭐, 그렇게 기대를 하진 않았지만 그래도 빈정 상한 세준은 자리에서 일어나 밖으로 나가 버렸다.

"너무 면이 없긴 하네. 하이구, 요 남은 한 가닥으로 서로 입에 물고 쪼―옥! 뭔 이야기여, 시방. 윤다래."

혼자 키득대며 다래는 백에서 폰을 꺼냈다. 꺼졌던 전원을 켜자 문자메시지와 음성메시지가 수도 없이 와 있었다. 굳이 누구임을 확인할 필요도 없었다. 모두 지한에게서 온 것이 분명할 테니 말이다. 하지만 다래는 그것들을 무시하고 자신이 가야 할 목적지에 전화를 걸었다. 확인 전화를 해야 했기 때문이다.

"빨리 안 와?"

세준이 갑자기 나타나 그녀를 재촉했다.

"가요!"

다래는 확인 통화를 마치고 다시 핸드폰의 전원을 꺼버렸다.

양양에서 한계령 쪽으로 작은 다리를 지나 산을 굽이굽이 올라가는 중이었다. 포장이 되었던 도로는 이젠 승차감 좋은 차임에도 제대로 앉아 있기 힘들 정도로 덜컹거리고 있었다. 길을 친절히 알려주었던 네비게이션마저도 먹통이 되었는지 화면엔 아무것도 보이지 않았다.

"진짜 이리로 오라고 했던 거 맞아?"

"그럼요."

"네비게이션도 먹통인 곳으로 여행을 오자고 한 걸 보니 뻔하다."

"뭐가 뻔해요?"

"지금 알면서 묻는 거야, 아니면 몰라서 묻는 거야?"

눈가에 작은 실금의 주름살을 만들어내며 크게 웃는 그녀의 모습을 보자니 세준은 더욱더 기가 찼다. 어쩜 여자가 이렇게 외진 곳까지 남자를 따라오다니. 정말이지 철이 없어도 너무 없다.

조금을 더 가자니 그나마 인가라도 보이고 포장이라도 되어 있던 길이 끊겼다. 그래도 차가 굴러가기에 세준은 불평을 참고 또 참으며 운전만 했다. 그러나 비포장 길이 갑자기 좁아져 더 이상 차가 들어설 수 없게 되었다.

"길 잘못 들어선 거 아니야?"

"아닌데, 여기가 맞는데. 혹시 몰라서 약도까지 가지고 왔죠."

"어디 좀 봐. 아무래도 아닌 것 같은데."

"내가 길 하나는 잘 찾거든요. 이 길에서 조금만 걸어가면 된다고 했어요."

서둘러 차에서 내리는 다래를 따라 세준도 하는 수 없이 차에서 내려 걷기 시작했다. 고지대여서 날씨는 점점 더 춥게 느껴지고

있었다. 서울 같았으면 얼추 겨울 날씨라 해도 믿을 정도로 쌀쌀
했다.

"여분의 옷 안 가져왔어?"

"왜요? 추워요? 아 배낭에서 도깨비난로라도 줄게요."

지금 할 말이 바뀐 거 아닌가? 출발할 때 가져와 뒷좌석에 두었
던 조금 큼지막한 배낭에서 무언가를 꺼내어 세준에게 건넸다. 손
바닥만한 물컹물컹 한 물체를 든 다래가 손으로 무언가를 '똑딱'
건드리자 그런 소리가 나더니 투명했던 액체는 서서히 쇳조각을
시작해 하얗게 변했다. 그러자 조금씩 손바닥에서 온기가 느껴지
기 시작했다.

"따뜻하죠? 그거 내가 정말 오래 쓴 거예요. 터질까 봐 내가 얼
마나 애지중지한 건데. 이게 요술의 가방입니다. 하하, 없는 게 없
어요!"

그 말만 남기고 다시 씩씩하게 앞서서 걸어갔다. 지금 누가 누
구 걱정을 하는 건지. 세준은 닭살이 돋은 다래의 팔이 눈에 들어
왔다. 왜 괜히 한숨은 나오고 그러는지 세준은 갑자기 느껴진 열
기로 다시 재킷을 벗어냈다. 그리고는 구두를 신은 채로 자갈길을
빨리 걷다 삐끗거리면서도 어느새 다가가 그녀의 어깨에 자신의
재킷을 걸쳐 주었다.

"무거우니까 들어!"

다래는 잠깐 걸음을 멈칫하다가 이번엔 더욱 속력을 가해 세준
을 멀찌감치 떼어놓았다. 세준이 꽤 많이 뒤처져 있을 때, 다래는
두근거렸던 가슴을 죄였던 손을 내려놓았다. 그가 키스를 하는지

알고 착각했었을 때보다 더욱더 가슴은 미친 듯이 뛰어댔다. 그냥 무거운 재킷이 들기 싫어 자신에게 떠맡긴 싸가지없는 자식인데 왜 가슴이 뛰는 건지. 아마도 그날보다 조금은 더 일방통행 도로에 깊이 들어선 것 같았다.

"감당할 정도로만 들어가. 일방통행은 유턴이 안 되잖아. 빠꾸로 되돌아갈 수 있는 정도로만 들어가자고."

어느새 세준이 생각에 잠겨 있던 다래를 따라잡았다. 그렇게 또 십여 분을 걷는 건지, 등산을 하는 건지 알 수 없을 강도의 산보를 하고 나니 산골 사이에 작은 집 하나가 보였다. 간간이 옆에 보이는 계단식 논이 이곳이 얼마나 높은지 실감나게 해주었다.

"다 왔어요!"

"뭐?"

다래의 어이없는 말에 세준은 기가 막힐 따름이었다. 거의 다 허물어져 가는 집 한 채를 앞에 두고 다 왔다고 말하는 그녀를 믿기 힘들었다. 세준은 갑자기 다래의 앞에 서서 그녀의 어깨를 잡고 걸음을 멈춰 세웠다.

"지금 이런 곳에서 묵는다는 거야?"

"아, 그게……. 사실은 구세준 씨는 아프리카를 갔다 와서 몰라서 그러나 본데, 요즘은 이렇게 추억을 느끼는 여행이 인기라구요."

"……진짜야?"

핸드폰 사건에 된장녀 사건이 기억나 다래의 말은 큰 믿음이 느껴지진 못했다. 하지만 그냥 믿어줄 수밖에.

“그럼요. 그래서 내가 가방에 바리바리 다 싸들고 온 거잖아요.”

다래는 어느 정도 자신의 거짓말을 믿는 것 같은 세준의 눈치에 빙긋 웃어 보였다. 이럴 때 웃는 것 말고는 뭐 다른 것을 할 수가 있겠는가. 다래는 더 이상 걸음이 멈춰 있는 그를 뒤에서 떠밀어 결국 그 허름한 집의 마당까지 도달했다.

“여기요, 계세요?”

삐그덕. 나무 살에 창호지가 덧대어진 서울에서는 좀처럼 보기 힘든 시골 느낌이 가득한 문을 빠끔히 열고 머리가 희끗희끗한 어르신이 얼굴을 보였다.

“서울에서 여행 온다던 아가씨 아닌가?”

“네.”

“같이 온다던 서울 총각은 더 늦는다고 하던데.”

“뭐라구요?”

다래는 화들짝 놀라며 세준을 쳐다봤다.

“그럼 다시 서울로 가야지.”

세준이 몸을 돌려 왔던 길을 가려 하자, 다래가 그의 팔을 잡아 세웠다.

“하루만 자고 가요. 이런 데 또 언제 온다고 그래요.”

크지도 않은 눈을 억지로 떠가며 불쌍한 송아지 눈을 하고서 세준에게 절대 가면 안 된다며 고개까지 교태있게 살랑살랑 흔들어대기 시작했다. 그런 교태에 더욱 짜증이 난 세준은 다래의 손을 뿌리치곤 왔던 길로 걸어가기 시작했다.

그때, 세준의 엉덩이가 뭔가 축축하며 따뜻한 느낌이 들었다.

"하하하! 구세준 씨한테 소똥 냄새가 아직도 나나?"

세준이 다래의 말에 반격하기 위해 몸을 다시 돌렸을 때, 세준의 앞엔 태어난 지 얼마 되지 않은 송아지 한 마리가 또랑또랑 한 눈을 뜨고 쳐다봤다. 아직 코뚜레도 하지 않은 송아지의 모습은 너무도 귀여웠다. 그러나 생김은 귀여웠으나 송아지는 이쪽 콧구멍 저쪽 콧구멍으로 혀를 날름날름 왔다 갔다 하는 추잡한 모습만 보였다.

"저리 안 비켜!"

"왜 그래요? 소똥으로 집을 지었다더니 소도 그걸 알아보나 봐요! 하하."

"장난해?"

세준이 송아지를 피해 옆으로 한 걸음 움직였으나 송아지 역시 다시 한 걸음 내딛어 세준을 따라갔다.

"방울이가 엄마 정이 고파서 그런가 보네. 어미가 낳자마자 보는 척도 안 한다네."

"푸하하. 그럼 구세준 씨가 이제부터 방울이 엄마 해요."

세준은 눈을 얇게 떠 다래를 째려보기 시작했다. 바지 엉덩이 쪽은 축축한 느낌에 찝찝했고 이젠 세준의 손 냄새를 킁킁 맡는 방울이. 다래는 그런 방울이의 모습을 보고 웃겨 뒤집어질 뻔했지만 개죽상을 하고 있는 세준을 보고서는 조금은 참으면서 웃어댔다.

"얘 빨리 치워!"

어르신이 직접 마당까지 나와 방울이의 목줄을 잡고 외양간에 데려다 놓으려 했지만 무슨 똥고집인지 그 자리를 떠나지 않으려 했다. 세준은 그때를 틈타 다래의 옆으로 도망 아닌 도망을 쳤다. 다래는 저런 귀여운 송아지 때문에 자신의 옆에 찰싹 달라붙은 세준으로 인해 웃겨 죽을 뻔했다.

"아이고."

어르신이 줄을 놓치자 방울이는 다시 세준의 앞에 서서 그를 뚫어져라 쳐다봤다. 큰 눈에 황금빛깔의 길고 풍성한 속눈썹이 너무 귀여워 다래는 송아지의 머리를 한번 쓰다듬어 주었다.

"이렇게 귀여운데. 한번 만져 봐요. 정말 부드러워요."

무슨 생리대 CF도 아니고 정말 부드럽다니. 다래의 말에 세준은 꿈쩍도 하지 않았다.

"됐어."

세준이 뒤로 한 걸음 물러서려 했지만 다래는 그의 손목을 잡고 그의 손바닥이 방울이의 머리를 쓰다듬게 했다. 세준은 처음인 깜짝 놀라는 듯 손을 움츠렸지만 이내 방울이의 따뜻한 온기가 전해졌는지 조금은 억지로 방울이를 쓰다듬어 주었다.

"방울이가 구세준 씨가 정말 좋긴 하나 보다. 여자한테 인기 많아서 좋겠어요?"

"아직 해도 산 너머로 지지 않았는데 꽤 춥네. 어쩌나, 오늘 아침에 보니까 쥐들이 구멍을 내놓았던 게 무너져서 큰 구멍이 되어 버렸어. 큰일났네. 외풍이 심해서 방울이가 괜찮을는지 모르겠어. 어미도 돌봐주지 않는데 말이야."

다래는 갑자기 세준의 옆구리를 쿡쿡 찔렀다.

“이분이 그런 것에는 제격이죠.”

“뭐?”

“아저씨가 못 믿으시겠지만 이 사람 건축 정말 잘하거든요. 그깟 구멍 때우기는 식은 죽 먹기일걸요?”

“무슨 소리야?”

세준이 미간을 일그러뜨리고 다래를 위아래로 쳐다보며 강한 어조로 힘을 주어 말했다.

“시멘트도 없고 진흙도 없는데 올해도 송아지를 못 살리려나 보네.”

“걱정 마세요! 저거면 돼요!”

다래가 조금 봉긋 솟은 작은 갈색 언덕을 손으로 가리키며 말했다. 소똥과 지푸라기가 적절히 섞인 그것은 바로 두엄자리. 다래는 세준을 쳐다보며 아무것도 모르는 천진난만한 얼굴로 그의 등을 떠밀었다.

“소똥 가지고 뭘 어떻게 한다고 그러나.”

세준은 기가 막힐 뿐이었다. 그 수많은 쥐들이 왜 하필 이렇게 굽이굽이 깊은 산속까지 들어와, 그것도 집도 아닌 외양간에 구멍을 내는 것도 모자라 그 구멍을 무너지게 만들었는지 세준은 또다시 아프리카의 악몽이 떠올랐다. 갑자기 왜 깨끗한 손에 소똥이 쥐어진 것처럼 찝찝한지. 세준은 두엄자리에서 먼 쪽으로 피해 집을 나서기 시작했다.

“어디 가요!”

세준은 재빨리 걸어 마당을 벗어났다. 일단 이 상황을 피해야 하기에 다래가 어떻게 오든지 상관 않고 길을 내려왔다.

음머—

이건 또 무슨 소리란 말인가. 세준은 절대 뒤돌아보면 안 된다는 다짐을 깨버리고 결국 슬며시 뒤를 돌아보았다. 그곳엔 방울이가 눈가에 눈물을 그렁그렁 매단 채 그를 쳐다보고 있었다.

"넌 또 왜 울어? 정말 별게 다 짜증나게 하네!"

세준은 눈에서 큰 눈물 한 방울을 떨어뜨리는 방울이를 보고 있자니 발길이 떨어지지 않았다. 지금 이 순간 도망치지 않는다면 손에 다시 소똥을 묻혀야 할지도 모르는 판에 이렇게 송아지 한 마리의 연기에 놀아나고 있는 자신의 꼴을 보고 있자니 어처구니가 없을 뿐이었다. 하지만 방울이의 머리를 쓰다듬었던 자신의 손은 어느새 방울이의 머리 위에 있었다. 언제 그랬냐는 듯 방울이는 눈물은 사라지고 맑은 눈만 껌뻑이고 있었다.

하는 수 없이 결국 세준은 가고 싶지 않은 그 집에 다시 들어섰다.

"방울이가 구세준 씨 데리고 온 거예요?"

"아니! 내가 내 발로 온 거라니까."

그때 방울이가 주인이 데리고 들어가려고 해도 말을 듣지 않더니 자기 혼자 스스로 외양간에 들어갔다. 마치 세준을 보고 어서 집을 고쳐 달라는 뜻인 것 같았다.

"그럼 아가씨, 나 저 아랫집 마실 좀 다녀오겠네."

"그러세요. 저녁은 제가 차려둘게요."

세준은 성큼성큼 다 깎여진 돌계단을 올라가 마루에 앉았다. 집 아래로 보이는 정말 아름다운 광경이 아프리카의 넓고 넓은 지평선 너머로 보이는 풍경과는 사뭇 달랐다. 이곳이 더 자신에게 맞는다고 해야 하는지 그곳의 하루하루는 즐겁지 못했지만 이곳의 하루는 비록 짜증나는 일이 생겨도 지금 풍경을 바라보는 순간만은 편안하기 그지없었다.

그 풍경 속에서도 신경 쓰이는 것 하나. 바로 윤다래라는 여자였다. 주머니에 넣어두었던 그녀가 건네주었던 도깨비난로는 이미 딱딱하게 식어버렸다. 문득 자신이 생각했던 사랑이 이것과 참 비슷하다고 생각했다. 아무렇지도 않던 가슴이 누군가에게 닿아 처음은 불같이 뜨거워지다가 언제 그랬냐는 듯 싸늘하게 식어버려, 그전에 아무것이나 담을 수 있는 물 같은 것이 이젠 아무것도 담을 수 없을 정도로 딱딱하게 굳어버리는. 참 많은 닮은 두 가지였다.

"한 사람을 담았다가 놓아주어도 다른 사람을 담을 수 없이 딱딱해지지 않을 자신이 있을 때 누군가를 사랑해야지. 그러니까 다들 피곤해지는 거지. 그딴 합리적이지 못한 일을 뭐 하러 시작하는지."

"뭐라는 거예요?"

"무슨 상관인데?"

세준은 벌떡 일어나서 다래와 마주치는 걸 피했다. 또 짜증이 나려는 걸 미연에 방지하기 위해서였다. 그것도 그것이지만 자신에게서 계속 눈길을 떼지 않는 외양간의 방울인지 뭔지 하는 송아지가 계속 세준을 무언으로 괴롭히고 있었다.

"저 송아지 좀 어디로 치워 버려!"

"치워줘요?"

"그래!"

"그럼 구세준 씨 치우면 되는데. 방울이가 그쪽만 졸졸 잘 따라다니잖아요."

이제 '뭐!' 아니면 '야!' 이 두 개의 단어만이 머릿속의 언어 부분을 맡고 있는지. 이렇게 발끈하는 모습을 보이는 게 싫은 그였다. 자기도 그렇지만 자신의 발끈하는 모습을 보면서 누군가는 이걸 재미있어하고 즐긴다는 걸 알기 때문이었다. 항상 자신이 그런 모습을 보이면 웃고 있는 윤다래라는 여자. 그리고 그 여자와 지금 한공간에 있어야 한다는 사실이 그를 괴롭혔다.

"그나저나 그 남자는 왜 안 오는데?"

"올 때 되면 오겠죠."

저게 과연 사이코 남자를 기다리는 여인네의 모습이란 말인가? 긴장이라고는 전혀 찾아볼 수 없는데 말이다.

"구세준 씨, 나 여기 주변 좀 둘러보고 올 테니까. 방울이랑 좀 놀아줄래요?"

"뭐? 말도 안 되는 소리 하지 마. 어딜 간다는 거야, 날 혼자 두고!"

다래는 세준의 길 잃을까 두려워하는 어린양 같은 모습에 웃음이 났다.

"구세준 씨 버리고는 안 갈 거니까 걱정 말아요. 난 적어도 닭 두 마리에 그쪽을 팔진 않아요."

"윤다래!"

펄쩍펄쩍 뛰는 세준을 남겨둔 채 다래는 콧노래를 흥얼거리며 길을 나섰다. 조금 전에 차를 타고 오는 길에 보았던, 그냥 흘려보면 보지 못했을 뻔한 구멍가게를 가기 위해서였다. 차에서부터 여기까지 삼십 분. 그리고 차로 오는 길에 보았으니 가는 데만도 족히 한 시간은 걸릴 것 같은 거리를 걸어내려 가고 있었다. 여전히 자신의 어깨에서 떨어지지 않는 그의 재킷.

"이건 왜 안 떨어져."

다래의 구박을 들었는지 다래의 어깨에서 재킷이 떨어지려 했다. 그 순간 다래는 언제 그런 말을 했냐는 듯 뛰어난 반사신경으로 재킷을 잡아 이젠 아예 절대 떨어지지 못하도록 입어버렸다.

"이제 어쩌냐. 저 남자 오늘 하루 동안 내가 구워삶아야 하는데. 다신 이런 기회 만들기 힘든데. 넌 왜 무드없게 혼자 덜렁 나와서 이 모양이냐고."

그렇게 구시렁거리면서 다래는 길고긴 길을 걸어 내려갔다.

그 시각, 세준은 누군가의 눈길을 억지로 계속 피하고 있었다. 이제는 좀 다른 데로 눈을 돌렸나 하고 힐끔 쳐다보면 여전히 이쪽을 바라보며 긴 혀를 내밀며 콧물을 닦는 방울이가 있었다. 방울이 뒤에 크게 난 구멍. 이젠 별게 다 신경이 쓰인다.

"쳐다보지 마!"

조용.

"내 말 못 알아들어?"

당연히 못 알아듣지. 송아지와 커뮤니케이션을 시도하려는 사람이 바보지. 세준은 자기 혼자 푸르르 떨며 방울이는 못 알아들을 말만 해대고 있었다. 다래도 나갔겠다, 세준은 자신이 지금 도망갈 절호의 기회란 걸 잘 알고 있었지만 괜한 송아지에게만 화를 내고 있었다.

그렇게 삼십 분이 흐르고, 세준은 무슨 결심을 했는지 구두를 마루 아래에 놓인 주황색 털이 성성한 고무신발로 갈아 신었다. 바지는 무릎 위까지 걷어 올리고, 소맷자락도 팔꿈치까지 끌어 올렸다.

"네가 집 고쳐 달라고 아부 떠는 것 같은데. 지어줄 테니 제발 그 눈으로 쳐다보지도 마. 나 따라다니지도 말고."

세준은 자신의 주머니에 있던 손수건을 꺼내어 마스크 대용으로 입과 코를 가리고 또 어디서 가져왔는지 삽 한 자루를 손에 들고 땅에 직직 끌고 그곳으로 갔다.

"날씨가 추워서 그나마 냄새가 덜 나서 다행이지. 후우."

세준이 그것을 한 삽 퍼서 옆에 놓았다. 그리고 소의 여물통에 있던 마른풀을 듬뿍 가져와 그것과 잘 섞었다. 삽으로 한번 내려쳤다. 반으로 접어지게끔 그것의 반을 들어 올려 두 겹을 만들어 다시 내리치기를 수십 차례. 드디어 그것에서 찰기가 보이기 시작했다.

음모오.

"그래. 이건 음모다, 음모."

세준에겐 기분이 좋은 방울이의 울음소리가 저렇게 들렸다. 방울이도 기분이 좋은지 외양간에서 나와 세준의 세심하고도 건축학적인(?) 공정에 참여했다. 그러자 세준이 신경 쓰였는지 삽을 땅에 탁탁 치며 저리 가라고 했지만 여전히 세준만을 쳐다보는 방울이.

"너나 윤다래라는 여자나 그래, 말을 말자, 말을 마."

음모오.

다래는 구멍가게에서 먹을거리를 사들고 왔다. 역시 구멍가게라서 그런지 별다른 것들은 없었지만 그래도 다행히 계란은 있었다. 다래는 혹여나 그게 깨질세라 품에 안고 울퉁불퉁거리는 길을 조심히 걸어갔다.

"내가 왜 이딴 계란 따위를 사려고 왕복 두 시간을 허비하는 거야. 윤다래, 너 참 꼴 좋다. 합리적이니 어쩌니저쩌니 읊어대고 다니더니."

이제 조금은 해가 뉘엿해지려고 했다. 다래는 걸음을 빨리하기 시작했다. 그러다 앞에 보이는 어르신이 다래의 눈에 띄었다.

"이것 좀 들어주세요."

"또 어딜 가려고. 이제 어두워질 텐데."

"제가 침대가 없으면 잠을 못 자거든요. 그래서 조금 전 오는 길에 보았던 집에서 남는 이불 있으면 좀 빌리려고요."

다래는 어르신에게 계란 한 판을 넘겨주고 내리막길을 재빠르게 달려 내려가고 있었다. 조금 전이라고는 했지만 벌써 반을 올라온 길인데. 다래는 힘든 것도 모른 채, 그 집을 향해 달리고 있었다.

　바닥이 딱딱하여 세준이 혹여 잠이라도 설칠까 왜 걱정하는지, 자신이 왜 이렇게 힘든 것도 마다않고 이불을 빌리러 가고 있는지, 자신의 마음이 어느새 여기까지 와버렸는지 다래는 인식하지 못한 채 험한 산길을 피식피식 웃어가며 내려가고 있었다.

　"총각."

　어르신이 마당에 들어서서 세준을 부르고 있었다. 그러나 이미 그는 마루에 대자로 뻗어 자고 있었다. 셔츠와 바지는 흙투성이를 하고 고무털신은 벗지도 않은 채로 잠이 들어 있었다. 어르신은 외양간을 무심코 쳐다봤다. 무너진 구멍은 언제 덧발라 놓았는지 깔끔하게 막아져 있었고, 방울이는 열심히 여물을 먹고 있었다.

　"어이구, 구멍 막으려고 이장 댁까지 가서 시멘트를 가져왔는데. 도대체 뭘로 구멍을 막은 건지. 그나저나 두엄자리는 왜 쥐 파먹은 듯이 저 모양이야. 또 방울이가 장난을 쳤나."

　어르신은 그의 까칠한 성격을 어찌 알았는지 그가 눈치 채지 못할 뒤쪽에 그것을 숨겨두었다.

　그리고 조금 뒤, 세준이 잠에서 깨어났다. 벌써 산골엔 어둠이 깔리고 있었고, 오른쪽 부엌에선 마른 장작이 타면서 내는 따닥거리는 소리가 나고 있었다. 세준은 다시 언제 그랬냐는 듯 구두로 갈아입고, 옷에 묻은 먼지들을 털어내고 부엌 문 쪽으로 다가갔다.

　"뭐 해!"

　"총각, 일어났어?"

어르신이 아궁이에서 불을 때던 중 놀란 표정으로 세준을 쳐다봤다.

"아, 죄송합니다. 그런데 조금 전 그 아가씨는 아직 안 왔나요?"

"그러게. 아가씨가 자기는 침대에서밖에 못 잔다고 이불을 빌리러 간다고 했어."

"네?"

"이제 조금 있으면 더 어두워질 텐데."

어르신의 말이 채 끝나기도 전에 세준은 이미 사라진 후였다. 그렇게 차 안에서 곤히 자던 그녀가 터무니없는 거짓말을 늘어놓으면서까지 이불을 가지러 갔다는 사실이 세준의 걸음을 더욱 재촉하게 만들었다. 주위는 컴컴해지고 있는데 이렇게 험한 길을 혼자 가서 여태껏 안 오다니. 세준의 불안감은 더더욱 커지고 있었다. 혹여나 평소 성격처럼 덜렁거리다 길이라도 잃으면 어쩌나 하는 생각까지 들고 있었다. 하지만 세준은 그녀를 향한 생각과 여태껏의 걱정을 또 부정하려 하고 있었다.

"지금 난 오로지 내 이불 마중 가는 거다."

이불이 얼마나 반가웠으면 미친 듯이 내리막길을 뛰어가는지. 세준은 그렇게 또 자신의 마음을 부정하고 있었다. 예전엔 신경 쓰지 않고, 모든 걸 자기 위주로 생각하면서 자신에게 소모적인 일은 넘겨 버리기 일쑤였다. 그런데, 조금씩 자신의 생활패턴이 한 여자 때문에 망가지고 있었다.

"바보 아니야? 아프리카에서도 침대를 썼다고 생각한 거야? 예전에 그랬다는 거지. 그리고 뭐? 자기가 침대 아니면 못 자? 철봉에 매달려도 잘 여자가."

세준은 희미하긴 하지만 저만치서 걸어오는 다래를 보고 달려가려 했지만 이내 자신의 시야에 들어오는 다른 한 사람. 세준은 자기가 죄를 진 것도 아님에도 급하게 옆에 있던 큰 소나무 뒤에 숨었다. 자기가 지금 무슨 짓을 하는 건지. 어렸을 적 숨바꼭질에서도 숨는 건 남자가 할 짓이 아니라며 술래 앞에서 도망가지도 않던 자신이 지금 이렇게 소나무 뒤에서 인기척이 있는 쪽을 힐끔거리고 있다니!

"하하. 고마워. 안 들어줘도 된다니까."

이건 다래의 목소리.

"아니야, 안 본 사이에 너 너무 말랐다. 밥 좀 잘 챙겨먹지."

이건 다래가 사이코라면서 그렇게 싫어한다던 남자의 목소리?

"뭐? 사이코? 그래, 구세준 네가 저 여자한테 놀아난 거다. 저 여자의 아무것도 모르는 표정에 네가 속은 거였어. 죽은 사람과도 결혼한 그런 대단한 여자잖아."

"자, 여기 도깨비난로."

다래가 그 남자에게 그걸 건넸다. 어둠 속에서의 두 사람은 얼굴이 자세히 보이지 않았기에 세준은 그들의 대화에 귀를 기울일 수밖에 없었다. 다래의 말에 세준은 자기 바지 주머니에 있던 도깨비난로를 꺼내어 바닥으로 던져 버렸다.

"따뜻하지? 날씨 정말 춥다. 그렇지?"

"그러네. 여기가 원래 해가 지면 정말 춥지."

"그런데 난 하나도 안 춥다?"

“왜?”

“그거야…….”

세준은 소나무 숲을 이용해 조심히 그들을 따랐다.

“그래, 윤다래 네가 진짜 사랑하는 사람과 있으니 안 춥겠지. 그러면서 그렇게 순수한 모습으로 날 좋아하는 얼굴을 했어. 구세준, 다행이다. 하마터면 속을 뻔했어.”

‘지금 내가 정말 많이 좋아하는 사람의 재킷을 입어서. 정말 따뜻해.’

다래의 마음속의 말을 세준이 들을 재간이 없었다.

그녀에게도 화가 났고, 이렇게 그녀 때문에 화를 내고 있는 자신에게 화가 났다. 그리고 인정하기 싫었지만 자신이 그녀를 조금은 달리 보고 나서야 이런 사실을 알게 된 자신의 바보 같음에 화가 났다.

세준은 멍하니 선 채 중얼거렸다.

“윤다래, 오늘이 마지막이다. 더 이상 시간 끌 것도 없어.”

세준이 마당에 들어섰을 때, 부엌에서 다래가 아무 일도 없었던 양 세준을 웃는 얼굴로 맞이했다.

“어디 갔다 와요?”

“상관할 거 없잖아.”

세준이 차가운 말로 다래의 가슴을 찌르고 있었다. 다래는 이상한 느낌이 들었다. 그가 한두 번 이렇게 차가운 말을 하던 사람이 아닌 걸 잘 알고 있는데. 지금 그의 말은 이상하게도 다래의 가슴에 와 박혀 조금의 고통을 안겨주었다. 하지만 다래는 자신의 기분 탓이라 생각하고 그를 향해 다시 웃어 보였다.

"그렇게 헤프게 웃지 마. 짜증나니까."

"뭐라구요?"

그 순간 다래의 손에 쥐어진 젓가락이 집고 있던 계란말이가 흙바닥으로 떨어졌다. 저건 분명 그냥 그가 흔히 하던 차가운 말이 아니었다. 그의 얼굴까지 일그러진 그건 정말 추운 날씨에 사람의 살을 파고들어 피가 나게 만들 정도 바람 같은 말이었다.

"혼자 가려다 시간이 너무 늦어서 내일 새벽에 올라가려 해. 같이 올라가려면 가든지."

"총각, 저쪽 방에 이부자리 마련해 두었어."

어르신이 부엌에서 나와 세준에게 방을 알려주었다. 세준은 그길로 그 방으로 들어가 버렸다. 다래는 그런 그의 모습을 이해할 수 없어 멍하니 그가 들어가 버린 방문만 쳐다볼 뿐이었다.

"무슨 일 있는 거 아닌가."

"아니, 괜찮아요. 아무 일도 없어요. 혹시 쟁반 있죠? 저 사람 따로 상을 봐줘야겠어요."

다래는 자신이 이런 오지에까지 데리고 왔다는 것에 짜증이 나 있는 걸 알고 있었지만 이건 뭔가 이상하다는 느낌이 분명하다고 느끼고 있었다. 하지만 그건 언제까지나 예감에 불과할 뿐이라 생각하고 다래는 그의 상을 들고 방 쪽으로 향했다.

마치 침대인 양 목화솜이불이 두 겹으로 두텁게 깔려 있는 걸 보니 세준은 화가 치밀어 올랐다.

"연기 잘하네."

세준은 다래가 깔아놓은 그 이불을 손으로 제쳐 놓곤 벽에 기대어 앉았다. 그렇게 혼자 잘난 척했던 자신이 저런 여자에게 속았다는 것에 화가 날 뿐이었다.

잠시 후, 노크도 없이 문이 열리면서 다래가 쟁반을 들고 들어왔다. 계란말이, 계란탕, 그리고 따뜻한 김이 모락모락 올라오는 밥에 빨간색이 참 예쁜 김치까지. 다래는 세준의 앞에 쟁반을 놓았다.

세준은 도대체 어떤 모습이 그녀의 진짜 모습인지 헷갈리기 시작했다. 몇 시간 전만 해도 자신이 생각한 윤다래라는 여자는 한 남자가 좋다며 혼자 웃고 떠들고 혼자 화내며 순진한 모습을 보여준 여자라고 생각했었지만 지금 다소곳이 앉아 있는 다래의 모습이 마치 저 뒤쪽에 풍성한 여우 꼬리를 숨겨놓은 것처럼 느껴졌다. 어떻게 그렇게 이중적인 모습을 가질 수 있는지. 세준은 기가 찰 뿐이었다.

"윤다래, 이제 그만 하지?"

"뭘?"

"연기 좀 그만 하라고. 다 사실대로 말해. 그래도 내 삼 개월은 내어줄 테니."

세준은 다래를 뚫어져라 쳐다보고 있었다.

'이렇게 빨리 알게 될 줄이야. 그렇게 그가 화를 낼 줄이야.'

세준이 한눈치 하는 남자임은 알고 있었지만 그래도 이리 빨리 알게 되리라고는 미처 생각하지 못하고 있었다. 그런 식으로 자신이 속았다는 게 분해서 조금 전 그렇게 또 싸가지없는 말을 뱉어낸 거라 생각하고 있었다. 하지만 자신의 계획을 애교로 봐주는 건 안 되는 건가? 저렇게 무섭게 말하니 다래는 은근히 위축되는 자신을 느끼고 있었다.

"아, 알았어요?"

"그래. 하지만 사실대로 말했어도 내 삼 개월은 내어주지 않겠어. 지금 이렇게 당신과 마주 보고 앉아 있는 것도 내 인내심을 발휘해 간신히 버티고 있는 거니까."

"네?"

"삼 개월 동안 이보다 더한 짓을 할지 어떻게 알아."

"그럴 수도 있지, 그까짓 거 때문에 그렇게 화를 내요?"

"그까짓 거? 역시 넌 대담한 여자야. 그 순한 얼굴로 날 정말 좋아하는 양. 조금 전에 그 남자랑 좋던데? 이중적 면모를 보여주는 건 괜찮아. 하지만 너의 그런 가식적인 모습에 내가 흔들렸다는 게 짜증날 뿐이지."

"네?"

"마지막이다."

흔들렸다는 그에 말에 다래는 겉으로는 무표정하게 있었지만 속으로는 만세를 여러 번 외치며 웃고 또 웃었다. 하지만 이렇게 금방 자신의 속내를 드러내 보이면 안 되지 않는가. 다래는 갑자기 구슬픈 목소리로 세준에게 말했다.

"진짜 마지막이면, 나 구세준 씨 한 번만 안아봐도 될까요?"

"역시 보통이 아닌데?"

세준은 이제 모든 걸 알았다는 양, 이젠 더 이상 속지 않겠다는 양 두 팔을 벌려 다래가 자신을 안도록 허락했다. 그의 마음은 아까 전에 딱딱해져서 버린 도깨비난로마냥 딱딱하게 굳어져 있었다.

그런데 참으로 웃기게도 그녀의 얼굴은 어둡기는커녕 밝아져 자신에게 다가오고 있었다. 세준은 다래가 자신을 꼭 안고 있는 순간에도 그녀가 자신을 속이고 있는 걸 알았음에도 지금 이렇게 조금은 흔들리는 자신의 마음을 부정하고 있었다. 갑자기 다래가 몸을 움직여 올라와 그의 귓가에 대고 속삭였다.

"귀여워요, 구세준 씨."

세준은 그녀의 목소리가 악마의 속삭임처럼 느껴졌다. 그녀를 두 팔로 밀쳐 내었다. 여전히 웃고 있는 그녀의 모습이 이젠 가증스럽기까지 했다. 하지만 언제 밀쳐 냈냐는 듯 다래가 다시 다가와 세준에게 안기려 하는 찰나, 한 소년이 두 사람 앞에 등장했다.

"누나, 아버지가 고모한테 전화 왔다던데?"

세준은 '누나' 란 말에 눈이 휘둥그레 놀란 표정을 지었고, 다래는 이제 모든 게 탄로났다는 듯 혀를 삐쭉 내밀었다.

"야, 내가 서로 모른 척하자고 했잖아. 엄마는 왜 전화했는데?"

"그거야 모르지. 뭐, 아버지가 한번 가보라고 해서. 잘되고 있어서 내가 좀 아는 척해줬어. 하하."

동생은 뭔가 분위기가 심상치 않아 다시 문을 재빨리 닫아버렸다.

“그럼…… 여기가…….”

“정말 두 남녀가 여행하면 뭔가 일어나긴 하네요? 구세준 씨 질투하는 모습도 보고, 구세준 씨 안아보기도 하고. 이 정도면 나의 대담한 계획이 대충 성공한 건가?”

“무슨 질투!”

“으이그, 구세준 씨도 날 처음 봤을 때부터 나한테 푹 빠진 거 아니에요? 내가 그쪽 사진을 봤었을 때처럼.”

“일방적으로 연애한다며. 난 신경 쓰지 않는다며.”

그런 그의 약간은 토라진 모습에 미소를 지었다.

“구세준 씨는 일방통행에 반대쪽에서 잘못된 길을 오는 차를 보면 어떻게 해요?”

“당연히 돌아가지.”

“난요, 속력을 내요. 그래서 아예 그 차하고 콱! 부딪쳐 버려요.”

그녀의 말인즉슨,

“아이구, 귀여워라. 그나저나 도대체 내 사촌이랑 했던 대화는 어디에 숨어서 들었던 거예요?”

“듣긴 뭘 들어!”

다래는 처음으로 그가 당황하면서 얼굴이 빨개지는 귀여운 모습을 볼 수 있었다.

“그렇구나. 나만 좋아하는 게 아니었구나. 아마도 날 좋아했으니까 그렇게 질투와 오해가 마음속에서 샘솟은 거겠죠?”

“좋아하긴 누가 누굴?”

"걱정 마요. 내가 어머니껜 도도하시고 차가운 성격의 아드님이 유치하게 나무 뒤에 숨어서 혼자 씩씩대며 어떤 남자와 대화하고 있는 날 질투했다는 사실은 비밀로 부쳐 줄게요. 히히."

"누, 누가 나무 뒤에서 숨어서 뭘 어쨌다고!"

"어, 저것 봐. 진짜 나무 뒤에서 엿들었나 보네. 어휴, 어떤 나무였는지는 몰라도 구세준 씨 그 까칠한 성격 받아줬으면 그 명은 다했겠네, 다했겠어."

궁지에 몰린 세준은 다래라는 뜨거운 프라이팬 위에서 들들 볶이며 조금씩 타 들어가고 있었다.

그때 다시 문이 벌컥 열렸다.

"아버지가 누나 애인한테 방울이 집 잘 지어줘서 고맙대. 소똥으로 짓느라 수고했다던데. 뭔 말인지."

동생의 그 말과 함께 문이 다시 닫혔다.

"하하하. 진짜 소똥으로? 내가 미쳐. 소똥으로 구멍을 메워줄 정도로 날 좋아했어요?"

달달 볶이던 세준의 얼굴이 서서히 굳어지기 시작했다.

"너 말고 방울이다. 착각하지 마."

그가 나름대로 심각한 어투로 던지는 말도 이젠 다래에게 더 이상 차갑고 이질적이게 느껴지지 않았다. 콱 깨물어주고 싶을 정도로 귀여운 말투로 들려올 뿐이었다.

다래는 그날 이후부터 얼굴에 화색이 돌아도 너무 돌아 볼 터치를 하지 않아도 했다는 착각이 들게 할 정도였다. 하지만 그날 이후로 뭔가 이뤄지나 했건만 세준은 화가 났는지 연락이 없었다. 다래는 막상 이렇게 일은 저질렀지만 그날 그렇게 수십 통 전화를 해대고 열을 냈을 게 뻔한 지한이 며칠이 지나도 아무 소식이 없다는 것에 미심쩍었다. 그래서 간간이 세준에게 전화를 해서 동태를 파악했지만 그 사건을 말하진 않은 듯하고. 자신이 불가능하다는 걸 스스로 깨우쳐서 물러난 건가?

Rrrrr.

아무래도 건 아닌 듯싶다. 핸드폰 액정에 드러난 그의 번호. 다래는 어차피 겪어야 할 일이기에 주저없이 그의 전화를 받았다.

“여보세요.”

[윤다래, 너 사람 뒤통수 아주 잘 치더라?]

“다짜고짜 전화해서 무슨 말이야?”

[어디서 나온 자신감이야? 얼마 전만 해도 벌벌 떨더니.]

“본론만 얘기해.”

[우리 처음 만났던 카페 기억하지? 그리로 나와.]

“그래!”

다래도 이젠 더 이상 그에게 굽실거리지 않기로 했다. 다시 찬찬히 생각해 보자니, 뭐 사람을 돈으로 산 건 나쁘지만 결코 무슨 일이 일어난 건 아니지 않은가. 다래는 당당한 걸음으로 계단을 올라갔다. 아마도 이젠 조금은 덜 불안할 조건이 생겨서 그런지 다래의 어깨는 덩실덩실 춤을 추는 꼴이 참 가관이었다.

카페에 들어서자 지한은 익숙한 자리에 앉아 있었다. 두 사람이 처음 만났던 그 자리. 다래는 지한의 눈을 당당하게 마주하며 소파에 앉았다. 지한은 그런 그녀의 등장에 놀랐는지 주스를 한 모금 빨아 마셨다.

이상했다. 분명 몸을 움츠리며 들어오는 게 맞는데. 어쩌면 저리도 당당한지 비록 고개를 쳐들고 눈을 살포시 뜨며 콧대 높게 굴지는 않았어도 그녀의 얼굴엔 당당이라고 쓰여 있었다. 그 며칠 사이에 절대 무슨 일이 있었을 리도 없고, 지한은 타 들어가는 목 때문에 결국 빨대를 꺼내어 버리고 잔째로 단번에 주스를 마셔 버렸다.

“그 이야기 세준 씨한테 해도 상관없어. 이미 내가 선수 쳤으니까.”

“뭐?”

“우리가 무슨 일이라도 있었어? 뭐, 잠시 혼나기는 했지만.”

뭐야. 뭔가 잘된다고 했더니만 역시나. 먼저 선수를 쳐서 동정심을 얻자는 나름대로의 계획을 세운 다래를 물로 본 지한은 주먹으로 허벅지를 내려칠 수밖에 없었다. 이렇게 된다면 계획은 한 가지밖에 없었다. 다래보다야 훨씬 적은 호감을 가지고 있는 세준을 그녀에게서 떼어놓는 방법을 쓰는 수밖에.

“잠깐만. 친구한테 전화 왔어.”

“누군데?”

“여보세요, 지은이니? 다된 저녁에 무슨 일이야?”

지한은 지은과의 통화라는 말에 더 이상 아무 말도 하지 않고 통화 내용을 듣기만 했다.

“뭐? 바바리 입은 사람을 봤다고? 또? 어휴. 정말 토 나와. 난 바바리 입은 사람이 제일 싫어. 특히 남자들이 바바리 입은 거. 정말 길 가다 보면 정말 욕해주고 싶을 만큼. 제일 싫은 게 내 앞에서 막 돌아서려는…….”

지한은 속으로 생각했다.

'바바리 입은 남자를 싫어한다고? 그것도 아주 지독하게……?'

순간 지한의 입가에 의미심장한 미소가 흘러나왔다. 그는 갑자기 자리에서 일어나더니 먼저 가야겠다는 제스처를 취한 다음 카페를 나왔다. 그리곤 나오자마자 자신이 짜놓은 시나리오대로 대화를 진행시키기 위해 세준에게 전화를 걸었다.

지한이 간단한 손동작 후 카페를 나가자, 다래는 황당해 그를 급히 불렀다.

"야!"

[어? 뭐라고? 너 지금 나 부른 거냐?]

"어? 아, 미안. 앞에 남자가 있어서 변태 놈이란 말을 할 수가 있어야지."

[뭐야? 바바리 입은 남자? 바바리 입은 남자가 들으면 진짜 당황하긴 하겠다.]

"아이고, 그걸 눈치 못 채는 사람이 어디 있어? 눈치도 오라지게 없는 쑥맥이 아닌 이상."

지한이 그 페이스에 연애를 한 번도 못했으리라고는 다래는 상상조차 하지 못했다.

자신의 방 창가에 서서 바깥 풍경을 응시한 채 멍하니 있던 중, 전화벨이 울렸다.

"어, 지한이 네가 무슨 일이야?"

[형 여자 친구 말이야, 내가 아는 사람이 다래 씨 친구라서 우연히 알게 된 정보를 전달해 주려고 전화했어. 다래 씨가 정말 좋아하는 게 뭔지 알아냈어.]

다짜고짜 전화해서 이게 무슨 소리야? 근데, 다래에 관한 얘기라고?

"필요없다. 그게 나랑 무슨 상관이야."

[에이, 왜 그래? 마음속으론 궁금해하고 있으면서. 다래 씨가

바바리 입은 남자를 좋아한대. 그것도 자기 앞에서 비밀스럽게 뒤돌아서 있는 남자 모습을 보면 막 껴안아주고 싶어한대.]

"……그딴 것 내가 알 필요 없지."

[아무튼 난 전달했다. 참고하여 좋은 결과 있길 바라.]

세준은 지한의 전화를 끊곤 자신도 모르게 자신의 방의 옷장을 향해 걸어갔다.

"정말 취향 하나 독특하네. 혹시 영국 남자를 좋아하는 건가? 웬 바바리?"

투덜투덜 혼잣말을 하면서도 어느샌가 옷장 문을 열어 바바리코트를 찾고 있었다. 한동안을 뒤적거리다 드디어 바바리코트를 찾아 들었다.

"구세준, 네가 미쳤구나."

세준은 순간 이건 아니라는 생각에 힘들게 찾은 바바리코트를 다시 옷장 안으로 처박아 넣고 옷장 문이 떨어져 나갈세라 힘차게 닫아버렸다.

✳

다래는 다음날 찌뿌드드한 몸으로 대학원 수업을 듣고 있었다. 아무리 그날 그렇게 자신의 귀여움이 들켜 버렸어도 그렇지, 항상 연락을 뜸하게 하는 그의 모습이 맘에 들지 않았다. 연애하는 사이가 되었으면 최소한 하루에 한 번은 전화를 해주어야 하지 않나? 아니면 문자라도. 너무 구차하단 생각이 들긴 했지만 벌써 이

틀째 감감무소식인 세준이 살짝 원망스러워진 다래였다.

그때, 책상 위에서 올려져 있던 핸드폰이 부르르 몸을 떨었다. 다래는 순간적으로 전화기를 낚아채 끊길세라 강의실을 뛰쳐나갔다. 그리곤 조금 전 자신의 반응은 모두 잊은 채 조심스럽게 전화를 받았다.

"여보세요?"

[뭐야. 왜 그렇게 숨소리가 거친 거지? 수상하다.]

"뭐라구요?"

이틀 만에 전화해서는 말하는 거 하고는. 평소 같으면 자기 성질에 못 이겨 전화를 끊어버릴 법도 했지만, 얼마 만에 온 전화인데! 다래는 떨어질세라 두 손으로 전화기를 꼭 잡고 한쪽 귀에 찰싹 붙여놓았다.

[나 먹고 싶은 게 있는데.]

뜬금없이 먹고 싶은 거라니.

"뭐 어쩌라구요? 그걸 왜 나한테 말해요?"

[26살 여자가 가진 눈치 하고는. 쯧쯧. 그러니 아직 연애 한 번 못해봤지.]

"오래간만에 전화해서 장난해요? 난 수업 중이라고요."

[내 정보에 의하면 너희 어머니, 지난번 그 강원도에 가셨다고 하던데.]

어찌 그런 정보까지 캐낼 수 있었는지. 아니, 본론은 그게 아니지.

"그, 그래서요?"

[밥 차려준 것까지 모자라서, 내가 직접 숟가락으로 떠먹여 줄까?]

"무, 무슨 생각을 하는 건데요?"

[이거 왜 이래, 남자랑 밀월여행까지 계획했던 사람이.]

"댁도 좋았잖아요!"

[내가 언제! 아무튼 우리 어머니가 이건 정말 싫어해서 네가 해줘야겠어. 정말 너무 먹고 싶었다, 삼 년 동안.]

왜 항상 저리 삼 년이란 시간을 강조하는지. 다래는 그 삼 년이란 말만 나오면 세준의 요구를 거절하지 못했다. 하지만 요리 실력이라면, 세준의 집에서 일 년 동안 수련을 했음에도 전혀 진전을 보이지 않았었는데.

"뭐, 뭔데요?"

[그건, 와보면 알 거야. 그럼 내가 먼저 집에 들어가 있을까?]

순간, 다래는 자신의 머릿속에서 둥둥 떠다니던 로망 하나를 잡아챘다. 그건 바로 멋진 남자가 자신의 집 앞에서 기다려 주는 자신의 로망 중 클라이맥스! 물론 상대가 그대로 행해줄는지는 미지수이지만.

"아니, 들어가지 말고…… 집 앞에서 기다릴래요?"

[안 그래도 그럴 생각이었어. 난 무단침입 같은 건 질색이니.]

'호, 혹시 우리 텔레파시가 통한 거야?'

다래는 오늘도 시원한 김칫국 한 사발을 쭈―욱 들이키고 수업은 잊은 채 곧장 학교를 나섰다.

"그럼 지금 갈게요."

[수업 중이라며? 수업 중에 한눈팔지 말고 일곱 시에 보자.]

혹시나 했더니 역시나 초를 심하게 쳐대시는 그. 다래는 결국 강의실로 다시금 향했다. 그러나 머릿속엔, 멋있게 차려입은 세준이 집앞에 서서 자신을 향한 활짝 웃는 모습으로 가득했다. 결국 그날의 수업 내용은 다래의 머릿속에 하나도 들어오지 못했다.

세준은 해준의 방으로 향했다. 책에서 책을 읽고 있던 해준이 독서를 하기 위해 썼던 안경 너머로 세준을 쳐다봤다.

"무슨 일이야?"

"혹시, 그거 있어?"

"그거? 그렇게 말하면 내가 어떻게 알아?"

세준은 해준의 옷장에서 그것을 꺼내어 해준에게 보여줬다. 해준은 왜 자기 방까지 와서 그걸 가져가려 하는지 도통 알 수가 없었다. 아직 입을 철이 아니라서 비닐 커버에 쌓여 있는 걸 갑자기 들고 설쳐 대는 꼴이 가관이었다.

"내 건 유행이 지난 스타일이라서."

"그건 가져가서 뭐 하려고? 설마 지금……."

"넌 하던 독서나 마저 해."

그 말만 남기고 사라진 세준. 해준은 기가 막힐 뿐이었다.

"그게 유행이 있는 건가? 그것도 벌써 몇 년은 된 옷인데."

세준은 아직 그것을 입기에는 조금 이른 날씨임에도 부득불 입고 여섯 시가 조금 넘은 시각에 집을 나섰다. 가을에 가까워진 날씨라 제법 해가 짧아졌다. 세준은 차를 다래의 집에서 조금 거리가 떨어진 곳에 세워두고 라면이 든 검은 봉지 하나를 들고 오르막길을 걸어 올라갔다.

"뭐야? 집 앞에 웬 가로등?"

세준이 그 앞에 섰다. 그러자 시간에 맞추어 켜지는 가로등은 그를 비추고 있었다. 그렇지만 이미 전등의 아래쪽엔 올여름인지, 아니면 수년에 걸친 건지 모를 수많은 벌레들의 사체 때문에 그리 밝지 못했다.

그날따라 교수님은 수업을 왜 그리 꽉꽉 채우시는지. 그리고 잘 만 오는 버스는 왜 그리도 애를 태우고 오지 않는지. 다래는 일곱 시가 다 되어서야 겨우 집 앞에 도착했다. 한 걸음 두 걸음, 이제 한 걸음만 더 디디면 모퉁이를 지나 그녀의 집이 보일 수 있는 거리였다. 서서히 다래가 발걸음을 떼었다. 드디어 그녀의 집이 보이기 시작했다. 다래는 조금은 떨리는 마음으로 힐끔 그쪽을 쳐다봤다.

그런데!! 그녀의 집 앞엔 그녀가 기다리고 있던 세준은 안 보이고 평소에 그리도 벼르고 벼르던 바바리 맨이 그녀를 기다리고 있었다.

"뭐야! 평소에는 만나고 싶어도 안 보이더니! 그래, 너 오늘 잘 만났다!!"

다래는 세준이 오기 전에 그를 해치우기 위해 양팔 셔츠를 위로 걷어 올렸다.

세준은 자기 딴에 멋을 낸다고 남색 바바리에 베이지 색 면바지를 입었건만, 그게 그의 패션에 오점이 될 줄이야. 조금은 더운 날씨라 양손으로 옷깃을 잡고 양팔을 벌려 조금이나마 훈기를 가시려 했다. 그러나 그런 행동이 큰 화를 부를 줄이야.

"당신! 지금 그대로 스탑!"

역시나 특이한 등장의 그녀. 바바리를 활짝 펼치고 있는 자신의 모습에 반한 건가? 여행 후 이젠 아예 대놓고 마음을 보여주기로 한 건가? 세준은 흐뭇한 미소를 지었다.

"당신, 그때 그 사람 맞지?"

세준은 흐뭇한 기분에 빠져 깊게 생각하지 않은 채 느릿느릿 고개를 끄덕였다.

"얼마나 대단하기에 자꾸 숨기는 거야?"

자신의 손에 들린 검은 봉지를 아직 못 본 건가? 뭐 검은 봉지라 보이지도 않겠다고 생각해 세준이 팔을 내려 보여주려 하자,

"그대로 스탑! 그래, 우리 솔직해져 보자."

세준은 괜히 그녀의 말이 기대되기 시작했다. 그녀의 맘을, 표정으로는 간간이 읽었으나 정작 말로는 들은 적이 없었기에 세준은 팔을 들고 있긴 조금 힘들었으나 움직이지 않았다.

"크기를 보여줘 봐."

내 맘의 크기를 말하는 건가? 아, 이 여자 너무 과감한 거 아닌가? 서론도 없이 본론으로……

"내가 예전에 강아지를 한 마리 키웠었는데, 좀 비실댔어. 그런데도 그건 무진장 크더라. 당신도 그런가? 얼마나 자랑하고 싶었으면 친히 왕림까지 하셨겠어. 그러니 내가 봐줄게, 돌아서 봐."

엥? 이게 무슨 말이지? 그거라니……?

"뭐, 별 볼일 없더라도 인상 찡그리지 않고 봐줄 테니 어서 보여주고 가라, 바바리 맨. 좀 있음 이곳으로 당신과는 비교도 안 될 만큼의 크기를 가진 남자가 올 거거든."

다래가 자신을 바바리 맨으로 착각하고 있단 걸 알게 된 세준은 그 길로 자신의 평소 자랑하던 품위는 안중에도 없이 급한 마음에 마구 엉키는 스텝을 무시하고 냅다 뛰기 시작했다. 솔직히 자신이 왜 이 상황에서 아무 말도 못하고 이렇게 미친놈처럼 뛰어야만 하는지 자신을 납득시켜야 했지만, 지금 상황은 다른 것도 아닌 바바리 맨이었다. 오직 이 상황에서 벗어나는 게 상책이었다. 다래의 성격이 평소에 엉뚱한 건 익히 알고 있기에 혹여나 끝까지 쫓아올까 봐 세준은 '뒤돌아보지 말라'는 누군가 했던 말을 잘 이행하며 뛰고 또 뛰었다.

"아이고~ 비실한 개만도 못하니 어째. 구실은 할려나 몰라."

빨리 달리는 와중에도 다래의 마지막 엔딩 멘트를 들어버린 그였다.

"지한이 이 자식은 어디서 정확하지도 않은 정보를 나한테 흘려서 내가 이 지경이 되게 만드는 거야! 하, 이거 누구한테 화내지도 못하고 정말 미칠 노릇이다."

다래는 일곱 시가 넘어도 오지 않는 세준을 마냥 기다리고 있었다. 자기 집 앞에서 자신을 기다리는 세준의 모습을 볼 행운은 그녀에겐 허락되지 않았다.

“헉헉. 내가 좀 늦었지.”

“어, 왔어요?”

조금 전 그 걸걸대던 목소리는 어디로 가고, 다래는 냉랭한 목소리로 세준을 맞이했다. 세준은 일단 안심했다. 자신을 알아보지 못하는 것 같으니 말이다. 그제야 거친 숨을 몰아쉬었다. 지금 이 어색한, 아니, 일방적으로 어색한 순간을 어떻게 떨쳐 내고 그녀가 추호의 의심도 못하게 만들까 하고 곰곰이 생각했다. 순간 세준의 머릿속에 이 상황을 무마시킬 방책이 생각났다. 제일 걱정되는 그녀의 입. 무슨 말이 나올지 모르는 그녀의 입을 막아버리면 뭔가 좀 달라지지 않겠는가 하는 그의 약간은 단순한 생각이었다.

“왜 늦었어요!”

다래가 그의 코앞에서 당당하게 묻자, 갑자기 세준이 다래의 몸을 바로 잡아 다래의 앞에 섰다. 하필 왜 그때 다래의 가슴은 조금씩 그 박동과 템포를 잃어가고 있는 것인지. 다시 담담한 목소리로 다래가 세준에게 한마디 하려 하자,

“흡!”

세준이 갑자기 다래의 얼굴을 두 손으로 감싼 채 다래를 아래로 내려다보는 자세로 그녀의 입술을 덮쳤다. 세준의 갑작스런 행동에 다래는 화들짝 놀랐지만. 파닥거리는 그녀의 손을 잡기 위해 다래의 얼굴을 감싸던 세준의 손은 이미 다래의 두 손을 묶는 수갑이 되어버린 지 오래였다. 서서히 세준의 입속에서 나온 혀가 이런 갑작스런 행동과는 달리 부드럽게 다래의 이를 건드리고 있었다. 마치, 빨리 열어달라는 것처럼. 하지만 키스의 경험이 전무

한 다래. 그리고 자신을 너무 쉽게 본다는 생각이 번뜩 들어서인지 모르겠지만 다래는 굳게 이를 악물고 있었다.

그러자 세준은 다래의 손을 잡고 있던 손을 놓았다. 그와 동시에 다래의 허리를 감싸 자신의 품 안에 넣고 있었다. 지그시, 그리고 천천히 그의 손이 다래의 허리를 끌어당기자 다래의 굳게 닫혔던 입이 서서히 느슨해지고 있었다. 그 찰나를 틈타 세준의 혀가 다래의 입속으로 들어와 간질였다. 다래가 영화에서 이런 장면을 볼 때마다 징그럽다거나 위생적으로 문제가 있다는 생각을 늘어놓곤 했는데 지금 이 느낌, 이렇게 이성을 잃어버리게 한 이 느낌. 다래는 순간 정신을 놓을 뻔했다.

조금씩 세준이 다래에게서 멀어지고, 세준의 입이 다래의 입에 작별을 고했다. 그리고 세준의 손이 다래를 놓아주었다. 역시 효과가 있었던지 이미 반쯤 정신이 나간 것 같은 다래의 모습에 세준은 안심을 했다. 비록 자신이 원했던 상황의 첫 키스가 아니긴 했지만 뭐, 그래도 나름 집 앞에서의 키스는 운치가 있었다.

그래도 다행히 다래의 얼굴에 황홀하다는 대답이 나왔으니 세준이 미소를 지었다. 이로써 다래가 자신이 조금 전 그 남자였다는 상상을 할 여지를 눈곱만치도 못하게 만들었다는 생각에 한시름 놓고 있었다.

반면 다래는 이러한 상황은 전혀 지각을 하지 못하고 항상 여자들이 그렇듯, 자신이 원했었던 첫 키스였음에도 불구하고 길길이 뛰며 반색을 하고 세준을 몰아붙였다.

"이게 무슨 짓이에요?"

"오리발."

"뭐요?"

"내가 너희 집 앞에서 기다리는 거 원했잖아. 그런 걸 원한 거였으면 이런 것도 기대하고 있었던 거 아니야? 집 앞에서의 키스."

'여보세요. 나 키스를 원한 게 아니었어요. 아니, 원했었던 건가.'

다래는 자신이 싫다면서 그를 밀쳐 낼 수 있는 충분한 힘이 있었지만 그러질 못했다. 언제부터 그를 밀어낼 수 있었는데도 밀어내지 않았던 걸까. 아니, 오히려 자기가 더 잡아당기고 싶은 충동을 억제했었는지도 모를 것이다.

"구세준 씨! 문 열린 거 안 보여요?"

다래는 짜증이 잔뜩 섞인 목소리로 세준을 어서 들어오라며 손을 파닥거리며 재촉하고 있었다. 세준은 살짝 입가에 미소를 머금은 채 그것을 내뱉지는 못하고 있었다.

"종소리가 안 들려서 섭섭했나."

"뭐라구요?"

"하도 드라마 광이니까 혹시 그런 것도 믿었나 해서."

다래는 섭섭한 정도가 아니었다. 단지 자신의 떨리는 가슴에 비해 아무렇지도 않는 그의 모습에 화가 나 있었다. 그가 자신을 아주 아니게 생각한다는 걸 잘 알기는 하지만 이렇게 혼자만 이런 기분을 느끼는 것 같아 괜스레 신경질이 났다. 아직도 입 안에서 맴도는 그의 흔적. 지금 그와 키스를 했을 때의 그 기억들은 모두 그리 쉽게 떨쳐질 것 같지 않았다.

"어쩜 그렇게 한 치 흐트러짐이 없어요? 처음 아니죠?"

"여자가 심하게 흔들리는데. 남자라도 흔들리지 않아야 하지 않겠어? 둘이 흔들린다고 생각해 봐. 이상하지? 어디 윤다래 씨가 보는 드라마에서도 남자 주인공이 그랬어?"

'그래, 퍽도 이상하겠다.'

세준의 뻔뻔한 대답이 다래를 더욱 자극시키고 있었다. 조금 전부터 달랑달랑 들고 다니는 세준의 검은 봉지. 그게 또 다래의 딴 짓거리가 되었다.

"도대체 뭘 해달라기에 그런 것에 넣어가지고 온 거예요?"

"뭐긴 뭐야."

다래가 거실에 들어섰을 땐 세준은 마치 자신의 집인 양 소파에 앉아 텔레비전을 켜고 이리저리 채널을 돌리면서 한 손으로 까딱 거리며 부엌을 가리키고 있었다.

"저기 식탁 위에 올려놨어. 맛있게 해줘. 제발 부탁이다."

말따구니 하고는. 곱게 잘해달라고 하면 어디 덧나나. 제발 부탁이란 소리는 왜 집어넣는지. 다래는 세준을 지나치면서 까딱거리는 팔을 각목이라 생각하고 무릎으로 두 동강이 내고 싶은 마음이 굴뚝같았다. 하지만 참아야 하느니라. 다래는 부엌으로 들어가 그가 식탁 위에 놓은 검은 봉지를 들어 바닥을 손가락으로 잡아 거꾸로 들었다.

부스럭거리며 나온 라면 두 봉지와 오이 한 개……. 오이 한 개? 이걸로 도대체 뭘 하라는 거지?

"이거 그냥 같이 끓여요?"

다래는 라면에 파라면 몰라도 오이를 넣어 끓인 적은 없어 세준에게 물었다. 그러나 세준은 다래의 말을 흘려들어 라면 두 봉지를 다 끓이라는 소리로 착각하고 대답했다.

"어, 같이 끓여. 그리고 난 면 꼬들하게."

그리고 그는 괘씸한 지한에게 전화를 걸었다. 그러나 전원이 꺼져 있다는 안내 멘트만이 답할 뿐이었다.

"그래, 지한이가 일부러 그랬을 리는 없어. 그나저나 윤다래, 정말 내가 감당할 수 있을까?"

세준은 무심결에 자기의 아랫도리를 쳐다봤다.

"또 비교하는 거 아니야? 아니지. 내가 왜 이런 쓸데없는 생각을 하는 거야? 구세준, 너 저 여잘 좋아하기는 하지만 결혼은 아니다. 평생 비교당하고 싶어?"

세준은 별걱정을 다 하고 있었다. 평생 결혼 따윈 하지 않겠다고. 그리고 연애조차도 소모적인 건 하지 않겠다고 주장하던 자신의 현 주소를 보라.

도대체 오이와 라면을 같이 끓이라는 이유가 뭘까. 역시 성격이 까칠한 남자는 먹는 취향도 참으로 남다르다는 생각을 하며 물을 가스레인지에 올려놓았다. 물이 끓는 사이를 틈타 오이 껍질을 길쭉하게 벗겨 송송 채를 썰고 있었다. 그래도 아직 끓지 않는 물. 다래는 쪼르르 거실로 가서 세준의 옆에 털썩 앉았다.

"어! 신재혁이다. 호오, 저 피아노 치는 손가락 봐. 재방송인데도 감동이다, 감동."

세준은 갑자기 거친 손동작으로 채널을 돌렸다.

"잘 보고 있는데 채널을 왜 돌리고 그래요?"

"신재혁이 그렇게 좋아? 쳇, 그 자식이 뭐가 좋다고."

"또 질투해요? 특히 피아노 칠 때 보이는 긴 손가락. 난 남자가 피아노를 치면 음."

"여자같이 무슨 남자가 피아노야? 난 너무 남자다워서 저런 건 안 친다."

"그러세요? 치지 마세요. 구세준 씨가 치는 걸 상상하니 이건 완전 특급 호러물이네요."

"윤다래 씨, 물 끓거든요?"

다래가 급하게 소파에서 일어서다 그대로 동작을 멈췄다.

"어, 혹시 향수 바꿨어요? 이거 내가 말했던 향수네. 훨씬 부드러워요."

다래는 눈을 감고 코를 찡긋거리며 그의 향수 향을 맡았다. 귀엽기도 하지. 자기가 오래전에 흘려 말했던 걸 다 기억하고 있었는지. 하지만 이제는 굳이 향수를 바꾸지 않아도 다래에겐 그가 더 이상 까칠한 개싸가지가 아니었다. 향수 향이 은은하게 퍼지며 다래의 마음을 편안하게 만들어주었다.

"전에 쓰던 거 다 써서 새로 산 거니까 착각하지 마."

갑자기 다래가 혀를 끌끌 차기 시작했다.

"그런데 변태도 이 향수를 쓰더라고요? 방금 전 그 변태도 이 냄새였어. 하지만 구세준 씨의 향기가 더 좋네요. 히히. 변태는 냄새구요, 구세준 씨는 향기예요. 알았죠?"

그런 말을 남기고서는 촐랑촐랑 다래는 부엌으로 사라졌다.

“저런 개코.”

세준의 방해에 드라마도 보지 못하고 다시 부엌으로 쫓겨나온 다래. 아직도 콧가에 남은 그의 향수 향이 다래를 기분 좋게 만들었다. 그래서 그녀의 요리는 조금 더 발랄하게 진행되었다. 팔팔 끓는 물에 라면을 넣고 그의 주문대로 꼬들꼬들하게 하기 위해 면발을 젓가락으로 들어 후후 불어가며 면발에 탄력을 주고 있었다.

“나랑 라면 먹는 취향은 똑같네. 그런데 정말 오이를 넣어야 하나?”

갈등을 하고 있는 다래. 결국 다래는 세준도 좋고 자신에게도 좋은 결정을 했다.

“라면 다 됐어요.”

“그래?”

마치 라면만을 기다려 왔던 아이마냥 재빠르게 달려와 의자에 앉아 다리를 동동 구르는 세준. 정신상태가 정말 의심되는 남자다.

“어후, 왜 다리는 구르고 그러는데요?”

“몰라. 어렸을 적부터 라면 먹을 때마다 너무 기대해서 그런가. 습관이 됐나 보네.”

푸훗. 잠시 다래는 그의 어리광스러운 모습에 웃음을 흘리고 말았다. 그의 앞에 라면을 담은 그릇을 놓고 자신은 귀찮은 나머지 냄비째로 놓았다. 다래가 채 앉기도 전에,

“이게 뭐야?”

세준의 얼굴은 일그러진 채 젓가락으로 오이를 건져 올려 묻고 있었다.

"섞어서 끓여 달라는 걸 내키지 않아서 고명으로 올려놓았어."

"미치겠네. 그 오이 얼굴마사지 하려고 가져온 거였어."

"뭐라구요?"

돈도 넘쳐 나는 사람이 무슨 오이 가지고 얼굴 마사지를 하려고 했다니. 더군다나 자기 집도 아닌 다래의 집에서 하겠다는 세준을 상상이나 했으랴.

"그럼 건져 줘요?"

세준의 그릇에서 라면국물이 묻은 오이고명을 건져 내는 다래.

"됐어. 그냥 먹지 뭐."

아삭아삭 소리를 내어가며 오이고명을 먹는 세준. 다래의 실수에 까다롭게 굴 것 같던 그는 더 이상의 말은 하지 않고 라면을 먹고 있었다. 세준의 먹는 모습에 다래는 또 혼을 쏙 빼놓고 있었다.

"맛있다는 소리는 좀 해줘야 하지 않아요?"

물끄러미 그를 쳐다보다 다래가 한마딜 건넸다.

"쯧쯧. 가만히 있으면 중치라도 가지. 꼭 저렇게 초를 쳐요. 그래, 맛있다고 치자."

"참나. 엎드려서 절 받기도 아니고. 구세준 씨, 당신 정말 매너 없는 거 알죠?"

"그러면서 넌 날 왜 좋아하는데?"

다래는 그의 말을 무시하고 냄비에 있는 라면을 먹기 시작했다. 먹는 것에 전념하고 있던 다래의 정수리가 뜨거운 느낌이 드는 이유는 무엇일까. 다래가 눈을 위로 치켜뜨며 앞을 쳐다봤다. 자길 뚫어져라 쳐다보는 그.

"왜요?"

"바꾸자."

"뭘요?"

다래가 묻는 대답은 이번 역시 무시한 채 세준은 다래의 냄비와 자신의 그릇을 바꾸려 했다.

"그거 내가 먹던 거예요!"

다래는 냄비를 꽉 쥐고 얼굴을 묻은 채 그를 쳐다보지도 않고 소리를 질렀다.

"이것도 내가 먹던 거야."

아, 그가 먹었던 거라고 하지 않는가. 그렇다면 간접…… 키스? 못 이기는 척 서로의 것을 바꾼 다래는 새침한 얼굴을 한 채 젓가락만 움직여 그릇 안을 휘휘 저었다. 그런데 걸리는 느낌이 없다. 그릇 안을 쳐다보니 이미 국물밖에 남지 않은 세준의 라면. 그러면 그렇지. 이야, 정말 이런 남자가 또 있을까?

"구세준 씨, 너무하네요. 나도 일 년 동안 라면 구경도 못했거든요?"

다래는 아무 말도 않고 라면을 먹는 세준의 모습이 얄미웠지만 그래도 자신이 해준 음식(?)을 맛있게 먹는 그의 모습에 흐뭇했다. 전생의 어머님은 무슨 착한 일을 하셨기에 저런 바람직한 싸가지를 낳으셨을까.

"부담스럽게 쳐다보는 것 좀 그만 해."

"내, 내가 언제요!"

"됐어."

"그나저나 돈도 많으신 분이 피부 관리실 가서 마사지 받으시지, 웬 오이?"

"내가 무슨 돈이 많은데. 그리고 요즘 회사 사정도 그리 예전만큼은 못하니까 조금이라도 아껴야지. 피부 관리실 갈 돈이면 직원 한 명 월급 이상이다."

웬일로 남을 생각하는 그의 모습인지. 왠지 다른 그의 모습이 낯설기도 했지만, 이런 생각을 하고 있다는 게 그를 다시 보게 만들고 있었다. 워낙 이제껏의 모습이 강한지라 다래에게는 그렇게 크게 다가오지는 않았으나 그를 향한 생각에 변화를 주기에는 충분했다.

"껍질 벗겨놓은 거 그걸로 하면 돼요."

"껍질?"

"그 안쪽으로 하면 똑같으니까요."

"너 때문에 더 새까매진 거니까. 그러니까 아무 말 말고."

꼭 저렇게 좀 뜸하다 싶으면 꺼내는 이야기. 다래는 더 이상 다투기 싫어 모아두었던 껍질을 좀 짧게 잘라 접시에 놓았다.

"다 잘랐어요."

싱크대에서 식탁으로 뒤를 돌아보았을 땐 가지런히 정돈되어진 그릇과 뚜껑이 닫힌 반찬 통만 덩그러니 놓여 있었다.

"설거지는 바라지도 않았는데."

다래는 오이가 든 접시를 들고 거실로 나왔으나 세준은 보이지 않았다. 화장실을 갔나 해서 노크를 해봤지만 아무 말도 없고, 혹시나 구경을 하고 있나 해서 안방을 갔지만 그곳에도 세준은 없었다. 마지막으로 자신의 방을 열었다. 다래의 침대에 누워 있는 세준. 그렇게 까칠하던 그가 자신의 침대 위에서 곤히 자고 있었다. 손을 한번 휘휘 저으며 진짜 자는 건가 확인을 하고 난 후에야 다래는 자신의 책상의자를 꺼내어 그의 옆에 앉았다.

다래는 일부러 세준을 깨우지 않았다. 음흉한 다래의 본심은 그의 잠든 모습을 가까이서 관찰하고 싶었기 때문이다. 세준은 팔을 머리 뒤로 끼고 잠들어 있었다. 다래는 갑자기 어머니가 지난번에 사두었던 미백 크림이 생각나 안방을 단숨에 다녀와 아직 한 번도 사용하지 않은 크림을 듬뿍 그의 얼굴에 발라 조심스럽게 문질러 주었다.

"성격만 좋으면 얼마나 좋겠니. 까칠해서는. 어쩌겠어, 내가 데리고 살아야지. 큭큭."

지금 이렇게 장난스러운 말들을 그의 앞에서 해도 전혀 그 다음을 생각할 필요가 조금은 줄어들었다는 생각에 다래는 마음이 약간 가벼워진 것 같았다. 그래도 지금 만남이 세준의 어머니가 바라는 결혼으로 가기엔 아직도 많은 벽이 있었다.

"예전엔 결혼이란 거 생각도 하기 싫었는데. 그땐 아무래도 그전의 사람을 사랑하는 단계를 생각하지 못해서 그런 내 오만에 빠졌었던 것 같네. 합리적 어쩌고 지껄이기나 하고."

그의 앞머리가 이젠 눈썹을 지나 조금은 더 길이가 길어져 있었다. 과연 이 자라나는 머리카락처럼 그의 대한 자신의 호감도 더

자라날까. 다래는 걱정 하나를 덜어놓을 새도 없이 다시 자기 머리에 차버린 걱정 때문에 눈살을 잠시 찌푸렸다. 그래도 지금 이런 순간순간이 소중하기에 그의 얼굴을 가리고 있는 세준의 앞머리를 쓸어 올리는 다래였다. 손가락 끝에 닿는 그의 머리카락. 왜 다래는 자신의 아랫입술을 깨물고 있는지.

"그래, 머릿속으로만 19세 찍자."

다래는 누워 있는 탓에 조금은 흐트러진 그의 재킷을 제대로 다시 여며주었다.

'다래야, 그렇게 세준이의 몸을 만지고 싶었니?'

다래 마음속의 악마가 다래의 신경을 자극하고 있었다. 다시금 입가에 느껴지는 그의 흔적.

"죄송합니다, 구세준 씨."

세준이 자는데 너무 좁은 느낌에 일어나 보니 다래가 옆에 찰싹 달라붙어 자고 있었다. 세준은 화들짝 놀라 다래에게서 멀리 떨어졌다. 그녀는 뭐가 그리도 좋은지 실실 웃기까지 하면 자고 있다. 때마침 옆으로 누워 있던 다래의 입가에서 뭔가 투명하고도 끈적끈적해 보이는 게 흐르고 있었다. 세준은 차마 봐줄 수 없어 자신의 주머니에 있던 손수건을 꺼내어 그것을 닦아주었다. 그리곤 손수건을 집어 던져 버렸다. 침대 가장자리에서 자고 있던 다래를 조심스럽게 옮겨준 후 이불을 덮어주었다.

몇 시간 후, 밖의 풍경이 어둠으로 바뀌고 난 후에야 다래는 잠에서 깨었다.

“갔네?”

혹시나 하는 다래는 거실로 가보았지만 그의 흔적은 없었다. 때마침 목이 타던 차라 냉장고로 향하던 다래. 식탁 위가 깔끔해져 있었다. 그리고 설거지가 되어 거꾸로 놓여 있는 그릇들.

“그 어머니에 그 아들이네. 나도 며칠은 그릇 거꾸로 안 해놓아서 혼났었는데.”

다래는 목을 축이고 지은에게 전화를 걸었다. 한 일도 없는데 왜 이렇게 목이 탔는지. 그녀는 전화를 거는 도중에도 머그컵을 놓지 않았다.

“지은아, 궁금한 게 있다.”

[얘가 자다가 웬 봉창 두드리는 소리야?]

“혹시 키스란 거, 중독성있는 거니?”

[뭐? 키스? 너 첫 키스 한 거야?]

“아니, 이 나이에 첫 키스도 못해본 윤다래가 궁금해서 묻는 거다.”

[이게 미쳤나. 오밤중에 전화해서는. 그게 좀 중독성이 있긴 하지?]

“그래? 그럼 내가 변녀는 아니구나.”

[뭐야! 이 풀풀 나는 수상한 냄새는?]

“그나저나 걱정이 있어.”

[뭔데?]

“신지한인가 하는 그놈, 나한테 막 접근하는 거 있지. 자기한테 오라고 하질 않나.”

[뭐? 그 쑥맥이 내 말에 일을 저질렀구만.]

사실인즉슨 지한이 힘겹게 고백을 했지만 자기는 여자 하나도 끌리게 할 매력없는 남자와는 사귈 생각 없다고 마구 퍼부었는데 그 말 때문에 다래에게 접근을 한 것 같다는 지은의 추측이었다.

"너도 참 너무하다. 어떻게 그렇게 심하게 말하냐?"

자신을 가지고 농간을 부렸던 것은 까맣게 잊었는지 지은의 잘못만을 꾸짖고 있었다.

[야, 걔가 누군지 알아? 내가 예전에 과외할 때 술 못 먹는다고 했다는 그 숙맥소년이야. 너 같으면 그런 남자애랑 사귀겠어?]

"뭐? 자기가 미성년자라고 술을 거부했던 그 고지식한 돋보기 안경?"

오, 마이 갓! 그 아이가 바로 신지한일 줄이야. 다래는 before & after가 도저히 매치되지 않았다.

"지한아, 오늘이 수능 백일 전이다. 그렇지?"

"네."

두꺼운 돋보기안경을 쓰고 연신 안경테를 만지작거리며 지은 앞에서 쑥스러움을 타는 지한. 지은이 이 집에 처음 소개를 받고 왔을 때 지은은 놀랄 수밖에 없었다. 수능을 앞둔 고3인 남자 아이가 이렇게 지고지순할 수가 있는가. 자신의 방보다 더 깨끗이 정돈되어져 있는 그의 방. 그리고 자기가 손수 깎았다며 가져오는 과일. 지은은 지한과 과일을 수차례 번갈아 보면서 이 천연기념물, 아니, 멸종되어 버렸을 법한 소년에게 놀랄 뿐이었다.

"지한아, 짜잔!"

지은이 책상 위에 몰래 반입해 온 소주병과 작은 종이 소주잔 두 개를 내어놓았다. 지은은 딸각 소리와 함께 소주병을 따서 소주잔 하나를 들어 넘칠 만큼 따라 지한의 앞에 두고 한 잔은 자신의 앞에 두었다.

"지한아, 또 있다? 소주에 오징어가 빠질 수 있나. 오다리 좋아하지?"

"네. 근데 오다리는 좋아하지만 술은 못 먹는데요."

"왜 또 그러시나. 자 선생님과 짠 한번 하자. 우리 지한이 시험도 잘 보라는 의미에서."

지한의 표정은 죽상이 되어버린 지 오래였고, 가까스로 지은과 잔을 마주치고 다시 책상 위에 잔을 놓는 지한.

"저 아직 법적으로는 미성년자예요. 생일이 늦거든요."

"뭐? 그래서 지금 이 선생님이 주는 잔을 안 받겠다고라?"

"죄송해요, 선생님."

결국 지은은 그날 꿋꿋이 공부하고 있는 지한의 옆에서 혼자 소주 병나발을 신나게 불어댔다.

"그래도 결과적으로는 큰 도움을 줬어."

[뭐? 너 애인이라도 생긴 거야?]

헉! 역시 귀신이다. 다래는 아직은 혼자만의 비밀로 남겨두고 싶어서 냅다 전화를 끊어버렸다. 그리고 지은이 집요한 걸 알기에 전원까지 꺼버렸다.

"지금은 나 혼자만 좋아하고 싶어. 미안."

다래가 혼자 방에서 시시덕대고 있었을 때, 엄마가 일찍 집으로 돌아왔다. 다래는 인사를 방문 밖으로 크게 들릴 정도로 한 뒤 침대에 누웠다. 그때 덜컥 하는 소리와 함께 다래의 방문이 열렸다.

"다래야, 너 혹시 안방에 미백크림 못 봤니?"

"아, 그거?"

"옆집 아줌마가 그걸 썼다가 얼굴이 다 뒤집어졌다길래 버릴 참이었는데 없어졌네."

"뭐?!"

한편, 세준은 집으로 들어와 피곤한 몸을 뒤로한 채 샤워를 하기 위해 욕실에 들어섰다. 옷을 벗고 먼저 가벼운 세수를 하기 위해 세면대 앞에 섰다.

"목에 이게 뭐지? 모기가 물렸나? 이제 꽤 쌀쌀해졌는데 웬 모기."

다래가 만들어놓은 키스마크를 난생처음 보는지라 세준은 모기에 물렸다고만 생각하고 말았다. 그리고 목을 쳐다보다 서서히 얼굴로 올라갔다.

"이게 뭐야!"

붉은 반점 마스크를 뒤집어쓴 양 세준의 얼굴은 참으로 보기 힘들 정도였다.

*

벌써 오 일째, 세준은 연락조차 하질 않고 있었다. 다래는 굳이 먼저 연락하지 않았다. 이제부터는 나름 밀고 당기기가 필요하다는 지은에 말에 대단한 인내를 가지고 연락을 먼저 할 때까지 기다리건만.

"이건 밀고 당기기가 아닌 나만 당기다가 뒤로 나자빠지겠어."

그렇게 기억의 연결고리가 이어져 그날의 키스 장면이 다시 떠오르게 만들었다. 후유증은 실로 대단했다. 수업 시간 내내 그의 목덜미가 눈앞에 아른거리는 것이 수업 내용이 좀처럼 머릿속에 들어오질 않았다.

"이래서 하늘이 연애를 못하게 만들었던 거다."

머리를 아무리 손으로 수차례 때려본다 한들 그 생각은 다래의 머릿속에서 떨쳐지기보다 떨어질 생각을 않는 마른 밥풀떼기처럼 다래의 생각 속 일부가 되어버렸다. 간혹 자신이 혹시 너무 혼자 담아두고 있어 이렇게 음흉한 생각들이 과포화 상태가 되었던 것일까.

"그래, 지은이가 뭐 다들 그런다잖아."

잡생각으로 그렇게 하루를 보내고, 오늘도 행여나 그에게 전화가 올까 주머니에 넣지도 못한 채 손에 전화기를 꼭 쥐고선 집으로 향하는 그녀였다. 괜스레 얌전한 입술을 문지르며 무언가를 느끼고 있었다.

“윤다래, 너 너무 느긴다. 이걸 어쩌니?”

점점 변녀과로 변해가는 자신을 주체할 수 없는 다래는 마구 달리기 시작했다. 연애를 시작한 지 며칠 되지 않아 이렇게 정신이 피폐해져 가는 자신을 보며 후회하려고 했지만 왜 또 입술은 꿈틀거리며 웃음을 뱉어내는지. 이젠 정말 그에게서 헤어나오기 힘든 것 같았다.

“다래 씨!”

자신을 부르는 목소리에 깜짝 놀라 쳐다봤지만 이미 목소리가 그의 것이 아님에도 괜한 기대를 가지고 있었다. 집 앞에서 차에서 나오는 해준을 발견할 수 있었다. 이렇게 자기가 먼저 찾아온 적이 없는데. 다래는 어리둥절하며 해준을 향해 걸어갔다.

“아, 안녕하세요?”

“인사 깍듯한 건 여전하네요.”

뭐, 다래가 인사가 항시 깍듯한 것은 아니었다. 그것도 다 사람 봐가면서 하는 여우 짓.

“혹시 저녁 먹었어요?”

“아, 아니요. 그런데 왜요?”

“아니, 사주려고요. 괜찮죠?”

“에이. 제가 또 그런 거 마다할 사람입니까? 하하.”

다래는 해준이 문을 열어주기도 전에 먼저 홀랑 타버리고 말았다. 해준은 이미 닫힌 문을 보며 조금은 난감한 표정을 짓곤 다시 운전석으로 향했다.

이내 차는 출발했고, 다래는 조금은 어색하게 먼저 말을 꺼내지 못하고 있었다.

"왜 아무 말도 안 해요?"

"그냥. 할 말이 없어서요."

"이제 그렇게 사이가 멀어졌나 보군요. 그렇죠?"

"아, 아니요!"

해준의 섭섭해하는 표정을 보며 다래는 아니라고 손사래까지 치며 오버액션을 취하고 있었다. 그럴 것이 어머님을 뵈었을 때도 해준과는 인사를 나눈 것이 고작이었다. 일 년 동안 같이 살다시피 한 사람인데, 불과 며칠을 떨어졌다고 벌써 이렇게 멀어져 버리고 말았다. 반면 얼마 만나지 않은 세준에게는 자신의 마음이 너무 가까워지고 있었다.

"내리죠."

"아, 여기는!"

예전에 해준이 여러 번 데려와 주었던 곳. 스파게티를 좋아하는 다래라서 해준이 데리고 왔을 때, 주변사람들이 놀랄 정도로 그릇을 깨끗이 비웠다. 그 이후로는 해준이 어머님과 다래를 자주 데려왔었다. 어머니가 면류를 그다지 좋아하지 않으시기 때문에 다래와 해준 둘이서 온 적이 더 많긴 하지만.

"그동안 많이 힘들었죠? 먹을 것도 제대로 못 먹고. 얼굴이 많이 야위었어요."

"그렇죠? 이 피골이 상접한 얼굴 하며."

다래는 장난스럽게 고개를 끄덕였다. 항상 그의 매너가 그러했

듯이 의자를 빼어주며 다래를 먼저 앉게 했다. 비교하기는 싫었지만 제멋대로인 세준과 어찌 이렇게 다를 수가 있을까. 유치하고도 비과학적인 말이긴 하지만 세준은 아마도 다리 밑에서 주워온 자식임에 틀림없을 것이다.

"항상 먹던 오징어먹물 스파게티죠?"

"네. 이런 데 아니면 먹기 힘들잖아요."

알아서 다래의 메뉴를 시켜주는 해준. 해준은 어디에서 꺼내놓은 지 모르는 상자를 다래에게 내밀었다. 다래는 이게 뭐냐는 표정으로 해준을 눈을 똥그랗게 뜨고 쳐다봤다.

"줄까 말까 했는데, 그냥 기념으로 주려고요."

"기념이요?"

"그래도 가족이었는데, 이렇게 며칠 못 보고도 서먹해지잖아요."

해준이 기념이라고 내민 상자를 다래는 조심스럽게 열었다. 그 속에 들어 있는 목걸이. 아무리 기념이라고는 하지만 조금은 부담스러워 보이는 선물을 넙죽 받을 수는 없었다.

"너무 비싼 거 같은데."

"괜찮아요. 내가 주고 싶어서 그런 거니까."

"정말 받으면 안 되는데."

받으면 안 된다면서 이미 손으로 조금씩 자기 쪽으로 끌어당기는 다래. 그런 그녀의 모습에 해준이 옅은 미소를 지었다.

"음식 나왔네요. 상자는 가방 안에 넣어둬요."

다래 앞에 오징어먹물 스파게티가 나왔다. 오늘도 역시 한 치의 머뭇거림도 없이 포크를 푹 박고 돌돌 돌리는 다래. 그 모습을 보고 있는 해준.

"세준이 다래 씨가 무척이나 신경 쓰이나 봐요."

"뭐, 그렇죠. 저 때문에 졸지에 유부남이 되었잖아요. 하하."

다래는 스파게티를 입에 넣고 그 맛을 음미하려는 찰나,

"그게 아니고, 녀석이 다래 씨를 싫어하지 않는다는 뜻인데. 녀석은 자기가 싫어하는 건 신경조차 쓰지도 않는 타입이라서요. 제가 힌트 주는 겁니다."

'정말 눈치도 없으시지. 어쩜을 다래보다 더 없을까. 이미 갈 데까지 갔단 말입니다!'

"그 힌트 잘 활용할게요."

"며칠 전엔 웬 바바리코트를 빌려가던데. 혹시 다래 씨한테 잘 보이려고 그랬나?"

"네? 바바리 입은 거 한 번도 본 적 없는데요?"

어찌 감히 구세준을 바바리 맨으로 착각했다고 상상이라도 할 수 있으랴.

"다래 씨, 세준이 녀석이 잘해주나 해서요. 그 녀석이 연애는 처음이라서 말이죠."

"네? 뭐요!"

다래는 테이블이 들썩거릴 정도로 화들짝 놀라 번쩍 일어났다. 처, 처, 처, 처음이라니!

"녀석 연애 한 번도 해본 적 없는데. 뭐, 녀석을 좋아하던 여자는 좀 있었죠."

"하하. 아닐 거예요. 세준이, 아니, 세준 씨가 얼마나 능숙한데
요?"

"뭐가 능숙해요?"

"아, 아니, 그게 아니고. 세준 씨는 자기가 연애가 처음이라는
소리는 절대 하지 않던데."

해준이 조금은 가볍게 웃었다.

"예전이나 그랬지, 지금은 누가 연애가 처음이라고 하겠어요?
상대가 우습게 볼 텐데."

여기 그런 여자가 당신 앞에 있소이다.

해준이 집 앞까지 바래다주겠다는 걸 다래는 너무 무리해서 먹
었다며 소화를 시켜야 한다고 십 분 정도 걸어야 하는 거리를 두
고 그의 차에서 내렸다.

"오늘 감사했어요."

"다래 씨, 조심히 들어가요."

해준이 차를 돌려 돌아가기 시작했다. 다래는 결국 세준의 안부
가 궁금해 그의 전화번호를 눌렀다. 조금의 시간이 흐른 뒤 세준
이 다급하게 전화를 받았다.

[왜.]

"구세준, 기껏 전화해 줬는데 그딴 식으로 받으면 곤란하지요."

[지금 바쁘다. 끊어!]

뚜뚜뚜. 참으로 무심하고도 싸가지없게 단칼에 전화를 끊어버
리는 세준.

“이런, 개나리 자식!”

다래는 쿵쿵 큰 소리를 내며 집으로 향했다. 오 일 만에 전화를 한 건데 반가운 내색은커녕 오히려 바쁘다며 전화를 끊어버리는 세준 때문에 다래는 눈가에 눈물까지 그렁그렁 맺혔다. 그가 아무리 차가운 말을 하더라도 이렇게 눈물이 글썽인 적은 없는데. 다래는 이렇게 그의 성격을 이제껏 봐왔음에도 이런 사소한 것들에 서운해지기 시작했다.

“이제…… 나 돌아갈 수 없게 되었어. 돌아올 수 없이 깊게 와버렸다고…….”

“구세준 씨, 제대로 좀 못해요?”

“지금 제대로 하고 있잖습니까. 이렇게 부드럽게 계란 쥐듯이.”

작은 빌딩 안에서는 두 남녀의 실랑이하는 소리가 들려왔다. 그리고 그와 함께 들리는 이상한 소리.

“구세준 씨, 이게 제일 쉬운 거 알죠?”

“지금 처음이라고 나 무시하는 겁니까?”

“안 되겠네요. 이 정도로 형편없다니. 이제 밤마다 매일 오세요!”

“매일? 나 그렇게 한가한 사람 아닙니다.”

그의 반항에 여자는 얼굴이 붉게 상기되어 그에게 되물었다.

“그래서, 하기 싫어요?”

“후. 심호흡 좀 하고 다시 시작하죠!”

세준은 힘겨운 와중에도 얼굴엔 화색을 띠고 있었다.

"누구 때문에 이 연습을 하는 거죠?"

"뭘 그렇게 묻습니까? 어서 시작합시다."

금요일은 조금 늦은 타임의 수업을 듣는지라 수업이 끝나니 벌써 여섯 시가 다 되어가고 있었다.

"그래. 나 이제 절대 먼저 전화 안 해."

Rrrrr, 양반이 아닌 분의 전화.

"누구세요!"

[나.]

"참 오래간만에 힘든 전화 하셨습니다."

다래는 약간은 비아냥거리는 투로 전화를 받았다. 사실 정말 기다리던 그의 전화였기에 괜스레 심통을 내고 있었다.

[윤다래, 삐쳤어?]

"아니요."

[지금 학교 맞지?]

"집인데요?"

"웃긴다. 언제부터 너희 집이 이렇게 끝도 안 보일 만큼 넓었냐."

다래의 앞에 보란 듯이 걸어오고 있는 세준은 전화를 끊고는 다래의 앞에 성큼 다가와 섰다. 아, 왜 이렇게 떨리지? 손의 떨림은 아무도 눈치 채지 못할 만큼 아주 미세했으나 세준에게 들킬세라 다래는 그와의 거리를 만들었다. 그러나 세준이 다래의 손을 덥석 잡는 바람에 다시 가까워졌다.

"뭐예요? 미안하긴 한가 보죠?"

"뭐가? 내 손 시려서 그러는데."

"좀 우리 솔직해져 봐요."

"손 좀 떨지 마. 잡아줄 맛 안 나."

"누가요?"

다래가 화들짝 놀라며 파닥거리고 있었다.

"솔직해지라며, 내가 모른 척해주려고 했더니."

마치 두 사람은 태엽을 등에 달아놓은 인형처럼 같은 보폭으로 한 걸음씩 내딛고 있었다.

"이상하게 윤다래 네 손을 잡고 있으면 편안하다."

"그건 또 무슨 뜬금없는 소리?"

"윤다래, 당신 손 라면 같아. 난 라면 계속 먹을 수 있거든."

라면? 참 적절한 표현이십니다. 다래의 심술이 또 발동하기 시작했다.

"아마, 많은 여자들이 그 손을 거쳐 갔겠지요?"

"무슨 소리야?"

"연애에 능통한 구세준 씨 손을 거쳐 간 여자가 한둘이겠어요?"

갑자기 다래를 잡던 세준의 손에 힘이 들어갔다. 그렇다고 연애가 처음이라고 말할 수는 없지 않은가. 세준은 항상 차가운 그녀의 손을 데워주려 잡아준 거지만, 아마도 자기가 갑자기 손을 잡아주어서 그런 건지 지금 이 순간 그녀의 손은 그 어느 때보다도 따뜻했다. 참 이상했다. 자신이 누구보다 더 스킨십을 싫어했던 사람인데 이렇게 자연스럽게 자신의 손이 먼저 그녀를 향해 뻗었다. 그리고 조금 전 했던 말처럼 놓고 싶지 않은 손. 분명 이런 게 익숙지 않은데 너무도 편했다. 이제까지 어떻게 손을 두고 다녔는지가 신기할 정도로 말이다.

"마음대로 생각해라. 그래, 하지만 네가 아무리 그래도 저녁은 먹고 가."

"됐네요!"

"반항해도 오늘 저녁은 내가 꼭 먹여서 보낼 거다."

세준은 완강하게 거절하는 다래를 억지로 차에 태워 어디론가 향했다. 심히 마음이 비뚤어진 다래는 아무 말도 않고 있었고, 세준 또한 다래를 다그쳐 말을 시킬 생각도 없어 보였다.

결국 레스토랑에 도착할 때까지 두 사람은 한 마디도 하지 않았다.

"내려."

세준이 문을 열어 내리라 했지만 다래는 내리지 않았다. 결국 세준이 다래의 손을 잡아끌어 내리게 했다. 테이블에 앉을 때에도 다래는 그와 마주 보는 자리임에도 불구하고 한 번도 눈을 마주치지 않았다.

"스파게티 먹어."

먹어주세요, 라고 해도 시원찮은데 먹어? 다래는 더욱 비뚤어지고 있었다. 얼굴은 삐죽이에 음식은 먹을 생각도 않고 팔짱을 끼고 있었다. 다래는 적어도 세준이 그동안 연락을 못한 것에 대한 것과 그 자신도 연애가 처음이라면서 그렇게 자기에게 놀려댔던 것에 사과라도 해주길 바랐다. 그가 사과를 한다는 것이 쉬운 건 아니었지만 이제는 조금씩 그에게 기대라는 걸 하게 되는 그녀였다.

"싫어하는데요."

세준이 자신이 좋아하는 스파게티를 권함에도 다래는 자신이 별로 안 좋아하는 스테이크를 시켰다. 그것도 핏기가 성성한 레어로. 음식이 나오자 다래는 질색하는 스테이크를 앞에 두고 구경만 하고 있었다. 세준은 포크를 들려다가 다시 내려놓고 접시를 서로 맞바꾸었다.

"너 스테이크 싫어한다며. 가뜩이나 고기도 바싹 익힌 거 아니면 못 먹는다면서. 너 좋아하는 스파게티 먹으라고 했잖아."

"언제 또 내 식성까지 조사하셨대요."

세준은 다래가 시켰던 스테이크를 급하게 썰어 마구 입에 집어넣고 씹기 시작했다. 그렇게 자신이 먼저 시작하면 다래도 포크를 들지 않을까 해서 세준은 힘겹게 고기를 억지로 목으로 넘겼다.

“고기 연하네. 여기 스파게티도 맛있다. 먹어.”

그제야 깨작깨작 스파게티 면발을 가지고 노는 다래였다.

“윤다래, 나 잠깐 나갔다 올 동안 조금이라도 먹어라.”

세준은 갑자기 급한 걸음으로 화장실에 뛰어갔다.

“욱. 우욱.”

세준은 평소에 고기에 핏기만 서려도 먹지 못하는데 먹었다가 다 게워 버렸다. 하지만 자신이 왜 그렇게 지독히도 싫어하는 고기를 먹었는지, 그것도 자신의 것이 아닌 그녀의 것과 억지로 바꾸어 먹었는지. 세준은 갑자기 자신의 행동에 질문이 생겼다. 분명 오늘도 즐겁게 지낼 생각으로 온 것인데. 왜 갑자기 이렇게 밀려오는 토악질처럼 이상한 감정이 밀려오는지. 세준은 간신히 멈추고 세면대에서 얼굴을 가볍게 닦기 시작했다.

“구세준, 참 너답지 않다. 이제 인정해. 너도 그녀랑 조금은 같은 마음이 되었잖아? 그런데 왜 그렇게 인정하기 싫어하는 건데.”

물기 어린 자신의 얼굴을 보면서 세준은 자기 자신에게 충고를 하고 있었다.

다시 정신을 차리고 자리에 앉으려고 테이블로 다가가는데, 다래가 웬 남자와 기분 좋게 이야기를 나누고 있었다.

“구세준 씨, 나 지금 신재혁 씨에게 사인 받고 있어요!”

어느새 화색이 돌고 있는 다래의 모습이 세준에게 곱게 보이질 않았다. 조금 전까지도 인상을 엄청 구기고 있더만, 지금은 저렇게 좋아하는 얼굴이라니. 재혁이 다래의 다이어리에 사인을 끝내고 고개를 들어 세준을 쳐다보았다.

"구세준, 오랜만이다."

세준의 얼굴과 마주 보는 상태까지의 각도가 되기 조금 전 움직임을 멈추고 그의 눈동자가 서서히 위를 향하다 세준의 눈과 마주쳤다. 그러나 세준은 자기가 싫다면 그 눈을 무시해 버리면 그만이었지만 계속해서 그를 쳐다보고 있었다.

"컬렉션에서도 한번 마주치고, 우리 꽤 자주 만나게 된다?"

잠시 시선이 오간 후, 재혁이 다시 세준에게 말을 건넸다.

"그래. 신재혁, 할 말이 있다. 지금 시간 좀 있는 거냐?"

"아니, 시간이 있었는데 방금 모두 증발해 버렸네."

재혁은 세준이 앉았던 자리에서 일어나 세준의 어깨에 손을 얹어놓았다.

"재수없는 자식. 계속 할 말이 있다고 하는데. 난 듣고 싶지가 않거든? 넌 사는 게 행복한가 보구나? 예전에도 그랬어. 넌 행복했었지. 아무것도 모자란 것 없는 너. 그것도 모자라 내 마지막 자리까지 빼앗은 너란 놈은 내 머릿속에서 지워질 일은 없을 것 같다."

이번에도 역시 속삭이듯 말을 남기고 어깨 위에 얹어놓았던 손으로 그의 어깨를 두 번 탁탁 치고 난 뒤 다시 자기의 테이블로 돌아가려 했다.

"구세준 씨, 신재혁 씨랑 잘 아는 사이였어요? 내가 신재혁 씨 좋아하는 거 알면서."

세준이 다래의 말을 자르고 걸음을 떼고 있던 재혁에게 퉁명스러운 목소리로 말했다.

“가려면 빨리 사라져라. 나도 널 만나는 게 썩 좋지는 않으니
까.”

“구세준 씨, 왜 그래요? 신재혁 씨, 저 피아노 연주 한 번만 들
려주시면 안 될까요?”

“그럴까요?”

재혁은 언제 그런 표정을 지었냐는 듯 몸을 돌려 다래에게 미소
를 한 번 띠고는 무대 위 그랜드피아노 앞으로 걸어갔다. 그런 그
의 모습이, 그리고 그런 그녀의 모습이 세준의 눈에 곱게 보이질
않았다. 그리고 조금 전 그렇게 심통을 내던 다래는 화는 어느새
눈 녹듯이 녹아버리고 그를 향해 웃음을 머금은 얼굴을 보여주고
있었다. 재혁은 세준이 보라는 듯 다래에게 살짝 웃어 보이고 연
주를 시작했다.

“좋다~”

두 손을 턱에 괴고 고개를 흔들거리면서 뭔가를 느끼고 있는 양
눈까지 감고 듣는 다래.

“뭐가 좋아. 음악과 거리 먼 사람인 내가 들어도 정말 수준 이하
다.”

“차마 내가 좋아하는 노래로 해달라고 하진 못했지만.”

다래가 아쉽다는 표정으로 다시 무대를 향해 고개를 돌렸다.

“네가 좋아하는 노래가 뭔데?”

“이루마의 kiss the rain.”

세준은 자신은 쳐다보지도 않고 재혁만을 응시하며 건성으로
대답하는 다래에게 괜히 화가 치밀었지만 참았다. 지금 자신의 감

정대로 말을 퍼부었다가는 또 틀어지게 될 것이다. 평소 말을 할 때엔 그렇게 신경 쓰면서 하지 않았는데. 갑자기 조심스러워진 세준은 자신이 이 정도로 변할 수 있는지 자신조차도 믿기 힘들었다.

드디어 재혁의 연주가 끝나자 다래가 앞장서서 박수갈채를 보냈다. 재혁도 그에 호응해 가벼운 인사를 건넸다. 그리고는 다시 자기 테이블로 가서는 이제야 막 주문하여 나오고 있는 음식들을 무시하고 자신의 재킷만 챙겨서는 그 자리를 떠났다. 다래는 그런 그가 레스토랑의 입구로 빠져나올 때까지 아쉬운 눈으로 시선을 떼지 못하고 있었다.

"그래도 내 생전에 신재혁하고 대화하는 게 꿈이었는데. 이렇게 사인까지."

"꿈?"

"어. 매일 내 꿈속에서만 나타나더니, 오늘은 진정 꿈이 아닌 게야."

"참 좋겠다."

"같이 사진도 찍어둘 걸 그랬나?"

세준의 말은 귓등으로도 듣지 않는 것에 세준은 화가 나 얼굴이 조금씩 일그러지기 시작했다.

"나가자. 별로 배고프지도 않은 것 같은데."

여전히 넋이 나가 있는 다래의 표정. 다래의 아랫입술을 손가락으로 살짝 내리누르면 물기 가득한 침이 주르륵 나이아가라 폭포처럼 상쾌하게 쏟아질 것 같았다. 신재혁, 그렇게 동경하는 그를 쳐다보는 넋 나간 다래의 모습이 세준에겐 곱게 보이질 않았다. 하필 그 대상이 신재혁이라는 것도.

"빨리 나가자고!"

그의 화난 목소리에 다래도 얼굴을 찌푸리며 그를 쳐다봤다.

세준이 나서자며 먼저 일어나니 다래는 뭐 같은 성격인지는 알았지만 이렇게 아무 이유 없이 화를 내는 세준에게 화가 나고 있었다. 돌아가는 차 안에서도 둘은 아무 말도 하지 않았다. 평소에는 티격태격 싸우느라 정신없는 두 사람도 와이퍼에 조금씩 밀리는 비 때문인지 가라앉아 있었다.

"우산 가지고 가."

"있어요."

집에 도착하고, 다래가 내리려 했다.

"윤다래, 조금 전 소리 지른 건 실수였어. 미안해."

다래는 순간 자신이 들은 소리가 분명 구세준이란 남자의 입에서 나온지에 대해 의심을 품고 있었다. 하지만 이 차 안에서 있는 사람은 다래와 구세준 둘뿐이었다. 다래는 불가능하리라 생각했던 그의 사과를 받고 있었다. 비록 그 이유가 조금 다르긴 했지만 분명 그의 입에서 '미안'이란 단어가 나온 건 분명했다. 그 말 한마디에 참 속없게도 다래는 이제까지의 모든 화들이 새벽의 안개가 사라지듯 사라졌고 다시 그곳에 행복이란 게 조금씩 채워지고 있었다. 그래서 또 웃음이 나버렸다.

"혹시, 구세준 씨 맞아요?"

"그래. ……미안했어."

다래의 눈에 보이지 않던 세준의 진심이란 것이 조금씩 그녀의 눈에 띄기 시작했다. 하지만 다래는 이런 분위기가 익숙하지 않았는지, 아니면 정말 생각이 없는 것인지 자기도 이 분위기를 타서 자신도 그에게 사과를 하기 시작했다.

"구세준, 나도 미안해요. 그쪽 목덜미."

"모기 물린 거?"

"내가 모기랑 닮았나 봐요? 아, 날 그렇게 가냘프게 봤구나."

지난번 자신이 남겼던 키스마크를 모기가 물렸다고 구시렁대는 그의 모습을 보면서 다래는 웃음을 억지로 참아내고 있었다.

"뭐라는 거야."

"오늘 밥 잘 먹었어요. 그리고 간간이 이렇게 좀 진실한 모습을 보여주면 더 좋겠어요. 우리 지금 소꿉놀이가 아니라 연애하는 거 잖아요. 안 그래요?"

탁 문을 닫고 가버리는 다래를 세준은 그냥 쳐다볼 수밖에 없었다. 어느새인지 그녀의 손에 들려 있는 세준의 우산. 다래는 끝끝내 우산을 펼치지 않고 집으로 들어갔다.

"늦었네요."

세준은 황급히 핸들을 돌려 그곳으로 향했다. 역시나 조금이라도 늦으면 까칠하게 구는 선생이 세준 앞에 서 있었다.

"그게 지금 배우는 사람의 자세예요?"

"제가 지금 초등학생입니까? 직장인인데 그 정도는 감안해 줘야 하는 것 아닙니까?"

세준이 피아노 앞에 앉았다. 선생이 가르쳐 준 대로 부드럽게 살며시 계란을 쥔 것처럼 건반 위에 두 손을 올려놓았다. 세준은 연주를 시작하기 전 선생에게 한마디 질문을 던졌다.

"이루마의 kiss the rain 같은 곡은 언제쯤 가능한 겁니까?"

"구세준 씨, 지금 장난하세요? 이제 바이엘 20번이면서, 나참. 여기 동그라미 열 개 쳐놨으니까 한 번 치고 나면 한 개씩 연필로 칠하세요! 가짜로 칠하면 알죠?"

다래는 세준의 차에서 그가 가져가라던 우산을 들고 나왔다. 물론 우산을 펴지는 않았다. 비가 제법 쏟아지는 정도가 아니어서가 아니라, 그냥 우산을 펴기가 싫어졌다. 어쩌다 한 번씩 이렇게 비를 맞을 때가 있곤 했지만 그건 거의 다 우울함이 지나친 나머지 그 빗속에 그것들을 묻어버리려 했던 것이 대부분이었다. 하지만 오늘 이렇게 몸으로 맞는 비는 우울해서 맞는 것이 아니었다.

"기분 좋다."

다래가 하늘을 향해 고개를 들자 빗방울이 다래의 입에 살며시 자리 잡아 그 형체를 여러 개로 나누었다. 입술처럼 민감한 곳에 떨어진 빗방울이 촉촉하게 서서히 스며들고 있었다.

"이렇게, 촉촉하게 스며드는 키스. 언제쯤 해볼 수 있을까?"

다래는 한동안을 그렇게 얼굴로, 그리고 조금은 붉은빛을 띤 입술로 비를 맞이하고 있었다. 이상하게도 세준이 자신이 그렇게 통통거렸음에도 억지로 데려가 저녁을 사준 것과 그리고 조금 전 자신에게 미안하다며 말했던 것. 그리고 지금까지도 진실인지 거짓인지 조금 많이 헛갈리는 그가 자신의 손을 잡으며 편안하다고 말한 것. 눈을 비볐다가 보이는 사물들처럼 조금은 그 형체가 분명치 않았지만, 언젠가는 그게 분명하게 자신에게 다가올 거라 믿었다.

"구세준, 나 당신 정말, 아니, 사랑하나 봐……. 내 하루가 흐트러질 정도로."

다래는 집에 들어갔다. 아직 그렇게 늦은 시각은 아니었는데도. 집의 불이란 불은 모두 꺼져 있었다. 아무것도 보이지 않는 어둠 속에서 조금씩 들리는 소리. 누군가가 흐느끼는 소리였다. 다래의 표정은 어둠에 가려져 어떤 미소인지는 알 수 없었지만 그리 좋은 것은 아니었을 것이다. 다래가 조심스럽게 안방 문을 열었다. 안방도 불이 꺼져 있기는 마찬가지였다. 엄마가 그 어둡고 무섭기까지 한 곳에서 울고 있었다.

"엄마, 울어?"

"다, 다래 왔니?"

갑자기 목소리를 추스르려고 해서 그런지 엄마의 목소리는 다래에게 간신히 들릴 정도였다.

"왜 또 울고 그래. 그런 사람 때문에 우는 거야?"

"……."

"엄마, 그동안은 내가 그냥 넘어갔는데. 이제 울지 마. 바보 같아. 알아?"

"……."

"자식까지 팔아먹고 간 인간이라고! 그러고도 여태껏 미안하다는 말 한마디 없다고!”

아무 말도 못하는 엄마가 원망스러웠다. 그 뜻인즉슨 아직도 다래의 말을 수긍할 수 없다는 것이기도 했으니 말이다.

“엄마, 이거 엄마 몸만 상하는 거야. 알겠어?”

다래가 그런 엄마가 조금은 원망스러워져 안방 불 스위치를 손가락으로 밀어 올렸다.

“엄마!”

엄마는 앉아 있던 채로 쓰러져 버려 다리조차 뻗지 못한 상태였다.

“엄마!”

얼마나 울었던지 엄마의 눈은 퉁퉁 부어 알아보기도 힘들 정도였다. 다래는 다급해지기 시작했다. 뺨을 수차례 때리고 몸을 흔들어 엄마를 깨웠다.

“엄마, 일어나! 내가 미안해. 응?”

다래는 아무런 반응이 없는 엄마를 이불에 눕히고 전화기로 119에 전화를 했다.

“여기……”

“다래야.”

희미하게 사라지는 아지랑이처럼 얇고 흔들리는 목소리로 엄마가 다래를 불렀다. 다래는 엄마의 상태 확인이 더 시급하여 일단 전화를 끊고 엄마에게로 갔다.

“다래야, 엄마 괜찮아.”

“엄마, 나 엄마 잘못되는 줄 알았어. 내가 미안해. 그런 모진 말하는 게 아닌데."

엄마는 다래를 향해 억지로 웃어 보였다.

"도대체 얼마 동안 울고 있었던 거야! 어떻게 비 맞은 나보다 옷이 더 축축해?"

"미안하구나, 우리 딸."

"정말 괜찮은 거야? 병원 안 가도 되겠어?"

"응. 기운이 빠져서 그런가 보네. 우리 딸이 만든 된장찌개가 먹고 싶네. 너무 울어서 그런가. 출출하구나."

"내가 제일 못하는 게 된장찌개인 거 알면서 그래? 배고프다는 거 보니까 꾀병이구나?"

엄마가 살며시 다래의 손을 잡았다.

"다래야, 네 아버지를 미워하지 않았으면 좋겠구나. 그래도 너희 아버지처럼 딸하고 보낸 시간이 많은 아버지는 없을 거란다. 힘들겠지만 조금이라도 아버지를 용서해 주렴."

다래는 선뜻 대답을 하지 못했다. 아직 다래의 가슴속에 남은 응어리를 풀기엔 아직 많은 것들이 모자랐다. 제일 중요한 다래의 마음이 아직은 그 응어리를 단단하게 붙잡고 있었다.

"된장찌개 해올게! 다 안 먹으면 알아서 해!"

다래는 서둘러 안방을 나갔다. 항상 심심하다 못해 맹탕으로 만들기 일쑤였던 다래의 된장찌개는 그날따라 조금은 간이 맞고 있었다.

✽

반지하인 강의실이라 창문 너머엔 지나가는 사람들의 하체만 보일 정도의 낮은 위치에 자리 잡고 있었다. 가을의 색을 입고 있는 나뭇잎 중 너무 서둘러 떨어지는 것인지, 아니면 바람을 이기지 못해 떨어지는 것인지 이리저리 분주하게 실룩대다 바닥에 떨어지는 낙엽을 볼 수 있었다. 지하라는 조금은 갑갑한 이름 때문인지 이 강의를 들을 때면 창가에 앉고는 했다. 이 자리가 참 좋았다. 바로 고개를 돌리면 지나가는 사람들의 발. 그리고 아직도 색을 잃지 않고 있는 들꽃들을 매우 가깝게 볼 수 있기 때문이었다.

"사람은 누구나 절대 선과 절대 악 모두를 가지고 있지. 하지만 그걸 컨트롤할 수 있고, 그것을 얼마나 잘 감추고 포장할 수 있는지가 개개인의 능력이죠."

지루한 사회와 인간이란 강의 중 갑자기 책상 왼편에 두었던 핸드폰이 또 자기 자리를 이탈하고 있었다.

〈윤다래, 너 강의 너무 건성건성 듣는다. 공부하는 태도가 영 글러먹었다.〉

번호 없이 도착한 문자 하나. 다래는 고개를 오른편으로 돌렸다. 혹시나 하고 이곳저곳 살펴봤지만, 그곳엔 아무도 없었다.

"한지은, 또 날 못 놀려먹어 입이 근질근질하구만."

그때 다시 온 문자.

<유다래, 펜 그렇게 계속 돌리는 거 그거 산만하다는 증거다.>

다래는 다시 고개를 돌렸다. 역시나 아무도 없었다.

"거기, 양복을 잘 차려입은 학생. 자네는 어떻게 생각하나?"

"절대 선과 절대 악은 분명하게 나눌 수 있습니다. 하지만 사람의 마음은 하나로 되어 있죠. 그래서 쉼없이 그 속에서 줄다리기를 하고 있을 것입니다. 교수님의 말처럼 숨기거나 포장한다는 것은 아마도 웬만한 사람은 힘들 겁니다. 대부분의 사람이 마음속에서 일어나는 줄다리기의 결과대로 행하니까요. 줄을 당기고 있는 사람은 자기 자신이겠죠. 그렇지만 줄다리기에는 두 명 이상의 사람이 필요합니다. 자기가 줄을 당기고 싶은 곳으로 가는 거죠. 그게 바로 사람입니다."

뒤를 돌아봤다가 흠칫 놀라 앞을 봤다. 혹시 헛것을 본 게 아닌가 싶어 다시금 뒤를 돌아봤지만 그건 구세준, 그가 분명했다.

"오, 대단한 식견을 가지고 있는 학생이구만. 그런데 처음 보는 학생인 듯한데, 원래 내 강의를 듣는 학생인가?"

"아닙니다. 제 여자 친구가 공부를 잘하고 있는지 감시를 하러 왔습니다."

다래는 놀람과 흥분을 가라앉힐 수 없어 그냥 냅다 나 없다는 식으로 책상에 그대로 엎어졌다. 갑자기 강의실 분위기가 술렁거리기 시작했다. 아마도 그 애인이 누구인지를 찾는 중이 분명할 것이다.

"그 학생이 누구지?"

"지금 너무 쑥스러워하는군요. 교수님, 수업을 일찍 끝내주셨으면 하는 바람입니다. 오늘 날씨도 너무 좋지 않습니까?"

"그래? 하하, 그럼 마침 시간도 다 되었고 하니 오늘은 이만 하도록 합시다."

다행이었다. 다래는 세준이 그 자리에서 자신의 이름을 말할까 봐 조마조마했지만 세준이 그런 다래의 마음을 알았는지, 수업이 끝나 학생들이 모두 빠져나가고 강의실이 빈 후에야 다래의 이름을 불렀다.

"윤다래, 자는 척 그만 해라."

"……."

"지금 쑥스러워하는 거야? 이런 애인 두면 목 빳빳이 들고 다녀도 시원찮은데."

"내가 뭘 쑥스러워한다고 그래요!"

다래는 한동안 구시렁거리다 다시금 그에게 쏘아붙이기 위해 고개를 돌렸다. 그러나 강의실은 자신을 제외한 누구 한 명도 없는 빈 강의실이었다.

"그새 촉새같이 도망치고."

노크 소리에 다래가 창을 쳐다봤다. 사람은 안 보이고 작은 꽃다발 하나가 놓여 있었다. 꽃집에서 파는 꽃이 아닌, 아마 학교를 모두 돌아다니면서 꺾은 꽃인 것 같았다. 무궁화에 잡다한 여러 가지 꽃. 다래는 일어서서 그 꽃다발을 집어 들었다. 강렬하지는 않지만 은은하게 풍기는 꽃 냄새가 참 좋았다.

다래는 서둘러 가방을 챙기고 강의실로 빠져나와 꽃다발이 있던 곳으로 뛰고 또 뛰었다. 분명 그게 누구인지는 알고 있었지만, 그냥 무의식적으로 다래의 발과 마음은 서두르고 또 서둘렀다. 그곳 벤치에 세준이 앉아 있었다. 아마도 회사를 갔다 왔는지 정돈된 양복과 타이는 온데간데없이 단추만 몇 개 풀어진 셔츠. 별것 아닌 모습이었지만, 다래의 숨은 조금 가빠지기 시작했다.

“왜 학교엔 찾아오고 그래요?”

“나 아프다.”

“뭐요?”

갑자기 세준이 옆으로 쓰러졌다. 다래는 또 장난을 치겠다 싶어 가까이 다가갔지만 꿈쩍도 않는 그.

“장난치지 말고 어서 일어나요.”

“진짜 아프다니까.”

“말장난 그만 해요. 어서 안 일어나요?”

그제야 다시 일어나는 세준. 도대체 그의 정신연령은 몇 살인가. 다래는 항상 그것이 궁금했다. 아마도 그의 정신연령 중 일부분을 해준이 가져가 버린 것이 아닐까?

갑자기 세준이 손을 불쑥 내밀었다. 손가락마다 조금씩 핏기가 어려 있었다.

“손이 피 나는데 왜 쓰러지세요?”

“아무튼 내가 너 때문에 이 꼴이다.”

“뭐라구요?”

“심심해서 학교 좀 돌아다니다 거의 말라비틀어져 가는 꽃들이 있기에 내가 비슷한 여자에게 선물하려고 꺾고, 그리고 마지막으로 둘레에 장식 좀 해주려다 그 손바닥같이 생긴 풀 때문에 이렇게 된 거지."

손바닥 모양의 풀이라면…… 아, 입과 줄기에 가시로 도배되어 있는 그 풀!

"그 풀 만져서 박힌 가시는 잘 빼지지도 않고, 그 자리는 계속 쓰리다구요."

아니, 이 소리가 먼저 나와야 하는 것이 아니지!

"근데 뭐? 말라비틀어져 가는 꽃과 비슷한 여자?"

"윤다래, 너 가까이서 보니까 눈가에 주름이 좀 있는데?"

갑자기 세준이 다래의 얼굴 가까이로 다가왔다. 갑자기 또 주체를 하지 못하고 뛰는 심장. 세준이 준 꽃다발로 가려봤지만, 그 꽃이 미세하게 떨리고 있었다.

"윤다래, 네 가슴에 있는 시든 꽃들이 희한하게 다시 움직인다."

"뭐, 뭐요?"

"훗. 이 여자 또 연애 초짜 티내고 있어."

"웃겨. 뭐 묻은 개가 겨 묻은 개 나무란다더니."

다래는 굳이 부연설명을 하지 않고 속담으로 모든 걸 넘겨 버렸다. 세준이 어이없다는 듯 계속 웃고 있었다. 자신의 마음을 숨기려 했던 꽃다발을 이제는 자신의 무릎 위에 올려놓았다. 이제 조금은 진정이, 아니, 익숙해진 것 같았다.

"학교까지 왜 온 거예요?"

"음, 심심해서. 삼 년 내내 단순노동만 하고 살다 머리 쓰는 일을 하려니."

"그렇게 큰일을 할 사람은 아니죠, 구세준 씨는."

"내가 어떤데?"

"자고로 평정심을 가지고, 냉정함도 갖추며, 무엇보다 생각을 많이 해야 하는 자리니까. 아니, 냉정함은 무지하게 갖추고 있지만 세준 씨는 평정심이란 게 없잖아요. 당신은 우리 골목 아래에서 텀블링 주인이나 하는 게 어때요? 요즘 아저씨가 아프셔서 주인 찾고 있던데."

"날 너무 과소평가하는 거 아닌가?"

다래는 고개를 숙여 잠시 웃다가 말을 이었다.

"왜요? 내가 어렸을 적부터 함께하던 텀블링인데. 내가 옆의 스프링 몇 개 고장 내고 언젠가 새 텀블링으로 바뀌었더라고요. 그런데 내가 타려 하니까 아저씨가 이제 대학생이면 그만 탈 나이인데다가 산 지 얼마 되지 않았다고 하시더라고요."

"아저씨가 옳으신 말씀 하셨네. 네가 한 번 뛰면 아저씨 그날로 깡통 차시겠는데?"

"그런데 내가 못 타게 되더라도 집으로 가는 길에 한 번씩 아이들 뛰어노는 걸 보는 낙으로 견뎌왔는데 막상 없어진다니 섭섭하더라구요. 주인을 못 찾으면 없어지는 거겠죠."

다래의 정말 아쉬운 것 같은 표정에 세준은 그냥 그 옆모습을 보면서 웃을 수밖에 없었다. 텀블링 하나에 정을 그렇게나 쏟았다는 생각에. 나이트에서 사모놀이를 하던 다래의 모습을 찾기는 매우 힘들었다. 지금 그녀의 모습은 텀블링 위에서 연신 웃어대

며 뛰어노는 아이의 모습 같았다. 세준의 손은 어느샌가 무릎 위
에서 혼자 놀고 있던 다래의 손을 감싸고 있었다. 그러자 다래가
자신의 다른 쪽 손으로 세준의 손등을 찰싹 소리가 나도록 때렸
다.

"은근은근!"

"왜 이래? 하루 이틀 잡는 손도 아닌데."

그의 손바닥의 체온이 자신의 손등으로 전해지고 있었다. 세준
이 하루 이틀 잡는 손도 아니라는 말을 했지만, 지금 다래의 마음
은 그 하루 이틀의 마음과는 다르게 변해 있었다. 그래서 그의 작
은 스킨십에도 조금은 까다롭게 굴고 있었다.

다래가 손등을 수차례 때림에도 세준의 손은 끄떡하지 않고 다
래의 손을 더 꽉 잡았다.

"가자."

"어디요?"

"날씨가 너무 좋잖아. 안 그래?"

갑자기 너무 감상적이 된 세준의 태도에 다래는 갸우뚱하고 있
었다. 하지만 세준의 말대로 날씨는 너무 좋았다. 10월에 접어드
는 날씨가 덥지도 않고, 그렇다고 춥지도 않은 딱 적당한 날씨. 간
간이 하늘 사이를 가르며 나는 앙증맞은 잠자리가 눈에 띄었다.
다래는 한 손은 세준에게, 그리고 다른 한 손은 그가 준 꽃다발을
들고 학교를 빠져나갔다.

"차 안 가져왔어요?"

"어."

"에이, 나 다리 아픈데."

"나 아프리카에 있었을 때 코끼리들의 이동을 간간이 봤어. 그런데 걔네들은 하루에 몇 십 킬로를 걸어도 가뿐하다고 하던데."

그의 말을 다시금 조목조목 살피고 해부를 해본다면 결론은 한 가지!

"내 다리가 코끼리 다리인데 못 걷는다고 비꼬는 거죠, 지금."

"뭘 또 그렇게 예민하게 받아들이시나. 난 내 경험담을 이야기해 준 거야. 그렇게 오래 걷는 동물도 있다는 뜻이지."

맨손으로 미꾸라지를 잡을 때 간신히 손에 들어오면 다시금 쏙 빠져나가고 또 쏙 빠져나가고. 세준은 미꾸라지에 기름칠을 더해 다래의 말 사이로 쏙쏙 잘도 빠져나가고 있었다. 다래는 세준의 손을 뿌리치고 혼자 씩씩하게 앞으로 걸어나갔다. 그런 모습을 보면서 세준은 또 웃음을 짓고 있었다. 처음 만났을 때부터 항상 웃게 만든 여자 윤다래. 오늘은 조금 더 그녀의 뒷모습이 세준의 눈에 오래 남아 있었다.

그렇게 한 이십여 분을 걸어 한 초등학교 앞을 지나치고 있었다. 학교가 파하고 이제 청소 당번을 하는 아이들 몇 명만이 집으로 가기 위해 재빠르게 달리는 중이었다.

교문 앞에서 들리는 소리. 삐약삐약. 병아리였다. 다래가 이런 것을 그냥 지나치는 여자가 아니었다. 치마를 잘 포개어 쪼그려 앉아 병아리들을 구경하고 있었다. 상자 안에 있던 병아리는 이제 거의 팔려 나가 세 마리가 전부였다.

"뭘 그렇게 보고 있어?"

세준이 쪼그려 있는 다래 옆에 서서 참견을 했다. 손가락 위에 병아리 장수가 모이를 뿌려주자 다래는 병아리 부리 쪽으로 자신의 손가락을 갖다 대었다. 배가 무척이나 고팠던지 잘도 먹는 병아리들. 다래는 뭐가 좋은지 연신 웃어대고 있었다. 병아리가 모이를 먹고 아무것도 없는 손가락을 부리로 쪼았다.

"아악! 걸신이 배에 자리 잡고 있는 건 나하고 똑같네. 히히."

"아저씨, 상자가 너무 작네요. 병아리들이 갑갑해하겠어요."

갑자기 세준이 병아리들 걱정을 하고 있었다. 다래는 병아리 걱정할 아량이 있으면 자기에게 걱정을 좀 나눠주라는 불쌍한 구걸용 얼굴로 그를 쳐다봤다.

"아이고. 총각, 이 상자에 스무 마리가 있었다오. 이 정도면 운동장이지."

"그것보다 더 큰 상자 안에 사람 하나 들어가도 숨도 못 쉬고 갑갑합니다."

"그게 무슨 소리요?"

다래는 어느 정도 감이 오고 있었다. 하지만 세준의 체면을 생각해 병아리 장수에게는 그 사실을 비밀로 부치기로 했다.

"제가 더 큰 상자 구해다 드리죠."

"어차피 이제 애들 하교시간도 끝났고 하니 다시 농장으로 가야지."

자리를 털고 일어나는 병아리 장수를 세준이 가로막았다.

"그 병아리 주시면 안 되겠습니까? 아니, 사겠습니다."

세준이 갑자기 병아리를 사겠다며 안주머니에서 지갑을 꺼냈다.

"어떻게 키우려고 이 병아리를 사겠다는 거예요?"

다래의 만류에도 벌써 돈을 주고 상자째로 넘겨받은 세준.

"이것 봐. 덤으로 모이도 많이 받았어."

"이걸 어떻게 키울 건데요? 그거 금방 죽기 일쑤인데."

"안 죽이면 되지. 안 그래?"

깔끔이란 깔끔은 다 떨던 그가 양복이 더러워지고 있음에도 끝까지 가슴에 상자를 안고 있었다. 항상 다래보고 정신연령을 운운하던 그가 오늘은 귀여운 아이 같았다. 어머니가 사주신 병아리를 가슴에 들고 행복해하는 아이처럼 말이다.

"그 애들이 당신 같아서 그러는 거죠?"

"뭐라는 거야."

"밀입국 했다더니 멀쩡하게 배 타고 오지는 않았을 거고. 짐으로 가장한 채 박스 속에 숨어서 온 거 아니에요? 뉴스에서도 가끔 나오잖아요."

역시 다래는 이쪽 계통의 감각은 타고난 것 같았다. 세준이 순간 움찔하자 다래는 이때다 싶어 더욱 캐물었다.

"그런데 그 마을에서 어떻게 나왔을까. 내가 준 오백 원 때문에 그만큼 구세준 씨를 옭아매려 했던 사람들인 걸 보면, 순순히 보내주지 않았을 텐데."

"너, 노예의 가치가 사라질 때가 언제라고 생각해?"

다래는 뜬금없는 세준의 질문에 다래는 곰곰이 생각하다 대답을 했다.

"뭐, 일을 할 수 없거나 죽는 것 그중에 하나겠죠?"

“윤다래, 넌 역시 쓸데없는 머리 하나는 끝내준다. 넌 아마 그곳에 있었더라도 별 잔머리를 써서라도 나왔을 거다. 분명히.”

분명 세준의 말은 뉘앙스가 상당히 듣기에 거슬리는 것이었다. 다래는 또 입을 굳게 다물고 세준을 흘겨봤다.

“누울 자리를 보고 발을 뻗으라는 소리가 있었지. 마침 지한이가 나타난 거야. 누구처럼 둔하지 않은 녀석이었어. 간신히 암호 같은 말 몇 마디로 난 전염병에 걸린 사람처럼 굴었지. 예전에 봤을 때, 전염병에 걸리면 마을에서 떨어진 곳으로 사람을 갖다 버렸거든. 내 환상적인 연기와 지한의 눈치로 그곳에서 간신히 나올 수 있었어.”

“정말 구세준이라는 사람은 평생 겪어보지도 못할 우여곡절을 다 겪은 것 같네요. 진짜 책으로 내든지 영화를 만들어보는 게 어때요? 내가 제작비 좀 대줄까요?”

세준이 갑자기 걸음을 빨리 걷기 시작했다.

“내 우여곡절 속에 윤다래라는 여자도 있어 매우 유감스럽다.”

“같이 가요!”

세준은 다래가 잡지 못하게 걸음을 빨리 하면서 여차하면 달릴 기세였다. 하지만 다래는 그다지 체육과 친한 편이 아닌지라 얼마 가지 못해 숨을 헐떡이며 오뉴월에 개 풀어지듯이 기운이 빠져 있었다.

“구세준 씨! 내가 한 살만 어렸어도 이러진 않는다. 당신 운 좋을 줄 알아. 헉헉.”

세준은 다래의 항복의사를 듣고 걸음을 돌려 다래에게 다가왔다.

"내가 우리 집에서 골동품 취급받는 러닝머신 기증할게."

"그렇게 선심 쓰시지 않아도 홈쇼핑에서 지른 운동기구 여러 개 있거든요?"

"역시 뭐 윤다래가 그렇지. 작심삼초."

"말에 가시가 있는 것 같네요."

"어서 가지. 말씨름하느라 벌써 해가 뉘엿뉘엿하니까."

세준이 재촉하자 다리에 힘이 풀린 다래가 그를 급히 불러 세웠다.

"택시. 택시 타고 가면 안 될까요?"

"나 병아리 몸값 지불하느라 한 푼도 없다."

"에라이! 스크루지도 댁보고 형님이라고 하겠네요. 피 같은 내 돈아."

세준은 다래의 말을 듣는 둥 마는 둥하면서 계속 걸어갔다. 다래가 간신히 그의 어깨를 잡고 환상의 타이밍으로 가던 택시를 잡아 세웠다.

"안 타요?"

"그렇게 나랑 걷는 게 싫어?"

갑자기 평소 그답지 않게 콧소리를 넣어가면서 되묻는 세준이었다.

"구세준 씨, 어디서 어린 양을 찍찍하시는 겁니까. 타세요."

다래가 다시 좌석에서 빠져나와 세준을 구겨 넣듯이 태웠다. 택시 안에서도 여전히 부산하게 삐약삐약거리는 병아리들.

“아저씨, 조금만 가면 되니까 좀 봐주세요. 네?”

“뭐, 시트에 토하는 승객보다는 훨씬 나으니 괜찮구먼.”

뭔가 찔리는 다래. 한 번 술이 들어가면 절제를 못하고 무조건 들이붓는 성격인지라 아마도 여럿 택시에 실례를 했을지도 모른다. 자신을 가지고 한 말은 아니었지만 괜스레 마음 한편이 찌릿찌릿하다.

“다 왔네그려.”

벌써 집 앞에 도착했다.

“기사님, 한 바퀴 더 돌아주시겠습니까?”

세준은 조금이라도 그녀와 더 있고 싶다는 마음으로 한 말이었다.

“그게 무슨 소리예요! 나 지금 택시비도 빠듯하다구요.”

하지만 다래가 그렇게 눈치가 빠른 여자가 아니었기에 이 와중에도 돈타령만을 늘어놓고 있었다.

이번에도 역시 다래는 세준을 억지로 끌고 나왔다. 다래는 기사 분께 미터기는 끄고 잠시만 기다려 달라고 부탁을 하고 몇 걸음 떨어진 곳으로 세준을 데리고 왔다.

“구세준 씨, 내일 내가 프레젠테이션 해야 할 게 있어서 시간을 많이 못 내요.”

“돈이 없다고 하면 되지, 엄한 프레젠테이션 핑계는. 바쁘면 할 수 없지. 자, 받아.”

세준이 다래에게 병아리 상자를 건넸다.

“이 녀석들 잘 키워.”

“뭐요! 나 동물 잘 못 키운단 말이야!”

“개도 키워봤잖아.”

“어, 내가 개 키웠던 건 어떻게 알았어요?”

정말 큰일날 뻔한 순간, 그녀가 개를 키웠다는 사실을 안 계기
가 바로 자신이 변태로 오인되었던 그날이었기 때문이다. 갑자기
온몸에 핏기가 사라지면서 조금씩 찌리리한 느낌이 느껴졌다. 혹
시나 그녀가 또 특유의 말재간으로 말꼬리를 물고 늘어질까 봐 세
준은 그냥 얼버무렸다. 다행히도 아무리 상상력이 뛰어난 그녀라
한들 그날 자신이 폭언을 내뱉은 남자가 세준이라고 생각하는 건
불가능했던지 전혀 눈치를 못 채고 있었다.

“됐어!”

“무슨 말만 하면 삐쳐요? 이 녀석들도 주인 닮아 한까칠 하겠
네.”

갑자기 세준이 다래에게 건넨 상자를 뺏어 들어 바닥에 놓았다.
그러더니 갑자기 세준이 상자가 차지하던 공간을 비집고 들어와
다래와 가까운 거리를 만들었다. 다래도 이제 조금은 익숙한 상황
에 눈을 살며시 감았다.

“밝힌다.”

“뭐요? 내가 밝히긴 뭘 밝혀요?”

“가로등이 어둠 속을 밝힌다고.”

이런. 괜히 또 속내를 드러내 보이고 말았다. 그래도 다래는 눈
을 뜨지 않았다. 그때 갑자기 하늘에서 비가 내려와 다래의 입술
에 떨어졌다. 다래의 입술을 조금은 간질이며 촉촉하게 그녀의 입

속으로 스며들어 왔다. 이런 느낌을 이렇게 빨리 느끼게 될 줄이
야. 다래는 눈을 뜨지 못하고 있었다. 뜨게 된다면 분명 세준의 눈
과 마주칠 테니, 그리고 또 자신의 속을 들키고 말 테니.

"윤다래, 눈떠. 매번 보지만 너 그 욕망에 이글거리는 얼굴을 자
제해 줬으면 한다."

"뭐라구요?"

"자제하라고. 알았어? 나 간다."

세준이 가볍게 손을 흔든 후 골목을 지나 사라져 버렸다. 삐약
삐약. 눈치없는 병아리들만 부산하게 울어대고 있었다.

다음날, 다래는 병아리들의 울음소리에 잠에게 깼다. 이것들이
하루 만에 얼마나 컸다고, 아침부터 어른 닭의 울음소리를 흉내
내는 바람에 시끄러워서 깬 것이다. 다래는 병아리들을 한번 째려
보고는 눈을 부비며 거실로 나왔다.

"다래야, 아침 일찍 배달이 왔더구나. 마당으로 나가보렴."

"뭐? 무슨 배달?"

아직 잠이 덜 깨어 비몽사몽으로 마당으로 나갔다. 그러자 그곳
엔 자신이 항상 골목에서 보던 텀블링이 자리 잡고 있었다. 마당
이 그다지 크지 않아서 텀블링 하나로도 꽉 찼다.

"귀여운 자식."

다래는 신발을 벗고 텀블링 위로 올라가 뛰어보았다. 그때 갑자
기 잠옷 속에서 핸드폰 문자 소리가 들려왔다. 다래는 연락이 많
이 오지도 않음에도 언제부턴가 핸드폰을 떼고 살지 못했다. 다래

가 핸드폰을 꺼내어 문자를 확인했다.

〈형과 영국으로 일 때문에 떠난다. 한동안 나 찾지 마.〉

"흥! 내가 왜 구세준 씨를 찾아요!"
그가 안심하라고 문자까지 보내줬지만, 그를 찾지 않겠다고 말했지만 다래의 눈엔 눈물이 고였다. 텀블링에서 뛰고 또 뛰니 그녀의 눈물은 이리저리 흩어져 떨어지고 있었다. 이렇게 갑자기, 그것도 꽤 많은 시간 동안 떠나 있을 것도 모른 채, 돈타령만을 하면서 한 바퀴 더 돌자는 그의 제안을 일언지하에 잘라 버린 자신이 원망스러워 갑자기 눈물은 흩어지는 것도 모자라 얼굴을 타고 흐르기 시작했다. 혹여나 심심할까 봐 친구까지 만들어주고 자기가 흘려 말했던 텀블링까지 가져다 준 그의 평소완 다른 마음 깊은 행동들 때문에 다래는 그의 차갑고 냉랭한 말을 들었을 때보다 가슴이 더욱더 아파왔다.

세준이 영국으로 떠난 지 이틀째, 항상 그랬지만 세준은 너무나도 무심한 남자였다. 그러나 다래는 그에게 화가 나는 만큼 병아리들을 정성껏 돌보았다. 어디서 들은 대로 병아리들이 따뜻해서 좋아한다는 백열등을 새벽 내내 켜두고 있을 정도였다. 게다가 이젠 핸드폰을 손에 놓지 않고 잠드는 새로운 버릇까지 생겨 버렸다. 다래는 인정하기 싫었지만 이제는 그를 기다리고 있는 게 자신의 모습 중 일부가 되어버린 걸 느끼고 있었다.

"다래야, 토요일이라도 그렇지. 어서 일어나!"

다래는 엄마의 기상 소리에 깜짝 놀라 일어났다. 그리고 일어나자마자 핸드폰의 부재중 전화와 문자를 확인했다. 그러나 오늘도 다래의 핸드폰에는 아무것도 없었다. 침대에서 내려와 큰 박스로 바꾼 병아리들을 확인했다. 여전히 쉴 새 없이 삐약삐약대는 병아리들. 다래는 그네들의 머리를 손가락으로 쓰다듬으며 말했다.

"구세준 씨도 이렇게 잘 지내고 있는 거겠죠?"

다래는 아마도 세준의 걱정을 하고 있는 듯했다. 혹여나 또 불상사가 생기지 않을까 하는 생각. 재수없는 생각이라며 떨쳐 내고 싶었지만, 그럴수록 다래의 걱정은 늘어나기만 했다. 그래도 조금은 안심인 것이 이번엔 혼자가 아닌 해준과 같이 동행한 것이니 그걸로 나마 위안을 삼는 다래였다.

Rrrrr. 갑자기 다래의 핸드폰이 울리기 시작했다. 채 벨소리가 얼마 울리지도 않아 벌써 전화는 다래의 귓가에 자리 잡고 있었다.

"여보세요!"

[다래니?]

"아, 예. 안녕하세요."

정말 오래간만에 듣는 어머니의 목소리였다. 다래는 목소리를 한 톤 높여 인사를 했다.

[다래야, 오늘 주말이잖니. 집으로 놀러오지 않으련?]

"네! 점심 제가 차려 드릴게요. 장 좀 봐가지고 갈게요."

의외의 제안에 다래는 두말 않고 가겠다고 대답했다.

[이미 장은 어제 다 봐두었단다. 우리 다래에게 미안해서 다래가 좋아하는 굴비도 알이 꽉 찬 걸로 사놓았고.]

"구, 굴비요? 당장 달려가겠습니다!"

[하하. 그렇게 서두르지는 않아도 된단다. 천천히 때 맞춰 오렴.]

다래는 방에서 옷을 차려입고 나와 거실에서 텔레비전을 보고 있는 엄마를 쳐다보고 있었다. 이제 엄마도 조금씩 안정을 찾은 것 같았다. 그런데 그 얼굴에서는 여전히 허전함이 남아 있었지만 말이다.

"엄마, 나 오늘 늦게 올지도 모르겠는데, 괜찮겠수?"

"엄마도 오늘 네 이모 집에 가보려고 했는데. 이왕이면 자고 오렴."

"아니, 다 큰 처녀가 외박하겠다는데 허락을 해?"

"그곳에 가는 거잖니. 두 아들이 타지에 있으니 적적하실 테니까 네가 잘해 드리고 오렴. 엄마도 내일 늦게나 올 거니까. 신경 쓰지 말고."

다래는 현관문을 열고 들어왔다. 기다렸다는 듯 어머님이 다래를 반갑게 맞았다.

"다래 왔니?"

마치 같이 지냈었던 날처럼 어머님은 그 모습으로 다래를 맞아 주었다. 다래도 그 답례로 그때처럼 철부지 딸같이 굴었다.

"아이고, 좀 늦었어요. 굴비 아직도 살아 있죠?"

"호호, 밥하고 국만 데우면 되니 잠시만 기다리려무나."

다래는 출랑대는 걸음으로 부엌으로 들어와 의자에 앉았다.

"빨리 주세요! 빨리요!"

"다래야, 미안하구나. 말도 없이 내 마음대로 혼인신고를 해버린 것."

갑자기 밥을 푸던 어머님의 손이 멈추었다. 자기의 이기적인 지난 일에 대해서 한 번은 말해야 할 것 같아 뒷모습만을 보이며 다래에게 미안하다고 말했다. 하지만 조금은 발칙할 수도 있지만 어머니의 그런 이기적인 행동에 다래는 오히려 지금 이렇게 마음 놓고 웃을 수 있었다. 그를 만날 수 있게 되었으니까. 구세준이라는 사람을 알게 되었으니까.

"어머님이니까 제가 봐드린 거예요. 하하. 이야, 굴비 정말 배가 불룩한데요?"

"직접 수산물시장 가서 제일 좋은 것으로 고른 거란다."

밥과 국이 다래의 앞에 놓였다. 다래는 숟가락과 젓가락을 양손에 들고 정신없이 먹기 시작했다. 어머님은 그런 다래의 모습을 한동안을 지켜보고 있었다.

"다래, 올 겨울은 따뜻하겠네?"

"픕!"

한강둔치에서나 보던 불꽃놀이마냥 입 안 음식물들이 식탁 위에서 자그마하게 펼쳐졌다.

"아이고, 제가 다 회수할게요!"

"다래야, 넌 어떤 마음이니? 이런 질문 하는 게 좀 이른 감이 있기는 하지만."

"네? 어떤 마음이냐뇨? 하하."

다래는 무슨 질문인지 알았음에도 말을 돌리고 있었다. 갑자기 화끈거리는 볼 살을 감싼 채 다래는 어머님 앞에서 어물거리며 아무 말도 못했다.

"이야, 불고기까지. 지난번에 세준 씨도 레어로 익은 스테이크를 맛있게 먹더라고요. 전 그런 고기에 흐르는 핏기만 봐도 울렁거리던데."

"세준이가 덜 익은 고기를 먹었다고? 어렸을 적에 육회 먹다가 장염에 말도 아니었던 적이 있은 후로 그런 건 입도 안 대는데. 실수로 먹었다 쳐도 다 토해낼 정도였어."

"네?"

세준은 다래가 좋아하는 스파게티를 먹이기 위해 자신이 지독히도 싫어하는 그 스테이크를 먹었던 것이었다. 그럼 잠시 화장실을 간 그때……? 다래는 갑자기 그의 행동 하나하나에 신경 쓰지 못했던 자신이 어리석단 생각이 들었다. 이미 맘속에 자리 잡고 앉았다면서 그런 걸 왜 눈치 채지 못한 건지.

"세준이에게 전화 매일 오니? 세준이 녀석, 하루에 몇 통이나 전화하는 바람에 요즘엔 밖에 나갈 틈이 없으니 말이다."

'이런 빌어먹어도 시원찮을 인간. 그렇게 어머님 붙들 정도로 전화하면서 내겐 한 통이라도 못해주는 건가?

다래는 그의 괘씸한 행동에 화가 나 얌전하게 접시 위에서 드러
누워 있는 굴비를 마구 헤집었다.

"다래야, 뼈 발라줄까?"

"아, 아니요! 하하."

다래는 밥을 다 먹고 어머님은 거실에 있게 만든 뒤, 설거지를
하기 시작했다. 접시가 세준의 얼굴이라 생각하고, 까칠한 수세미
로 마구 북북 밀어대기 시작했다. 여차하면 접시의 프린트가 벗겨
질 정도로 말이다.

"아참! 어머니, 저 오늘 여기서 자고 가도 되죠?"

"그러려무나."

"방이 없으니까, 어머님 옆에서 자도 괜찮죠?"

"방이 없다니, 다래 네 방 그대로란다."

"네?"

아직도 자신의 방이 남아 있다는 소리에 다래는 깜짝 놀랐다.
세준의 짐은 모두 창고로 쓰이던 방이었는데. 그렇게 깔끔하다던
세준이 그 방을 쓰고 있을 리가 없었다. 그전에도 방을 바꾼다고
했기에 당연히 자신의 방은 없어지고 그나마 남은 짐이 예전의 그
의 방에 있겠거니 그렇게 생각했었다. 그가 그렇게 마음이 넓은
남자가 아니란 걸 익히 잘 알기 때문이었다. 왜 항상 이렇게 늦게
알게 하는 걸까. 아마도 자신의 마음이 들키는 게 쑥스러웠던 것
같았다.

"스스로는 샤프하고 냉정한 남자인 줄 알지만, 그런데 당신 너

무 귀여워. 이젠 그 냉정한 말투도 귀여운걸."

설거지를 끝내고 거실에 앉아 어머님과 텔레비전을 보았다.

"어머니, 제가 세준 씨에게 부족하다고 한 번도, 단 한 번도 없으세요?"

"다래에게 후한 점수를 줬는데 서운하구나. 진짜 며느리로 오면 시집살이 좀 시켜야겠네."

"하하. 아이고, 며느리라뇨!"

다래가 절대 아니라며 손사래를 치고 있었다.

"다래는 우리 세준이가 맘에 안 드니?"

"네?"

"하기야 내 아무리 내 아들이라도 그렇게 정없는 애가 없으니 말이다. 녀석이 없어지던 그전에는 집에 오면 아무 말도 없었으니까. 다래도 세준이 사진 보고 느꼈지? 그야말로 아들이 아니라 남하고 살고 있다는 생각이 들 정도였으니 말이다. 그런데 요즘은 그래도 그렇게 전화라도 하는 게 참 신기하다고 생각될 정도란다."

"아, 그래요? 하기야 저도 처음 사진 보고 그리 순한 얼굴은 아니다 했는데."

"그거야 녀석이 어렸을 적부터 남들과 친하게 지낼 줄을 모르는 녀석이었으니 말이다. 남들이 놀자고 그래도 항상 자기 혼자 다니던 녀석이었으니 말이다."

"어머님 저 잠깐 위층에 올라가 봐도 될까요?"

"그러려무나."

다래는 어머니를 뒤로하고 이층으로 올라갔다. 세준의 방을 다시 한 번 보고 싶은 마음에 그의 방문을 살며시 열었다.

"정말 안 바꿨네."

그 방은 다래가 지냈던 그대로 놓여 있었다. 오히려 전보다 더 정돈이 잘되어져 있는 채로 가을의 햇살이 창밖에서 타고 들어와 그 분홍빛이 눈이 부실 정도였다. 다래는 이것저것 손으로 만져가며 예전의 자신의 흔적들을 되짚고 있었다. 그러다 따뜻하게 방 안에서 머무는 햇살에 졸린 나머지 침대에 누웠다. 그러다 무심코 본 천장.

"어, 별이 없네? 구세준, 이 치사한 인간. 유치하다더니 별은 떼버렸나 보네."

다래는 또 구시렁거리며, 그리고 한 손에는 핸드폰을 꼭 잡고 슬며시 잠에 들었다.

"어, 병아리!"

다래는 깜짝 놀라 일어났다. 하지만 벌써 저녁이 되어가고 있는 듯했다. 너무도 정신이 없었던지라 다래는 병아리 생각은 깜빡하고 있었다. 쿵쿵. 나무계단을 급하게 내려갔다.

"이제 일어났니? 무척 졸렸나 보구나."

"어머니, 저 집에 다녀올게요!"

"무슨 일이라도 있는 거니?"

"아니요, 병아리를 두고 와서요. 세준 씨가 돌보고 있으라고 주고 간 거라서요."

"세준이가 별일이구나."

“빨리 다녀올게요! 걔네들이 배고프면 까칠해지거든요, 누구처럼. 하하.”

다래는 황급히 달려갔다. 꽤 되는 거리임에도 콜택시까지 불러 제법 빠르게 집에 도착했다. 역시나 현관에서부터 병아리들의 우렁찬 소리가 들려왔다. 다래는 신발도 재빠르게 벗어 던지고 방으로 들어갔다. 밥이 없다며 울어대는 병아리들이 다래를 안심시켰다.

“요 녀석들! 밥하고 물 빨리 줄게.”

다래는 부엌에서 납작한 접시에 물을 담아와 박스 안에 넣어주었다. 그리고 혹여나 조금 쌀쌀해진 날씨에 잘못될까 스탠드를 내려놓아 켜주었다.

“따뜻하지? 그런데 너희들 주인은 너무 쌀쌀하게 군다. 그치?”

녀석들은 모이에 정신이 팔려 다래의 넋두리를 들어줄 시간이 없었다.

“보고 싶네. 짜증나게.”

그렇게 세준을 보고파 하는 마음에 어머니께 가야 하는 것도 잊은 채 병아리들만 쳐다보고 있었다. 정말 간만에 다시 핸드폰이 울렸다.

“여보세요!”

[기다리는 전화가 있었나 보네.]

“너, 신지한 맞지?”

지한의 목소리는 그의 얼굴을 보지 않아도 그가 수척해지고 기운이 없어 보인다는 걸 알려주고 있었다. 아마도 지은이 때문에 그러는 거겠지 하며 생각했다. 지한이 자신에게 했던 짓은 괘씸했지만 알고 보면 그도 죄가 없었다. 그냥 단지 한 여자를 지독히도 사랑하는 사람일 뿐이었다. 지한이 어떤 사람인지 잘 알지는 못하지만, 친구인 지은이 과거의 일 때문에 그를 만나보지도 않고 일언지하 거절했다는 것이 얄미웠다.

[그래. 목소리 들으니까 좋은가 보네.]

"신지한, 너 내가 지은이와 잘되는 방법 알려줄까?"

[하. 좋은 방법?]

"지은이랑 여행 가라."

지한은 다래의 말에 웃을 기운도 없는지 띄엄띄엄 웃는 목소리를 들려주었다. 무대 위에서처럼 무척이나 당당할 것 같은 그가 지금 저렇게 대시란 것 하나 제대로 못한 채 기운이 없어하는 모습이 남일 같지 않아 안쓰러웠다.

"장난 아니야. 지은이 얼마 후에 다시 봉사활동 가거든? 너도 지은이의 다른 모습을 보고. 지은이도 너의 다른 모습을 봤으면 좋겠어. 신지한 내가 이 사람 아니었으면 너 바짓가랑이 붙잡고 안 놓아줬을 거야."

[말이라도 고맙네. 과연 너처럼 잘될지는 모르겠지만.]

"아니야! 지은이를 확 사로잡아. 매력이 뭐 별거야? 매력은 풍겨 나오는 게 아니고 네가 만들어가는 거야. 알겠지? 파이팅!"

[어째 말은 좋은데 연애 초보인 네 말은 영 신빙성이 없어서. 이만 끊는다.]

지한이 전화를 끊었다. 다래도 지한의 말처럼 자기가 그렇게 말

하고서도 자기 말이 어디에서 왔는지 알 수 없었다. 고로 신빙성
은 제로. 하지만 그가 진정으로 자신이 좋아하는 사람과 잘되기를
바라는 마음은 정말로 진심이었다.

제10장

"엄마, 세준 씨가 지금 영국에서 돌아왔대. 그런데 회사부터 먼저 가고 말이야. 군기가 빠졌어! 그렇지?"

"그렇게 좋니? 우리 딸 하여간 감출 줄을 몰라. 그런데 부엌은 왜 들어오니?"

"아, 어머니께 전화하셨는데 세준 씨가 부침개를 좋아한다네? 그래서."

"아이고, 아서라. 부침개가 아니라 너덜너덜 걸레 만들려고 그러니?"

"엄마!"

결국 엄마의 경고를 무시한 채 만든 결과물. 이건 도대체 부침개의 형태가 아니었다. 그랬다. 대걸레 중에도 매우 사용을 많이 한 그것의 모양을 하고 접시 위에 누워 계셨다.

"이야, 엄마 그래도 맛은 끝내준다. 좀 먹어볼래?"

"그렇게 좋니?"

"뭐가 좋긴 좋아!"

"얼굴에 다 쓰여 있거든요. 우리 딸?"

다래는 그나마 형체가 안 좋은 부침개를 칼로 마름모를 만든다
며 잘랐지만, 역시나. 마름모였다 담으려니 마구 흐트러지는 것
들. 간신히 조심조심 담았다. 이젠 모든 준비가 끝났다. 이젠 그가
있는 곳으로 가는 것만 남았다. 다래는 소풍 가는 아이마냥 잔뜩
마음이 부푼 채로 집을 나서려고 했다.

"엄마, 다녀올게!"

"조심조심 다녀오렴."

다래는 현관을 나섰다. 이젠 조금은 두툼한 재킷을 걸치지 않으
면 밖을 나서는 게 힘들 정도의 날씨가 되어버렸다. 현관 옆에 베
란다에는 이젠 병아리의 모습을 벗어난 그 물 좋다던 영계들이 있
었다. 이젠 방에서 키울 크기를 지나 버려 다래는 이불로 방한을
단단히 해주어 이곳에 내놓게 되었다.

"으이구, 내가 너희 사료 값에 허리가 휜다. 응!"

다래가 사료 통에 한주먹 가득 사료를 뿌려주었다.

'웃기고 앉아 있네. 너 한 끼만 굶으면 우리 한 달 사료 값이다.
응?'

영계들은 아마 이런 생각을 하면서 오늘도 비굴함을 참고 사료
를 먹는 듯했다. 이런 것엔 신경은 쓰지도 않는지 다래는 가벼운

발걸음으로 집을 나섰다.

어머님이 알려주신 주소를 받아 회사 앞까지 묻고 또 물어 찾아왔다. 처음 온 이곳, 익히 들어 알고 있었지만 막상 앞에 자리 잡은 그것은 다래를 조금은 숨 막히게 만들었다. 로비에 들어서 막 닫히려하는 엘리베이터를 잡았다.

"이게, 무슨 냄새지?"

같이 타고 있던 사람들이 다래의 부침개 냄새를 용케도 알고 말하고 있었다. 그래도 식을까 봐 빨리 달려오는 바람에 냄새가 더 풍기는지도 몰랐다. 다래는 그런 사람들의 시선을 무시하고 내렸다. 비서가 자리에서 일어나 누구인지 물으려 하는 찰나, 다래는 조용히 하라며 손가락을 입술에 대고 비서에게 텔레파시를 전했다. 하지만 결국 글씨로 오가는 몇 마디의 필담 후에야 비서는 알았다는 듯 다래를 가만히 두었다.

다래가 몰래 들어가려 노크도 하지 않고 문을 열려 하자 문 안에서 들려오는 소리. 아마 전화를 하는 중인 듯 보였다. 그럼 더 놀래키기 좋은 기회라고 생각하고 다래는 문손잡이를 잡았다.

"그래, 장난이었다니까."

갑자기 다래의 행동이 멈추었다. 아니, 그대로 얼어버렸다는 표현이 더 정확했다.

"그 여자하고 연애하는 거, 장난이었다니까. 그 여자가 얼마나 웃긴지 말도 마라."

세준이 웃어가며 전화통화를 하고 있었다. 장난이라는 말이 다래의 얼굴에서 서서히 핏기를 빨아가고 있었다. 그리고 그가 간간이 터뜨리는 웃음이 다래의 눈에 눈물을 고이기 시작했다.

"맹세컨대 정말 내 스타일 아니다."

문손잡이를 잡고 있던 다래의 손힘은 점점 빠져 갔고, 결국엔 문손잡이를 쥐고 있던 다래의 손이 미끌어져서 떨어졌다.

"말도 마. 그 여자는 나한테 빠진 거 같다니까. 정말 웃겼어. 그 표정들."

그가 했던 빠졌다는 말이 다래에게 곱게 들려오지 않았다. 아니, 지금 이렇게 숨 가쁘게 달려와, 그리고 이 개월 동안 그를 조금은 애타게 기다렸던 자신이 갑자기 바보같이 느껴졌다. 다래는 결국 더 이상의 통화 내용을 듣지 못하고 그곳을 빠져나왔다.

'그가 가끔씩 보여줬던 그 친절들 다 연기였었던 거야? 그날 여행에서 얼굴이 붉어진 그것도 모두? 그래, 그 자식은 처음부터 장난이었어. 그 모든 게 장난인지도 모르는 윤다래, 너 정말 그 자식 말대로 초짜 맞다. 그런 것 하나도 구분 못하는 초짜! 이 병신아!'

그리고 주체할 수 없는 눈물을 누가 볼까 봐서 고개를 숙인 채, 그렇게 가볍게 왔던 길을 발목에 수십 킬로의 쇳덩이를 달고서 무겁게 돌아갔다.

Rrrrr. 그때 전화가 왔다. 세준이었다. 그렇게 기다리던 전화인데. 벨소리가 몇 번을 울린 뒤에야 다래는 눈물을 손등으로 급하게 훔친 뒤 그의 전화를 받았다.

"여, 여보세요?"

[윤다래, 어머니께 주소도 물어봤다며? 그럼 와야지, 왜 안 오고 있어? 언제 오는 건데.]

“안 갈 거예요. 계획을 바꿨거든요.”

[뭐? 왜? 그리고 무슨 계획이 바뀌었다는 건데?]

“아직 삼 개월의 유효기간 중 십 일이 남았지만 나 그냥 여기서 끝낼게요. 어차피 날 동정하는 연애였잖아요. 이만 끊을게요.”

다래는 눈물을 참을 수 있는 한계를 다해. 결국 전화를 먼저 끊어버렸다. 그리고 참고 있던 눈물을 흘리고 말았다.

“너 바보냐? 내게 조금 마음이 있었던 것도. 그것도 아마 내가 불쌍해 보여서 그랬겠지.”

“말도 마. 그 여자는 나한테 빠진 거 같다니까. 정말 웃겼어. 그 표정들.”

[불쌍하지도 않냐? 그렇게 그런 순진한 여자 골려먹고 싶냐? 구세준, 너 이번은 좀 심한 것 같다. 아무리 네가 착한 놈이 아닌 건 진즉에 알았지만.]

친구에 말에 갑자기 세준의 들썩거리던 말의 톤은 가라앉기 시작했다. 그리고 말을 이었다.

“그런데, 그 장난을 내가 너무 가볍게 봤어. 내가 그 여자를 좋아하게 될 줄을 몰랐으니까. 그 여자가 웃는 모습이 영국 있는 동안에도 생각났었으니, 내가 정말 변하긴 변했나 보다.”

[아이고, 우리 숫총각 구세준 씨가 사랑에 빠졌구만. 천하의 냉혈안도 녹일 정도의 여자라면. 고백하지 그래?]

“안 그래도 그녀가 말했던 삼 개월이 끝나는 날 고백하려고 했어. 연애도 다양하게 못해보고 이렇게 무덤으로 가는 건가.”

[야야, 말도 마라. 내가 그렇게 여자 경험담 말해주는 것 못 들었어? 그런 거 다 필요없다. 날 사랑해 주고 내가 사랑하는 사람 만나는 게 제일 환상적인 거야. 아무튼 권투를 빈다.]

"그렇겠지? 나도 그렇게 생각했어. 그 여자가 웃는 걸 보고, 그 여자가 날 바라보는 모습을 보고, 내가 곁에서 같이 웃어주고 지켜주고 싶다는 생각을."

세준은 평소 같지 않게 의자를 빙빙 돌리며 얼굴엔 나름대로 참아 커다란 웃음은 보이지 않고 잔잔한 미소를 잃지 않았다.

다래는 눈물이 멈추지 않자 결국 아무 데나 걸터앉을 곳을 찾아서 헤매다 앉을 만한 턱을 발견해 앉았다.

"그래. 그가 나보고 한 번도 사랑한다고. 아니, 한 번도 좋아한다고 말한 적도 없잖아."

다래는 자신이 싸왔던 부침개를 꺼내어 손으로 마구 집어 들어 입에 쑤셔 넣었다. 지나가던 사람들이 자신을 쳐다보든 말든 아무 신경 쓰지 않고 계속해서 넘기지도 않고 집어넣기만을 수차례. 볼은 곧 터질 것만 같은 개구리 배를 하고선 우물우물거리며 얼굴엔 이미 눈물범벅 기름범벅이었다.

"그래. 그렇게 집에서도 냉정했고, 사진에서도 냉정한 모습이었는데. 이상했잖아. 이상하다고 생각했잖아. 그것도 모르고. 윤다래, 너 정말 바보다, 바보."

물론 간간이 자신이 잘못 들은 것은 아닌지, 너무 그 사람이 아닌 것처럼 행동한다는 생각이 들긴 했지만 그렇게까지 행동들을 부정하기는 싫었다. 그래, 처음이라서 이렇게 바보 같겠지 하는 생각이 또 간신히 잦아들던 그녀의 눈물샘을 자극시켰다.

Rrrrr. 또다시 전화가 왔다. 세준이었다. 다래는 받지 않고 끊어버렸다. 그리고 배터리를 분리시키려 하자 전화가 또 울렸다. 다래는 자신의 감정을 주체 못하고 폴더를 열었다.

"다신 전화하지 말라고! 너 귀머거리야?"

[윤다래 씨 전화 아닌가요?]

"누, 누구세요?"

세준인 줄 알고 마구 말을 퍼부었는데 상대방은 그가 아니었다.

[아, 신재혁이라고 합니다. 세준이가 왔다고 하기에 회사를 찾아가는데 잘못 들어선 것 같군요. 그런데 지금 울고 계신 겁니까?]

신재혁이었다. 지난번 레스토랑에서 세준과 인사를 하는 사이였으니. 그런데 어떻게 자신의 전화번호를 알았는지 묻기도 전에 그가 다시 말을 이었다.

[지금 가르쳐 주시기 곤란하신가 보네요.]

"네, 많이 곤란하네요."

자신이 항상 동경하는 그 사람의 전화인데도 다래는 아무 설렘 없이 말을 던졌다.

[알겠습니다. 다음에 기회가 되면 세준이 녀석과 같이 뵙죠.]

신재혁이 인사를 하기도 전에 다래는 전화를 끊었다. 그리고 몇 분 뒤,

빵 하는 클랙슨 소리가 들려왔다. 다래는 무심결에 그곳을 쳐다봤다. 누군가가 자신에게 다가오는 것 같았지만, 눈물이 그렁그렁

한 다래의 눈이 물체를 정확하게 볼 순 없었다.

"다래 씨, 맞죠?"

어디선가 많이 들어본 목소리. 그 사람은 바로 방금 전화통화를 나누었던 신재혁이었다. 그가 입가엔 기름으로 번들번들 눈가는 번진 화장으로 엉망이 된 다래 앞에 나타났다.

다래는 갑작스런 그의 등장에 놀랄 뿐이었다.

"어떻게……."

"길을 헤매다 우연히 발견하게 되었네요. 그런데 왜 그런데 앉아 있는 거죠? 날씨도 제법 쌀쌀한데."

짧은 시간에 그를 보았을 때나 드라마 속에서 그를 보았을 때나 이렇게 다정하게 말을 하는 모습은 드물었다. 그런 그의 말 한 마디 한 마디가 다래에게는 조금이나마 눈물을 멎을 수 있게 하고 있었다.

'그래, 그딴 자식 때문에 이렇게 마냥 울고 있을 수만은 없잖아. 안 그래? 이렇게 내 이상형 신재혁이 내게 말을 걸어주는데 말이야. 하느님도 아주 날 버리시진 않았네.'

다래는 소맷자락으로 눈물을 모두 닦아내고 맹맹하던 목소리를 다듬고 조금은 아무렇지 않은 듯 재혁에게 인사를 건넸다.

"죄송했어요. 제가 누군지 확인하지도 않고 막 쏴댔던 것 말이에요."

"아니요. 그럴 수도 있죠. 날씨가 너무 추운데 제 차에 타세요. 집까지 바래다 드릴 테니."

천하의 신재혁이 집에 데려다 준다니. 그것도 자기의 차에 태워서 데려다 준다는 것에 다래는 조금 전 나락으로 떨어지고 있던 마음들을 잊어버리기로 했다. 그렇지 않으면 정말 나락으로 떨어져 다시 회복하는 것이 정말 힘들 테니 말이다. 그 잠시란 시간 때문에 이제 항상 쉽게 웃어지던 그녀의 입가의 근육들이 주인에게 반항을 하듯 웃는 게 쉽질 않았다. 그때 또다시 울리는 전화벨 소리. 다래는 핸드폰 배터리를 분리시켰다. 그 모습을 보고 재혁이 다래에게 물었다.

"세준이와 무슨 일 있었나요?"

"아, 아니에요."

다래가 아무렇지 않게 말했지만, 그녀의 표정을 본 사람이라면 그녀가 하고 있는 말이 거짓말이라는 건 단번에 알 수 있었다. 언제나 그랬듯 다래는 자신의 감정을 감출 수 있는 여자가 아니었으니 말이다.

"오늘 날씨가 정말 변덕스럽군요. 다래 씨, 가볍게 칵테일 한 잔 할래요?"

"네?"

"날씨도 서늘하니 알코올이 조금은 몸을 따뜻하게 해줄 겁니다."

재혁이 그녀의 얼굴을 볼 수 없었던지 주머니에서 손수건을 꺼내어 다래에게 건넸다. 다래는 자신의 눈물을 닦으면서 생각했다. 지금 이렇게 그의 제안에 끌려 다닐 상황이 아니었지만, 그의 말대로 변덕스러운 날씨와 세준의 말에 몸이 꽁꽁 얼어버린 자신의 몸을 녹이고 싶었다. 그렇기에 조금은 쉽게 그의 제안을 허락했다.

“네. 한 잔만 할게요. 신재혁 씨 시간을 뺏는 건 아니겠죠?”

“아니요. 오늘 스케줄도 없고, 그리고 저도 한 잔 생각나던 참이었거든요.”

“신재혁 씨, 평소에도 그렇게 자상한 사람인가요? 드라마에서는 전혀 아니던데.”

재혁이 웃었다. 다래의 그런 조금은 기분이 상할 수도 있는 질문에 웃어 보였다.

“연기라서 그런 것도 있지만, 브라운관에 비춰지는 제 모습은 진짜가 아니죠. 연기가 원래 그렇잖지 않습니까? 거짓을 진실처럼 깔끔하게 포장하는 것. 마치 다른 사람이 보면 그게 정말 진실처럼 보이게 말입니다.”

재혁의 대답이 다래가 바보라는 말처럼 느껴졌다. 세준의 연기에 그처럼 능숙한 연기자가 한 연기가 아니었음에도 그게 진실이라고 믿었던 자신이 바보라고. 그렇겠지. 사람이 어떻게 그렇게 극과 극으로 행동할 수가 있겠는가. 어느 한쪽은 거짓임에 분명한 것이다. 다래는 바보처럼 그의 거짓에 속았던 것이었다.

“다래 씨, 다 왔어요.”

재혁이 다래가 있던 쪽의 문을 손수 열어주었다. 다래는 평소라면 방방 뛰어다녀도 시원찮았겠지만, 아직까지도 그가 했던 말을 머릿속에서 계속 무한 반복시키고 있었기에 가벼운 억지웃음만을 지어 보이며 그의 에스코트를 받아 차에서 내려 바 안으로 들어갔다. 그런데 희한하게도 그 바는 이른 시간 때문인지 아직 문을 열지 않고 있었다.

"아직 열지 않았네요."

"잠시만요."

재혁이 어디론가 전화를 걸었다. 그리고 몇 마디의 대화가 오간 뒤, 신기하게도 굳게 닫혀 있던 문을 열고 누군가가 나왔다. 아마 이 바의 주인인 듯 보였다.

"재혁이 왔어?"

"어. 미안한데 이분과 있을 때까지만 문 닫으면 안 되겠어?"

그 주인은 잠시 곤란한 표정을 짓다 이내 표정을 바꾸고 재혁의 부탁을 받아들였다.

"신재혁이 있겠다는데. 자식, 이거 네가 단골 아니면 어림도 없어!"

"고마워, 형."

주인이 신기하게도 다래가 창가 자리를 좋아하는 걸 몰랐을 텐데 우연히도 두 사람의 자리는 창가였다. 이내 자리에 재혁과 다래가 앉았고, 주인은 언제나 그렇듯 주문을 받았다.

"재혁이는 보드카 스트레이트로 마실 거고."

"그거 무지 센데. 괜찮으시겠어요? 드라마에서 보면 한 잔만 먹어도 쓰러지잖아요?"

다래는 재혁을 걱정하며 보드카가 예사 술이 아니라고 말해주고 있었다.

"우리 재혁이 술 무지 센 거 모르셨나 보네."

"다래 씨, 내가 아까 그랬죠? 그건 연기에 불과하다고. 저 술 잘 마셔요. 다래 씨는 너무 이른 시간이기도 하니까 그냥 무알코올 칵테일 마실래요? 형, 그걸로 줄래?"

"아니요! 알코올 적당히 들어간 칵테일 한 잔 부탁해요. 그런 것 많이 먹어본 적이 없어서 이름은 모르겠네요."

주인이 사라지고 다래는 재혁과 마주 보고 있는 상황이 되어버렸다. 차 안에서는 그냥 창밖만을 바라보며 있으면 되는데, 이렇게 마주 보고 앉아 있으려니 무작정 시선을 피할 수는 없었다. 괜히 아무 말도 못하는 다래는 앞에 있는 물잔만을 만지작거릴 뿐이었다.

"다래 씨도 절 좋아했는지 모르겠네. 제가 보여주는 이미지 때문에 은근히 안티도 많거든요. 하하."

"안티요? 그럴 리가요."

"연예인이란 직업이 그렇죠. 절 선망하는 사람과 비난하는 사람이 동시에 존재하죠."

"걱정 마세요. 전 안티는 아니니까요."

"다행이네요."

드디어 두 사람 앞에 주문한 것들이 놓여졌다. 다래는 작고 긴 잔을 들고 그 칵테일을 단숨에 들이켰다. 항상 조금은 씁쓸한 술이 오늘은 정말 달게 느껴졌다. 아마도 칵테일이라서 그런 걸까? 다래는 한 잔을 싹 비웠음에도 약간의 취기도 올라오지 않는 게 속상할 정도였다. 조금은 몽롱한 상태가 되어버린다면 지금 이 상황을 조금은 벗어날 수 있을 것 같은데.

"다래 씨, 천천히 마셔요."

"오늘은 이상하게도 술이 전혀 안 취하네요."

“그냥 몸 따뜻해지려고 마시자고 한 건데.”

“에이, 술이란 건 자고로 취하라고 만든 거잖아요? 신재혁 씨, 그쪽 술 한 잔만 나눠 줄래요? 이 칵테일은 그냥 맛있는 물맛만 나네요.”

“괜찮겠어요?”

재혁이 다래를 말리려 하고 있었다. 하지만 결국엔 재혁의 옆에 있던 보드카 병을 가져왔다. 그런 다래의 모습에 말리던 재혁은 그녀의 손에서 병을 뺏어 들어 다래의 빈 잔에 술을 채워주었다. 재혁이 술병을 거두어가자마자 잔을 들고 도수가 무척이나 높은 술을 들이키기 시작했다. 따끔따끔 평소 먹던 술의 배 이상이 되는 도수여서 그런지 다래는 그제야 술 같은 기분이 들었다. 목을 넘어가면서 자신의 살이 긁히듯 에이는 그 느낌이 좋게 느껴졌다. 홀짝홀짝 또 한 잔을 다 비워 버렸다.

“다래 씨, 너무 스트레이트로 먹지 마세요. 보드카가 술기운이 올라오면 주체할 수 없으니.”

“아이고, 괜찮아요!”

다래는 이미 보드카 한 잔에 취해 버린 것 같았다. 다래는 계속 만류하는 재혁을 무시하고 보드카 병을 집어 들어 다시 잔에 들이붓기 시작했다. 아마 이때부터 다래에게 재혁은 자신이 항상 동경했던 신재혁이 아니었다. 단지 술을 같이 마시는 술친구 그 정도로 여겨지고 있었다.

“신재혁 씨, 이 보드카 정말 최고예요, 최고!”

“다래 씨, 벌써 몇 잔째인 줄 알아요? 그만 마셔요.”

　재혁의 경고를 무시하고 다래는 계속해서 보드카를 마시기 시
작했다. 점점 눈앞이 흐릿흐릿해지고, 이제는 잔을 몇 번이나 찾
아 헤맨 뒤 집어 들 정도로 취했다.
　"딱 한 잔만 더 할게요~"
　"그만 하세요."
　"딱 한 잔만 할게요~ 네?"
　다래는 재혁이 붙잡고 있던 보드카 병을 뺏으려다 술기운에 휘
청거리면서 테이블에 그대로 얼굴을 묻어버리고 말았다.
　"다래 씨, 정신 차려요."
　재혁이 자신의 어깨를 흔들며 깨우려고 하는 듯했다. 그런데 저
기분 나쁜 웃음은 뭐지? 이런 의문들은 술기운에 희미하게 느껴졌
다.
　"저, 저 안 취했어요. 그리고 저 정말 괜찮……."

　세준은 출장을 마치고 밀린 회사 일을 정리해야 했음에도 도무
지 일들이 손에 들어오지 않았다. 다래의 갑작스런 행동에 이유라
도 확실히 알아야겠다 싶어 전화를 했지만 핸드폰은 꺼져 있는 상
태였다. 다래의 생각에 빠져 시간 가는 줄도 모른 채 멍하니 창밖
을 지나가는 차들만 쳐다보고 있었다. 그때 전화벨이 울렸다.
　"윤다래?"
　[이걸 어쩌나. 기다리던 윤다래 씨가 아니라서.]
　"무슨 일이야."
　[내가 꼭 무슨 일이 있어야 전화를 했었나? 그런데 무슨 일이

있긴 하다.]

"뭐?"

[다래 씨가 너 같은 자식 때문에 울고 술에 잔뜩 취한 모습이 참 안쓰러웠거든.]

"신재혁, 너 지금 어디야."

세준은 이성을 잃지 않으려 되도록 말을 곱씹어가면서 입으로 내뱉었지만 이미 의자에서 그의 몸은 떠난 후.

[지금 다래 씨를 집까지 바래다주고 오는 길이다.]

"너 그 여자한테 무슨 짓 한 거 아니지?"

[내가 그런 놈으로밖에 안 보였어? 그런데 다래 씨가 매우 흥미로운 말을 하더라.]

"무슨 말?"

[전화상으로 하기엔 곤란한 것 같아서. 너 내 집 알지? 그리로 와라.]

세준은 재혁이 무슨 소리를 하려고 하는지가 궁금했다. 다만 한 가지 걸리는 일이 있었기에 제발 그 일만은 아니길 바랐지만, 너무나도 당당했던 재혁의 목소리가 신경 쓰이는 건 어쩔 수 없었다.

최대한 속력을 내어 그의 집에 도착했다. 마치 그가 올 것을 알았다는 듯, 열려져 있는 문. 세준은 담담한 표정으로 재혁의 집에 들어섰다. 현관문을 열자, 스카치가 든 잔을 들고 세준을 맞이하는 그였다.

"구세준, 오래간만이네."

“하려던 말이 뭐야?”

“너희 집 정말 무섭더라. 어떻게 죽은 사람과 산 사람을 결혼시킬 작정을 했는지.”

“뭐?”

이건 아니길 바랐는데. 결국 영혼결혼식에 관한 이야기가 재혁의 말의 중심이었다.

“뭘 그렇게 놀라고 그래. 그런데 그것도 일억을 조건으로 한 거라며? 참 재밌네.”

그의 웃음을 자신의 주먹으로 짓이겨 버리고 싶은 마음이 간절했지만, 지금 이렇게 집으로까지 불러들인 거라면 그렇게 섣불리 행동해서는 안 될 것 같았다.

“구세준, 넌 항상 똑똑한 녀석이었어. 날 때리면 안 된다는 걸 아는 똑똑한 자식.”

재혁의 비웃음과 거들먹거리는 걸음걸이가 그의 분노의 마음을 건드리고 있었지만, 자신이 가지고 있는 이성을 다해 그것을 막았다.

“그래서, 하고 싶은 이야기가 뭔데?”

“내가 너무 그동안 너란 자식에게 유감이 많아서.”

“유감이라면…… 혹시 유리 일이라면.”

재혁이 잔을 빙빙 돌리며 얼음이 부딪치는 소리를 느끼다 차가운 위스키를 목으로 넘겼다.

“유리 일이었다면 네가 아닌 날 망가뜨렸겠지.”

세준은 그 일이 아니라면 재혁이 이토록 자신을 경멸하고 자신을 망가뜨리려 하는 이유를 몰랐다. 한때, 정말 한때는 두 사람이 친구였던 시절이 있었기 때문이다.

"무슨 일로 내게 이러는 건데. 그나저나 모자란 것 없는 네가 이러는 이유가 뭐야?"

"유감이 있다는 그것만 알아둬. 더 이상은 내가 말하기 싫으니."

"뭐?"

세준은 재혁의 말들을 더욱더 이해할 수가 없었다. 짜인 대본대로 한시의 토시도 틀리지 않고 할 말만을 조리있게 하던 그는 지금 거의 횡설수설에 가까운 말들을 내뱉고 있었다.

"맹목적인 증오가 뭔지 알게 해준 네게 해줄 수 있는 일이 뭘까 생각해 봤어. 넌 항상 행복했잖아. 그런데 난 한시도 행복한 적이 없다고 생각했었거든. 내가 뺏지 못한다면 그걸 네게서 조금이나마 앗아가 버리고 싶어서."

"뭐?"

세준의 두 주먹이 너무도 굳게 쥐어져 그의 손 근육이라는 것들은 마치 조금만 더 당긴다면 끊어질 듯 팽팽해져 있었다.

"너 마녀사냥이라고 들어봤어? 인터넷에 돈 때문에 죽은 사람과 결혼한 여자라는 기사가 난다면 어떻게 될까? 아마 다래 씨는 평생 널 원망하게 될 거다. 차라리 몸이 다치는 게 낫지. 마음이 만신창이가 되는 것보다."

"신재혁, 너 정말 이래야겠어?"

"어쩌겠어. 내 지난날의 앙금이 너무 많이 쌓여 버린걸."

탁 하는 소리와 함께 세준은 재혁의 앞에서 무릎을 꿇었다.

"네 앙금이 풀어질 때까지 날 쳐. 지금 네가 제일 하고 싶은 게 날 누르고 싶다는 거 잘 알아. 그러니까 지금 네가 했던 말은 이걸로 대신하자."

"너, 그 여자가 뭔데 이렇게까지 하는 거지? 내가 보니까 별것도 없던데."

세준은 아무 말도 하지 않았다. 아니, 이런 더러운 자식 앞에서 다래의 가치를 말해주고 싶지 않았다. 재혁은 보드카 잔을 테이블에 올려놓고 소파에서 일어섰다.

"내가 알던 구세준은 어디로 간 거냐."

재혁은 그날 밤, 자신이 아무리 세게 때려도 아무런 반응을 보이지 않고, 신음 소리 하나도 내지 않는 세준 때문에 자신의 힘이 다 빠져 버릴 때까지 세준에게 상처를 입히고 있었다.

"하아하아. 네가 독한 자식인지는 알았어도 대단하다. 구세준. 어떻게 날 한 대도 치지 않는 거지? 내가 네 성격 잘 아는데."

"내가 널 친다면 너란 인간과 똑같게 되는 셈이니까."

세준의 말은 점점 힘이 없어지기 시작했다.

"꽤 멋있는 척하네. 재수없는 자식."

재혁의 집 밖의 창문에서 햇살이란 것이 이 지독한 상황 속으로 파고들어 왔다. 재혁은 거의 반나절 이상의 시간으로 세준을 거의 실신할 정도의 상황까지 만들어놓았다.

"난, 난 너란 자식이 왜. 왜 항상 강한 역할로 나오는지 잘 알지."

"그게 무슨 소리지?"

재혁은 그를 패는 데 힘을 다 쏟아버려 설 힘도 없어 소파에 몸을 기댔다.

"너란 인간은 한없이 약하고 비겁한 자식이니까. 연기로라도 강하고 보이고 싶었겠지."

"뭐?"

세준의 말에 재혁은 갑자기 몸을 일으켜 발길질로 세준의 뺨을 세게 쳤다. 그러자 남은 힘이 얼마 없던 세준은 그대로 차가운 마룻바닥으로 쓰러져 버리고 말았다.

"다래 씨와는 그쯤에서 끝내. 네가 너무 행복해하면 내가 어디 발 뻗고 잠을 제대로 잘 수 있겠어? 기사야 나만 입 막으면 되는 걸 뭐."

아무 말도 못하는, 아무 말도 할 수 없는 세준은 대답을 하지 않았다. 이미 대답을 그의 온몸으로 하고 있었다. 그녀의 마음이 만신창이가 되는 것 대신 자신의 몸이 만신창이가 되는 걸 택했으니까 말이다.

"다래야, 속 괜찮은 거니?"

다음날 아침, 엄마가 다래를 깨우고 있었다. 다래는 마치 감고만 살았던 눈인 것처럼 눈꺼풀을 들어 올리는 것이 매우 힘겨웠다. 눈을 조금씩 뜨자 흐릿하던 엄마의 모습이 조금씩 선명해지고 있었다. 속은 쓰리다 못해 가슴을 움켜쥘 정도로 아픔이 심했다.

"다래야, 술은 왜 그렇게 떡이 되어가지고 온 거냐. 어제 그 사람 만난 거 아니었니?"

"어? 어……."

"그런데 어제 널 데려온 사람은 탤런트 신재혁과 참 많이 닮았던데."

"그런데 내가 집에까지 어떻게 온 거야? 걸어서? 기어서? 미쳤어! 내가 정말 미쳤어! 다른 사람도 아닌 신재혁 앞에서 필름이 끊겨 버린 거야? 이게 다 구세준이란 인간 때문이야! 그 인간 때문에 되는 일이 하나도 없잖아!"

"뭐?"

엄마는 다래의 대답에 깜짝 놀랐다. 자기 딸이 그런 스타와 술까지 마셨다는 사실이 아마 거짓말로 들리는 것 같았다. 하지만 지금은 그런 것이 문제가 아니었다. 분명 세준을 운운하며 원망 어린 말들을 내뱉는 걸 보니 뭔가 잘못되었다는 느낌이 들었다. 즐거운 마음으로 나갔던 다래가 술이 떡이 되어, 분명 좋은 기분으로 마신 것이 아닌 것 같아 무척이나 걱정스러웠다. 분명 술에 깬 다래의 모습은 좋지 못했다.

"다래야, 어제 무슨 일 있었니?"

"아, 아니. 그래도 다행이다. 평일이었으면 이 퉁퉁 부은 얼굴로 학교 갈 뻔했잖아. 그치?"

"지금 그게 문제니? 어제 꿀물을 먹여도 토하기만 하더구나. 시원한 북엇국으로 끓여놓았으니까 가서 아침 먹자."

다래는 일어나 세수도 하지 않고, 그렇다고 부엌으로 가지도 않았다. 힘겹게 현관문을 열어 영계들의 안부를 묻고 있었다.

“삼총사, 잘 지냈소?”

‘웃겨, 정말. 너 어제 술이 떡이 되어서 들어온 꼴 차마 못 보겠더라!’

영계들은 부산하게 다래에 관한 말들을 하고 있었다. 사료봉지에서 사료를 한주먹 가득 꺼내어 부어주었다.

“네 주인은 이제 나다. 이제 내 맘대로 할 거야! 여차하면 하나 넌 백숙 해먹고, 두리 넌 통닭 해먹고, 센이…… 그래, 넌 닭볶음탕이다!”

‘얘들아, 우리 언제 밤을 틈타서 가출해야겠다. 식용 닭이 사라지는 그날까지!’

영계들은 결의를 다지고 있는 듯했다. 다래는 손에 묻은 사료 찌꺼기를 툭툭 털어냈다.

“이렇게 툭툭 털어내자. 내 가슴속에 묻어 있던 찌꺼기가 다 사라질 때까지.”

대충 고양이세수를 한 뒤 식탁 앞에 앉았다. 부드럽게 잘 풀린 계란과 잘 찢어진 북어 살들이 보는 것만으로도 조금은 해장이 되는 것 같았다. 다래는 숟가락을 들려다 국그릇을 통째로 들어 후루룩 마셨다. 쓰린 속은 북엇국이 달래주고 있었다. 하지만 아직도 아릿한 쓰림 현상이 가시지 않는 곳이 있었다.

“다래야, 진짜 무슨 일 있는 거 맞구나.”

“없어!”

“혹시, 뭐가 틀어진 거니?”

“틀어지긴 뭐가 틀어져. 틀어질 것도 없는데.”

다래는 엄마에게 이런 자신의 모습을 보여주는 것이 미안해 엄마의 말은 채 듣지 않고 방으로 향했다. 침대에 얼굴을 묻고 또 간신히 멈췄던 눈물을 쏟아내고 있었다. 엄마는 잠시 다래의 방문을 열다 다래의 그런 모습을 그냥 두어야 할 것 같아 다시 문을 닫았다. 그렇게 몇 시간을 울었는지 모른다. 나아질라 치면 다시 쏟아지는 눈물이 원망되기도 했지만, 그것들을 쏟아내고 나면 조금의 시간은 괜찮아 지는 것 같아 나오는 눈물을 굳이 참지는 않았다.

똑똑.

"새삼스럽게 무슨 노크야?"

"다래야, 누가 널 찾아왔구나."

"누구?"

"그건 나가보면 알 거다."

다래는 엄마가 누구인지 말을 안 해주는 걸로 보아 누구인지는 조금 짐작이 가고 있었다. 무작정 나가지 않는다고 해결되는 게 아니었다. 전화상으로는 아무래도 약하게 의사전달이 되었을 것이니 그의 얼굴을 보고 확실하게 말해주는 것이 나은 편이라 생각했다.

카디건을 걸치고 현관문을 열고 나가 다시 대문을 열었다. 그리 멀지 않은 거리에 세준이 서 있었다. 헝클어진 머리에 얼굴에 간간이 보이는 생채기에 다래는 잠시 신경이 쓰였다가 다시 굳은 표정으로 돌아왔다. 단추가 풀어진 셔츠에 간간이 보이는 핏기가 또 다래를 신경 쓰이게 만들었다.

"왜 왔어요. 어제 전화상으로 할 말은 다 했을 텐데요."

"도대체 이유가 뭔데?"

세준은 다래를 막 몰아붙이지 않았다. 말하고 싶으면 말해주고 안 해줘도 괜찮다는 식의 건조한 말투로 다래에게 물었다.

"그냥, 이라고 하면 당신이 믿지 않을 거 잘 알아요. 그래서 사실대로 말해줄게요. 어제 회사에 갔었어요. 그리고 우연히 통화하는 걸 들었죠. 재밌더군요. 날 그렇게 도마 위에 놓고 장난치니까 재밌었어요?"

세준은 자기가 돌아왔다는 소식에 한달음에 회사까지 왔다는 것에 약간은 놀라고 있었다. 하지만 이미 그녀의 눈은 뭔가 많이 틀어져 있어 버렸다. 이렇게 사소한 것들 하나에 모든 감정들이 틀어져 버리게 되는데. 또 언제 틀어져 버릴지 모르는데. 세준은 힘이 부쳐 간신히 가다듬고 있는 정신이 이내 흐트러져 버렸다. 이제야 자신의 감정을 밀어붙여 나가야 할지에 대해서 확신을 했던 그였지만 다시금 그 확신은 흔들리기 시작했다. 그리고 그렇게 그녀의 눈빛 하나에 자신의 마음이 이렇게 까지 흔들리고 있다는 것을 스스로가 인정하고 있었다.

"윤다래, 그 전화 내용 끝까지 다 들었었어?"

"미쳤어요? 자기가 남의 입속에서 질근질근 씹히고 있는데 계속 듣고 있으라는 건가요?"

"그래. 그래서 나도 내 마음을 부정했나 보네. 이렇게 될 줄 알고. 내가 장난친 것 같았어?"

다래는 그의 질문이 기가 막혔다. 자기가 했던 일을 다시 재확인하고 싶다는 소린가? 다래는 세준의 얼굴을 뚫어지도록 째려보며 말했다.

"구세준 씨, 처음에도 내가 장난감이라고 했죠? 고장 나면 짜증 나고 화난다고. 그래서 내가 미리 구세준 씨 짜증나고 화나지 않게 하려는 거예요. 알겠어요?"

"하하."

세준이 힘겹게 웃음을 내뱉었다. 그런 모습도 다래에게는 고이 받아들여지지 않았다.

"이제 할 말 다 끝났죠? 나도 다 끝났으니 이만 들어갈게요."

다래가 몸을 돌려 집 안으로 들어가려 대문을 밀었다. 그때,

"윤다래, 다신 내 앞에서 네 모습 띄지 않았으면 한다. 절대."

"구세준 씨 정말 웃기네요. 누가 할 소리인데요? 나야말로 구세준 씨가 다신 내 눈앞에 띄지 않았으면 해요."

지금이라도 당장 그녀의 손을 잡고 싶었다. 아니, 잡아야만 했다. 하지만 빌어먹을 손은 바들바들 떨리며 그녀에게 다가가질 못했다. 자신의 감정에 대해 이제까지 부정하면서, 그리고 가까스로 인정하기 까지 많은 시간을 보내고 많은 고민을 했지만, 저렇게 눈물이 그렁거리는 그녀의 눈을 보고 나니 자신이 앞으로 얼마나 더 그녀를 오해하게 만들고 힘들게 만들지에 대한 일어나지도 않은 일에 대한 걱정을 하고 있었다. 자신이 결혼하기 싫어하는 이유가 이것이었다. 내 여자를 불행하게 만들고 싶지 않다는 것, 그 것이었다. 하지만 다시 가까스로 힘을 내어 손을 뻗어보았지만 이미 다래는 자신의 앞에서 사라져 버린 후였다.

다래는 쾅 소리를 내며 대문을 닫고 들어갔다. 그러나 문 안으

로 들어오자마자 다래의 눈에는 눈물이 쏟아지기 시작했다. 이렇게 그에게 모진 말을 해야 하는 게 당연한데도 왜 이렇게 가슴이 아파오는지. 지금이라도 당장 되돌아가 그에게 미안하다고 말하고 싶은 마음이 간절했지만 그러면 자신만 떠난 버스를 붙잡으려 애쓰는 사람처럼 되어버리는 거라 차마 그러질 못했다.

다래가 들어가자 세준은 그대로 조금씩 몸에 힘이 빠지면서 쓰러져 버리고 말았다. 입에서 흘러나오려던 피를 억지로 목을 삼키며 다래와 대화를 했었다. 이제 그녀가 사라져 버리자 세준의 입가에서는 피가 흘러나와 그의 목을 타고 하얀 와이셔츠를 빨갛게 물들여 가고 있었다.

"다신, 다신 우리 보는 일 없도록 하자."

세준은 한동안을 다래의 집 앞에서 벽의 힘을 빌어 간신히 기대어 서 있었다.

"또다시 마음을 다치게 하는 일은 없게 만들고 싶었는데. 내가 그렇게 만들어 버렸네. 그건 단 한 사람에 의해서 다치는 거니까. 하지만 수많은 사람들에 의해 다치는 건 차마 볼 수가 없다, 내가."

다래는 방으로 들어와 침대에 드러누웠다. 조금 전 화장실에서 쏟아졌던 눈물들을 다 씻어냈지만 다시금 눈시울에서 맴돌던 눈물들은 서로 다른 방향으로 흘러가 귀를 잠시 머물다 흘러내렸다. 천장에 아직은 빛나지 않는 형광별을 보면서 다래는 눈물을 흘리고 있었다.

Rrrrr. 전화가 울렸다. 분명 어제 배터리를 분리시켰던 것 같은데. 전화를 집어 들어보니 번호가 희미하게 보였지만 세준이 아님을 확인하고 받았다.

"여보세요."

[어제 잘 들어갔어요?]

"아, 네. 솔직히 말하면 전혀 기억이 나질 않네요."

[전화기는 어제 다래 씨 집 전화번호를 알아내기 위해 켰던 겁니다.]

"아, 그랬었군요."

[그럼, 이만 끊겠습니다. 잘 있는지가 궁금해서요.]

"그럼요, 잘 있죠. 어제 고마웠어요. 그럼 끊겠습니다."

다래는 재혁의 전화를 끊고 다시 침대에 누웠다. 여전히 별은 반짝이지 않았다.

갑자기 필름이 끊기기 전 희미하게 보였던 그의 기분 나쁜 표정이 마음에 걸렸다. 하지만 그것보다 다래는 세준이 자신을 잡아주지 않은 것에 마음이 틀어져 버려 그런 것들에 오랫동안 신경을 쓸 여유가 없었다.

제11장

어김없이 월요일이 찾아왔다. 누군가 그랬지 아무리 아파 죽을 지경이라도 시간이란 것은 그것에 전혀 개의치 않고 흘러간다고. 오늘도 학교로 향하는 다래였다. 어떻게 흘러가는지도 모른 채 교수님들은 들어왔다 나가기를 몇 번 어느덧 하루 수업이 끝나고 있었다.

"이제 이번 학기도 얼마 남지 않았군요. 다들 내년 석사논문 준비 조금씩 해두세요."

그런 말들도 다래의 귀에 들어오지 않았다. 밖을 내다보기 위해 고개를 돌렸다. 세준이 장난치듯 꽃다발을 둔 그 자리에 아주 잠시 시선이 멈추었다. 그러다 다시 그것을 부정하려 고개를 돌렸다. 교수님의 수업 끝이라는 말에 다래는 가방을 들고 학교를 나섰다. 학교로 내려가는 도중에 학생들이 삼삼오오 모여 신문을 보면서 쑥덕거리고 있었다. 다래는 그런 것에 신경 쓸 여유가 없었다. 그냥 집으로 향하는 버스에 올라탔다. 그리고 그곳에서도 여전히 조금은 시끌대는 소리에 평소에 장식으로만 가지고 다니던 mp3를 꺼내어 귀에 꽂았다.

"어머, 돈이면 뭐든 다 한다더니. 죽은 사람과 산 사람을 결혼시키려고 했다는 거니?"

"그러게 말이야. 그 돈 때문에 결혼한 여자는 어떻고. 완전히 된 장녀 아니냐? 돈에 환장한 거지."

"누구를 탓할 것도 없네. 둘 다 똑같은 인간이다. 그런데 희한하게 누구인지 알 수가 없다는 거야. 하기야 재벌들이 그렇게 공개적으로 여자를 샀을 리가 없잖아. 아무튼 웃긴다."

엄청 큰 소리의 락 음악이 흘러나오는 중이라 건너편 자리에서 여학생 둘이서 하는 말은 다래의 귀엔 들리지 않았다. 다래는 스치는 풍경이 이젠 집에 다 왔다며 알려주자, 벨을 누르고 자동으로 열리는 문 밖으로 빠져나갔다. 신기하게도 조금은 작은 기사였지만 그래도 1면에 있던 기사가 다래의 눈에 띄질 않았다. 그렇게 정류장 매점도 지나 집에 들어섰다.

"엄마, 나 왔어."

"다래야, 우리 지난번에 못 갔던 여행 있지?"

"어, 그런데 왜 갑자기?"

"아는 아줌마가 싸게 피지 여행시켜 준다고 해서."

"그런데?"

유난히도 부산해 보이는 다래의 엄마. 그런 엄마가 다래는 낯설게 보였다.

"오늘 출발이란다. 비자도 다 있고 해서. 평일에 가면 이십만 원이 더 싸다고 해서."

"나 수업은 어쩌고?"

"이제 거의 마무리했잖니. 짐 가방도 다 싸놓았단다."

"뭐? 그렇게 빨리 가야 하는 거야?"

다래는 거의 떠밀리다시피 공항으로 가게 되었다. 엄마가 다행히도 꼼꼼히 짐을 싼 덕에 별도의 준비가 없이 금방 출발이 가능했다. 공항버스 안에서도 유난히 부산한 엄마. 다래는 아마도 엄마가 자신의 지금 상태를 어느 정도 알고 있어 일부러 이런 여행을 만들었다고 생각한 나머지, 그렇기에 더 이상 묻지 않고 좋은 시간을 보내겠다고 생각했다.

비행기에 올랐다. 항상 이륙할 때 그 느낌은 88열차가 처음에 덜그럭거리며 올라가는 기분보다 더 아찔했다. 조금 진정이 된 후에 이어폰을 꽂고 평소에 보고 싶던 영화를 틀었다. 왜 자꾸 잠이 밀려오는 걸까.

"엄마, 나 조금만 잘게."

"아이고, 우리 딸. 거기 가서 얼마나 재밌게 놀려고 벌써부터 자는 거니?"

"하하. 그러게 말이야. 나 좀 잘게."

다래가 잠에 들자 엄마는 다래의 귀에 꽂혀 있던 이어폰의 볼륨을 낮추어주었다.

　벌써 공기부터 따뜻하다 못해 후덥지근한 것이 진정 해외를 오긴 한 것 같았다.

　“우와! 피지다!”

　“다래야, 좋지? 거긴 추운데 여긴 정말 따뜻하구나. 이 엄마 무릎 시릴 걱정도 없겠네.”

　“아이고, 우리 엄마 얼마나 있으려고. 아주 살려는 사람 같네.”

　다래는 양손에 무거운 짐을 들고 굳센 모습으로 공항에서 빠져나왔다. 그러다 문득 든 생각. 인천공항에서부터 일행이 없기에 아마 피지공항에서 소집하는가 싶었지만, 피지에 도착해서도 일행은 찾아볼 수가 없었다.

　“엄마, 이거 패키지여행 아니었어?”

　“아, 패키지 맞지. 그런데 개인별로 구경하는 거란다.”

　“뭐? 그러고도 여행사가 장사가 되나?”

　“요즘은 사람들이 그렇잖니. 같이 떼로 몰려다니는 거 싫어하잖니.”

　“그건 그렇긴 하지만……. 아! 엄마, 나 우리 삼총사 깜빡했어. 어떡해.”

　“삼총사? 아, 닭? 내가 우리 덜렁이 이럴 줄 알고 옆집 아줌마에게 부탁했지.”

　“역시 우리 엄마 최고!”

　빵빵!

　노란 택시 하나가 다래와 엄마를 향해 클랙슨을 울리고 있었다.

운전기사의 어서 오라는 한국말이 아니었으면 알지 못했을 것이다. 엄마는 서둘러 다래의 짐까지 들어주며 택시에 올라탔다.

"짐은 제가 싣겠습니다."

"이야, 아저씨, 한국말 정말 잘하시네요?"

"한국 사람이니까요."

"아, 그렇구나."

다래는 조금 이상한 기분이 들었지만 기사의 말대로 짐을 맡기고 뒷좌석에 탔다. 엄마는 먼저 여행을 오자며 제안했던 사실은 잊었는지 기분이 그다지 썩 좋아 보이지 않았다.

"엄마, 비행기 때문에 속이 별로 안 좋아?"

"어, 좀 그런가 보구나."

"그런데 무슨 짐은 이렇게 많이 가져온 거야? 한 3박 4일 있다 갈 거면서 무슨 이사를 왔네, 이사를 왔어."

"꼼꼼히 챙겨서 나쁠 건 없잖니."

"그건 그렇지만."

다래는 간간이 스쳐 가는 이국적인 풍경이 잠시 넋을 잃고 있었다. 자신을 위해서 조금은 많은 돈을 들였을 이 여행을 가라앉은 마음으로 보낼 수는 없었다. 우리나라에서 예전에 있던 손으로 직접 돌려 여는 창문. 다래는 간간이 삐걱거리는 손잡이를 돌려 창문을 열었다. 조금은 따뜻하다기보다 그 이상을 주는 바람을 눈을 감고 맞이했다. 간간이 솜털 끝에서 느껴지는 바람결에 간지러웠다. 지금 이렇게 이런 여유를 느낄 수 있다는 것에 감사했다.

"엄마, 고마워."

"무슨 말이니?"

"엄마 덕분에 기분이 정말 좋아졌거든. 정말 좋다. 바람, 그리고 낯선 풍경들. 멋지다."

"우리 딸이 좋다니 엄마도 기분이 좋구나. 우리 여기서 마음껏 지내다 가야지."

택시기사는 벌써 한 시간이나 운전을 하고 있었다. 이건 너무 시내에서 벗어나는 것이 아닌가 하는 궁금함이 들긴 했지만, 패키지로 정해진 여행이니 첫날부터 멋진 곳으로 가서 여행하는 것이라 생각했다.

그렇게 삼십 분을 더 간 뒤에 택시는 다래와 엄마를 한 부둣가로 데려왔다. 기사는 미리 말을 맞추었는지 배 위에 짐들을 옮기고 있었다.

"엄마, 호텔에서 묵는 거 아니었어?"

"그런 건 아무래도 여행 기분이 안 나지 않겠니? 원주민이 직접 운영하는 민박을 하려고."

"지금 출발한다고 합니다. 어서 타세요!"

기사가 배 안에서 다래와 엄마를 부르고 있었다. 택시는 어쩌고 배 안에 있는 거지? 다래는 좀 오버스러울 정도로 참견하는 택시기사가 신경이 쓰였다. 다래와 엄마의 손을 잡아주며 배 안으로 조심히 올 수 있도록 도와주었다. 이윽고 선장으로 보이는 사람이 기관실에 들어가 시동을 틀었다.

부릉. 배의 시동이 걸리는 소리와 함께 선미 쪽에서 하얀 물보라가 일었다. 그때까지도 배에서 나가지 않는 택시기사.

“안 가세요? 이제 배가 출발하려 하는데요?”

“아, 제가 기사 겸 가이드입니다. 하하.”

다래는 또 엄마 친구라는 사람이 사기를 쳤다고 생각했다. 어쩐지 엄마가 말했던 여행 비용이 터무니없이 싸다는 것이 매우 의심스러웠지만. 다래는 엄마에게 다가가 조심스럽게 귓속말을 했다.

“이것 봐. 싸면 뭐가 문제가 있어도 있다니까.”

“가이드가 듣겠다, 다래야.”

“들으라면 들으라지! 혹시 이 사람 피지 사람들 말도 모르는 거 아니야?”

“그럴 리가 있겠니?”

다래의 귓속말을 들었는지 갑자기 기관실로 가서 유창하게 선장과 이야기를 나누는 가이드. 그런 것에 미안한 마음을 느낄 다래가 아니었다. 여전히 수상한 기분은 떨쳐지지 않았으니 말이다.

다래는 조금은 뱃멀미에 고통스러워하는 엄마와는 다르게 마치 어부의 딸처럼 오히려 파도에 흔들리는 배가 익숙했다. 그리고 바로 앞에서 보이는 물고기들의 유영, 그리고 간간이 보이는 날치들의 공연에 다래는 시선을 빼앗기고 있었다. 에메랄드빛의 바다란 말이 여기에서 비롯된 것 같다. 꽤 깊어 보이는 바다도 흔히 보던 얕은 개울처럼 그 속이 훤히 들여다보이고 있었다.

“정말 좋다. 자연 하나로 이렇게 행복한 기분을 느낄 수 있다는 게 신기해. 그렇지, 엄마?”

다래가 바다에 시선을 빼앗기다 뒤를 돌아보았을 때, 엄마의 안색은 안 좋아도 너무 안 좋은 상태였다. 다래는 황급히 걸어가 엄마의 등을 쓰다듬어 주었다. 식은땀을 흘리고 있는 엄마의 모습이 안쓰러운 다래는 가이드에게 물었다.

"저기요! 아직 멀었나요? 저희 엄마가 뱃멀미가 심한 것 같아요."

"거의 다 왔습니다. 말레 섬이라고 오 분만 더 가면 됩니다."

"말레 섬이요?"

솔직히 말에서 어디서 듣도 보도 못한 섬 이름이었지만 원체 이곳이 섬이 많은 곳이기에 모르는 섬도 있으리라 그냥 그렇게 넘겨짚었다. 엄마가 조금 더 뱃멀미에 시달린 후 드디어 도착했다.

"다 왔습니다."

"네?"

"여기서부터는 고무보트를 타고 들어가야 합니다. 얼마 전 도선하는 곳이 태풍에 쓸려가 버려서요."

"뭐라구요?"

다래는 가이드의 말에 기가 막혔다. 아니, 태풍에 쓸려갔다는 건 순전 뻥일 수도 있었다. 배를 댈 시설도 갖추어지지 않은 섬에서 무슨 여행을 한단 말인가. 역시 싼 게 비지떡이란 말이 하나도 틀리지 않은 듯했다. 무슨 래프팅을 하는 것도 아니고, 동해에서 해수욕을 하는 것도 아니고. 다래와 가이드는 힘겹게 고무보트에서 노를 저으며 간신히 해변에 닿았다. 다행히도 밀려들어 가는 물이라 망정이지, 그 반대였다면 하루 종일 노를 젓는다 한들 닿을 리 만무했다.

가이드가 짐이 젖을세라 두 손으로 번쩍 들어 올려 섬에 있는 풀 기운이 있는 곳에 짐을 놓았다. 다래도 다래의 반 이상은 빠진 채로 섬에 도착했다.

"저기요. 여기 사람이 하나도 없는 것 같아요."

"맞습니다."

"뭐요?"

"말레 섬은 무인도입니다. 그래도 좋은 별장이 조금만 더 가면 있지요. 수동 샤워시설과……."

"수, 수동 샤워시설이요?"

가이드는 뭐가 떳떳한지 다래가 의문을 가지고 있는 수동 샤워 시설에 대해 설명했다.

"빗물을 탱크에 모아 쓰는 겁니다. 요 근래 비가 상당히 많이 내려 당분간은 물 걱정은 안 하셔도 될 겁니다."

"뭐라구요! 엄마, 지금 이게 무슨 소리야? 엄마가 원주민이 하는 민박이라고 했잖아!"

엄마는 이미 알고 있었다는 듯 아무 말이 없었다. 다만, 윤다래라는 여자만 길길이 뛰고 있을 뿐.

"그럼, 핸드폰은요? 로밍까지 다 해왔는데."

"전기도 들어오지 않는 곳이라서. 하하. 그래도 자가발전기가 있어서 전기 걱정은 안 하셔도 됩니다."

"뭐! 라! 구! 요!"

다래의 목소리가 작고도 아담한 말레 섬 전체에 울려 퍼지고 있었다.

✳

스타엔터테인먼트 회사의 로비에서는 한 남자가 언성을 높이며 누군가를 찾고 있었다.

"신재혁, 어디 있습니까."

그 사람은 바로 세준이었다. 자신의 한 손에는 마구 구겨진 오늘자 조간신문에 쥐어져 있었다. 아직 낫지 않은 몸을 이끌고 그는 로비에서 신재혁을 찾고 있었다.

"저기……."

"있다는 것 알고 왔습니다. 그리고 구세준이라고 전해주십시오."

비서는 인터폰을 하더니 세준에게 응답을 했다.

"예, 들어오시라고 하시는군요. 삼층 왼쪽 복도로 가시면 맨 끝 방입니다."

세준은 재혁이 있는 곳을 확인하고 몸을 틀어 엘리베이터를 타려 했다. 그런데 우연히 눈에 띈 큰 사진 한 장.

"혹시, 이거 남아공 아닙니까?"

"네. 신재혁 씨가 패션화보 촬영을 하러 갔었거든요."

"그래요? 한 삼 년 전에 찍은 것 아닙니까?"

비서는 놀란 듯 물었다.

"어떻게 아셨어요? 사진에 날짜가 나와 있나 보죠? 화보라 날짜는 안 보일 텐데."

"이 개자식."

세준은 답답한 나머지 엘리베이터를 기다리지 못하고 거센 걸음으로 계단을 하나하나 밟아갔다. 답답해진 소맷자락을 한쪽, 한쪽 걷고 그가 있는 복도 끝 방으로 향했다. 간간이 찾아오는 고통이 세준을 괴롭혔지만 지금 그딴 것에 신경을 나누어주기엔 사치였다. 지금 그의 신경은 모두 신재혁이라는 인간에게 곤두섰으니 말이다.

세준은 노크란 것도 무시하고 벌컥 그의 방문을 열었다. 어떤 여자와 진한 키스를 나누며 그의 손은 그 여자의 가슴팍을 더듬고 있었다.

"누구야!"

"정말 대단하다, 신재혁."

세준은 자신이 들고 있던 구겨진 신문 뭉치를 그를 향해 던졌다.

"무슨 소리야?"

재혁이 옷매무새를 고치고 같이 있던 여자를 내보냈다. 이제 그 공간엔 세준과 신재혁 두 사람뿐이었다.

"약속했잖아."

"무슨 약속?"

뻔뻔한 얼굴로 세준을 똑바로 쳐다보는 세준. 주먹이라도 한 대 날리고 싶었지만 누군가를 위해서 그것을 참고 있었다.

"며칠 전 나와 한 약속."

"아, 그거?"

"기사는 내지 않는 걸로 했을 텐데."

"그래서, 네가 그렇게 아끼는 다래 씨에게는 전혀 상처 주지 않게 모든 걸 비밀로 해두었잖아. 혹여나 누군가가 추측한다 해도 너의 신분은 알아차리겠지만 다래 씨의 신분이 노출될 염려는 없으니까 걱정 마라."

"지금 당장 네가 낸 기사 모두 수습해라."

세준이 재혁에게 조용히, 그리고 무겁게 말하고 있었다. 감정을 분출시켜 마구 그에게 퍼붓는 것도 아닌 최대한의 매너를 지켜가면서 말이다.

"싫다면."

"네가 내게 하려던 복수. 내 인생의 삼 년을 앗아갔으면 충분한 거 아니었어?"

"그게 무슨 소린지."

재혁은 딴청을 피우며 담배 케이스에서 담배를 꺼내어 물었다.

"그 케이스. 내가 잡혀 있던 부족이 장식한 거 알지? 그렇게 많이 만들지도 않았을 거다."

"내가 원래 이런 이국적인 걸 좋아하거든."

"신재혁, 제발 너의 추악한 모습을 내가 세상 사람들에게 알리는 일은 없도록 해."

"싫다면?"

"정말 무섭게 당해보고 싶지 않으면 그 기사들 네가 다 수습해라. 이미 번져 나간 건 어쩔 수 없지만 원래 그런 이슈거리가 쉽게 사그라지기 마련이니 네가 그 기간을 네 힘을 이용해서 줄여."

재혁은 뭔가 불안한 듯 계속해서 담배의 연기를 입으로 빨아들이는 행동을 반복하고 있었다. 세준은 그런 모습이 안타까웠다. 잘못된 사랑에 대한 방식을 가지고 있던 신재혁. 지금 이렇게 부와 명예를 다 가지고 있는 그였지만, 지금 재혁의 모습은 그의 아버지와 그가 같이 자신의 집에 찾아와 도움을 구했던 그때보다 더욱 안타까웠다. 마치 그의 초점 없는 눈은 벼랑 끝에서 있던 아이가 떨어질 때, 그 눈과 같았다.

"신재혁, 유리가 날 좋아했던 적은 한 번도 없다. 유리는 항상 신재혁 너란 인간이 뭐가 좋다는 건지 사실을 말하자면 내가 유리를 네게서 데려오고 싶었어. 유리가 그러더라. 만약 신재혁이 아니라 해도 난 아니라고."

"그게 무슨 소리야?"

재혁은 자신이 태우고 있던 담배를 재떨이에 짓이기며 세준이 있는 쪽으로 의자를 돌렸다.

"사실, 유리가 부탁했어. 그 날이 너란 자식의 생일이라고. 남자가 좋아하는 걸 잘 모르겠다고. 네 선물 고르는데 도와달라고 하더라. 이미 유리 손에는 널 주려고 손으로 직접 접은 장미 백 송이가 들려 있었어."

"……."

"결국 유리가 반해 버린 건 너란 자식과 연결고리가 될 커플링이었지. 재혁이가 좋아할지 모르겠다며 설레는 모습으로 주얼리 샵으로 가려던 중 너란 자식의 전화가 온 거였어. 어떻게 그런 애에게 싸게 굴지 말라고 말할 수 있는 거냐. 그 순수하던 유리의 얼굴이 마치 그 순간은 옆에 서 있던 내가 서늘한 기운을 느낄 정도로 무서운 얼굴이 되어버렸어. 그때 유리가 뭐라고 했는지 아냐?”

“그때 무슨 소리를 했든 그게 나와 무슨 상관이야.”

“세준아, 재혁이가 날 이렇게 사랑하고 있는데. 다른 사람에게
주기 싫어하는데. 아직 난 재혁이의 사랑법에 익숙해지기가 쉽지
않은 것 같아. 아직 내가 너무 어려서 그런 걸까? 아마도 재혁이에
게 나란 여자는 너무도 부족한 것 같아. 이젠 재혁이를 놓아줘야
겠어.”

재혁은 아무 말도 없었다. 세준이 했던 말을 거짓이라고 넘겨
버리기는 힘들었다.

“유리는 참 바보였어. 유리가 너란 자식에게 부족한 게 아니라.
너란 개자식이 유리에겐 한없이 부족하고 아까운 거였어!”

재혁은 그 이야기를 듣고 죄책감에 빠지는 어두운 표정이 아닌
독기가 서린 웃음을 터뜨렸다.

“내가 말했지? 내가 잠시 너희 둘 사이를 오해했었던 적도 있긴
했지. 하지만 난 그런 일로 다른 사람의 인생을 망가뜨리는 바보
같은 남자는 아니야. 아직도 날 모르겠어? 한동안 네 친구라는 이
름으로 네 옆에서 서 있었던 나를?”

“그럼, 그 이유가 뭔데?”

“너란 자식이 우리 아버지 초상 때 상주인 양 우리 아버지 사진
옆에서 조문객들을 받고 있는 그 모습을 봤을 때. 어떻겠어? 더군
다나 아버지가 팔아치운 회사를 먹은 회사의 아들이 서 있다. 하.”

세준은 갑자기 그의 책상 앞으로 바짝 다가서서 의자를 돌리고 자신과는 시선을 일체 마주치지 않는 재혁의 뒷모습을 보며 말했다.

"미친 자식. 자기 아버지 초상에 유일한 가족인 네가 오지 않은 건?"

세준이 말을 하려고 그의 옆으로 가서 그와 시선을 마주하려 하니 그는 힘을 잔뜩 주고 의자가 돌려지지 못하게 막고 있었다.

"신재혁, 네가 부러웠다. 항상 차갑고 따뜻하게 굴 줄은 눈곱만치도 모르는 너인데. 아버지에게서 한없는 사랑을 받았으니까. 내가 받지 못했던 걸 받고 있음에도 그런 걸 모르는 네게서 화가 났지."

"그딴 소리 집어치워. 그건 그냥 비아냥거리는 소리로밖에 들리지 않으니까. 사랑? 그런 사람이 자기 자식을 가족 하나 없는 힘겨운 세상에 내던졌겠어?"

"그건, 인력으로 되는 게 아니었잖아. 그걸 가장 잘 아는 사람은 너였고. 아무리 자신이 혼자 남았다는 그 이유가 아버지라는 말도 안 되는 자기합리적인 생각을 한 거냐. 그렇게, 그렇게 아버지를 사랑했었다면 그날, 그곳에 내가 아닌 네가 서 있어야 했어. 그렇게 사랑했다면."

갑자기 재혁은 고개를 숙인 채 자신의 얼굴을 두 손으로 감쌌다. 그의 손가락 틈 사이로 눈물이 새어나와 빨간 카펫에 얼룩을 만들어내고 있었다.

"날 죽이고 싶을 정도로 자신을 사랑했단 거. 분명 너희 아버지도 아셨을 거다. 돌아가시기 하루 전 내게 널 혼자 두고 간다며 흐느끼던 모습이 아직도 생생해. 혼자 자신의 영정사진을 지킬 네가 걱정된다고 날 보낸 거니까. 한 가지 더 말하면 아버지 회사, 팔아치운 게 아니다. 그분은 손에 한 푼도 쥐지 못하셨어. 정리하고 남은 돈 모두 회사 사람들에게 나누어 주었으니까. 그것도 모자라 자신과 가족 같던 사람들을 그대로 두는 조건으로 한 인수 건이었으니까. 역시 부전자전이라는 말이 틀리지 않았어. 넌 방법이 틀리긴 했지만 아버지처럼 누군가를 충분히 사랑하는 마음을 가졌어. 충분히.”

평소의 재혁이라면 당장에 그 자리에서 일어나 세준의 멱살이라도 잡을 사람이 충분했지만 계속 고개를 떨어뜨린 채 아무 말도 하질 못했다.

“우리 가족, 그리고 날 망가뜨리려 한 거 지금도 원망스럽다. 하지만 그 어려움 속에서 얻은 것도 있었어. 그 대가가 너무 큰 거였지만.”

세준이 어깨를 조용히 들썩거리는 세준의 어깨에 손을 얹었다.

“지금이라도 아버지에게 가봐라. 지금 가더라도 웃는 얼굴로 반기며 용서해 주실 분이니까.”

＊

“엄마! 도대체 여행을 며칠로 잡은 거야? 벌써 열흘째라고! 아무리 무인도의 별장답지 않게 으리으리하고 멋진 곳이라서 살기엔 부족함이 없다 해도 이거 뭔가 문제가 있는 거 아니야?”

이미 피지 원주민이라고 해도 믿을 정도로 까매진 다래. 살빛이 까매지면서 성격도 참으로 더럽게 까매지고 있었다.

“아직 며칠 더 남았는데…….”

엄마는 말끝을 흐리고 있었다. 지금 저렇게 독이 오른 딸에게 사실을 말해준다면 아마 성질 같아서는 그냥 바다에 냅따 뛰어들어 헤엄을 쳐서 돌아갈 기세일게 뻔했기 때문이다.

“뭐? 그럼 얼마나 더 남을 건데!”

“그건 나도 잘 모르겠구나. 그리고 이 엄마는 잘 모르니 묻지 마.”

“그게 지금 말이라고 해? 이게 무슨 묻지 마 관광이야? 뭘 묻지 마!”

다래의 언성은 더욱 높아져만 가고 있었다. 전기도 자가발전기가 전부이고, 통신이란 단어는 존재하지도 않는 이곳은 마치 세상의 문명과 완전히 단절되어 버린 상태였다. 다래는 원숭이마냥 하도 할 짓이 없어 매일매일 야자수에 얼마만큼 올라가는지를 시험해 보고 있었고, 작은 섬을 하루 동안 산책하고 다시 집으로 돌아오기도 했으며, 다큐멘터리에서 본 것처럼 열대식물의 줄기를 날카롭게 다듬어 고기를 잡아보기도 했다. 물론 이 여행에 불만이 있는 것은 아니었다. 미리 얼마나 있을지 알고나 있었는지 준비된 최고의 음식들, 그리고 바다를 바라보며 수영할 수 있는 풀장. 여행은 뭔가 미심쩍었지만 완벽했다. 하지만 문제는 도대체 이 여행이 언제 끝나냐는 것이었다. 엄마는 그것에 대해 물어보면 얼버무리기 일쑤였고, 이젠 다래도 지쳐 더 이상 그런 것에 대해 묻지 않았다.

그렇게 악을 써봐야 무슨 소용이 있냐는 생각으로 그녀 나름대로의 무인도 정복기랍시고 서울에서는 죽었다 깨어나도 해보지 못할 여러 체험들로 시간을 때우려고 노력하고 있었다.

"난 완전히 귀족여행이잖아. 윤다래, 이제 불만은 그만 늘어놓자. 가이드인지 하는 그 사람도 언젠가는 오지 않겠어? 그래도 소똥을 손으로 치대서 집 짓는 것보다 낫겠지."

그러다 무심결에 나온 세준에 관한 이야기.

"윤다래, 이곳에서까지 그 자식의 기억을 들고 와야 했니."

그렇게 한 달이란 시간이 흘렀다. 이젠 이런 생활을 순순히 받아들이고, 야자수 나무 두 개 사이에 직접 걸어놓은 해먹에 누워 열대과일을 먹으며 콧노래를 불렀다. 신경질을 내봤자 해결될 것은 아무것도 없으니 말이다. 그리고 이렇게 지나가는 시간들이 어쩌면 자신의 마음을 추슬러 주려는 하늘의 계시가 아닐까 하는 생각이 들었다. 사실, 조금은 자신의 마음이 안정되고 있음을 느꼈다. 그런데 참으로 아이러니하게도 서울로 가고 싶다는 생각이 너무도 간절하다는 것이었다.

"이 가이드 자식, 우리를 이렇게 덜렁 두고 가다니. 이런 망할 인간!"

"아이고, 오래간만입니다."

역시 가이드도 양반이 될 그릇은 아니었던 것 같았다. 그런데 그나저나 오래간만?

“아저씨!”

가이드가 해변에 내리자마자 쏜살같이 해먹에서 내려와 그에게 쉴 새 없이 쏘아붙이는 다래. 가이드가 진정하라며 손짓을 했지만 다래의 눈은 이미 이성을 잃어버렸다.

“미안합니다. 기상상태가 좋지 못해서.”

“지금 장난해요? 파도가 잔잔하다 못해 호수 같았구만!”

“그거야 이 섬 위치상 그렇죠. 피지엔 태풍이 오고 난리도 아니었습니다.”

“저, 정말요?”

다른 핑곗거리도 아니고 날씨 때문에 그랬다니 더 이상 다래가 할 말이 없었다. 하기야 가이드를 한다고 자신의 목숨까지 걸고서 올 수는 없으니 말이다.

“아저씨, 피지공항에서 특급으로 빠른 비행기로 보내주세요!”

“아, 안 그래도 제일 빠른 항공편을 마련해 두었습니다.”

“엄마! 빨리 짐 챙겨!”

후다다다다닥. 칼루이스가 울고 갈 정도로 빠른 단거리 달리기 실력을 보여주며 단숨에 별장으로 가버린 다래였다.

“하하하. 이제 고생 끝이다! 내가 이놈의 피지 다신 오나 봐라!”

“드디어, 마이 스위트 홈!!”

다래는 대문으로 뛰어들다시피 집으로 들어섰다. 제일 먼저 삼총사의 얼굴을 보기 위해 우리에 얼굴을 가까이 대고 부르기 시작했다.

“하나, 두리, 셋!”

영계들의 눈빛은 상당히 껄끄러웠다.

‘배신자, 혼자 놀러 갔다 오다니. 얼마나 놀았으면 석탄이 되어서 돌아왔네.’

“미안, 미안. 그래도 너희들 모이는 아주머니가 잘 챙겨줬나 보구나. 토실토실한 게 이제 슬슬, 쩝!”

입맛을 다시는 흉내를 내면서 삼총사를 위협하는 다래. 삼총사가 푸드덕거리며 닭 냄새 포스를 날리자 다래는 항복하며 현관문 쪽으로 달려들었다.

“괘씸한 것들! 내가 입혀주고 먹여주고 다 했구만!”

다래는 짐 가방을 챙길 여유도 없이 곧장 자기 방으로 달려갔다. 그리고 그대로 침대에 달려들어 간만에 안락하고도 달콤한 잠을 이룰 수 있었다.

다음날, 다래는 그동안 삼총사들을 돌봐준 아주머니께 피지에서 몰래 들여온 열대과일 몇 개를 들고 찾아갔다. 초인종을 누르자 아주머니가 아주 빠른 스피드로 다래의 앞에 섰다. 아마도 과일의 냄새를 맡은 것이 아닐까. 평소에도 먹는 것에는 한 번도 빠짐이 없는 아주머니였으니 말이다.

“아줌마, 감사해요. 매일 우리 닭들 먹이고 주시고, 보니까 신문지도 매일 갈아주셨더라고요? 하루 이틀도 아니고 정말 감사해요.”

“다래야, 그게 무슨 소리니? 닭이라니?”

“아주머니에게 맡기셨다고 엄마가 그러셨는데요?”

“아이고, 여편네가 헛소리를 했구먼. 하루에 한 번씩 꼬박꼬박 어떤 총각이 들러서 챙겨주는 것 같던데? 그것도 남이 볼까 봐 이른 아침마다 와서. 내가 나이가 나이라서 아침잠이 없어서 동네 한 바퀴씩 돌고 있잖아.”

“어떤 총각이요?”

“키도 훤칠하고. 혹시 다래 애인이야?”

“아, 아니요.”

다래는 아주머니께 과일접시를 내던지다시피 건네고 다시 집으로 돌아왔다.

“엄마, 옆집 아줌마가 우리 삼총사 봐줬던 거 아니라면서. 엄마, 왜 거짓말한 건데?”

“그게, 다래야……..”

“말해봐. 뭐야? 무슨 일인데?”

“그게…… 그 사람이 부탁한 거야.”

“그 사람?”

다래는 그 사람이 세준이라는 걸 단번에 알 수 있었다. 하지만 끝낸 상황에서 그가 엄마에게 무슨 부탁을 했는지, 그리고 왜 그런 부탁을 했는지가 궁금했다.

“네가 학교에서 오기 전 그 사람이 네가 했던 영혼결혼식에 대한 기사가 퍼져 버렸다고 하더구나. 네가 혹여나 알게 될까 봐 그 사람이 엄마에게 부탁한 거야. 이 기사를 자기가 확실히 잠잠히 만들어 버리겠다고 그래서.”

"그럼 피지여행, 그 사람이 보내준 거라고?"

"미안하구나, 사실대로 말하지 못해서. 비밀로 해달라는 말에 차마 다래 너에게는 말을 할 수가 없었구나. 그리고 이 엄마도 우리 딸이 마음고생하는 모습 보고 싶지 않았고."

"왜 그랬대? 이미 끝난 사이인걸. 아마 자신의 한 일에 책임을 지겠다는 뜻이었겠지."

다래가 그의 마지막까지 화를 내게 만드는 행동에 참을 수가 없었다. 자신이 그런 기사에 다치게 되든 말든 무슨 상관을 하냔 말이다. 이젠 아무런 상관도 없는 사이인데.

"다래야, 그 사람 한 번 더 만나보지 않겠니?"

"내가 그 사람을 왜 만나?"

"다래야. 그래도 그 사람 덕분에 너, 그리고 이 엄마가 아픈 걸 면할 수 있었으니."

"싫어."

싫다며 엄마에게 화를 내고 방으로 들어와 다래는 핸드폰을 들어 해준에게 전화를 했다.

세준이 왜 자기와 엄마를 한 달이란 시간 동안 그곳에 보냈는지에 대한 해명을 듣기 위해서였다. 하지만 세준에게 전화를 할 순 없는 노릇이기에 해준에게 전화를 한 것이었다. 곧바로 세준에게 전화할 용기가 나지는 않았다. 그에게서 그렇게 모진 말을 들었는데도 말도 안 되는 희망을 가지고 전화를 한 자신이 웃길 따름이었다.

[여보세요.]

“해준 씨, 저 다래예요.”

[아, 한동안 연락이 안 되던데.]

아마 해준도 세준이 다래를 피지에 보낸 사실을 모른 듯했다. 하는 수 없이 만나기가 껄끄러웠지만 세준에게 물어봐야 했다.

“저녁 늦게 전화해서 미안한데요. 지금 세준 씨 집에 있나요?”

[세준이 녀석 나갔는데. 어디로 갔는지는 모르고.]

“아, 네. 그럼 나중에 다시 전화할게요.”

다래는 전화를 끊었다. 그의 행방을 알 수 없었음에도 세준에게 전화를 걸지 않았다. 이런 게 운명이겠지. 그냥 그와 만나지 말라는 하늘의 운명이겠거니 생각을 했다. 갑자기 알게 된 여행의 정체 때문에 다래는 쏟아지던 잠이 어디로 갔는지 다 사라져 버리고 말았다.

“엄마, 나 바람 좀 쐬고 올게!”

“이 늦은 밤에 무슨 바람! 그리고 지금이 오뉴월인 줄 아니! 12월이야, 12월!”

“알았어. 금방 올게.”

다래는 엄마의 걱정을 덜어주려 두툼한 코트를 걸치고 집을 나섰다.

Rrrrr. 갑자기 전화벨 소리가 반가웠다. 하기야 정말 오래간만에 들어보는 소리니까.

“누구세요?”

[야, 이 썩을 잡것아!]

하마터면 다래의 고막이 찢어지는 사고가 발생할 뻔했다.

“아, 왜? 그런데 번호가 요상한 게 너 또 봉사활동 간 거니?”

[빨리도 물어본다. 여기 온 지 벌써 삼 주 다 되어가거든?]

“미안하다. 내가 사정이 있었어.”

[너, 아무튼 한국 가면 국물도 없는 줄 알아! 윤다래, 안녕?]

“그거 지금 누구 목소리야? 많이 들어본 목소린데.”

[신지한, 너 왜 끼어들고 그래? 가만히 있어라. 왜, 천하의 한지은이 내게 넘어왔다는 게 쑥스러워서 그러는 거야?]

소리가 작은 걸로 보아 지은이 분명 전화기를 손으로 막고 대화를 하는 것이 분명했지만, 미안하게도 둘의 대화는 너무도 또렷하게 들려왔다.

“그동안 연락 없었던 이유가 있었구만.”

[아, 아니야! 다음 주에 나 한국 가니까 그때 다시 이야기하자! 윤다래, 잘 있어라.]

끝까지 지한의 인사말이 빠지지 않았다. 그럴 줄 알았다. 처음엔 지은이 그를 거부했지만 둘은 은근히 극과 극이면서 어울리는 것 같은 느낌이 있었기에, 그리고 조금은 아끼는 사람들이기에 두 사람이 잘되었다는 생각에 다래는 자기도 모르게 웃고 있었다. 하지만 지금 이렇게 웃을 때가 아니란 걸 알지만. 그래도 그들의 시작을 다래도 함께 축복해 주고 싶었다.

이런저런 생각을 하며 걷기를 벌써 한 시간이 넘어가고 있었다. 그냥 목적지 없이 발길이 닿는 대로 걷다가 다래는 갑자기 익숙한 음악에 걸음을 멈춰 섰다.

그녀가 좋아하는 ‘kiss the rain’이 들리고 있었다. 박자도 엉성, 그리고 리듬도 전혀 타고 있지 않은 연주를 과연 누가 할까는 생각과 호기심에 그 소리를 찾아 다래는 서서히 그 음악이 들리는 곳으로 다가갔다. 조금씩 더 선명하게 들려오는 소리. 그 소리는 피아노학원에서 흘러나오고 있는 것이었다. 이렇게 늦은 시간에도 레슨을 하는구나 싶어 다래는 살며시 그 안을 훔쳐보았다.

"착실히 배우더니 갑자기 왜 이렇게 떼를 쓰는 거예요?"

"상황이 매우 다급해졌다고나 할까요. 지금이라도 그녀에게 달려갈 수 있으나 안 좋게 끝난 모습을 만회할 수 있을 만큼의 좋은 모습으로 변신해서 나타나려고 말입니다."

서투른 솜씨로 피아노 건반을 치는 남자. 그는 바로 세준이었다.

피아노를 배운 적도 없는 그의 손가락은 이미 굳어버린 지 오래라 건반 하나하나를 누르는 모습이 많이 어색했다. 가족이 아닌 누군가가 자신을 위해서 무엇을 해주려고 저렇게 부단히 노력하는 모습들은 다래의 숨까지 먹먹하게 만들어 버리고 있었다. 그것도 더구나 자신이 그렇게나 싫어하는 걸, 윤다래라는 여자 때문에 힘겹게 해내가고 있다는 사실이 다래를 감동을 시키고 있었다. 사람의 귀를 움직이게 하지는 못하지만, 사람의 마음을 움직이게 하는 연주. 그게 바로 그의 연주였다.

다래는 자신의 움직이는 마음을 따라 자신의 몸도 움직였다.

제12장

　　"그럼."

　"제가 아는 사람이 이 곡을 좋아한다더군요. 비록 지금은 그녀의 앞에서 칠 기회는 사라졌지만 그녀가 이 곡을 들으며 느끼는 것들을 저도 느껴보고 싶었습니다. 선생님, 제가 많이 부족하더라도 도와주십시오. 프러포즈가 멋있게 성공한다면 제가 선생님의 좋은 배필을 소개시켜 드리죠. 뭐, 잘될지는 모르지만."

　"하하. 구세준 씨의 멋진 프러포즈 이야기를 듣고 싶은데요? 가르쳐 드리면 오늘 밤새 레슨도 가능할걸요?"

　레슨선생님은 세준의 프러포즈 이야기가 궁금했던지 한 뼘은 더 그와의 간격을 줄여 그의 이야기를 경청하려 했다.

　"그녀가 창가 자리를 좋아하기에 창이 천장까지 넓고 높게 되어 있는 자리에서 바다가 훤히 보이게 소파를 창가 자리에 두고, 그녀가 좋아하는 오징어먹물 스파게티를 직접 제 손으로 만들어 소파 앞의 테이블에 두고, 전 그녀의 뒤에서 이 곡을 멋지게 쳐주려고 합니다.”

“그렇다면 세준 씨의 프러포즈 성공을 위해 이 한 몸을 바쳐 보겠어요! 이 부분은 감정을 더 살려 가볍게 건반을 누르세요.”

끊어졌던 그 곡이 다시 이어지고 있었다.

그 곡이 계속되자 그 모습을 훔쳐보던 다래의 눈에서 눈물이 흐르고 있었다. 그가 지금 저렇게 지독히도 싫어한다던 것을 구박까지 들어가며 배운다는 것에, 그리고 왜 하필 그가 프러포즈하려는 여자가 좋아한다는 곡이 자신이 좋아하는 곡과 같은지. 다래는 소리 내어 울 수도 없어 계속해서 흘러내리는 눈물을 훔쳐 내고 또 훔쳐 냈다.

드디어 어설프게나마 그 곡이 끝났다.

짝짝짝. 어디선가 들려오는 박수 소리에 세준과 선생님은 그곳을 향해 몸을 돌렸다. 그곳엔 눈물로 범벅이 진 한 여자가 서서 박수를 치고 있었다.

“정말 엉터리 연주이기는 하지만 나름 느낌 있었는걸요. 훌륭하네요.”

다래는 너무도 목이 메여 말을 꺼내기가 쉽지 않았지만 아직도 들썩거리는 자신의 가슴을 부여잡고 간신히 말을 이었다. 이 순간 왜 이리도 자신이 바보 같다고 느껴졌을까. 그리고 자신의 그에 대한 감정이 정말 특별하다는 걸 알고 있었음에도 왜 그렇게 그 감정을 쉽게 저버렸을까 하는 생각에 다시금 참았던 눈물이 다시 흘러내렸다. 그리고 세준에 대한 원망도 교차되기 시작했다. 저렇게 하기 싫어하던 피아노 연주를 시작했으며, 끝나 버렸다고 생각하라던 그의 말과는 달리 왜 그는 자신이 좋아하는 노래를 계속 연주하고 있는지. 다래는 더 이상 말을 잇지 못하고 몸을 돌려 그곳에서 벗어나려 했다. 하지만 세준이 그녀가 도망가지 못하게 어깨를 잡았다.

"엉터리 같아서 도저히 들어줄 수가 없다고 하지. 너도 연기 참 잘한다?"

세준이 물었다.

"정말 정말 인정하긴 싫지만, 좋았으니까, 훌륭했으니까 그렇게 말한 건데요. 전 누구처럼 연기 못해요."

세준이 다래의 어깨를 잡았던 손의 힘으로 그녀를 자신과 마주 보게 돌려 세웠다.

"나도 연기 못한다. 하지만 누구처럼 자기 감정 얼굴에 써놓고 다니진 않지. 그나저나 윤다래, 완전히 피지 원주민 됐어. 까만 거 봐라."

얼굴이 검었던 세준은 하얗게, 하얗던 다래는 검게 되었다. 그리고 그 시간이란 건 두 사람의 감정도 변하게 만들었다.

"그래도 소똥으로 집 짓는 일은 안 했으니까 걱정 마시죠!"

다래가 세준에게 눈물 속에서 웃음을 보이며 말했고, 그 말이 끝나기가 무섭게 세준은 그녀에게 키스했다. 그의 피아노 실력은 엉터리에 박자도 엉망이었지만, 키스 실력은 연애 초짜라고 믿기 힘들 정도로 달콤하고 부드러웠다. 조금씩 다래의 달구어진 뺨 위에 눈이 자리 잡으려 했지만 이내 녹아버리고 말았다. 세준이 다래의 입술에서 벗어나 자신의 손으로 다래의 얼굴을 닦아주었다. 눈물로 범벅이 되었던 다래의 얼굴은 안중에도 없고, 세준은 자신의 품에 꼭 껴안아주었다.

"며칠을 생각한 프러포즈인데. 너같이 눈치없는 여자는 프러포즈 못 받는다."

"뭐? 나 못 들었는데요?"

"뭘 듣긴 들었네. 시치미 떼는 걸 보니까."

"그럼 프러포즈도 안 하고 날 데려가려고 했어요?"

"웃겨. 누가 너한테 프러포즈한대? 역시나 넌 너무 착각 속에서 사는 것 같다."

"뭐라구요!"

다래의 얼굴은 서서히 화색이 돌면서 조금씩 윤다래로 돌아가기 시작했다. 다래가 세준의 가슴팍을 두들기는 것도 아닌 프라이드 선수의 일격처럼 무지막지한 힘으로 세준을 쳤다.

"너 진짜 영혼결혼식 하고 싶어? 나 죽겠어."

"내가 미쳤어요, 내가 제일 사랑하는 사람 죽이게?"

"그래, 진작에 그렇게 말을 하지. 그동안 얼굴에 써놓느라 얼마나 힘들었어."

세준이 다래의 머리를 쓰다듬으며 말했다.

"나도 널……."

다래는 무슨 말을 기대했는지 세준이 다 들을 정도로 침을 꼴깍

삼켰다. 그러자 다래의 얼굴은 프라이팬에서 타다 남은 당근이 되어버렸고, 그런 그녀의 얼굴을 본 세준은 웃었다. 그리고 자신의 손을 내밀었다.

"자."

"응?"

"내밀고 있느라 민망하다."

다래는 아무런 투정이나 말대꾸도 하지 않았다. 다만 그가 내민 손을 지그시 잡아주는 것이 전부였다. 두 사람은 그렇게 하늘에서 자유롭게 떨어지는 부드러운 첫 눈을 맞으며 길을 걸었다.

"그나저나, 정말 말도 안 되게 구세준 씨 사진을 보면서 낯설지 않았어요. 정말 웃기게."

"나도 그랬는데. 우리가 전생에 원수였는지 어떻게 알아."

"아, 난 마님이고 구세준 씨는 날 흠모하는 머슴?"

"뭐?"

다래가 그의 손을 잡아당겼다. 아니, 다래도 모르게 가벼워진 발걸음 덕에 먼저 앞서 나간 다래의 손이 세준의 손을 끌어당긴 것이었다. 연신 웃음이 떠나지 않는 그녀. 그리고 그녀와 보폭을 맞출 생각은 앉고 재킷만을 매만지는 그. 두 사람은 그렇게 처음부터 어울리지 않았지만, 그리고 지금도 어울리지 않지만 같은 길을 걷고 있었다.

*

호랑이가 아이들을 위해 떡을 남겨오던 아주머니를 덮치던(?) 시절.

"당신 제정신이에요?"

"어쩌겠소. 아들이라는 놈은 허구한 날 서당은 가지도 않고 저 녀석 분명 나중에 난봉꾼이나 되어 주막에서 세월을 보낼 것이 눈앞에 훤한데 말이오!"

마님은 아무 말도 못했다. 분명 그럴 것이 자신의 뱃속에서 나온 자식임에 분명하지만 어찌 저런 아들이 나왔을까 어리둥절할 정도이니 말이다.

"그래도 세륜이와 일곱 살이나 차이가 나는 건."

"그놈이 혼인이라도 하게 되면 조금이라도 책임감을 가지게 되지 않을까, 그것에 희망을 걸고 있소."

"아이의 아버지 노름 값을 갚는 대가로 딸을 데려오는 건 옳지 않은 것 같아요."

"그렇지 않으면 어찌 그런 현명한 아이가 내 아들놈과 혼인을 한단 말이오."

안채에서는 두 사람의 실랑이가 끝없이 벌어지고 있었다. 오늘이 그날이었다. 그 문제도련님의 혼인날.

"아버지! 내가 오늘 서당에서 공부하는 놈들 책 훔쳐다가 깡그리 태워 버렸다우. 하하."

"뭐!"

세륜의 아버지는 뒷짐을 지고 점잖은 선비의 걸음걸이는 잊은 채, 버선발로 마당까지 뛰어나왔다. 아버지의 머리 위에 놓여 있던 갓은 벗어지기 일보 직전.

"구세륜! 너 이놈의 자식!"

아버지는 세륜을 데려다가 손에 집히는 대로 사정없이 세륜의 엉덩이를 때렸다. 어찌 이렇게 개념을 상실한 아이가 있으랴. 얼굴과 손은 검댕이로 범벅을 하고서는 연신 히히대며 웃고 있는 세륜.

"이 자식! 오늘이 무슨 날인 줄은 아느냐?"

"뭔 날인데요?"

"어이구, 뒷머리야!"

워낙 웰빙 생활을 고수하던 그였다. 하지만 세륜의 아버지는 시간을 초월해 고혈압과는 매우 친한 사이였다.

"네놈 혼인날이란 말이다!"

"아버지, 그럼 어서 나 상투 틀어줘요!"

"이런 넋 빠진 놈!"

도저히 혼자서는 감당이 안 되는 세륜을 기둥에 세워두었던 싸리 빗자루를 들어 세륜을 때리려 했지만, 이미 도망치고 있는 세륜.

"우리 집안이 무슨 가문인지 아느냐? 대대로 정승에 뼈대있는 집안이니라."

"아버지, 이것 보시오 내 팔뚝 뼈도 무척이나 굵고 단단해!"

한복 사이로 팔을 빼 보이는 세륜. 도저히 감당이 안 되는 상황이었다. 이건 무슨 조선판 톰과 제리를 찍는 것도 아니고, 두 사람의 쫓고 쫓기는 추격전은 끝날 줄을 모르고 있었다.

“여보! 그리고 세륜아!”

마님은 대문 문지방을 넘어오는 단아한 차림의 세륜의 색싯감을 보고서는 어서 집안망신 쇼를 마무리하려 두 사람을 불러 세웠다.

“어험, 왔구나. 네가 온다기에 내 이렇게 손수 마당을 쓸고 있었느니라.”

언제 그랬냐는 듯이, 멋쩍은 세륜의 아버지는 하늘로 치켜세워진 빗자루를 고이 내려 마당을 싹싹 쓰는 흉내를 내기 시작했다.

“아버님, 신은 어쩌시고.”

“아!”

버선발로 나왔던 세륜의 아버지는 서둘러 계단으로 올라가 디딤돌 위에 놓여 있던 신을 황급히 신기 시작했다.

“아버지, 이 사람이 내 색시야?”

“구세륜 도련님이시군요. 전 윤다련이라고 합니다.”

이 여자가 자기 색시냐며 다련에게 삿대질을 해대는 세륜을 무시한 채 다련은 최대한 예의를 갖추어 세륜에게 인사를 했다.

“하하. 다련이 누이.”

“어허! 누이라니!”

“실수! 색시야, 그런데 얼굴은 왜 가리고 있어?”

다련의 치맛자락을 손으로 통통 튕겨가면서 다련의 얼굴이 궁금한 듯 까치발을 디뎌 쓰개치마로 가려진 얼굴을 보려 노력하는 중이었다.

“세륜 도련님!”

다련의 호통에 세륜은 깜짝 놀라 뒤로 물러섰다. 부모님 외에는 이런 호통을 들어본 것이 처음인지라 세륜의 얼굴은 금방이라도 눈물이 떨어져 내릴 것 같은 표정이었다.

으아앙! 결국엔 문제도련님의 울음보를 툭 하니 터뜨려 버린 다련. 하지만 다련은 전혀 당황하지 않았다.

"뚝 하세요! 장차 큰일을 하실 분이 이런 일에 울다니요!"

"으아아앙!"

다련의 꾸짖음에 이제 아예 목 놓아 우는 세륜. 마님과 세륜의 아버지가 세륜에게 다가가려 하자 다련은 고개를 가로저으며 세륜에게 다가가지 말라는 눈빛을 보내고 있었다. 세륜의 울음소리가 더더욱 거세지자 다련은 소맷자락 안에서 무언가를 꺼내기 시작했다. 눈치가 빤한 세륜의 울음이 잠시 동안은 잦아들기 시작했다. 그런 세륜에게 다련이 소맷자락에서 꺼낸 것을 건넸다.

"이, 이게 뭐야?"

"이 회초리로 절 치세요."

"뭐?"

"이젠 세륜 도련님의 잘못은 모두 안사람인 저의 잘못입니다. 그러니 어서 치세요."

다련은 치마를 살짝 걷어 올려 하얀 종아리를 드러내 보였다.

"나 진짜 친다?"

"치세요, 도련님."

세륜은 뭣도 모르고 한 치 망설임도 없이 다련이 건넨 회초리를 하늘 높이 뻗혀 올렸다. 대단한 중력의 힘과 더불어 다련의 종아리에 찰싹 달라붙어 고통을 안겨주었다. 다련은 속으로만 앓아야 할 뿐. 이 상황에서 아프다고 도망칠 수는 없었다. 다련은 싸개치 마로 얼굴을 아예 감추고 혼잣말을 지껄였다.

"요거 안 먹히네."

그렇게 혼자 구시렁거려 봤자 별 소용 없었다. 지금 세상에서야 어린놈의 손모가지를 잡아 그만 때리라고 할 수도 있겠지만, 엄연히 지아비의 손목을 잡아채 그만 때리라는 말을 감히 어찌한단 말인가. 그냥 어린놈에게 맞을 수밖에.

"세륜아, 지금 그게 무슨 짓이냐!"

'어서, 어서 아버님! 제 종아리가 남아나질 않겠사옵니다!'

다련의 마음속 절규를 들었는지 세륜의 아버지가 거침없이 다련의 종아리를 향해 내리쳐지는 회초리를 잡아챘다. 세륜은 미안한 기색이 하나도 없이 말했다.

"색시가 때리랬는데?"

이런. 평소에는 말이란 것을 귓등으로도 안 듣던 녀석이 다련의 말을 저리도 잘 듣다니.

"아니, 이 녀석이 평소에 지 애비 말은 듣지도 않더니 생전 처음 보는 색시 말은 이리도 잘 듣더냐?"

"내 친구 신가 놈이 색시 말을 잘 들어야 내가 편하다고 했어. 자기 형이 색시 말을 잘 들어서 이번에 장원급제한 거래."

"뭣이!"

아버지는 기가 찬 나머지 또 혈압이 목 뒤쪽을 훑고 지나가기 시작했다.

"장원급제에 생각이 있는 놈이 서당동무들 책을 모두 태워 버려?"

"에헴, 이제 장가가면 나도 새 사람이 될 거라우. 아버지도 어머니 말을 잘 들어서 벼슬한 거 다 알고 있었다우."

"이놈이! 터진 입이라고 그렇게 방정맞은 말을 내뱉는 것이더냐?"

"아버님, 나이가 어리다고 쉬이 보지 않고 정성으로 가르치겠사옵니다."

그제야 삼발이 된 수염을 다시 손으로 가다듬는 세륜의 아버지.

"내가 우리 며느리만 믿는다. 저놈의 자식이 언제나 사람이 될꼬."

"여보! 어서 혼례 준비를 해야지요. 다른 준비는 다 해놓았으니 어서 당신은 신 서방에게 세륜이 혼례복 입혀주라고 하세요. 전 지연이와 다련이 혼례복을 차려입힐 테니."

다련과 세륜의 혼례 준비가 속전속결로 준비되기 시작했다. 마당에는 혼례를 알려주는 병풍과 오색찬란한 빛깔의 닭이 붉은색 보자기 속에서 얌전히 자신의 자태를 뽐내고 있었다. 갖가지 먹음직스러운 음식들이 놓이기가 무섭게 마을 사람들이 두 사람의 혼례를 보려 삼삼오오 떼 지어서 세륜의 집에 들어오기 시작했다.

드디어 어린신랑 구세륜과 늙은 신부(?) 윤다련의 혼례가 시작되었다. 혼례를 알리는 우렁찬 소리와 함께 혼례는 의외로 순탄하게 진행되었다. 다련이 먼저 수모의 도움을 받아 세륜에게 두 번

절을 하자 이번엔 세륜이 답례로 한 번 절을 하려 앞으로 고개를
숙이려는 찰나, 머리에 있던 사모의 무게로 인하려 세륜이 앞으로
꼬꾸라졌다. 순간 마을사람들의 입 밖으로 웃음이 터져 나왔고,
세륜은 꼴에 자존심이 있었는지 울지도 않고 앞으로 떨어져 버린
사모를 주우려 상 아래까지 기어들어 갔다. 그때 다련이 불편한
차림을 뒤로하고 다소곳이 앉아 세륜이 주우려던 사모를 집어 들
어 세륜에게 건넸다.

"서방님, 이거 받으세요."

"서방님?"

다련의 서방님이라는 말에 놀라 세륜은 상에 머리를 찧었다.

"후훗."

양 볼에 연지곤지를 찍고 단아한 모습으로 자신을 바라보는 다
련의 모습에 세륜은 자신의 두 볼이 발그레해지는 줄도 모르고 넋
을 놓고 바라보고 있었다.

"서방님, 안 받으세요?"

아, 그걸 주우러 온 것이었지. 세륜은 다시 정신을 차리고 다련
에게서 사모를 받아 고쳐 쓰고 다시 제자리로 돌아와 조금은 힘들
게 절을 했다. 그렇게 해서 두 사람의 혼례는 작은 사고 하나로 무
사히 마무리되었다.

그리고 어김없이 오게 되는 첫날밤.

은은하게 자신의 머리끝을 흔들거리며 타고 있는 호롱불 사이
로 두 사람이 수줍게 마주 보고 있었다. 세륜은 엊그제 신가 놈에
게서 배운 순서를 머릿속으로 다시 정리하고 있었다. 상 앞에 놓

인 맛있는 음식들은 세륜의 눈에 들어오지 않았다. 새치름하게 자신을 바라보며 수줍게 웃고 있는 다련만이 보일 뿐이었다.

"색시야."

감히 어린 아홉 살짜리의 입에서 터져 나오는 조금은 섹시한 말투.

"네?"

다련이 그의 부름에 나지막한 목소리로 대답했다. 조금씩 세륜이 다가와 다련의 족두리를 벗기려 하는 찰나,

"동작 그만!"

갑자기 이게 웬 군대식 말투인가? 동작 그만이라니! 다련의 호통에 세륜은 꽁꽁 얼어버렸고, 길고 문에 구멍을 내고 쳐다보던 이들도 괜히 찔려 얼굴을 구멍에서 멀리했다.

"색시야, 왜?"

"어서 책을 가져오십시오."

"색시야, 책이라니."

"어서요!"

다련의 불호령에 세륜은 하는 수 없이 논어를 가지고 왔다. 다련은 그사이 술상을 저만치 밀어두고 책상을 앞에 가져다 두었다.

"책을 펴세요."

"응?"

세륜이 귀여운 얼굴로 다련에게 가여운 척, 물었다. 하지만 그게 다련에게 통할 리가 없었다. 하는 수 없이 세륜은 다련이 지켜보는 가운데 논어를 읽기 시작했다.

“서방님, 이제 서방님은 철없게 굴어서는 안 되옵니다. 이제 밖에서는 진정한 선비의 모습으로 다시는 그런 철부지의 모습을 보여서는 아니 되옵니다. 아시겠습니까?”

“아직 난 아홉 살인데⋯⋯.”

세륜이 어린 나이를 빌미로 삼아 어떻게 비빌 언덕을 찾아보려 했지만 족두리를 쓰고 연지곤지를 찍은 채 세륜을 흘겨보는 다련에게는 통할 리가 없었다.

“그 대신 힘들거나 괴로울 때, 어린 양이라 철부지 어린 행동들은 오로지 저에게만 하세요. 밖에서는 꿋꿋하게 흐트러짐없이 행동하는 대신 말입니다.”

“진짜?”

이미 다련의 성질에 조금 기가 죽은 세륜은 모기가 귓전에서 윙윙대는 데시벨로 다련에게 진짜냐며 물었다.

“그럼요. 서방님이 좋아하는 식혜와 깨강정도 많이 해드릴게요. 그리고 공부가 힘드실 땐 제가 재밌게 놀아드리고요.”

갑자기 논어를 읽는 세륜의 목소리에서 힘이 느껴지기 시작했다. 십 분 경과 후, 갑자기 세륜의 목소리가 다시 기어들어 가기 시작했다.

“서방님, 왜 그러세요?”

“아니, 옆집 신가 놈이 첫날밤은 무척 재밌다고 했는데. 재미가 하나도 없잖아.”

“네?”

“신가 놈이 내가 호롱불을 입으로 후 불고 나면 재밌다고 했는데."
　"아, 그건 호롱불을 불고 그동안 배웠던 논어를 외우면 재밌다
는 뜻이옵니다."
　"그게…… 재밌어?"
　"그럼요!"

"**세**준 씨예요?"

[이 밤중에 무슨 일이야?]

세준의 날카로운 목소리. 아마도 전화를 한 주인공은 윤다래라는 여자임이 분명했다.

"응. 하하하."

[너 또 술 마신 거야?]

"예. 응응."

[이게 정말. 내가 네게 결혼 프러포즈를 해서 이제 상황 끝이라는 생각인가 본데.]

"응? 그게 무슨 말이야?"

술에 쩔은 듯한 목소리로 세준에게 전화를 한 다래는 세준의 말에는 신경 쓰지도 않고 술 취한 사람이 늘 그렇듯 자신의 할 말만 하고 있었다.

[윤다래, 내가 널 데리러 갈 것 같아?]

"그럼. 히히. 내가 좋아하는 세준 씨가 데리러 오지 않으면 누가 데리러 온데요?"

[이게 정말! 너 미쳤어?]

"세준 씨, 그래서 안 오겠다는 거예요? 그럼 나 삐친다?"

[너 왜 정말 왜 하지도 않던 짓을 하는 거야. 어디야?]

세준은 다래의 끊임없는 말에 지친 듯, 다래가 있는 곳을 물었다. 드라마에서나 말하는 얼마 남지 않은 기간을 뜻하는 내일모레. 그런데 정말 다래와 세준의 결혼식은 내일모레였다. 그런데 도대체 정신이 있는 것인가, 열심히 피부 관리실에서 마사지를 받아도 모자랄망정. 지금도 간신히 수용될까 말까 한 얼굴을 알코올로 더욱 악화시키고 있는 다래 때문에 세준은 머리가 아파왔다. 자신이 프러포즈를 하고 난 뒤, 조금은 조신한 모습을 보여주기에 여자는 결혼이 다가오면 조금은 성숙해지는가 싶었지만 세준은 지금 술에 취한 다래를 데리러 가고 있었다.

"어디야?"

[어! 세준 씨!]

술집 앞에서 폴짝폴짝 뛰면서 자신을 찾고 있던 세준을 향해 정신 사나운 손짓을 하고 있었다. 세준은 도저히 못 보겠다는 듯 차에서 내려 다래가 흔들어대던 손을 잡아 세웠다.

"왜 이래?"

“아, 친구들이 사준 거야. 히히.”

“그렇게 웃지 마.”

그도 그럴 것이 까딱하면 길거리에서 동사를 할 정도의 한겨울 날씨였다. 세준이 조금은 빠르게 결혼을 결정한 것도 어서 이 천방지축을 길들이겠다는 생각이 어느 정도 작용을 하고 있었다. 하지만 왜 이런 철없는 그녀를 보면서 화보다 웃음이 나오는 걸까. 그래서 이 여자를 선택했겠지만, 비틀거리며 먼저 걸어가겠다는 다래를 보면서 세준은 희미한 웃음을 보였다. 하마터면 넘어질 뻔한 다래를 붙들자 그녀는 갑자기 세준의 품에 찰싹 달라붙어 그의 재킷 속 허리춤에 두 손을 꼭 감싸고 있었다.

“사랑해요.”

“뭐?”

“사랑한다구요. 그것도 아주 많이.”

사랑한다는 말. 다래에게서 사랑이라는 단어가 나온 것은 처음이었다. 웃음이 나올 일이기도 했다. 결혼을 내일모레로 앞두고 있는 상황에 이런 말을 처음 듣는 것이니. 술기운에 한 말이겠지만 세준은 그렇다 해도 참 감사했다. 철없는 그녀에게서 그런 말을 듣기란 쉽지 않을 테니 말이다.

조금씩 술이 깨가는 것일까. 다래가 조금씩 떨기 시작했다. 세준은 자신의 품속에서 떨고 있는 다래에게 자신의 재킷을 덮어주었다.

“그만 집으로 가자.”

“싫어요?”

“뭐?”

이거 어째 말의 뉘앙스가 약간은 수상쩍었다. 그걸 증명이라도 하듯이 세준의 재킷 속에서 삐져 나온 다래의 손은 한 모텔을 향하고 있었으니 말이다. 이런 발칙한 여자가 어디 또 있으랴. 아주 대놓고 손으로 모텔을 가자는 다래의 행동에 세준은 기가 찼다.

“으이구, 이 누나 못 믿어?”

이런! 바뀌어도 상당히 많이 바뀐 대사 아닌가. 누나를 못 믿냐니.

“늦 연애가 무섭긴 무섭구나.”

“진짜 아니라니까요! 조금만 쉬었다 가려는 거라니까요!”

“그거야 집에 가서 편하게 쉬면 되잖아. 안 그래?”

“내가 못살아! 이렇게 여자 마음 하나도 헤아리지 못하는 남자 때문에!”

몸은 이미 모텔로 쏠리다 못해 쓰러질 것 같은 다래를 부득불 끌고 와 차에 태운 세준. 심술이 더덕더덕 붙은 다래의 얼굴을 쳐다보면 그 심술이 배로 늘어날 것이 뻔하기에 일부러 세준은 다래를 무시하고 있었다. 그러다 술에 취한 다래가 잠이 들은 것 같아 세준은 그제야 운전을 하다 신호 때문에 멈추었을 때마다 다래를 쳐다보곤 했다.

“윤다래, 내가 네 처음이자 마지막이 될 수 있다는 것에 정말 행운이라고 생각한다.”

“…….”

“그 처음을 이렇게 조금은 서로의 감정들이 확실하지 않은 시점에서 가지고 싶지 않았어. 벌써부터 이렇게 덤벼드는 널 보니까 조금은 너와 나의 첫날밤이 심히 걱정된다. 나 때문에 네가 정말 행복해졌으면 좋겠다. 정말…….”

“나 지금도 무지 행복해…….”

“안 자고 있었어?”

다시 자는 척을 하는 다래. 아마도 술기운이 섞이기는 했지만, 자기 감정을 드러낸다는 것이 부끄러웠는지 다래는 골지도 않던 코를 고는 시늉을 하기 시작했다. 그런 그녀를 보면서 세준도 더 이상 묻지 않았다.

“사랑한다.”

세준은 이미 조수석에서 곯아떨어진 듣지도 못하는 그녀에게 말하고 있었다.

✳

“머리 아프다.”

“윤다래! 결혼이 바로 코앞인데 너 정말 이러기니?”

“엄마, 딱 한 잔 한 건데. 좀 봐주면 안 돼?”

“한 잔이라면서 구 서방에게 업혀 온 거는 어떻게 설명할 거니?”

다래는 모르겠다며 철없는 어린아이마냥 집 밖으로 뛰쳐나왔다.

“진짜 내일이면 내가 결혼하는 거 맞아?”

텅 빈 하늘에 물어본다 한들 대답해 줄 사람은 아무도 없었다.

"왜 이렇게 마음이 싱숭생숭할까. 휴."

다래의 마음은 조금은 즐거운 마음도 있었지만, 아직도 해결되지 않은 한 가지가 있었다. 바로 아버지의 존재에 대한 용서였다. 이렇게 결혼을 앞두고 있으니 왜 또 그런 사람이 생각나는지 알 수 없었다. 영혼결혼식을 결정했을 때에도 제일 먼저 생각났던 사람이 아버지였다. 딸을 팔아먹은 아버지인데. 지독히도 미워하고 있는 사람인데.

"저기……."

갑자기 다래의 앞에 한 아이가 섰다.

"응?"

"누나, 이거 받아요."

꼬마아이가 건넨 종이봉투 하나. 다래는 처음 보는 그 아이가 왜 이런 것을 주는지 궁금했다. 아무리 생각해 보아도 그 아이는 생전 처음 보는 아이였다.

"이걸 누나가 왜 받아야 하는 거니? 난 꼬마를 처음 보는데?"

다래가 쪼그려 앉아 꼬마와 눈높이를 맞추며 물었다. 그러나 아이는 무슨 이유에선지 입을 꼼짝하지 않고 눈만 이리저리 굴리다 다래에게서 도망쳤다.

"꼬마야!"

다래가 쫓아가 골목을 돌아갔지만, 이미 꼬마는 흔적도 없이 사라져 버린 후였다.

"쪼그만 게 정말 빠르네. 헉헉."

가쁜 숨을 간신히 진정시키고 꼬마가 건넨 봉투를 열어보았다. 그 봉투 안에는 천만 원짜리 수표가 들어 있었다. 그리고 그 수표와 함께 딸려 나온 종이쪽지 하나.

〈결혼 축하한다.〉

단지 여섯 개의 글자가 전부였다. 누가 보냈는지도, 그리고 왜 보냈는지도 아무런 부연설명 없이 써진 글이었다. 하지만 자세한 설명이 없어도 쪽지에 써진 여섯 개의 글자로 보낸 이가 누군가를 안다는 건 무척이나 쉬웠다. 다래는 손으로 종이쪽지와 수표를 구겼다. 하늘 쪽으로 고개를 들어 간신히 눈두덩이 아래로 떨어지려 하는 눈물을 쏟아지지 못하게 만들었다. 하지만 가득 찬 샘이 흘러내리듯이 하늘을 보고 있어도 이내 모인 눈물들이 다래의 얼굴을 타고 흘렀다. 그리고 쉼없이 쏟아지는 눈물을 주체하지 못하고 있었다. 손으로 아무리 닦아내도 멈추지 않는 눈물.

"윤다래, 왜 울어. 어차피 내게 일억을 빚진 거였잖아. 겨우 그 10분의 1을 돌려준 것뿐이잖아. 안 그래?"

다래는 흐르는 눈물 때문에 그가 다가오는지도 모르고 있었다.

"왜 울어."

세준이었다. 하필 이럴 때, 그의 등장이 그리 달갑지는 않았다. 이런 모습을 보이고 싶지는 않았으니 말이다.

"아, 아니에요."

황급히 눈물을 닦아내어 아무렇지도 않은 척 굴었지만, 이미 붉

어진 눈가까지 닦아낼 수는 없었다. 세준의 눈은 다래의 손으로
가 있었다. 아마도, 눈물뿐 아니라 다래가 울고 있는 이유까지 알
고 있는 눈치였다.

"울지 마라. 아무리 비공개로 하는 결혼식이긴 하지만, 결혼사
진은 찍어야 하잖아. 그리고 결혼식 날에 네 그런 모습 보고 싶진
않다."

"미안해요. 내가 좀 단순하잖아요."

"이 문제는 내가 해결해 줄 수 있는 게 아닌 것 같다. 네 마음이
해결해야 할 문제인 것 같네. 그리고 윤다래, 네가 지금 미안하다
고 하는 말, 그 말은 지금 네가 네 아버지가 내게 미안하다는 말로
들린다. 그러니까 그런 말은 하지 마."

세준이 약간은 화난 듯한 말투로 다래에게 말했다. 그런 세준의
모습에 다래는 더 이상 아무 말도 못하고 서 있을 뿐이었다.

"데려다 줄게."

세준은 그 말 이외에는 다래의 집에 다다를 때까지 아무 말도
하지 않았다. 다래가 잘 가라는 인사를 하기도 전에 세준은 이미
몸을 돌려 길을 내려가고 있었다. 왜 그렇게 그가 민감하게 구는
지 알 수 없었다. 기분이 좋지 않다면 자신이 더 좋지 않을 터인데
왜 그가 저런 행동을 보이는지. 다래는 다시금 눈가에서 흘러나오
는 눈물을 참고 또 참았지만 결국 또 그것들을 막지 못하고 흘려
보내고 있었다.

*

“신부님, 어제 우셨나 봐요?”

“네?”

“야! 너 눈이 아주 웃기는 거 알아? 가뜩이나 눈이 작아서 아이라이너에 가짜 속눈썹을 해도 부족할 판인데 그 모양을 만들어오면 어떡해!”

지은이의 구박에 다래는 대꾸도 않고 눈만을 지그시 감고 메이크업을 받고 있었다.

“한지은, 너도 곧 결혼할 거라면서?”

“무, 무슨 소리야?”

“내가 네 대찬 성격이 언젠가는 사고를 칠 줄 알았어. 너 칠만 원이야.”

“뭐?”

“속도위반도 대단하게 하셨더구만. 속도위반 기본 삼만 원인데 넌 가중된 구만 원이라고.”

지은이 갑자기 와서는 다래의 입을 막았지만 구만 원이니 어쩌니 하는 말까지 나온 마당에 입을 막는다 한들 뭐가 달라질 게 있겠는가. 천하의 한지은의 얼굴이 새빨개져서는 이도 저도 못하고 똥 마려운 강아지마냥 산만하게 구는 것이 정말 재밌는 광경 중 하나였다. 그러는 사이에 조수석에 앉아 있던 남자가 나타났다.

“윤다래, 너 지금 우리 지은이한테 뭐라고 그러는 거냐.”

“자기야, 쟤가 막 나 민망하게 만들었어!”

“자기? 이야, 사람 변하기 참 쉽다더니. 기가 막혀서 말이 안 나

온다!"

고목나무 옆의 매미마냥 찰싹 달라붙어 합심을 해서 다래를 어찌해 보겠다는 심산으로 지은이 지한에게 자기편을 들어달라며 눈치를 보내고 있었다.

"한지은, 너 왜 이렇게 철없이 굴어?"

이건 또 무슨 말? 철이 없다니? 천하의 한지은이 그것도 자기보다 어린놈에게 철이 없다는 소리를 듣는다는 건 이미 갈 때까지 다 갔다는 소리 아닌가?

"이야, 한지은 네가 이렇게 결혼 전부터 그렇게 잡혀 살다니. '세상에 이런 일이' 다, 정말."

그래도 좋다며 지한의 옆에 꼭 달라붙은 지은의 모습에 조금이나마 대리만족을 느끼며 우울한 생각을 접어두기로 했다. 오늘은 결혼식 날이니까. 자신이 제일 행복해야 할 사람이니까.

메이크업을 다 마치고 차에 올랐다. 핸드폰으로 엄마가 이미 세준의 집에 도착했다는 연락을 받았다. 세준과 다래의 의견대로 세준의 집 앞 정원에서 조촐하게 결혼식을 치르기로 했다. 다른 사람들에게 신경 쓰는 게 싫다며 세준이 먼저 다래의 마음을 읽고 자기의 집에서 치르자며 제안을 했다. 이제 결혼식 시간이 얼마 남지 않았다.

드디어 세준의 집 앞에 도착을 하게 되었다. 뒤따라오던 지은이 다래가 먼저 내리기 전에 문을 열어주어 그녀에게서 버거워 보이는 드레스를 잘 정리해 잡아주었다.

"우리 덜렁이, 드디어 결혼하는구나. 흑흑."

지은이 장난을 치면서 흑흑대는 소리에 다래는 웃음이 터져 나왔지만, 그래도 실없는 신부가 되어서는 안 되니 간신히 웃음을 참고 대문 안으로 들어섰다. 이미 정원에는 그녀가 좋아하는 분홍색 장미와 하얀색 백합이 너무도 아름답게 어우러져 장식되어 있었고, 진짜 조촐하게 세준의 친구 몇 명과 양가 부모가 전부인 결혼식이었다.

"아직 세준이 오질 않았구나. 이미 시간이 다 되어가는데."

어머님이 걱정스런 목소리로 다래에게 세준이 오지 않았다며 말을 했다. 이제 겨우 오 분이 남은 시간인데 아직도 모습조차 보이지 않는 그 때문에 갑자기 술렁이기 시작했다. 해준이 전화해 보겠다고 전화를 걸었지만 세준은 받지 않지 않았다. 다래의 목이 타 들어가기 시작했다. 별 희한한 생각이 드는 다래는 억지로 자신을 다독였지만, 이미 시간을 지나쳐도 오지 않는 세준 때문에 다래는 걱정이 될 수밖에 없었다.

"다래 씨, 물 좀 먹어요."

입이 타 들어가는 다래를 보았는지 해준이 다래에게 물 한 잔을 건넸다. 결혼식 날의 신부는 아무것도 먹지 않고 몸에 신경 쓰는 게 다반사였지만 다래는 그 자리에서 해준이 건넨 물 한 잔을 모두 마셨다.

"다래야, 곧 올 테니 걱정하지 말거라."

자리에 앉아 있던 엄마가 다래에게 와서 다래를 진정시키고 있었다.

"엄마, 혹시 그 사람 잘못되기라고 한 것 아니겠지?"

그런 생각 하고 싶진 않았지만, 예전의 일 때문에 다래는 불안함을 멈출 수 없었다.

"그럼, 곧 올 거야."

엄마가 안심시키려 하는 말도 그렇게 위안이 되지는 않았다. 그가 오지 않으니까. 그가 보이지 않으니까. 너무도 긴장하고 불안에 떨어서 그런지 다래는 더 이상 서 있을 기운이 없어 준비된 의자에 앉았다. 벌써 식이 시작될 시간에서는 한 시간이 지나고 있었다. 불안해하는 다래 때문에 다른 기색을 보이지 않던 사람들도 조금씩 자기들만이 들리는 소리로 웅성거리고 있었다.

그때, 세준이 나타났다.

"죄송합니다."

세준의 등장에 다래의 힘이 풀렸던 다리도 다시 힘이 생겨 그 자리에서 일어났다. 세준이 그녀의 앞에 나타났다. 그가 나타났다. 이제 더 이상 불안해하지 않아도 됐다.

"왜, 이제 왔어요."

다래는 소리치지 못하고, 세준을 원망 어린 눈으로 바라보며 말했다.

"미안. 나 처음 너 못 알아봤다. 드레스 입고 있지 않았으면 너인 줄도 몰랐을걸? 역시 신부화장이 대단하긴 대단하구나."

"뭐요?"

세준의 장난 어린 말에 다래의 마음은 조금씩 긴장의 곡선에서 벗어나기 시작했다. 세준의 장난 어린 말에 정신이 없던 다래는 미처 세준의 뒤에서 오고 있던 누군가를 발견하지 못했다. 엄마의 달라진 표정으로 인해 그제야 알 수 있었다.

"아버지."

그렇게 부르는 것이 올바른 것인지 헷갈릴 정도로 오래된 호칭. 아버지가 많이도 야윈 모습으로 다래의 앞에 섰다. 세준이 두 사람이 마주 볼 수 있게 자리를 비켜주었다. 비켜주면서 세준은 다래의 손을 지그시 꾹 잡아주었다. 마치 날 믿으라는 것처럼.

"다래야, 정말 미안하구나. 이 애비가 용서받을 생각을 추어도 없다. 아니, 용서받길 원한다면 그건 사람도 아니지."

"맞아요. 나 아버지 죽을 때까지 용서 못해요."

"다래야, 그리고 네 엄마에게까지 정말 미안하구나. 이 인간도 아닌 사람, 절대 용서하지 말거라."

그렇게 조금은 쉰 목소리로 다래에게 말을 하는 아버지를 보면서, 겨우 일 년이 지난 것뿐인데 너무도 쇠약한 모습으로 나타난 아버지의 모습에 다래는 눈물을 참기가 너무 힘들었다.

신부를 잡으려고 하얀 장갑을 낀 아버지의 손이 갈 길을 못 찾고 헤매자, 다래가 먼저 손을 내밀어 아버지의 팔짱을 끼었다.

"이거 용서하는 거 아니에요. 또다시 엄마 울리시면 내가 그땐 정말 가만두지 않을 거예요."

사람들이 듣지 못하는 작은 목소리로 입장을 하는 사이에 다래는 엄마에 대한 당부를 하고 있었다. 자신은 지금 이렇게 아버지의 손을 잡고 있는 순간에도 조금씩 밀려오는 배신감을 떨쳐 내기 힘들었지만, 단 하루도 아버지를 잊지 못하는 엄마가 있기에 그 배신감들을 더 이상 가슴 쪽으로 밀려오지 못하게 막고 있었다.

　드디어 다래의 손이 아버지에게서 세준에게로 옮겨갔다. 항상 양복이 잘 어울렸던 세준은 턱시도인 예복까지도 정말 말끔하게 소화하고 있었다. 그 모습에 넋이 나간 다래를 보면서 세준이 말했다.

　“너, 너무 느끼지 마라.”

　“느끼긴 뭘 느끼는데요?”

　순간 깜짝 놀란 하객들과 주례하는 사람. 다래는 다시 아무렇지도 않은 듯 주례하는 사람에게 계속하라며 손짓을 보냈다.

　“사랑해.”

　이 상황에서 다래가 눈치없게 한 번쯤은 되물어주는 센스를 발휘해 줘야 했다.

　“뭐요?”

　“들은 표정인 거 잘 알거든?”

　귓속말로 사랑한다는 소리를 하는 세준. 다래는 순간 그의 말에 온몸의 모든 것들이 정지되어 버렸다. 그가 사랑한다고 말했다. 좋아하는 것도 아닌 사랑한다고. 다시 정지되었던 다래의 모든 것들이 급하게 다시 흘러갔다. 그 흔적으로 다래의 볼이 발그레졌다. 이제야 정말 행복하다는 생각이 그녀의 머릿속을 가득 채워가기 시작했다.

　“이제 신랑 신부 맞절하세요.”

　다래와 세준의 맞절을 하려 몸을 구부리다 그 각도가 90도가 되기 5도 전 두 사람의 머리가 부딪쳤다. 두 사람 중 한 사람이 양보하면 해결될 일이었지만 그게 아니니 문제였다.

“뒤로 가라.”

세준이 먼저 말했다.

“싫어요! 구세준 씨가 뒤로 가시죠?”

“너 지금 장난해? 지금 결혼식 중이거든?”

“어이구, 그렇게 심각한 구세준 씨가 뒤로 가면 되겠네요?”

그렇게 두 사람이 실랑이를 하고 있던 중. 도저히 안 되겠는지 주례를 하는 사람은 어서 다음 순서로 넘어가기 시작했다.

“신랑, 신부에게 키스하세요.”

두 사람 모두 고개를 숙이고 싸움을 한 탓에 피는 모두 얼굴로 쏠려 얼굴이 붉어져 있었다. 새침한 다래의 모습에 세준이 먼저 다가갔다. 그리고서는 항상 그렇듯 다래는 이것만은 마다하지 않고 받아들였다. 가벼운 키스에 못내 서운한 얼굴을 한 다래를 보고 세준이 말했다.

“제발 그 느끼는 표정 좀 자제해라. 하객들이 웃고 있거든?”

다래가 살짝 고개를 돌리자 여기저기 킥킥대며 웃음이 퍼져 나오고 있었다.

“엄마, 식 중에는 안 울더니 왜 갑자기 울고 그래.”

신혼여행을 떠나려 차에 올라탄 다래를 보고 갑자기 엄마가 참고 있던 울음을 터뜨렸다. 다래는 차에서 내려 엄마를 안아주었다. 평소에 그렇게 시집을 못 보내 안달이더니 이렇게 막상 영원히 떠나는 것도 아닌 딸의 뒷모습을 보는 것조차도 엄마에겐 힘든 일인 것 같았다.

“엄마, 내가 엄마 봐서 한 번만 더 기회를 줄 거야. 다음번엔 얄 짤없어! 그러니까 울지 마.”

“다래야, 내가 우리 딸 힘들게만 만들었구나. 미안하구나.”

“뭐가 미안해. 내게 평생 기회를 준 엄마인데. 한 번쯤 내가 기회를 줘야 하지 않겠어?”

다래는 엄마의 눈물을 소맷자락으로 훔쳐 주고 다시 차에 올라 웃으며 엄마에게 인사를 했다. 그리고 지은이와 지한이. 그리고 어머님과 해준에게 차례로 인사를 한 뒤, 차는 출발했다. 이제 그 힘든 시간이 다 끝난 것 같은 느낌에 홀가분해지기도 했지만, 한 편으로는 걱정이 되기도 했다. 하지만 이젠 자신 혼자 견뎌야 하지 않아도 됐다. 이젠 혼자가 아니다.

갑자기 세준이 재킷 안에서 무언가를 꺼내어 다래의 손에 쥐어 주었다.

“어! 이거.”

다래가 세준의 방에 살 적에 붙여두었던 별.

“갖다 버려.”

지금 신혼여행지로 떠나는 꿀물에 풍덩 빠져도 시원찮을 이 공간에서 저 말따구니 하고는!

“뭐라구요?”

한 손에 들어 있던 별을 꾹 쥐고 세준을 빤히 쳐다보며 물었다. 그러나 이내 얼굴을 창가로 돌려 버리는 세준.

“그딴것 이제 필요없잖아.”

차갑기 그지없는 세준의 표현 방법은 항상 이랬다. ‘이제 자신이 지켜줄 테니 이 별은 필요없다’는 부드러운 뉘앙스의 말을 하면 입 안에 가시라도 돋는 건가? 하지만 이런 그의 말이 다소 거칠다 해도 다래는 행복한 미소를 지었다. 이게 그만의 그리고 그만을 사랑할 수밖에 없는 표현방식이니까.

“피곤할 테니 어서 자.”

“그럼 조금만 잘게요.”

“제발 조금만 자라. 코끼리 열차야 얼마 안 되지만 비행기는 한 두 푼 아니다.”

“뭐라구요?”

다래는 그의 말에 피식 미소를 머금다 이내 세준의 어깨에 기대어 잠이 들었다. 그렇게 다래가 깊은 잠에 빠져들고 나서야 세준은 자신의 손으로 다래의 어깨를 감싸고 그녀가 흔들릴세라 꽉 잡아주며 편안하게 갈 수 있게 배려를 해주었다. 겉으로 드러나지 않게 최대한 자신의 스타일(?)을 지키며 그녀를 보이지 않게 위해주는 것이었다. 그렇게 세준은 사랑엔 치장을 할 줄 모르는 투박한 남자였다.

세준이 해외여행을 권했지만 다래는 자기는 영어권에 가면 배가 아프다는 말도 안 되는 핑계를 늘어놓으며 신혼 여행지를 제주도로 정했다. 도착하자마자 원래의 일정은 안중에도 없고 호텔 침대에 대자로 누워 있는 다래. 세준이 간단하게 샤워를 마치고 나오면서 수건으로 머리를 털고 있음에도 다래는 꼼짝하지 않았다. 드디어 그녀의 입이 열렸다.

"우리 신랑 너무 섹시하다. 지금 나 꼬시려는 거예요?"

"뭐, 뭐라고?"

"자, 내게로 와요. 이렇게 대자로 누워 있는데도 요염한 자세 못 지않게 섹시한 여자 처음 보죠? 호호."

세준은 못 말리겠다며 수건을 다래에게 던졌다. 그 수건이 다래 의 얼굴을 가렸다.

"구세준, 오호. 이거 특이한데요? 내 눈을 가리고 어떻게 해보 겠다는 심산?"

"착각하지 마라."

"구세준, 안 보여도 알 수 있어. 침대로 한 걸음씩 걸어오는 모 습을."

"어쩜 그렇게 대담하냐, 여자가."

그러면서도 세준의 발걸음은 다래가 말한 대로 침대 쪽으로 서 서히 가고 있었다. 갑자기 재킷을 벗어버리는 다래. 그런 모습에 세준이 놀라 다시 한 걸음 뒤로 물러났다.

"서방님, 어서 오셔요. 호호. 첫날밤, 아니, 첫날 낮부터 제가 재밌게 해드릴게요."

"일정도 미루고 침대에 누워 있던 속셈이 있었어."

다래의 유혹에 결국 넘어가 버린 세준은 그녀가 있는 침대로 향 했다. 그 둘의 첫날 낮부터 첫날밤은 가벼운 말다툼과 함께 침대 위에서 그 긴 시간이 지나가고 있었다.

*

“나 출장 다녀올게.”

퇴근을 하고 온 세준이 넥타이를 풀며 다래에게 말했다.

“뭐?”

벌써 신혼생활을 보낸 지 삼 개월, 세준의 출장 소식에 다래는 화들짝 놀라고 있었다.

“그리 오래 걸리지 않을 거야.”

“어, 어디로 가는데요?”

“아프리카.”

아프리카라는 말에 다래는 불안한 생각이 다시금 들기 시작했다. 세준이 아프리카 여행을 떠나서 죽을 뻔한 사건이 있었기에. 가뜩이나 출장이란 말도 불안했지만, 그 목적지가 아프리카라는 말에 다래의 불안은 더해져만 갔다.

“회사 사람들 몇몇이랑 같이 가니까 괜찮아.”

“나, 임신했어요.”

“뭐?”

갑자기 다래가 임신을 했다는 폭탄선언에 세준은 깜짝 놀라고 있었다. 그동안 내색도 않던 다래가 갑자기 그런 말을 하는 것에 세준은 다래에게 다가가 물었다.

“왜 진작 말 안 했어?”

“그거야…… 아무튼 출장 가지 마요. 그럼 내가 너무 불안해서 우리 아기한테 나쁜 영향 줄지도 모른다구요.”

“그래도 회사 일인데.”

“그래도? 우리 아가를 위해서인데 그래도라니? 흐어엉.”

다래가 갑자기 울기 시작했다. 세준은 어쩔 줄 몰라 다래를 달래기 시작했지만 다래의 울음보는 여간해서는 그치질 않고 있었다.

“알았어. 그럼 화상으로 진행해 볼게. 안 갈 거야. 됐지? 우리 아기한테 안 좋으니까 그만 울어.”

그래도 아기는 걱정이 되었나 보지? 그렇게 단번에 출장을 가지 않겠다는 말을 하는 그를 보니 말이다. 세준이 출장을 가지 않겠다는 소리에 다래의 울음은 뚝 그쳤다.

“정말 안 갈 거죠?”

“그래.”

세준의 말에 다래는 갑자기 세준을 껴안더니 갑자기 세준의 와이셔츠 단추를 하나씩 풀기 시작했다.

“왜 이래?”

세준이 다래를 밀쳐 내려 했지만 다래는 거머리처럼 달라붙어 떨어질 생각을 않고 셔츠단추를 풀어 가슴 바깥쪽으로 셔츠를 밀어내며 세준의 셔츠를 벗겨내었다.

“임산부가 왜 이래? 임신 중엔 안 되는 거 아니야?”

“그런 게 어디 있어요?”

“아니, 안 좋을 것 같은데…….”

세준이 밍기적거리자 다래가 솔선수범(?)하여 자기 옷을 하나하나 벗기 시작했다.

“괜, 찮을까?”

"괜찮아요. 릴—렉스."

삼 개월 후.

"의사선생님, 진료 결과가 어떻습니까? 어제 우리 아기 태동 소리도 들었는데. 튼튼하지요?"

평소의 그 같지 않게 기대에 부푼 표정의 세준의 물음에 의사선생님은 고개를 갸웃거리며 어리둥절해 했다.

"이제 아기 몸이 서서히 갖추어지기 시작하는데, 태동이라니요?"

"육 개월인데도 아직도 몸이 갖추어지지 않나요? 육 개월이라면 어느 정도 몸이 다 갖추어지는 걸로 아는데."

"하하, 육 개월이라니요. 오늘 검진 처음 오신 건가요? 임신 이 개월입니다, 이 개월이요."

의사선생님의 말에 세준은 다래를 쳐다보았다. 그리고 고개 숙인 여자 윤다래.

"미, 미안해요."

"뭐!"

"자기야, 소리 지르면 우리 아가가 놀라잖아요. 조용조용!"

눈가의 주름살이 귀여운 윤다래라는 여자가 너무도 어이없어하는 구세준이란 남자 앞에서 천진난만하게 웃어 보였다.

　막상 후기를 쓰려니 여태껏 생각했던 모든 것들이 뒤죽박죽되는군요. 뭐, 그래도 산만한 머릿속에서 하나씩 꺼내어 정리해 보겠습니다.

　잠시 연재했던 동안 『영혼결혼식』이란 제목 때문에 심각한 새드소설이 아니냐 며 걱정하시는 분들도 있었지만 보시면 아시겠지요. 그와 심하게 반대라는걸요. 이 글의 성격은 지금의 제 생활에 필요한 요소들이었기 때문에 되도록 밝고 명랑스럽 게 써 내려갔습니다. 오밤중에 제 방에서 혼자 키득거리면서요.

　잠자기 전이나 길을 걸어가다 불현듯 생각난 에피소드들을 상당히 많이 있습니 다. 이 속에 포함된 몇 가지들은 제가 경험한 것들도 포함되어 있고요. 무엇인지는 굳이 말해 드리지 않겠습니다. 절 정상으로 보시지 않을 것 같은 두려움 때문입니 다. 하하. 원고를 마감하고 이런 생각이 들었습니다. ‘다른 사람들의 글과는 다르게 감동의 요소들이 너무도 적은 건 아닐까’ 하고 말입니다. 하지만 다른 사람들의 그 것에 맞추어간다는 게 좋을 수도 있고 그와 반대로 지극히도 나쁠 수도 있다는 걸 알기에 그것들을 감수하고 그대로 진행을 했습니다. 비록 오래 기억되지 못해도 잠 시의 순간이라도 누군가를 행복하게 만들었다는 사실도 꽤나 매력있지 않을까요.

　주인공 세준이 오랫동안 기거했던 아프리카. 꼭 한 번 가보고 싶은 곳입니다. 평 소에 동물과 다큐멘터리를 즐겨보던 탓인지 항상 동경하는 곳이지요. 그래서 주인 공을 그곳에서 무척 괴롭히며 저만의 즐거움을 느꼈습니다. 제가 유심히 봐두었던 부족의 업도 첨가해 주었지요. 우리에겐 그냥 웃음거리로 넘길 것이 그들에게는 삶 에서 대단히 중요한 부분을 차지하고 있었습니다. 이렇듯 살면서 누군가에겐 그냥

넘길 것들이 누군가에겐 절실하다는 것. 이런 사실 또한 무시할 수 없더군요. 저도 느끼고 있는 것이지만요.

이렇게 우여곡절을 겪은 글이 탄생했습니다. 6개월이란 시간 동안 저 때문에 스트레스가 많이 쌓인 종민님께 수고하셨단 말 드리고 싶습니다. 그리고 절 선택한 청어람 출판사에게도 감사하다는 말 전하고 싶고요.

책이 언제 나오냐며 무언의 압박을 가한 우리 가족한테도 말하고 싶습니다. '이제 나왔다고요' 라고. 그리고 각별히 애정하는 친구들(굳이 지명해서 압박당하지 않겠음)도 많은 힘이 되었다고 말해주고 싶습니다.

무언가를 끄적였던 시간을 합하자면 1년이란 시간이 몇 개가 더해지더군요. 그래도 학생 시절의 공부처럼 무언가에 쫓기면서 압박감과 의무감에 사로잡혀 했던 일들이 아니라 사람들의 시간으로는 긴 시간이지만 제게는 무척이나 짧게만 느껴졌습니다. 사람에게 이렇게 한없이 해도 좋은 일이 하나쯤은 생기면 인생의 큰 활력소가 될 거라 의심하지 않습니다. 아직도 이런 것이 없다면 꼭 찾아내시길 바랍니다. 늦었다구요? 하루라도 즐겁게 산다는 건 정말 가치있는 일이라는 걸 명심해 두세요.

—2007년 6월, 지애가 당신의 두 손에 드립니다.

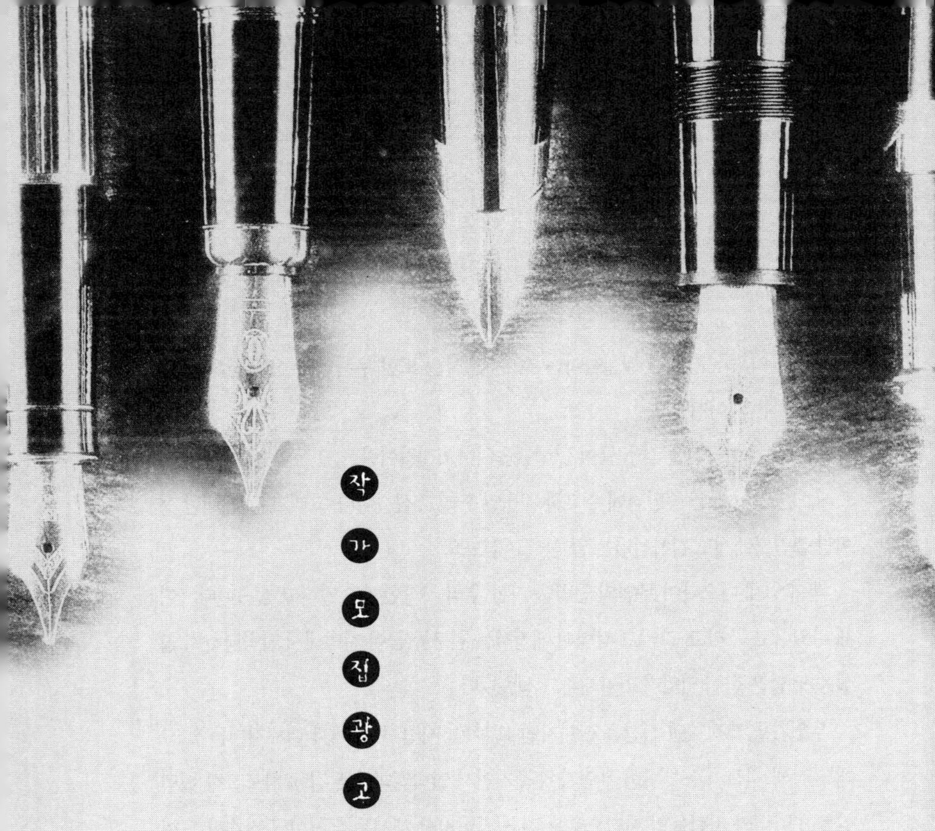